Manzoni | I promessi sposi

Fremdsprachentexte | Italienisch

Alessandro Manzoni
I promessi sposi

Storia milanese del secolo XVII

Edizione ridotta

Herausgegeben von Kerstin Marfordt

Reclam

RECLAMS UNIVERSAL-BIBLIOTHEK Nr. 19861

Gestaltung: Cornelia Feyll, Friedrich Forssman
Gesamtherstellung: Reclam, Ditzingen. Printed in Germany 2014
RECLAM, UNIVERSAL-BIBLIOTHEK und
RECLAMS UNIVERSAL-BIBLIOTHEK sind eingetragene Marken
der Philipp Reclam jun. GmbH & Co. KG, Stuttgart
ISBN 978-3-15-019861-2
www.reclam.de

Vorbemerkung

Bei der vorliegenden Ausgabe der *Promessi sposi* handelt es sich um eine gekürzte Fassung; einige Kapitel enthalten Auslassungen, andere sind ganz weggelassen worden. Dabei hatte der ›rote Faden‹ der Handlung oberste Priorität: Alle unabdingbar für das Textverständnis notwendigen Kapitel wurden beibehalten, die Inhalte der ausgelassenen Kapitel zusammengefasst und als Überleitungstexte integriert. Das Kapitel 31, in welchem Manzoni die Mailänder Pest um 1630 sehr eindringlich schildert, wurde als beispielhafte literarische Beschreibung der Seuche mit aufgenommen. Neben Giovanni Boccaccios Schilderung der Florentiner Pest um 1348 in der Einleitung seines *Decameron* gilt Manzonis Betrachtung als ebenso bedrückende wie erlesene Darstellung der Epidemie.

Das Ziel dieser Ausgabe besteht darin, dem interessierten Leser einen Eindruck von Manzonis Hauptwerk zu vermitteln sowie dazu anzuregen, sich dem ungekürzten originalsprachlichen Roman zu nähern. Manzoni gebraucht in den *Promessi sposi* toskanisches Italienisch, welches im 14. Jahrhundert zuerst von Dante Alighieri, später von Giovanni Boccaccio und Francesco Petrarca zur literarischen Sprache erkoren wurde und die Grundlage der heutigen italienischen Hochsprache bildet. Als leidenschaftlicher Patriot und Unterstützer der italienischen Einigungsbewegung, des Risorgimento, war Manzoni von der Idee einer sprachlichen Einheit als Grundlage einer politischen Einheit überzeugt.

Der Roman, der nicht nur als sprachlicher Meilenstein der italienischen Literaturgeschichte, sondern auch als lebendige Schilderung der norditalienischen Geschichte des 17. Jahrhunderts gelten kann, ist in Italien eines der meistgelesenen Werke nationaler Literatur. Durch die Aktualität seiner Botschaften mag er sicherlich nicht nur Italienern, sondern auch dem deutschen Publikum interessant und lesenswert erscheinen.

Introduzione

L'Historia si può veramente deffinire una guerra illustre contro il Tempo, perché togliendoli di mano gl'anni suoi prigionieri, anzi già fatti cadaueri, li richiama in vita, li passa in rassegna, e li schiera di nuovo in battaglia. Ma gl'illustri Campioni che in tal Arringo fanno messe di Palme e d'Allori, rapiscono solo che le sole spoglie più sfarzose e brillanti, imbalsamando co' loro inchiostri le Imprese de Prencipi e Potentati, e qualificati Personaggj, e trapontando coll'ago finissimo dell'ingegno i fili d'oro e di seta, che formano un perpetuo ricamo di Attioni gloriose. Però alla mia debolezza non è lecito solleuarsi a tal'argomenti, e sublimità pericolose, con aggirarsi tra Labirinti de' Politici maneggj, et il rimbombo de' bellici Oricalchi: solo che hauendo hauuto notitia di fatti

2 **l'historia** (lat.): *la storia:* Manzoni gibt an, das Material zu seinem Roman sei dem Manuskript eines anonymen Autors des 17. Jh.s entnommen. Das erklärt die historisierenden bzw. dialektalen Schreibweisen (wie *deffinire, cadaueri, hauendo hauuto, huomini, sijino/siino, occhij, solleuarsi, notitia, prencipe*) im Text und die häufigen Großschreibungen. | 5 **la rassegna:** Überprüfung; hier: Parade, Heerschau. | **schierare:** versammeln (*la schiera:* Schar, Masse). | 6 **il campione / la campionessa:** hier: Held(in), Kämpfer(in). | **l'arringo:** hier: Wettbewerb, -streit, Turnier. | **fare messa:** hier: bekränzen. | 7 **solo che:** nichts als. | **la spoglia:** Haut. | **sfarzoso/a:** prunkvoll, pompös. | 8 **il Prẹncipe:** *il prịncipe / la principessa:* Prinz, Prinzessin, Fürst(in). | 9 **trapontare:** einnähen. | 10 **l'ingegno:** Geist, Begabung. | 11 **il ricamo:** Stickerei. | **l'attione** f.: (von lat. *actio*) *l'azione.* | 12 **lẹcito/a:** statthaft, zulässig, erlaubt. | 13 **aggirarsi:** herumlaufen, sich herumtreiben. | **i polịtici maneggi (maneggj):** politische Umtriebe, Ränke. | **il rimbombo:** Getöse. | 14 **bẹllico/a:** kriegerisch. | **l'oricalco:** (griech./lat.) bei Platon als »feurig schimmerndes Metall« beschrieben, vermutlich Messing; hier: Kriegsfanfare. | **hauendo hauuto** (tosc.): *avendo avuto* (*hauer* [tosc.]: avere).

memorabili, se ben capitorno a gente meccaniche, e di piccol affare, mi accingo di lasciarne memoria a Posteri, con far di tutto schietta e genuinamente il Racconto, ouuero sia Relatione. Nella quale si vedrà in angusto Teatro luttuose Traggedie d'horrori, e Scene di malvaggità grandiosa, con intermezi d'Imprese virtuose e buontà angeliche, opposte alle operationi diaboliche. E veramente, considerando che questi nostri climi sijno sotto l'amparo del Re Cattolico nostro Signore, che è quel Sole che mai tramonta, e che sopra di essi, con riflesso Lume, qual Luna giamai calante, risplenda l'Heroe di nobil Prosapia che pro tempore *ne tiene le sue parti, e gl'Amplissimi Senatori quali Stelle fisse, e gl'altri Spettabili Magistrati qual'erranti Pianeti spandino la luce per ogni doue, venendo così a formare un nobilissimo Cielo, altra causale trouar non si può del vederlo tramutato in inferno d'atti tenebrosi, malvaggità e sevitie che dagl'huomini temerarij si vanno moltiplicando, se non se arte e fattura diabolica, attesoché l'humana malitia per sé sola bastar non dourebbe a resistere a*

1 f. **a gente mecchạniche, e di piccol affare:** Handwerker und kleine Leute. | 2 **accịngersi:** sich anschicken. | **i pọsteri:** die Nachkommen. | 3 **schietto/a:** echt, unverfälscht. | 3 f. **la relatione:** hier: Bericht. | 4 **angusto/a:** eng. | 5 **la malvag(g)ità:** Bosheit, Niedertracht. | 6 **l'impresa:** Unternehmung, Tat. | 8 **i climi:** Klimazonen; hier: Gefilde, Landstrich. | **sijno (siino):** *siano.* | **l'amparo:** Herrschaftsbereich. | **il Re Cattọlico:** Philipp IV., König von Spanien (1621–65). | 11 **la prosapia:** Geschlecht, Sippe, Familie. | **pro tẹmpore** (lat.): vorübergehend, mit der Zeit. | 11 f. **amplịssimo/a:** hier: hoch, erhaben. | 12 **spettạbile** (agg.): ehrwürdig. | 13 **per ogni doue:** *per ogni dove:* überall. | 14 **la cạusale:** *la causa.* | **trouar** (tosc.): *trovare.* | 15 **tenebroso/a:** dunkel, finster. | 16 **la sevitia:** (von lat. *saevitia) la sevizia:* Heftigkeit, Wüten. | 17 **attesoché:** weil. | 18 **la malitia** (lat.): *la malizia:* Bosheit. | **dourebbe** (tosc.): *dovrebbe.*

tanti Heroi, che con occhij d'Argo e braccj di Briareo, si vanno trafficando per li pubblici emolumenti. Per locché descriuendo questo Racconto auuenuto ne' tempi di mia verde staggione, abbenché la più parte delle persone che vi rappresentano le loro parti, sijno sparite dalla Scena del Mondo, con rendersi tributarij delle Parche, pure per degni rispetti, si tacerà li loro nomi, cioè la parentela, et il medemo si farà de' luochi, solo indicando li Territorij generaliter. *Né alcuno dirà questa sij imperfettione del Racconto, e defformità di questo mio rozzo Parto, a meno questo tale Critico non sij persona affatto diggiuna della Filosofia: che quanto agl'huomini in essa versati, ben vederanno nulla mancare alla sostanza di detta Narratione. Imperciocché, essendo cosa evidente, e da verun negata non essere i nomi se non puri purissimi accidenti ...»*

– Ma, quando io avrò durata l'eroica fatica di trascriver questa storia da questo dilavato e graffiato autografo, e l'avrò

1 **Argo e Briarẹo:** Argeus und Briareus (heldenhafte Fabelwesen in der griechischen Mythologie der Antike, der eine mit 100 Augen, der andere mit 100 Armen). | 2 **trafficare:** handeln, arbeiten, wirken. | **i pụbblici emolumenti:** das Gemeinwohl, Wohl der Menschheit. | **per locché:** weil, weswegen. | 3f. **la verde stag(g)ione:** hier: Jugendzeit. | 4 **abbenché:** *benché.* | 6 **le parche:** *la parca* (pl. *le parche*): Parze (Schicksalsgöttin in der römischen Mythologie). | 7 **il medemo:** *il medẹsimo / la medẹsima:* der-, die-, dasselbe. | 8 **i luochi:** (von lat. *locus*) *il luogo, i luoghi.* | **generạliter** (lat.): im Allgemeinen, überhaupt. | 10 **rozzo/a:** plump, ungehobelt. | **a meno:** es sei denn. | 11 **dig(g)iuno/a di qc:** bar, frei von etwas. | 12 **versato/a:** versiert, befähigt. | 13 **imperciocché:** (veraltet) sintemal, weil, da. | 14 **verun/a:** *nessuno/a.* | 16 **durare:** hier: aushalten, erdulden. | 17 **dilavato/a:** verwaschen, verblasst.

data, come si suol dire, alla luce, si troverà poi chi duri la fatica di leggerla? –

Questa riflessione dubitativa, nata nel travaglio del decifrare uno scarabocchio che veniva dopo *accidenti*, mi fece sospender la copia, e pensar più seriamente a quello che convenisse di fare. – Ben è vero, dicevo tra me, scartabellando il manoscritto, ben è vero che quella grandine di concettini e di figure non continua così alla distesa per tutta l'opera. Il buon secentista ha voluto sul principio mettere in mostra la sua virtù; ma poi, nel corso della narrazione, e talvolta per lunghi tratti, lo stile cammina ben più naturale e più piano. Sì; ma com'è dozzinale! com'è sguaiato! com'è scorretto! Idiotismi lombardi a iosa, frasi della lingua adoperate a sproposito, grammatica arbitraria, periodi sgangherati. E poi, qualche eleganza spagnola seminata qua e là; e poi, ch'è peggio, ne' luoghi più terribili o più pietosi della storia, a ogni occasione d'eccitar maraviglia, o di far pensare, a tutti que' passi insomma che richiedono bensì un po' di rettorica, ma rettorica discreta, fine, di buon gusto, co-

3 **il travaglio:** Mühsal, Anstrengung. | 4 **lo scarabocchio:** Gekritzel, Schmiererei. | **gli accidenti:** hier: Nebensächlichkeiten. | 5 **sospẹndere:** einstellen, aufhören. | 6 f. **scartabellare:** durchblättern. | 7 **la grạndine:** Hagel. | 7 f. **il concettino:** Blendwerk. | 9 **il/la secentista:** Mensch des 17. Jahrhunderts. | 9 f. **mẹttere in mostra:** unter Beweis stellen, zeigen. | 12 **dozzinale** (agg.): alltäglich, billig, belanglos. | 13 **a iosa:** in Hülle und Fülle. | **la frase della lingua:** Redensart. | 13 f. **adoperare:** hier: anwenden. | 14 **a spropọsito:** unangebracht (*lo spropọsito:* Unsinn, Dummheit). | **arbitrario/a:** willkürlich. | **il perịodo:** hier: Satzgefüge. | 14 f. **sgangherato/a:** zusammenhanglos, wirr. | 15 **l'eleganza:** hier: Zierrede. | 17 **eccitare:** erregen, hervorrufen. | **la maraviglia:** *la meraviglia:* Staunen, Verwunderung. | 18 **bensì:** wohl, zwar, allerdings. | 19 f. **costui/costei/costoro:** jene(r), der, die da.

stui non manca mai di metterci di quella sua così fatta del proemio. E allora, accozzando, con un'abilità mirabile, le qualità più opposte, trova la maniera di riuscir rozzo insieme e affettato, nella stessa pagina, nello stesso periodo, nello stesso vocabolo. Ecco qui: declamazioni ampollose, composte a forza di solecismi pedestri, e da per tutto quella goffaggine ambiziosa, ch'è il proprio carattere degli scritti di quel secolo, in questo paese. In vero, non è cosa da presentare a lettori d'oggigiorno: son troppo ammaliziati, troppo disgustati di questo genere di stravaganze. Meno male, che il buon pensiero m'è venuto sul principio di questo sciagurato lavoro: e me ne lavo le mani. –

Nell'atto però di chiudere lo scartafaccio, per riporlo, mi sapeva male che una storia così bella dovesse rimanersi tuttavia sconosciuta; perché, in quanto storia, può essere che al lettore ne paia altrimenti, ma a me era parsa bella, come dico; molto bella. – Perché non si potrebbe, pensai, prender la serie de' fatti da questo manoscritto, e rifarne la dicitura? – Non essendosi presentato alcuna obiezion ragionevole, il partito fu subito abbracciato. Ed ecco l'origine del presente libro, esposta con un'ingenuità pari all'importanza del libro medesimo. [...]

2 **accozzare:** zusammenwürfeln. | **mirạbile** (agg.): bewunderswert. | 3 **opposto/a:** gegensätzlich, widersprüchlich. | 4 **affettato/a:** fein, geschickt. | 5 **ampolloso/a:** schwülstig, bombastisch. | 6 **il solecismo:** sprachlicher Fehler. | **pedestre** (agg.): banal, alltäglich. | 7 **la goffạggine:** Plumpheit, Unbeholfenheit (*goffo/a:* unbeholfen, plump). | 9 **d'oggigiorno:** heutig. | 12 **sciagurato/a:** unselig. | 13 **lo scartafaccio:** Scharteke, altes, wertloses Schriftstück. | 16 **paia** (cong.): von *parere.* | 18 **la serie de' fatti:** Abfolge der Geschehnisse. | **la dicitura:** hier: Stil. | 19 **presentato:** hier eigtl.: *presentata.* | 20 **il partito:** hier: Entschluss. | 21 **l'ingenuità:** Arglosigkeit.

Capitolo I

Quel ramo del lago di Como, che volge a mezzogiorno, tra due catene non interrotte di monti, tutto a seni e a golfi, a seconda dello sporgere e del rientrare di quelli, vien, quasi a un tratto, a ristringersi, e a prender corso e figura di fiume, tra un promontorio a destra, e un'ampia costiera dall'altra parte; e il ponte, che ivi congiunge le due rive, par che renda ancor più sensibile all'occhio questa trasformazione, e segni il punto in cui il lago cessa, e l'Adda rincomincia, per ripigliar poi nome di lago dove le rive, allontanandosi di nuovo, lascian l'acqua distendersi e rallentarsi in nuovi golfi e in nuovi seni. La costiera, formata dal deposito di tre grossi torrenti, scende appoggiata a due monti contigui, l'uno detto di san Martino, l'altro, con voce lombarda, il *Resegone*, dai molti suoi cocuzzoli in fila, che in vero lo fanno somigliare a una sega: talché non è chi, al primo vederlo, purché sia di fronte, come per esempio di su le mura di Milano che guardano a settentrione, non lo discerna tosto, a un tal contrassegno, in quella lunga e vasta giogaia, dagli altri monti di nome più oscuro e di forma più comune. Per un buon pezzo, la costa sale con un pendìo lento e continuo; poi si rompe in poggi e in valloncelli, in erte e in

2 **il ramo:** hier: Arm. | 3 **il seno ... il golfo:** hier: Bucht. | 5 **ristrịngersi:** sich verengen. | 6 **il promontorio:** Vorgebirge, Landzunge. | 7 **ivi** (lett.): hier. | 9 **cessare:** aufhören. | **Adda:** Name eines lombardischen Flusses, der den Comer See durchquert. | 12 **il depọsito:** hier: Ablagerung, Anschwemmung. | 13 f. **contiguo/a:** angrenzend. | 14 **la voce:** hier: Dialekt. | 15 **il cocụzzolo:** Spitze, Krone. | 16 **talché:** so dass. | 17 **le mura:** hier: Festung, Bastei. | 18 **a settentrione:** nördlich. | 19 **lo giogaia:** Gebirgskette. | 21 **il pendịo:** Hang. | 22 **il poggio:** Anhöhe. | **l'erta:** Anstieg.

ispianate, secondo l'ossatura de' due monti, e il lavoro dell'acque. Il lembo estremo, tagliato dalle foci de' torrenti, è quasi tutto ghiaia e ciottoloni; il resto, campi e vigne, sparse di terre, di ville, di casali; in qualche parte boschi, che si prolungano su per la montagna. Lecco, la principale di quelle terre, e che dà nome al territorio, giace poco discosto dal ponte, alla riva del lago, anzi viene in parte a trovarsi nel lago stesso, quando questo ingrossa: un gran borgo al giorno d'oggi, e che s'incammina a diventar città. Ai tempi in cui accaddero i fatti che prendiamo a raccontare, quel borgo, già considerabile, era anche un castello, e aveva perciò l'onore d'alloggiare un comandante, e il vantaggio di possedere una stabile guarnigione di soldati spagnoli, che insegnavan la modestia alle fanciulle e alle donne del paese, accarezzavan di tempo in tempo le spalle a qualche marito, a qualche padre; e, sul finir dell'estate, non mancavan mai di spandersi nelle vigne, per diradar l'uve, e alleggerire a' contadini le fatiche della vendemmia. Dall'una all'altra di quelle terre, dall'alture alla riva, da un poggio all'altro, correvano, e corrono tuttavia, strade e stradette, più o men ripide, o piane; ogni tanto affondate, sepolte tra due muri, donde, alzando lo sguardo, non iscoprite che un pezzo di cielo e qualche vetta di monte; ogni tanto elevate su terra-

1 **l'(i)spianata:** Ebene (*spianare:* ebnen, glätten). | 2 **il lembo:** Rand. | **la foce:** Flussmündung. | 3 **la ghiaia:** Geröll, Schotter. | **il ciottolone:** Kieselstein. | 4 **la terra:** hier: Weiler, kleines Dorf, Gehöft. | 6 f. **discosto/a:** abseits, abgelegen. | 8 **il borgo:** Dorf, Ortschaft. | 13 **la guarnigione:** Garnison, Festung. | 14 **la modestia:** Bescheidenheit, Genügsamkeit. | 15 **accarezzare le spalle a qu:** jdm. auf die Schulter klopfen; hier: jdm. helfen. | 17 **diradare:** hier: pflücken. | 22 **donde** (lett.): von wo, woher. | 23 **la vetta:** Spitze, Gipfel.

pieni aperti: e da qui la vista spazia per prospetti più o meno estesi, ma ricchi sempre e sempre qualcosa nuovi, secondo che i diversi punti piglian più o meno della vasta scena circostante, e secondo che questa o quella parte campeggia o si scorcia, spunta o sparisce a vicenda. Dove un pezzo, dove un altro, dove una lunga distesa di quel vasto e variato specchio dell'acqua; di qua lago, chiuso all'estremità o piuttosto smarrito in un gruppo, in un andirivieni di montagne, e di mano in mano più allargato tra altri monti che si spiegano, a uno a uno, allo sguardo, e che l'acqua riflette capovolti, co' paesetti posti sulle rive; di là braccio di fiume, poi lago, poi fiume ancora, che va a perdersi in lucido serpeggiamento pur tra' monti che l'accompagnano, degradando via via, e perdendosi quasi anch'essi nell'orizzonte. Il luogo stesso da dove contemplate que' vari spettacoli, vi fa spettacolo da ogni parte: il monte di cui passeggiate le falde, vi svolge, al di sopra, d'intorno, le sue cime e le balze, distinte, rilevate, mutabili quasi a ogni passo, aprendosi e contornandosi in gioghi ciò che v'era sembrato prima un sol giogo, e comparendo in vetta ciò che poco innanzi vi si rappresentava sulla costa: e l'ameno, il domestico di quelle falde tempera gradevolmente il selvaggio, e orna vie più il magnifico dell'altre vedute.

Per una di queste stradicciole, tornava bel bello dalla passeggiata verso casa, sulla sera del giorno 7 novembre

5 **scorciarsi:** sich verkürzen (*scorciare:* [Weg] abkürzen; *la scorciatoia:* Abkürzung). | **spuntare:** hervorkommen, auftauchen. | 8 **smarrire:** verlieren, verlaufen. | **l'andirivieni:** das Kommen und Gehen. | 13 **il serpeggiamento:** Schlängeln. | 16 f. **la falda:** Abhang. | 17 **la balza:** Steilhang. | 18 **distinto/a:** klar, deutlich. | 19 **il giogo:** Joch, Einkerbung. | 24 **bel bello:** gemächlich.

dell'anno 1628, don Abbondio, curato d'una delle terre accennate di sopra: il nome di questa, né il casato del personaggio, non si trovan nel manoscritto, né a questo luogo né altrove. Diceva tranquillamente il suo ufizio, e talvolta, tra un salmo e l'altro, chiudeva il breviario, tenendovi dentro, per segno, l'indice della mano destra, e, messa poi questa nell'altra dietro la schiena, proseguiva il suo cammino, guardando a terra, e buttando con un piede verso il muro i ciottoli che facevano inciampo nel sentiero: poi alzava il viso, e, girati oziosamente gli occhi all'intorno, li fissava alla parte d'un monte, dove la luce del sole già scomparso, scappando per i fessi del monte opposto, si dipingeva qua e là sui massi sporgenti, come a larghe e inuguali pezze di porpora. Aperto poi di nuovo il breviario, e recitato un altro squarcio, giunse a una voltata della stradetta, dov'era solito d'alzar sempre gli occhi dal libro, e di guardarsi dinanzi: e così fece anche quel giorno. Dopo la voltata, la strada correva diritta, forse un sessanta passi, e poi si divideva in due viottole, a foggia d'un ipsilon: quella a destra saliva verso il monte, e menava alla cura: l'altra scendeva nella valle fino a un torrente; e da questa parte il muro non arrivava che all'anche del passeggiero. I muri interni delle due viottole, in vece di riunirsi ad angolo, terminavano in un tabernacolo, sul quale eran dipinte certe figure lunghe, serpeggianti, che finivano in punta, e che, nell'intenzion dell'artista, e

1 **il curato:** Pfarrer (*la cura:* Pfarrei). | 1 f. **accennare a qc:** auf etwas anspielen. | 4 **altrove:** woanders. | **l'ufizio** (region.): *l'uffizio:* hier: Gebet. | 5 **il breviario:** Gebetbuch. | 9 **l'inciampo:** Hindernis. | 12 **il fesso:** Spalte. | 13 f. **la pọrpora:** Purpur. | 15 **lo squarcio:** hier: (Text-)Absatz. | 19 **la viọttola:** Feldweg, Pfad, Gasse (auch: *il viọttolo*). | 20 **menare a qc:** zu etwas (hin)führen. | 23 f. **il tabernạcolo:** Tabernakel, kleine Kapelle.

agli occhi degli abitanti del vicinato, volevan dir fiamme; e, alternate con le fiamme, cert'altre figure da non potersi descrivere, che volevan dire anime del purgatorio: anime e fiamme a color di mattone, sur un fondo bigiognolo, con qualche scalcinatura qua e là. Il curato, voltata la stradetta, e dirizzando, com'era solito, lo sguardo al tabernacolo, vide una cosa che non s'aspettava, e che non avrebbe voluto vedere. Due uomini stavano, l'uno dirimpetto all'altro, al confluente, per dir così, delle due viottole: un di costoro, a cavalcioni sul muricciolo basso, con una gamba spenzolata al di fuori, e l'altro piede posato sul terreno della strada; il compagno, in piedi, appoggiato al muro, con le braccia incrociate sul petto. L'abito, il portamento, e quello che, dal luogo ov'era giunto il curato, si poteva distinguer dell'aspetto, non lasciavan dubbio intorno alla lor condizione. Avevano entrambi intorno al capo una reticella verde, che cadeva sull'omero sinistro, terminata in una gran nappa, e dalla quale usciva sulla fronte un enorme ciuffo: due lunghi mustacchi arricciati in punta: una cintura lucida di cuoio, e a quella attaccate due pistole: un piccol corno ripieno di polvere, cascante sul petto, come una collana: un manico di coltellaccio che spuntava fuori d'un taschino degli ampi e gonfi calzoni: uno spadone, con una gran guardia traforata a

4 **sur** (fr.): auf. | **bigiognolo/a:** grau. | 5 **la scalcinatura:** das Abblättern, Verwitterung. | 8 **dirimpetto a qu** (agg. inv.): jdm. gegenüber. | 10 **a cavalcioni** (avv. inv.): rittlings. | **spenzolare:** (herab)baumeln. | 16 **la reticella:** Haarnetz. | 17 **l'ọmero** (lett.): Schulter. | **la nappa:** Quaste, Troddel. | 18 **il ciuffo:** Haarbüschel. | 19 **i mustacchi** (meist pl.): (von fr. *moustaches*) Schnurrbart, Schnäuzer. | **arricciare:** (Haare) kräuseln, locken. | 21 **il pọlvere:** hier: Schießpulver. | 22 **il coltellaccio:** großes Messer. | 23 **la guardia:** hier: (Messer-)Scheide. | **traforare:** durchbohren, lochen.

lamine d'ottone, congegnate come in cifra, forbite e lucenti: a prima vista si davano a conoscere per individui della specie de' *bravi.*

Questa specie, ora del tutto perduta, era allora floridissima in Lombardia, e già molto antica. Chi non ne avesse idea, ecco alcuni squarci autentici, che potranno darne una bastante de' suoi caratteri principali, degli sforzi fatti per ispegnerla, e della sua dura e rigogliosa vitalità.

Fino dall'otto aprile dell'anno 1583, l'Illustrissimo ed Eccellentissimo signor don Carlo d'Aragon, Principe di Castelvetrano, Duca di Terranuova, Marchese d'Avola, Conte di Burgeto, grande Ammiraglio, e gran Contestabile di Sicilia, Governatore di Milano e Capitan Generale di Sua Maestà Cattolica in Italia, *pienamente informato della intollerabile miseria in che è vivuta e vive questa città di Milano, per cagione dei bravi e vagabondi,* pubblica un bando contro di essi. *Dichiara e diffinisce tutti coloro essere compresi in questo bando, e doversi ritenere bravi e vagabondi ... i quali, essendo forestieri o del paese, non hanno esercizio alcuno, od avendolo, non lo fanno ... ma, senza salario, o pur con esso, s'appoggiano a qualche cavaliere o gentiluomo, officiale o mercante ... per fargli spalle e favore, o veramente, come si può presumere, per tendere insidie ad altri ...* A tutti costoro ordina che, nel termine di giorni sei, abbiano a sgomberare il paese, intima la galera a' renitenti, e dà a tutti gli ufiziali

3 **i bravi** (sg. *il bravo*): hier: Soldateska, Freischärler. | 8 **(i)spẹgnere:** tilgen, auslöschen. | **rigoglioso/a:** überschäumend. | 9 **illustrịssimo/a:** hochverehrt (hier substantivisch gebraucht). | 13 f. **Sua Maestà Cattọlica:** Philipp II. (1527–98), seit 1555 König von Spanien. | 16 **la cagione** (lett.): *la ragione* (*cagionare:* verursachen). | **il bando:** Verbannung. | 17 **colui/colei/coloro:** die-, der(jenige), jene(r).

della giustizia le più stranamente ampie e indefinite facoltà, per l'esecuzione dell'ordine. Ma, nell'anno seguente, il 12 aprile, scorgendo il detto signore, *che questa Città è tuttavia piena di detti bravi ... tornati a vivere come prima vivevano, non punto mutato il costume loro, né scemato il numero*, dà fuori un'altra grida, ancor più vigorosa e notabile, nella quale, tra l'altre ordinazioni, prescrive: [...].

All'udir parole d'un tanto signore, così gagliarde e sicure, e accompagnate da tali ordini, viene una gran voglia di credere che, al solo rimbombo di esse, tutti i bravi siano scomparsi per sempre. Ma la testimonianza d'un signore non meno autorevole, né meno dotato di nomi, ci obbliga a credere tutto il contrario. È questi l'Illustrissimo ed Eccellentissimo Signor Juan Fernandez de Velasco, Contestabile di Castiglia, Cameriero maggiore di Sua Maestà, Duca della Città di Frias, Conte di Haro e Castelnovo, Signore della Casa di Velasco, e di quella delli sette Infanti di Lara, Governatore dello Stato di Milano, etc. Il 5 giugno dell'anno 1593, pienamente informato anche lui *di quanto danno e rovine sieno ... i bravi e vagabondi, e del pessimo effetto che tal sorta di gente, fa contra il ben pubblico, et in delusione della giustizia*, intima loro di nuovo che, nel termine di giorni sei, abbiano a sbrattare il paese, ripetendo a un dipresso le prescrizioni e le minacce medesime del suo predecessore. Il 23 maggio poi dell'anno 1598, *informato, con non poco dispiacere dell'animo suo, che ... ogni dì più in questa Città e Stato va crescendo il numero di questi tali* (bravi e vagabondi), *né di loro, giorno e notte, altro si sente che ferite apposta-*

3 **scorgere:** erblicken, bemerken. | 8 **gagliardo/a:** tapfer, mutig. | 10 **il rimbombo:** Dröhnen, Widerhall. | 23 **sbrattare:** räumen, verlassen. | **a un dipresso:** von ungefähr.

tamente date, omicidii e ruberie et ogni altra qualità di delitti, ai quali si rendono più facili, confidati essi bravi d'essere aiutati dai capi e fautori loro, ... prescrive di nuovo gli stessi rimedi, accrescendo la dose, come s'usa nelle malattie ostinate. *Ognuno dunque*, conchiude poi, *onninamente si guardi di contravvenire in parte alcuna alla grida presente, perché, in luogo di provare la clemenza di Sua Eccellenza, proverà il rigore, e l'ira sua ... essendo risoluta e determinata che questa sia l'ultima e perentoria monizione.*

[...] Egli, tenendosi sempre il breviario aperto dinanzi, come se leggesse, spingeva lo sguardo in su, per ispiar le mosse di coloro; e, vedendoseli venir proprio incontro, fu assalito a un tratto da mille pensieri. Domandò subito in fretta a sé stesso, se, tra i bravi e lui, ci fosse qualche uscita di strada, a destra o a sinistra; e gli sovvenne subito di no. Fece un rapido esame, se avesse peccato contro qualche potente, contro qualche vendicativo; ma, anche in quel turbamento, il testimonio consolante della coscienza lo rassicurava alquanto: i bravi però s'avvicinavano, guardandolo fisso. Mise l'indice e il medio della mano sinistra nel collare, come per raccomodarlo; e, girando le due dita intorno al collo, volgeva intanto la faccia all'indietro, torcendo insieme la bocca, e guardando con la coda dell'occhio, fin dove poteva, se qualcheduno arrivasse; ma non vide nessuno. Diede un'occhiata, al di sopra del muricciolo, ne' campi:

3 **il fautore / la fautrice:** Verfechter(in), Anhänger(in), Helfershelfer(in). | 5 **onninamente** (avv.): völlig, gänzlich. | 9 **perentorio/a:** endgültig. | **la monizione:** Warnung. | 11 **ispiare:** *spiare.* | 12 **la mossa:** Bewegung. | 17 **il vendicativo:** Rachsüchtiger. | 19 **alquanto:** einigermaßen, ziemlich. | 20 **il medio:** Mittelfinger. | 23 **la coda dell'occhio:** Augenwinkel. | 24 **qualcheduno/a** (lett.): *qualcuno/a.*

nessuno; un'altra più modesta sulla strada dinanzi; nessuno, fuorché i bravi. Che fare? tornare indietro, non era a tempo: darla a gambe, era lo stesso che dire, inseguitemi, o peggio. Non potendo schivare il pericolo, vi corse incontro, perché i momenti di quell'incertezza erano allora così penosi per lui, che non desiderava altro che d'abbreviarli. Affrettò il passo, recitò un versetto a voce più alta, compose la faccia a tutta quella quiete e ilarità che potè, fece ogni sforzo per preparare un sorriso; quando si trovò a fronte dei due galantuomini, disse mentalmente: ci siamo; e si fermò su due piedi. «Signor curato,» disse un di que' due, piantandogli gli occhi in faccia.

«Cosa comanda?» rispose subito don Abbondio, alzando i suoi dal libro, che gli restò spalancato nelle mani, come sur un leggìo.

«Lei ha intenzione,» proseguì l'altro, con l'atto minaccioso e iracondo di chi coglie un suo inferiore sull'intraprendere una ribalderia, «lei ha intenzione di maritar domani Renzo Tramaglino e Lucia Mondella!»

«Cioè ...» rispose, con voce tremolante, don Abbondio: «cioè. Lor signori son uomini di mondo, e sanno benissimo come vanno queste faccende. Il povero curato non c'entra: fanno i loro pasticci tra loro, e poi ... e poi, vengon da noi, come s'anderebbe a un banco a riscotere; e noi ... noi siamo i servitori del comune.»

3 **darla a gambe** (pop.): davonlaufen, Fersengeld geben. | 4 **schivare:** vermeiden, ausweichen, entkommen. | 7 **il versetto** (dim.): kleiner Vers. | 8 **l'ilarità:** Heiterkeit. | 14 **spalancare:** (weit) öffnen, aufreißen. | 15 **il leggịo:** Lesepult. | 17 **iracondo/a:** (jäh)zornig. | 18 **la ribalderịa:** Niedertracht. | **maritare:** verheiraten (*maritarsi:* heiraten). | 23 **i pasticci:** Pasteten; hier: Geschäfte.

«Or bene,» gli disse il bravo, all'orecchio, ma in tono solenne di comando, «questo matrimonio non s'ha da fare, né domani, né mai.»

«Ma, signori miei,» replicò don Abbondio, con la voce mansueta e gentile di chi vuol persuadere un impaziente, «ma, signori miei, si degnino di mettersi ne' miei panni. Se la cosa dipendesse da me, … vedon bene che a me non me ne vien nulla in tasca …»

«Orsù,» interruppe il bravo, «se la cosa avesse a decidersi a ciarle, lei ci metterebbe in sacco. Noi non ne sappiamo, né vogliam saperne di più. Uomo avvertito … lei c'intende.»

«Ma lor signori son troppo giusti, troppo ragionevoli …»

«Ma,» interruppe questa volta l'altro compagnone, che non aveva parlato fin allora, «ma il matrimonio non si farà, o …» e qui una buona bestemmia, «o chi lo farà non se ne pentirà, perché non ne avrà tempo, e …» un'altra bestemmia.

«Zitto, zitto,» riprese il primo oratore: «il signor curato è un uomo che sa il viver del mondo; e noi siam galantuomini, che non vogliam fargli del male, purché abbia giudizio. Signor curato, l'illustrissimo signor don Rodrigo nostro padrone la riverisce caramente.»

Questo nome fu, nella mente di don Abbondio, come, nel forte d'un temporale notturno, un lampo che illumina momentaneamente e in confuso gli oggetti, e accresce il

6 **si dẹgnino di mẹttersi ne' miei panni:** versetzen Sie sich doch mal in meine Lage. | 10 **le ciarle** (meist pl.): Geschwätz, Gewäsch (*ciarlare:* plaudern, tratschen; *il ciarlone / la ciarlona:* Schwätzer[in]). | **mẹttere qu in sacco** (fig.): jdn. in die Tasche stecken. | 15 **la bestemmia:** Fluch. | 18 **l'oratore / l'oratrice:** Redner(in). | 22 **riverire:** grüßen, sich empfehlen.

terrore. Fece, come per istinto, un grand'inchino, e disse: «se mi sapessero suggerire ...»

«Oh! suggerire a lei che sa di latino!» interruppe ancora il bravo, con un riso tra lo sguaiato e il feroce. «A lei tocca. E sopra tutto, non si lasci uscir parola su questo avviso che le abbiam dato per suo bene; altrimenti ... ehm ... sarebbe lo stesso che fare quel tal matrimonio. Via, che vuol che si dica in suo nome all'illustrissimo signor don Rodrigo?»

«Il mio rispetto ...»

«Si spieghi meglio!» [...]

Don Abbondio (il lettore se n'è già avveduto) non era nato con un cuor di leone. Ma, fin da' primi suoi anni, aveva dovuto comprendere che la peggior condizione, a que' tempi, era quella d'un animale senza artigli e senza zanne, e che pure non si sentisse inclinazione d'esser divorato. La forza legale non proteggeva in alcun conto l'uomo tranquillo, inoffensivo, e che non avesse altri mezzi di far paura altrui. Non già che mancassero leggi e pene contro le violenze private. Le leggi anzi diluviavano; i delitti erano enumerati, e particolareggiati, con minuta prolissità; le pene, pazzamente esorbitanti e, se non basta, aumentabili, quasi per ogni caso, ad arbitrio del legislatore stesso e di cento esecutori; le procedure, studiate soltanto a liberare il giudice da ogni cosa che potesse essergli d'impedimento a proferire una condanna: gli squarci che abbiam riportati delle gride contro i bravi, ne sono un piccolo, ma fedel saggio. Con tutto

1 **l'inchino:** Verbeugung. | 4 **sguaiato/a:** frech, gemein, vulgär. | 14 **l'artiglio:** Klaue, Kralle. | **la zanna:** Hauer, Reißzahn. | 16 **non in alcun conto:** in keiner Weise. | 19 **enumerare:** aufzählen, auflisten. | 20 **particolareggiare:** schildern, in Einzelheiten erzählen. | **la prolissità:** Langatmigkeit, Weitschweifigkeit.

ciò, anzi in gran parte a cagion di ciò, quelle gride, ripubblicate e rinforzate di governo in governo, non servivano ad altro che ad attestare ampollosamente l'impotenza de' loro autori; o, se producevan qualche effetto immediato, era principalmente d'aggiunger molte vessazioni a quelle che i pacifici e i deboli già soffrivano da' perturbatori, e d'accrescer le violenze e l'astuzia di questi. [...]

L'uomo che vuole offendere, o che teme, ogni momento, d'essere offeso, cerca naturalmente alleati e compagni. Quindi era, in que' tempi, portata al massimo punto la tendenza degl'individui a tenersi collegati in classi, a formarne delle nuove, e a procurare ognuno la maggior potenza di quella a cui apparteneva. Il clero vegliava a sostenere e ad estendere le sue immunità, la nobiltà i suoi privilegi, il militare le sue esenzioni. I mercanti, gli artigiani erano arrolati in maestranze e in confraternite, i giurisperiti formavano una lega, i medici stessi una corporazione. Ognuna di queste piccole oligarchie aveva una sua forza speciale e propria; in ognuna l'individuo trovava il vantaggio d'impiegar per sé, a proporzione della sua autorità e della sua destrezza, le forze riunite di molti. I più onesti si valevan di questo vantaggio a difesa soltanto; gli astuti e i facinorosi ne approfittavano, per condurre a termine ribalderie, alle quali i loro

3 **ampolloso/a:** schwülstig, bombastisch. | 5 **la vessazione:** Schikane, Pein (*vessare qu:* jdn. schikanieren). | 7 **l'astuzia:** Schläue, List. | 13 **il clero:** Klerus, Geistlichkeit. | **vegliare:** wachen, aufpassen. | 15 **l'esenzione** f.: Vorteil, Befreiung, Erlass. | **arrolare:** eintragen, einschreiben. | 16 **la maestranza:** Zunft. | **la confraternità:** Bruderschaft. | **il giurisperito / la giurisperita:** Rechtsgelehrte(r). | 22 **il facinoroso / la facinorosa:** Gewalttäter(in). | 23 **condurre a tẹrmine:** zum Abschluss bringen.

mezzi personali non sarebber bastati, e per assicurarsene l'impunità. Le forze però di queste varie leghe eran molto disuguali; e, nelle campagne principalmente, il nobile dovizioso e violento, con intorno uno stuolo di bravi, e una popolazione di contadini avvezzi, per tradizione famigliare, e interessati o forzati a riguardarsi quasi come sudditi e soldati del padrone, esercitava un potere, a cui difficilmente nessun'altra frazione di lega avrebbe ivi potuto resistere.

Il nostro Abbondio, non nobile, non ricco, coraggioso ancor meno, s'era dunque accorto, prima quasi di toccar gli anni della discrezione, d'essere, in quella società, come un vaso di terra cotta, costretto a viaggiare in compagnia di molti vasi di ferro. Aveva quindi, assai di buon grado, ubbidito ai parenti, che lo vollero prete. Per dir la verità, non aveva gran fatto pensato agli obblighi e ai nobili fini del ministero al quale si dedicava: procacciarsi di che vivere con qualche agio, e mettersi in una classe riverita e forte, gli eran sembrate due ragioni più che sufficienti per una tale scelta. Ma una classe qualunque non protegge un individuo, non lo assicura, che fino a un certo segno: nessuna lo dispensa dal farsi un suo sistema particolare. Don Abbondio, assorbito continuamente ne' pensieri della propria quiete, non si curava di que' vantaggi, per ottenere i quali facesse bisogno d'adoperarsi molto, o d'arrischiarsi un poco. Il suo sistema consisteva principalmente nello scansar

2 **l'impunità:** Straffreiheit. | 4 **lo stuolo:** Menge, Schar. | 5 **avvezzo/a:** gewohnt (*avezzarsi a qc:* sich an etwas gewöhnen). | 10 f. **gli anni della discrezione:** die Jahre der Reife, Mäßigung. | 15 **il fine:** Zweck. | 15 f. **il ministero:** hier: Amt. | 16 **procacciarsi qc:** sich etwas erwerben, beschaffen. | 17 **riverito/a:** geachtet, geehrt (*riverire:* verehren). | 24 **arrischiarsi:** sich wagen. | 25 **scansare:** ausweichen, vermeiden.

tutti i contrasti, e nel cedere, in quelli che non poteva scansare. Neutralità disarmata in tutte le guerre che scoppiavano intorno a lui, dalle contese, allora frequentissime, tra il clero e le podestà laiche, tra il militare e il civile, tra nobili e nobili, fino alle questioni tra due contadini, nate da una parola, e decise coi pugni, o con le coltellate. Se si trovava assolutamente costretto a prender parte tra due contendenti, stava col più forte, sempre però alla retroguardia, e procurando di far vedere all'altro ch'egli non gli era volontariamente nemico: pareva che gli dicesse: ma perché non avete saputo esser voi il più forte? ch'io mi sarei messo dalla vostra parte. Stando alla larga da' prepotenti, dissimulando le loro soverchierie passeggiere e capricciose, corrispondendo con sommissioni a quelle che venissero da un'intenzione più seria e più meditata, costringendo, a forza d'inchini e di rispetto gioviale, anche i più burberi e sdegnosi, a fargli un sorriso, quando gl'incontrava per la strada, il pover'uomo era riuscito a passare i sessant'anni, senza gran burrasche.

Non è però che non avesse anche lui il suo po' di fiele in corpo; e quel continuo esercitar la pazienza, quel dar così spesso ragione agli altri, que' tanti bocconi amari inghiottiti in silenzio, glielo avevano esacerbato a segno che, se non

3 **la contesa:** Streit, Auseinandersetzung. | 4 **la podestà:** hier: Macht. | **lạico/a:** hier: weltlich. | 6 **la coltellata:** Messerstich. | 7 **il contendente:** Gegner, Kombattant. | 8 **la retroguardia:** Hintergrund. | 12 **stare alla larga:** sich fernhalten. | **dissimulare:** vorgeben, vortäuschen. | 13 **la soverchiẹria:** Gewaltakt, Übergriff. | 14 **la sommissione:** hier: Unterwürfigkeit. | 16 **burbero/a:** mürrisch, grantig. | **sdegnoso/a:** hochmütig, verächtlich (*lo sdegno:* Verachtung). | 18 **la burrasca:** Sturm; hier (fig.): Unbill, Pech. | 19 **il fiele:** Galle. | 22 **esacerbare:** verbittern. | **a segno che:** dermaßen.

avesse, di tanto in tanto, potuto dargli un po' di sfogo, la sua salute n'avrebbe certamente sofferto. Ma siccome v'eran poi finalmente al mondo, e vicino a lui, persone ch'egli conosceva ben bene per incapaci di far male, così poteva con quelle sfogare qualche volta il mal umore lungamente represso, e cavarsi anche lui la voglia d'essere un po' fantastico, e di gridare a torto. Era poi un rigido censore degli uomini che non si regolavan come lui, quando però la censura potesse esercitarsi senza alcuno, anche lontano, pericolo. [...]

Pensino ora i miei venticinque lettori che impressione dovesse fare sull'animo del poveretto, quello che s'è raccontato. Lo spavento di que' visacci e di quelle parolacce, la minaccia d'un signore noto per non minacciare invano, un sistema di quieto vivere, ch'era costato tant'anni di studio e di pazienza, sconcertato in un punto, e un passo dal quale non si poteva veder come uscirne: tutti questi pensieri ronzavano tumultuariamente nel capo basso di don Abbondio. – Se Renzo si potesse mandare in pace con un bel no, via; ma vorrà delle ragioni; e cosa ho da rispondergli, per amor del cielo? E, e, e, anche costui è una testa: un agnello se nessun lo tocca, ma se uno vuol contraddirgli ... ih! E poi, e poi, perduto dietro a quella Lucia, innamorato come ... Ragazzacci, che, per non saper che fare, s'innamorano, voglion maritarsi, e non pensano ad altro; non si fanno carico

1 **lo sfogo:** Sich-Abreagieren, Gefühlsausbruch (*sfogarsi:* sich austoben, etwas an jdm. auslassen). | 4 **ben bene:** mehr als gut. | 13 **il visaccio** (spreg.): Visage, grimmiges Gesicht. | 16 **sconcertato/a:** verdutzt, befremdet. | 17 f. **ronzare:** brummen, surren (*il ronzio:* Gebrumm, Summen). | 23 **perduto/a dietro a qu:** jdm. verfallen, bis über beide Ohren verliebt sein. | 23 f. **i ragazzacci:** junges Gemüse, Jungvolk.

de' travagli in che mettono un povero galantuomo. Oh povero me! vedete se quelle due figuracce dovevan proprio piantarsi sulla mia strada, e prenderla con me! Che c'entro io? Son io che voglio maritarmi? Perché non son andati piuttosto a parlare … Oh vedete un poco: gran destino è il mio, che le cose a proposito mi vengan sempre in mente un momento dopo l'occasione. Se avessi pensato di suggerir loro che andassero a portar la loro imbasciata … – Ma, a questo punto, s'accorse che il pentirsi di non essere stato consigliere e cooperatore dell'iniquità era cosa troppo iniqua; e rivolse tutta la stizza de' suoi pensieri contro quell'altro che veniva così a togliergli la sua pace. Non conosceva don Rodrigo che di vista e di fama, né aveva mai avuto che far con lui, altro che di toccare il petto col mento, e la terra con la punta del suo cappello, quelle poche volte che l'aveva incontrato per la strada. Gli era occorso di difendere, in più d'un'occasione, la riputazione di quel signore, contro coloro che, a bassa voce, sospirando, e alzando gli occhi al cielo, maledicevano qualche suo fatto: aveva detto cento volte ch'era un rispettabile cavaliere. Ma, in quel momento, gli diede in cuor suo tutti que' titoli che non aveva mai udito applicargli da altri, senza interrompere in fretta con un oibò. Giunto, tra il tumulto di questi pensieri, alla porta di casa sua, ch'era in fondo del paesello, mise in fretta nella toppa la chiave, che già teneva in mano; aprì, entrò, richiuse diligentemente; e, ansioso di trovarsi in una compagnia fidata, chiamò subito: «Perpetua! Perpetua!», avviandosi pu-

8 **l'imbasciata:** *l'ambasciata:* hier: Auftrag, Bitte. | 10 **l'iniquità:** Ungerechtigkeit, Unbill (*iniquo/a:* ungerecht). | 11 **la stizza:** Ärger, Wut (*stizzoso/a:* zornig, wütend; *stizzito/a*: verärgert). | 13 **la fama:** Ruf. | 22 f. **oibò** (inter.): Gott bewahre, oje! | 25 **la toppa:** Schlüsselloch.

re verso il salotto, dove questa doveva esser certamente ad apparecchiar la tavola per la cena. Era Perpetua, come ognun se n'avvede, la serva di don Abbondio: serva affezionata e fedele, che sapeva ubbidire e comandare, secondo l'occasione, tollerare a tempo il brontolìo e le fantasticaggini del padrone, e fargli a tempo tollerar le proprie, che divenivan di giorno in giorno più frequenti, da che aveva passata l'età sinodale dei quaranta, rimanendo celibe, per aver rifiutati tutti i partiti che le si erano offerti, come diceva lei, o per non aver mai trovato un cane che la volesse, come dicevan le sue amiche.

«Vengo,» rispose, mettendo sul tavolino, al luogo solito, il fiaschetto del vino prediletto di don Abbondio, e si mosse lentamente; ma non aveva ancor toccata la soglia del salotto, ch'egli v'entrò, con un passo così legato, con uno sguardo così adombrato, con un viso così stravolto, che non ci sarebbero nemmen bisognati gli occhi esperti di Perpetua, per iscoprire a prima vista che gli era accaduto qualche cosa di straordinario davvero.

«Misericordia! cos'ha, signor padrone?»

«Niente, niente,» rispose don Abbondio, lasciandosi andar tutto ansante sul suo seggiolone.

«Come, niente? La vuol dare ad intendere a me? così brutto com'è? Qualche gran caso è avvenuto.»

«Oh, per amor del cielo! Quando dico niente, o è niente, o è cosa che non posso dire.»

5 **il brontolịo:** Gegrummel. | 5 f. **la fantasticạggine:** Laune, Grille. | 8 **sinodale** (agg.): hier (fig.): reif. | 13 **il fiaschetto:** Fläschchen. | 14 **la soglia:** Schwelle. | 16 **adombrato/a:** verstört, finster. | 22 **ansante** (agg.): atemlos, keuchend. | **il seggiolone** (accr.): Lehnstuhl (auch: *la sẹggiola*).

«Che non può dir neppure a me? Chi si prenderà cura della sua salute? Chi le darà un parere? ...»

«Ohimè! tacete, e non apparecchiate altro e datemi un bicchiere del mio vino.»

«E lei mi vorrà sostenere che non ha niente!» disse Perpetua, empiendo il bicchiere, e tenendolo poi in mano, come se non volesse darlo che in premio della confidenza che si faceva tanto aspettare.

«Date qui, date qui,» disse don Abbondio, prendendole il bicchiere, con la mano non ben ferma, e votandolo poi in fretta, come se fosse una medicina.

«Vuol dunque ch'io sia costretta di domandar qua e là cosa sia accaduto al mio padrone?» disse Perpetua, ritta dinanzi a lui, con le mani arrovesciate sui fianchi, e le gomita appuntate davanti, guardandolo fisso, quasi volesse succhiargli dagli occhi il segreto.

«Per amor del cielo! non fate pettegolezzi, non fate schiamazzi: ne va ... ne va la vita!»

«La vita!»

«La vita.»

«Lei sa bene che, ogni volta che m'ha detto qualche cosa sinceramente, in confidenza, io non ho mai ...»

«Brava! come quando ...»

Perpetua s'avvide d'aver toccato un tasto falso; onde, cambiando subito il tono, «signor padrone,» disse, con voce commossa e da commovere, «io le sono sempre stata affezionata; e, se ora voglio sapere, è per premura, perché vor-

13 **ritto/a:** gerade, aufrecht. | 14 **arrovesciare le mani sui fianchi:** die Hände in die Hüften stemmen. | 15 f. **succhiare:** saugen. | 17 **i pettegolezzi** (meist pl.): Klatsch, Tratsch. | 17 f. **lo schiamazzo:** Geschnatter, Gegacker.

rei poterla soccorrere, darle un buon parere, sollevarle l'animo …»

Il fatto sta che don Abbondio aveva forse tanta voglia di scaricarsi del suo doloroso segreto, quanta ne avesse Perpetua di conoscerlo; onde, dopo aver respinti sempre più debolmente i nuovi e più incalzanti assalti di lei, dopo averle fatto più d'una volta giurare che non fiaterebbe, finalmente, con molte sospensioni, con molti ohimè, le raccontò il miserabile caso. Quando si venne al nome terribile del mandante, bisognò che Perpetua proferisse un nuovo e più solenne giuramento; e don Abbondio, pronunziato quel nome, si rovesciò sulla spalliera della seggiola, con un gran sospiro, alzando le mani, in atto insieme di comando e di supplica, e dicendo: «per amor del cielo!»

«Delle sue!» esclamò Perpetua. «Oh che birbone! oh che soverchiatore! oh che uomo senza timor di Dio!»

«Volete tacere? o volete rovinarmi del tutto?»

«Oh! siam qui soli che nessun ci sente. Ma come farà, povero signor padrone?»

«Oh vedete,» disse don Abbondio, con voce stizzosa: «vedete che bei pareri mi sa dar costei! Viene a domandarmi come farò, come farò; quasi fosse lei nell'impiccio, e toccasse a me di levarnela.»

4 **scaricarsi:** abladen, entladen; hier: sich aussprechen. | 6 **incalzante** (agg.): eindringlich. | 8 **la sospensione:** hier: Unterbrechung. | **ohimè** (inter.): o weh! | 9 f. **il/la mandante:** hier: Anstifter(in), Auftraggeber(in). | 10 **proferire:** aussprechen. | 15 **il birbone / la birbona:** Schurke, Schurkin (*la birberia:* Schurkerei). | 16 **il soverchiatore / la soverchiatrice:** hier: gottloser Mensch. | 22 **l'impiccio:** Hindernis, Verlegenheit (*impicciare:* behindern; *impicciarsi:* sich einmischen).

«Ma! io l'avrei bene il mio povero parere da darle; ma poi ...»

«Ma poi, sentiamo.»

«Il mio parere sarebbe che, siccome tutti dicono che il nostro arcivescovo è un sant'uomo, e un uomo di polso, e che non ha paura di nessuno, e, quando può fare star a dovere un di questi prepotenti, per sostenere un curato, ci gongola; io direi, e dico che lei gli scrivesse una bella lettera, per informarlo come qualmente ...»

«Volete tacere? volete tacere? Son pareri codesti da dare a un pover'uomo? Quando mi fosse toccata una schioppettata nella schiena, Dio liberi! l'arcivescovo me la leverebbe?»

«Eh! le schioppettate non si danno via come confetti: e guai se questi cani dovessero mordere tutte le volte che abbaiano! E io ho sempre veduto che a chi sa mostrare i denti, e farsi stimare, gli si porta rispetto; e, appunto perché lei non vuol mai dir la sua ragione, siam ridotti a segno che tutti vengono, con licenza, a ...»

«Volete tacere?»

«Io taccio subito; ma è però certo che, quando il mondo s'accorge che uno, sempre, in ogni incontro, è pronto a calar le ...»

«Volete tacere? È tempo ora di dir codeste baggianate?»

«Basta: ci penserà questa notte; ma intanto non cominci a farsi male da sé, a rovinarsi la salute; mangi un boccone.»

5 **l'arcivẹscovo:** Erzbischof. | **l'uomo di polso:** beherzter, tatkräftiger Mann. | 8 **gongolare:** jubeln, frohlocken. | 11 f. **la schioppettata:** Flintenschuss (*lo schioppo:* Flinte). | 13 **il confetto:** Zuckerwerk, Konfekt. | 21 **calare (le vele):** die Segel streichen; hier (fig.): aufgeben. | 23 **codesto/a** (lett.) = *questo/a.* | **la baggianata:** Quatsch, Unsinn.

«Ci penserò io,» rispose, brontolando, don Abbondio: «sicuro; io ci penserò, io ci ho da pensare.» E s'alzò, continuando: «non voglio prender niente; niente: ho altra voglia: lo so anch'io che tocca a pensarci a me. Ma! la doveva accader per l'appunto a me.»

«Mandi almen giù quest'altro gocciolo,» disse Perpetua, mescendo. «Lei sa che questo le rimette sempre lo stomaco.»

«Eh! ci vuol altro, ci vuol altro, ci vuol altro.»

Così dicendo, prese il lume, e, brontolando sempre: «una piccola bagattella! a un galantuomo par mio! e domani com'andrà?» e altre simili lamentazioni, s'avviò per salire in camera. Giunto su la soglia, si voltò indietro verso Perpetua, mise il dito sulla bocca, disse, con tono lento e solenne: «per amor del cielo!» e disparve.

Capitolo II

Si racconta che il principe di Condé dormì profondamente la notte avanti la giornata di Rocroi: ma, in primo luogo, era molto affaticato; secondariamente aveva già date tutte le disposizioni necessarie, e stabilito ciò che dovesse fare, la mattina. Don Abbondio in vece non sapeva altro ancora se non che l'indomani sarebbe giorno di battaglia; quindi una gran parte della notte fu spesa in consulte angosciose. Non

6 **gọcciolo:** Tropfen. | 16 **il prịncipe di Condé:** Louis II. de Bourbon, Prince de Condé (1621–86), einer der bedeutendsten französischen Feldherrn des 17. Jh.s. | 17 **Rocroi:** die Schlacht von Rocroi am 19. Mai 1643 im Französisch-Spanischen Krieg (1635–59), bei der Condé den Spaniern eine vernichtende Niederlage beibrachte. | 20 **in vece:** *invece.* | 22 **la consulta:** hier: Überlegung.

far caso dell'intimazione ribalda, né delle minacce, e fare il matrimonio, era un partito, che non volle neppur mettere in deliberazione. Confidare a Renzo l'occorrente, e cercar con lui qualche mezzo … Dio liberi! «Non si lasci scappar parola … altrimenti … *ehm!*» aveva detto un di que' bravi; e, al sentirsi rimbombar quell'*ehm!* nella mente, don Abbondio, non che pensare a trasgredire una tal legge, si pentiva anche dell'aver ciarlato con Perpetua. Fuggire? Dove? E poi! Quant'impicci, e quanti conti da rendere! A ogni partito che rifiutava, il pover'uomo si rivoltava nel letto. Quello che, per ogni verso, gli parve il meglio o il men male, fu di guadagnar tempo, menando Renzo per le lunghe. Si rammentò a proposito, che mancavan pochi giorni al tempo proibito per le nozze; – e, se posso tenere a bada, per questi pochi giorni, quel ragazzone, ho poi due mesi di respiro; e, in due mesi, può nascer di gran cose. – Ruminò pretesti da metter in campo; e, benché gli paressero un po' leggieri, pur s'andava rassicurando col pensiero che la sua autorità gli avrebbe fatti parer di giusto peso, e che la sua antica esperienza gli darebbe gran vantaggio sur un giovanetto ignorante. – Vedremo, – diceva tra sé: – egli pensa alla morosa; ma io penso alla pelle: il più interessato son io, lasciando stare che sono il più accorto. Figliuol caro, se tu ti senti il bruciore addosso, non so che dire; ma io non voglio andarne di mezzo. – Fermato così un poco l'animo a una deliberazione, potè finalmente chiuder occhio: ma che son-

2 **il partito:** hier: Ausweg, Lösung. | 2 f. **mẹttere in deliberazione:** hier: in Erwägung ziehen. | 12 **menare (qc) per le lunghe:** etwas in die Länge ziehen; hier: jdn. hinhalten. | 16 **ruminare qc:** grübeln. | 22 **il moroso / la morosa:** Geliebte(r).

no! che sogni! Bravi, don Rodrigo, Renzo, viottole, rupi, fughe, inseguimenti, grida, schioppettate.

Il primo svegliarsi, dopo una sciagura, e in un impiccio, è un momento molto amaro. La mente, appena risentita, ricorre all'idee abituali della vita tranquilla antecedente; ma il pensiero del nuovo stato di cose le si affaccia subito sgarbatamente; e il dispiacere ne è più vivo in quel paragone istantaneo. Assaporato dolorosamente questo momento, don Abbondio ricapitolò subito i suoi disegni della notte, si confermò in essi, gli ordinò meglio, s'alzò, e stette aspettando Renzo con timore e, ad un tempo, con impazienza.

Lorenzo o, come dicevan tutti, Renzo non si fece molto aspettare. Appena gli parve ora di poter, senza indiscrezione, presentarsi al curato, v'andò, con la lieta furia d'un uomo di vent'anni, che deve in quel giorno sposare quella che ama. Era, fin dall'adolescenza, rimasto privo de' parenti, ed esercitava la professione di filatore di seta, ereditaria, per dir così, nella sua famiglia; professione, negli anni indietro, assai lucrosa; allora già in decadenza, ma non però a segno che un abile operaio non potesse cavarne di che vivere onestamente. Il lavoro andava di giorno in giorno scemando; ma l'emigrazione continua de' lavoranti, attirati negli stati vicini da promesse, da privilegi e da grosse paghe, faceva sì che non ne mancasse ancora a quelli che rimanevano in paese. Oltre di questo, possedeva Renzo un poderetto che fa-

9 **il disegno:** hier: Überlegung, Entwurf. | 16 **privo de (di) qc/qu:** ohne etwas, jdn., bar. | 17 **il filatore / la filatrice di seta:** Seidenspinner(in), Seidenweber(in) (*il filatoio:* Webstuhl; *la filanda:* [Seiden-]Spinnerei). | 19 **lucroso/a:** einträglich, lukrativ. | 19 f. **a segno che:** derart, solchermaßen. | 20 **cavarne:** hier: verdienen. | 21 **scemare:** nachlassen, mindern, abflauen.

ceva lavorare e lavorava egli stesso, quando il filatoio stava fermo; di modo che, per la sua condizione, poteva dirsi agiato. E quantunque quell'annata fosse ancor più scarsa delle antecedenti, e già si cominciasse a provare una vera carestia, pure il nostro giovine, che, da quando aveva messi gli occhi addosso a Lucia, era divenuto massaio, si trovava provvisto bastantemente, e non aveva a contrastar con la fame. Comparve davanti a don Abbondio, in gran gala, con penne di vario colore al cappello, col suo pugnale del manico bello, nel taschino de' calzoni, con una cert'aria di festa e nello stesso tempo di braverìa, comune allora anche agli uomini più quieti. L'accoglimento incerto e misterioso di don Abbondio fece un contrapposto singolare ai modi gioviali e risoluti del giovinotto.

– Che abbia qualche pensiero per la testa, – argomentò Renzo tra sé; poi disse: «son venuto, signor curato, per sapere a che ora le comoda che ci troviamo in chiesa.»

«Di che giorno volete parlare?»

«Come, di che giorno? non si ricorda che s'è fissato per oggi?»

«Oggi?» replicò don Abbondio, come se ne sentisse parlare per la prima volta. «Oggi, oggi … abbiate pazienza, ma oggi non posso.»

«Oggi non può! Cos'è nato?»

«Prima di tutto, non mi sento bene, vedete.»

«Mi dispiace; ma quello che ha da fare è cosa di così poco tempo, e di così poca fatica …»

3 **agiato/a:** vermögend, wohlhabend. | **quantunque:** obschon, obwohl. | **l'annata:** Jahrgang, Jahresernte. | 6 **il massaio / la massaia:** Gutsverwalter(in). | 11 **la braverịa:** Keckheit. | 24 **cos'è nato?:** was ist geschehen?

«E poi, e poi, e poi …»

«E poi che cosa?»

«E poi c'è degli imbrogli.»

«Degl'imbrogli? Che imbrogli ci può essere?»

«Bisognerebbe trovarsi nei nostri piedi, per conoscer quanti impicci nascono in queste materie, quanti conti s'ha da rendere. Io son troppo dolce di cuore, non penso che a levar di mezzo gli ostacoli, a facilitar tutto, a far le cose secondo il piacere altrui, e trascuro il mio dovere; e poi mi toccan de' rimproveri, e peggio.»

«Ma, col nome del cielo, non mi tenga così sulla corda, e mi dica chiaro e netto cosa c'è.»

«Sapete voi quante e quante formalità ci vogliono per fare un matrimonio in regola?»

«Bisogna ben ch'io ne sappia qualche cosa,» disse Renzo, cominciando ad alterarsi, «poiché me ne ha già rotta bastantemente la testa, questi giorni addietro. Ma ora non s'è sbrigato ogni cosa? non s'è fatto tutto ciò che s'aveva a fare?»

«Tutto, tutto, pare a voi: perché, abbiate pazienza, la bestia son io, che trascuro il mio dovere, per non far penare la gente. Ma ora … basta, so quel che dico. Noi poveri curati siamo tra l'ancudine e il martello: voi impaziente; vi compatisco, povero giovane; e i superiori … basta, non si può dir tutto. E noi siam quelli che ne andiam di mezzo.»

«Ma mi spieghi una volta cos'è quest'altra formalità che s'ha a fare, come dice; e sarà subito fatta.»

8 **levar(e) qc di mezzo:** etwas beseitigen. | 11 **col nome del cielo:** um Himmels willen. | **tenere qu sulla corda** (fig.): jdn. auf die Folter spannen. | 12 **chiaro e netto** (avv.): klipp und klar. | 16 **alterarsi:** sich aufregen. | 23 **l'ancụdine** f.: *l'incụdine:* Amboss.

«Sapete voi quanti siano gl'impedimenti dirimenti?»

«Che vuol ch'io sappia d'impedimenti?»

«Error, conditio, votum, cognatio, crimen,
Cultus disparitas, vis, ordo, ligamen, honestas,
Si sis affinis, …»

cominciava don Abbondio, contando sulla punta delle dita.

«Si piglia gioco di me?» interruppe il giovine. «Che vuol ch'io faccia del suo *latinorum*?»

«Dunque, se non sapete le cose, abbiate pazienza, e rimettetevi a chi le sa.»

«Orsù! …»

«Via, caro Renzo, non andate in collera, che son pronto a fare … tutto quello che dipende da me. Io, io vorrei vedervi contento; vi voglio bene io. Eh! … quando penso che stavate così bene; cosa vi mancava? V'è saltato il grillo di maritarvi …»

«Che discorsi son questi, signor mio?» proruppe Renzo, con un volto tra l'attonito e l'adirato.

«Dico per dire, abbiate pazienza, dico per dire. Vorrei vedervi contento.»

«In somma …»

«In somma, figliuol caro, io non ci ho colpa; la legge non

1 **l'impedimento dirimente:** Ehehindernis (*dirịmere:* annulieren, beilegen). | 3 ff. **Error … affinis** (lat.): Irrtum/Verfehlung, Antrag, Gelübde, Verwandtschaft, Verbrechen, unterschiedliche Glaubenszugehörigkeit, Gewalt, Stand, Eheversprechen, Ehrbarkeit, im Falle der Verschwägerung. | 8 **pigliarsi gioco di qu:** sich über jdn. lustig machen. | 16 **il grillo:** Flause, Laune. | 18 **prorọmpere:** ausrufen, herausplatzen. | 19 **attonito/a:** entgeistert (hier substantivisch gebraucht). | **adirato/a:** erzürnt (hier substantivisch gebraucht).

l'ho fatta io. E, prima di conchiudere un matrimonio, noi siam proprio obbligati a far molte e molte ricerche, per assicurarci che non ci siano impedimenti.»

«Ma via, mi dica una volta che impedimento è sopravvenuto?»

«Abbiate pazienza, non son cose da potersi decifrare così su due piedi. Non ci sarà niente, così spero; ma, non ostante, queste ricerche noi le dobbiam fare. Il testo è chiaro e lampante: *antequam matrimonium denunciet* ...»

«Le ho detto che non voglio latino.»

«Ma bisogna pur che vi spieghi ...»

«Ma non le ha già fatte queste ricerche?»

«Non le ho fatte tutte, come avrei dovuto, vi dico.»

«Perché non le ha fatte a tempo? perché dirmi che tutto era finito? perché aspettare ...»

«Ecco! mi rimproverate la mia troppa bontà. Ho facilitato ogni cosa per servirvi più presto: ma ..., ma ora mi son venute ... basta, so io.»

«E che vorrebbe ch'io facessi?»

«Che aveste pazienza per qualche giorno. Figliuol caro, qualche giorno non è poi l'eternità: abbiate pazienza.»

«Per quanto?»

– Siamo a buon porto, – pensò fra sé don Abbondio; e, con un fare più manieroso che mai, «via,» disse: «in quindici giorni cercherò, ... procurerò ...»

«Quindici giorni! oh questa sì ch'è nuova! S'è fatto tutto ciò che ha voluto lei; s'è fissato il giorno; il giorno arriva; e ora lei mi viene a dire che aspetti quindici giorni! Quindi-

1 **conchiụdere:** *conclụdere.* | 9 **ạntequam matrimọnium denụnciet ...** (lat.): bevor die Heirat öffentlich angekündigt wird.

ci …» riprese poi, con voce più alta e stizzosa, stendendo il braccio, e battendo il pugno nell'aria; e chi sa qual diavoleria avrebbe attaccata a quel numero, se don Abbondio non l'avesse interrotto, prendendogli l'altra mano, con un'amorevolezza timida e premurosa: «via, via, non v'alterate, per amor del cielo. Vedrò, cercherò se, in una settimana …»

«E a Lucia che devo dire?»

«Ch'è stato un mio sbaglio.»

«E i discorsi del mondo?»

«Dite pure a tutti, che ho sbagliato io, per troppa furia, per troppo buon cuore: gettate tutta la colpa addosso a me. Posso parlar meglio? via, per una settimana.»

«E poi, non ci sarà più altri impedimenti?»

«Quando vi dico …»

«Ebbene: avrò pazienza per una settimana; ma ritenga bene che, passata questa, non m'appagherò più di chiacchiere. Intanto la riverisco.» E così detto, se n'andò, facendo a don Abbondio un inchino men profondo del solito, e dandogli un'occhiata più espressiva che riverente.

Uscito poi, e camminando di mala voglia, per la prima volta, verso la casa della sua promessa, in mezzo alla stizza, tornava con la mente su quel colloquio; e sempre più lo trovava strano. L'accoglienza fredda e impicciata di don Abbondio, quel suo parlare stentato insieme e impaziente, que' due occhi grigi che, mentre parlava, eran sempre andati scappando qua e là, come se avesser avuto paura d'incontrarsi con le parole che gli uscivan di bocca, quel farsi quasi nuovo del matrimonio così espressamente concertato, e

2 **la diavolerịa:** hier: Unglück. | 24 **stentato/a:** gezwungen, mühselig (*stentare:* sich abmühen, quälen).

sopra tutto quell'accennar sempre qualche gran cosa, non dicendo mai nulla di chiaro; tutte queste circostanze messe insieme facevan pensare a Renzo che ci fosse sotto un mistero diverso da quello che don Abbondio aveva voluto far credere. Stette il giovine in forse un momento di tornare indietro, per metterlo alle strette, e farlo parlar più chiaro; ma, alzando gli occhi, vide Perpetua che camminava dinanzi a lui, ed entrava in un orticello pochi passi distante dalla casa. Le diede una voce, mentre essa apriva l'uscio; studiò il passo, la raggiunse, la ritenne sulla soglia, e, col disegno di scovar qualche cosa di più positivo, si fermò ad attaccar discorso con essa.

«Buon giorno, Perpetua: io speravo che oggi si sarebbe stati allegri insieme.»

«Ma! quel che Dio vuole, il mio povero Renzo.»

«Fatemi un piacere: quel benedett'uomo del signor curato m'ha impastocchiate certe ragioni che non ho potuto ben capire: spiegatemi voi meglio perché non può o non vuole maritarci oggi.»

«Oh! vi par egli ch'io sappia i segreti del mio padrone?»

– L'ho detto io, che c'era mistero sotto, – pensò Renzo; e, per tirarlo in luce, continuò: «via, Perpetua; siamo amici; ditemi quel che sapete, aiutate un povero figliuolo.»

«Mala cosa nascer povero, il mio caro Renzo.»

«È vero,» riprese questo, sempre più confermandosi ne' suoi sospetti; e, cercando d'accostarsi più alla questione, «è

6 **mettere qu alle strette:** jdn. in die Enge treiben. | 9 **dare una voce a qu:** jdn. rufen, jdm. zurufen. | 9 f. **studiare il passo:** hier: die Schritte verdoppeln, schneller werden. | 17 **impastocchiare:** erfinden, schwindeln. | 27 **accostarsi:** sich nähern.

vero,» soggiunse, «ma tocca ai preti a trattar male co' poveri?»

«Sentite, Renzo; io non posso dir niente, perché ... non so niente; ma quello che vi posso assicurare è che il mio padrone non vuol far torto, né a voi né a nessuno; e lui non ci ha colpa.»

«Chi è dunque che ci ha colpa?» domandò Renzo, con un cert'atto trascurato, ma col cuor sospeso, e con l'orecchio all'erta.

«Quando vi dico che non so niente ... In difesa del mio padrone, posso parlare; perché mi fa male sentire che gli si dia carico di voler far dispiacere a qualcheduno. Pover'uomo! se pecca, è per troppa bontà. C'è bene a questo mondo de' birboni, de' prepotenti, degli uomini senza timor di Dio ...»

– Prepotenti! birboni! – pensò Renzo: – questi non sono i superiori. «Via,» disse poi, nascondendo a stento l'agitazione crescente, «via, ditemi chi è.»

«Ah! voi vorreste farmi parlare; e io non posso parlare, perché ... non so niente: quando non so niente, è come se avessi giurato di tacere. Potreste darmi la corda, che non mi cavereste nulla di bocca. Addio; è tempo perduto per tutt'e due.» Così dicendo, entrò in fretta nell'orto, e chiuse l'uscio. Renzo, rispostole con un saluto, tornò indietro pian piano, per non farla accorgere del cammino che prendeva; ma, quando fu fuor del tiro dell'orecchio della buona donna, allungò il passo; in un momento fu all'uscio di don Ab-

1 **soggiungere:** hinzufügen. | 1 f. **trattare male co' (coi) poveri:** die Armen schlecht behandeln. | 5 **fare torto a qu:** jdm. unrecht tun (*il torto:* Unrecht). | 14 **il/la prepotente:** anmaßender, unverschämter, rechthaberischer Mensch. | 26 **fuori del tiro dell'orrecchio:** außer Hörweite.

bondio; entrò, andò diviato al salotto dove l'aveva lasciato, ve lo trovò, e corse verso lui, con un fare ardito, e con gli occhi stralunati.

«Eh! eh! che novità è questa?» disse don Abbondio.

«Chi è quel prepotente,» disse Renzo, con la voce d'un uomo ch'è risoluto d'ottenere una risposta precisa, «chi è quel prepotente che non vuol ch'io sposi Lucia?»

«Che? che? che?» balbettò il povero sorpreso, con un volto fatto in un istante bianco e floscio, come un cencio che esca del bucato. E, pur brontolando, spiccò un salto dal suo seggiolone, per lanciarsi all'uscio. Ma Renzo, che doveva aspettarsi quella mossa, e stava all'erta, vi balzò prima di lui, girò la chiave, e se la mise in tasca.

«Ah! ah! parlerà ora, signor curato? Tutti sanno i fatti miei, fuori di me. Voglio saperli, per bacco, anch'io. Come si chiama colui?»

«Renzo! Renzo! per carità, badate a quel che fate; pensate all'anima vostra.»

«Penso che lo voglio saper subito, sul momento.» E, così dicendo, mise, forse senza avvedersene, la mano sul manico del coltello che gli usciva dal taschino.

«Misericordia!» esclamò con voce fioca don Abbondio.

«Lo voglio sapere.»

«Chi v'ha detto ...»

«No, no; non più fandonie. Parli chiaro e subito.»

1 **diviato** (hier avv.): geradewegs. | 2 **il fare:** hier: Gebärde, Geste. | **ardito/a:** kühn, frech. | 3 **stralunato/a:** verwirrt; hier: (Augen) rollend. | 9 **floscio/a:** schlaff, kraftlos. | **il cencio:** Fetzen, Lumpen. | 10 **il bucato:** Wäsche. | **spiccare un salto:** einen Sprung machen, zum Sprung ansetzen. | 15 **per bacco** (inter.): zum Donnerwetter, potz Blitz! | 22 **fioco/a:** heiser, schwach, matt. | 25 **la fandọnia:** Märchen.

«Mi volete morto?»

«Voglio sapere ciò che ho ragion di sapere.»

«Ma se parlo, son morto. Non m'ha da premere la mia vita?»

«Dunque parli.»

Quel «dunque» fu proferito con una tale energia, l'aspetto di Renzo divenne così minaccioso, che don Abbondio non potè più nemmen supporre la possibilità di disubbidire.

«Mi promettete, mi giurate,» disse «di non parlarne con nessuno, di non dir mai ...?»

«Le prometto che fo uno sproposito, se lei non mi dice subito subito il nome di colui.»

A quel nuovo scongiuro, don Abbondio, col volto, e con lo sguardo di chi ha in bocca le tanaglie del cavadenti, proferì: «don ...»

«Don?» ripetè Renzo, come per aiutare il paziente a buttar fuo i il resto; e stava curvo, con l'orecchio chino sulla bocca di lui, con le braccia tese, e i pugni stretti all'indietro.

«Don Rodrigo!» pronunziò in fretta il forzato, precipitando quelle poche sillabe, e strisciando le consonanti, parte per il turbamento, parte perché, rivolgendo pure quella poca attenzione che gli rimaneva libera, a fare una transazione tra le due paure, pareva che volesse sottrarre e fare scomparir la parola, nel punto stesso ch'era costretto a metterla fuori.

12 **fo:** *faccio.* | 15 **la tanaglia:** *la tenaglia:* Zange. | **il cavadenti:** Zahnbrecher, -reißer (*cavare:* aushöhlen; [heraus]ziehen). | 17 f. **buttar fuọ:** *buttar(e) fuori:* hier: ausspucken, auswerfen. | 22 **il turbamento:** Aufregung. | 23 f. **la transazione:** hier: Vergleich.

«Ah cane!» urlò Renzo. «E come ha fatto? Cosa le ha detto per ...?»

«Come eh? come?» rispose, con voce quasi sdegnosa, don Abbondio, il quale, dopo un così gran sagrifizio, si sentiva in certo modo divenuto creditore. «Come eh? Vorrei che la fosse toccata a voi, come è toccata a me, che non c'entro per nulla; che certamente non vi sarebber rimasti tanti grilli in capo.» E qui si fece a dipinger con colori terribili il brutto incontro; e, nel discorrere, accorgendosi sempre più d'una gran collera che aveva in corpo, e che fin allora era stata nascosta e involta nella paura, e vedendo nello stesso tempo che Renzo, tra la rabbia e la confusione, stava immobile, col capo basso, continuò allegramente: «avete fatta una bella azione! M'avete reso un bel servizio! Un tiro di questa sorte a un galantuomo, al vostro curato! in casa sua! in luogo sacro! Avete fatta una bella prodezza! Per cavarmi di bocca il mio malanno, il vostro malanno! ciò ch'io vi nascondevo per prudenza, per vostro bene! E ora che lo sapete? Vorrei vedere che mi faceste ...! Per amor del cielo! Non si scherza. Non si tratta di torto o di ragione; si tratta di forza. E quando, questa mattina, vi davo un buon parere ... eh! subito nelle furie. Io avevo giudizio per me e per voi; ma come si fa? Aprite almeno; datemi la mia chiave.»

«Posso aver fallato,» rispose Renzo, con voce raddolcita verso don Abbondio, ma nella quale si sentiva il furore contro il nemico scoperto: «posso aver fallato; ma si metta la mano al petto, e pensi se nel mio caso ...»

8 **il grillo:** Flause, Grille. | 14 **il tiro:** hier: Streich, Hieb. | 16 **la prodezza:** Kühnheit. | 17 **il malanno:** Leiden, Unglück. | 24 **fallare:** Unrecht tun. | **raddolcire:** mildern, dämpfen (*raddolcito/a:* mild, sanft).

Così dicendo, s'era levata la chiave di tasca, e andava ad aprire. Don Abbondio gli andò dietro, e, mentre quegli girava la chiave nella toppa, se gli accostò, e, con volto serio e ansioso, alzandogli davanti agli occhi le tre prime dita della destra, come per aiutarlo anche lui dal canto suo, «giurate almeno ...» gli disse.

«Posso aver fallato; e mi scusi,» rispose Renzo, aprendo, e disponendosi ad uscire.

«Giurate ...» replicò don Abbondio, afferrandogli il braccio con la mano tremante.

«Posso aver fallato,» ripetè Renzo, sprigionandosi da lui; e partì in furia, troncando così la questione, che, al pari d'una questione di letteratura o di filosofia o d'altro, avrebbe potuto durar dei secoli, giacché ognuna delle parti non faceva che replicare il suo proprio argomento.

«Perpetua! Perpetua!» gridò don Abbondio, dopo avere invano richiamato il fuggitivo. Perpetua non risponde: don Abbondio non sapeva più in che mondo si fosse.

È accaduto più d'una volta a personaggi di ben più alto affare che don Abbondio, di trovarsi in frangenti così fastidiosi, in tanta incertezza di partiti, che parve loro un ottimo ripiego mettersi a letto con la febbre. Questo ripiego, egli non lo dovette andare a cercare, perché gli si offerse da sé. La paura del giorno avanti, la veglia angosciosa della notte, la paura avuta in quel momento, l'ansietà dell'avvenire, fecero l'effetto. Affannato e balordo, si ripose sul suo seg-

3 **la toppa:** Schlüsselloch. | 9 **afferrare:** (er)greifen, zupacken. | 11 **sprigionarsi da qu:** sich von jdm. befreien. | 12 **troncare:** abrupt beenden. | 14 **giacché:** da, weil. | 20 **il frangente:** schwierige Lage. | 24 **la veglia:** Wachzustand. | 26 **affanato/a:** keuchend. | **balordo/a:** hier: betäubt, benommen.

giolone, cominciò a sentirsi qualche brivido nell'ossa, si guardava le unghie sospirando, e chiamava di tempo in tempo, con voce tremolante e stizzosa: «Perpetua!» La venne finalmente, con un gran cavolo sotto il braccio, e con la faccia tosta, come se nulla fosse stato. Risparmio al lettore i lamenti, le condoglianze, le accuse, le difese, i «voi sola potete aver parlato», e i «non ho parlato», tutti i pasticci in somma di quel colloquio. Basti dire che don Abbondio ordinò a Perpetua di metter la stanga all'uscio, di non aprir più per nessuna cagione, e, se alcun bussasse, risponder dalla finestra che il curato era andato a letto con la febbre. Salì poi lentamente le scale, dicendo, ogni tre scalini, «son servito»; e si mise davvero a letto, dove lo lasceremo. [...]

Capitolo III

Lucia entrò nella stanza terrena, mentre Renzo stava angosciosamente informando Agnese, la quale angosciosamente lo ascoltava. Tutt'e due si volsero a chi ne sapeva più di loro, e da cui aspettavano uno schiarimento, il quale non poteva essere che doloroso: tutt'e due, lasciando travedere, in mezzo al dolore, e con l'amore diverso che ognun d'essi portava a Lucia, un cruccio pur diverso perché avesse taciuto loro qualche cosa, e una tal cosa. Agnese, benché ansiosa di sentir parlare la figlia, non potè tenersi di non farle un rimprovero. «A tua madre non dir niente d'una cosa simile!»

6 **la condoglianza:** Beileid. | 12 f. **son(o) servito/a:** ich bin erledigt, geliefert. | 18 **lo schiarimento:** Klärung, Erhellung. | 19 **lasciare travedere:** durchblicken lassen. | 21 **il cruccio:** Verdruss, Pein.

«Ora vi dirò tutto,» rispose Lucia, asciugandosi gli occhi col grembiule.

«Parla, parla! – Parlate, parlate!» gridarono a un tratto la madre e lo sposo.

«Santissima Vergine!» esclamò Lucia: «chi avrebbe creduto che le cose potessero arrivare a questo segno!» E, con voce rotta dal pianto, raccontò come, pochi giorni prima, mentre tornava dalla filanda, ed era rimasta indietro dalle sue compagne, le era passato innanzi don Rodrigo, in compagnia d'un altro signore; che il primo aveva cercato di trattenerla con chiacchiere, com'ella diceva, non punto belle; ma essa, senza dargli retta, aveva affrettato il passo, e raggiunte le compagne; e intanto aveva sentito quell'altro signore rider forte, e don Rodrigo dire: scommettiamo. Il giorno dopo, coloro s'eran trovati ancora sulla strada; ma Lucia era nel mezzo delle compagne, con gli occhi bassi; e l'altro signore sghignazzava, e don Rodrigo diceva: vedremo, vedremo. «Per grazia del cielo,» continuò Lucia, «quel giorno era l'ultimo della filanda. Io raccontai subito ...»

«A chi hai raccontato?» domandò Agnese, andando incontro, non senza un po' di sdegno, al nome del confidente preferito.

«Al padre Cristoforo, in confessione, mamma,» rispose Lucia, con un accento soave di scusa. «Gli raccontai tutto, l'ultima volta che siamo andate insieme alla chiesa del convento: e, se vi ricordate, quella mattina, io andava mettendo mano ora a una cosa, ora a un'altra, per indugiare, tanto

12 **dare retta a qu:** jdm. Gehör schenken. | 14 **scommettere:** wetten (*la scommessa:* Wette). | 17 **sghignazzare:** höhnisch lachen. | 24 **soave** (agg.): angenehm, lieblich; hier: leicht, zart. | 27 **indugiare:** verzögern, verweilen.

che passasse altra gente del paese avviata a quella volta, e far la strada in compagnia con loro; perché, dopo quell'incontro, le strade mi facevan tanta paura …»

Al nome riverito del padre Cristoforo, lo sdegno d'Agnese si raddolcì. «Hai fatto bene,» disse, «ma perché non raccontar tutto anche a tua madre?»

Lucia aveva avute due buone ragioni: l'una, di non contristare né spaventare la buona donna, per cosa alla quale essa non avrebbe potuto trovar rimedio; l'altra, di non metter a rischio di viaggiar per molte bocche una storia che voleva essere gelosamente sepolta: tanto più che Lucia sperava che le sue nozze avrebber troncata, sul principiare, quell'abbominata persecuzione. Di queste due ragioni però, non allegò che la prima.

«E a voi,» disse poi, rivolgendosi a Renzo, con quella voce che vuol far riconoscere a un amico che ha avuto torto: «e a voi doveva io parlar di questo? Pur troppo lo sapete ora!»

«E che t'ha detto il padre?» domandò Agnese.

«M'ha detto che cercassi d'affrettar le nozze il più che potessi, e intanto stessi rinchiusa: che pregassi bene il Signore; e che sperava che colui, non vedendomi, non si curerebbe più di me. E fu allora che mi sforzai,» proseguì, rivolgendosi di nuovo a Renzo, senza alzargli però gli occhi in viso, e arrossendo tutta, «fu allora che feci la sfacciata, e che vi pregai io che procuraste di far presto, e di concludere prima del tempo che s'era stabilito. Chi sa cosa avrete pensato di me! Ma io facevo per bene, ed ero stata consigliata, e tenevo per certo … e questa mattina, ero tanto lontana da

7 f. **contristare qu:** jdn. betrüben. | 13 **abbominato/a:** schändlich. | 14 **allegare:** hier: vorbringen, ansprechen. | 24 **sfacciato/a:** schamlos (hier substantivisch gebraucht).

pensare ...» Qui le parole furon troncate da un violento scoppio di pianto.

«Ah birbone! ah dannato! ah assassino!» gridava Renzo, correndo innanzi e indietro per la stanza, e stringendo di tanto in tanto il manico del suo coltello.

«Oh che imbroglio, per amor di Dio!» esclamava Agnese. Il giovine si fermò d'improvviso davanti a Lucia che piangeva; la guardò con un atto di tenerezza mesta e rabbiosa, e disse: «questa è l'ultima che fa quell'assassino».

«Ah! no, Renzo, per amor del cielo!» gridò Lucia. «No, no, per amor del cielo! Il Signore c'è anche per i poveri; e come volete che ci aiuti, se facciam del male?»

«No, no, per amor del cielo!» ripeteva Agnese.

«Renzo,» disse Lucia, con un'aria di speranza e di risoluzione più tranquilla: «voi avete un mestiere, e io so lavorare: andiamo tanto lontano, che colui non senta più parlar di noi.»

«Ah Lucia! e poi? Non siamo ancora marito e moglie! Il curato vorrà farci la fede di stato libero? Un uomo come quello? Se fossimo maritati, oh allora ...!»

Lucia si rimise a piangere: e tutt'e tre rimasero in silenzio, e in un abbattimento che faceva un tristo contrapposto alla pompa festiva de' loro abiti. [...]

Da Renzo und Lucia sich in dieser Situation nicht allein zu helfen wissen, beschließen sie, einen Anwalt zu konsultieren. Renzo macht sich mit vier Hühnern, die als »Honorar« gedacht sind, auf den Weg zum Dottore.

6 **l'imbroglio:** Verwicklung. | 19 **fare fede** (f.): Glauben schenken; hier: bescheinigen. | **lo stato lịbero:** hier: frei, unverheiratet sein.

«Non facciam niente,» rispose il dottore, scotendo il capo, con un sorriso, tra malizioso e impaziente. «Se non avete fede in me, non facciam niente. Chi dice le bugie al dottore, vedete figliuolo, è uno sciocco che dirà la verità al giudice. All'avvocato bisogna raccontar le cose chiare: a noi tocca poi a imbrogliarle. Se volete ch'io v'aiuti, bisogna dirmi tutto, dall'a fino alla zeta, col cuore in mano, come al confessore. Dovete nominarmi la persona da cui avete avuto il mandato: sarà naturalmente persona di riguardo; e, in questo caso, io anderò da lui, a fare un atto di dovere. Non gli dirò, vedete, ch'io sappia da voi, che v'ha mandato lui: fidatevi. Gli dirò che vengo ad implorar la sua protezione, per un povero giovine calunniato. E con lui prenderò i concerti opportuni, per finir l'affare lodevolmente. Capite bene che, salvando sé, salverà anche voi. Se poi la scappata fosse tutta vostra, via, non mi ritiro: ho cavato altri da peggio imbrogli … Purché non abbiate offeso persona di riguardo, intendiamoci, m'impegno a toglievi d'impiccio: con un po' di spesa, intendiamoci. Dovete dirmi chi sia l'offeso, come si dice: e, secondo la condizione, la qualità e l'umore dell'amico, si vedrà se convenga più di tenerlo a segno con le protezioni, o trovar qualche modo d'attaccarlo noi in criminale, e mettergli una pulce nell'orecchio; perché, vedete, a saper ben maneggiare le gride, nessuno è reo, e nessuno è innocente. In quanto al curato, se è persona di giudizio, se ne starà zitto; se fosse una testolina, c'è rimedio anche per quelle. D'ogni intrigo si può uscire; ma ci vuole un uomo: e

1 **sc(u)ọtere il capo:** den Kopf schütteln. | 7 **dall'a fino alla zeta:** von A–Z, von Anfang bis Ende. | 13 **calunniare:** verleumden. | **il concerto:** hier: Vereinbarung, Übereinkunft. | 26 **la testolina:** Dummkopf.

il vostro caso è serio, vi dico, serio: la grida canta chiaro; e se la cosa si deve decider tra la giustizia e voi, così a quattr'occhi, state fresco. Io vi parlo da amico: le scappate bisogna pagarle: se volete passarvela liscia, danari e sincerità, fidarvi di chi vi vuol bene, ubbidire, far tutto quello che vi sarà suggerito.»

Mentre il dottore mandava fuori tutte queste parole, Renzo lo stava guardando con un'attenzione estatica, come un materialone sta sulla piazza guardando al giocator di bussolotti, che, dopo essersi cacciata in bocca stoppa e stoppa e stoppa, ne cava nastro e nastro e nastro, che non finisce mai. Quand'ebbe però capito bene cosa il dottore volesse dire, e quale equivoco avesse preso, gli troncò il nastro in bocca, dicendo: «oh! signor dottore, come l'ha intesa? l'è proprio tutta al rovescio. Io non ho minacciato nessuno; io non fo di queste cose, io: e domandi pure a tutto il mio comune, che sentirà che non ho mai avuto che fare con la giustizia. La bricconeria l'hanno fatta a me; e vengo da lei per sapere come ho da fare per ottener giustizia; e son ben contento d'aver visto quella grida.»

«Diavolo!» esclamò il dottore, spalancando gli occhi. «Che pasticci mi fate? Tant'è; siete tutti così: possibile che non sappiate dirle chiare le cose?»

«Ma mi scusi; lei non m'ha dato tempo: ora le racconterò

3 **stare fresco** (fig.): in der Tinte sitzen. | 4 **passarsela liscia:** heil aus einer Sache herauskommen, davonkommen. | 9 **il materialone** (accr.): Tölpel, Einfaltspinsel. | 9 f. **il giocator(e) di bussolotti:** Würfelspieler, Gaukler. | 10 **la stoppa:** Putzwolle, Werg. | 11 **il nastro:** Band. | 13 **l'equivoco:** Missverständnis. | 18 **la bricconeria:** Halunkenstreich, Gaunerei. | 22 **Che pasticci mi fate?:** Was für ein wirres Zeug erzählt Ihr da?

la cosa, com'è. Sappia dunque ch'io dovevo sposare oggi,» e qui la voce di Renzo si commosse, «dovevo sposare oggi una giovine, alla quale discorrevo, fin da quest'estate; e oggi, come le dico, era il giorno stabilito col signor curato, e s'era disposto ogni cosa. Ecco che il signor curato comincia a cavar fuori certe scuse … basta, per non tediarla, io l'ho fatto parlar chiaro, com'era giusto; e lui m'ha confessato che gli era stato proibito, pena la vita, di far questo matrimonio. Quel prepotente di don Rodrigo …»

«Eh via!» interruppe subito il dottore, aggrottando le ciglia, aggrinzando il naso rosso, e storcendo la bocca, «eh via! Che mi venite a rompere il capo con queste fandonie? Fate di questi discorsi tra voi altri, che non sapete misurar le parole; e non venite a farli con un galantuomo che sa quanto valgono. Andate, andate; non sapete quel che vi dite: io non m'impiccio con ragazzi; non voglio sentir discorsi di questa sorte, discorsi in aria.»

«Le giuro …»

«Andate, vi dico: che volete ch'io faccia de' vostri giuramenti? Io non c'entro: me ne lavo le mani.» E se le andava stropicciando, come se le lavasse davvero. «Imparate a parlare: non si viene a sorprender così un galantuomo.»

«Ma senta, ma senta,» ripeteva indarno Renzo: il dottore, sempre gridando, lo spingeva con le mani verso l'uscio; e, quando ve l'ebbe cacciato, aprì, chiamò la serva, e le disse: «restituite subito a quest'uomo quello che ha portato: io non voglio niente, non voglio niente.»

3 **discorrere a qu:** um jdn. freien, jdm. den Hof machen. | 6 **tediare qu:** jdm. lästig fallen. | 10 **aggrottare:** runzeln. | 11 **(r)aggrinzare:** knittern, (Nase) krausziehen, rümpfen. | 21 **stropicciarsi le mani:** sich die Hände reiben. | 23 **indarno** (avv., lett.): vergebens.

Quella donna non aveva mai, in tutto il tempo ch'era stata in quella casa, eseguito un ordine simile: ma era stato proferito con una tale risoluzione, che non esitò a ubbidire. Prese le quattro povere bestie, e le diede a Renzo, con un'occhiata di compassione sprezzante, che pareva volesse dire: bisogna che tu l'abbia fatta bella. Renzo voleva far cerimonie; ma il dottore fu inespugnabile; e il giovine, più attonito e più stizzito che mai, dovette riprendersi le vittime rifiutate, e tornar al paese, a raccontar alle donne il bel costrutto della sua spedizione. [...]

Lucia, ihre Mutter Agnese und Renzo beschließen nun, die Hilfe Padre Cristoforos, eines weisen Kapuzinermönchs aus einem nahegelegenen Kloster, in Anspruch zu nehmen. Der Mönch verspricht den Verzweifelten, sich bei Don Rodrigo für sie einzusetzen und begibt sich zu dessen Palast.

Capitolo V

[...] «Sentite, figliuoli,» riprese fra Cristoforo: «io anderò oggi a parlare a quell'uomo. Se Dio gli tocca il cuore, e dà forza alle mie parole, bene: se no, Egli ci farà trovare qualche altro rimedio. Voi intanto, statevi quieti, ritirati, scansate le ciarle, non vi fate vedere. Stasera, o domattina al più

5 **la compassione:** Mitleid (*compassionẹvole* [agg.]: mitleidig). | **sprezzante** (agg.): verächtlich. | 6 **farla bella:** sich etwas einbrocken, einen ›Bock schießen‹. | 6 f. **fare cerimonịe:** Umstände machen. | 7 **inespugnạbile** (agg.): unerbittlich, stur. | 9 f. **il bel costrutto:** der große Gewinn, Nutzen (hier ironisch gemeint).

tardi, mi rivedrete.» Detto questo, troncò tutti i ringraziamenti e le benedizioni, e partì. S'avviò al convento, arrivò a tempo d'andare in coro a cantar sesta, desinò, e si mise subito in cammino, verso il covile della fiera che voleva provarsi d'ammansare.

Il palazzotto di don Rodrigo sorgeva isolato, a somiglianza d'una bicocca, sulla cima d'uno de' poggi ond'è sparsa e rilevata quella costiera. A questa indicazione l'anonimo aggiunge che il luogo (avrebbe fatto meglio a scriverne alla buona il nome) era più in su del paesello degli sposi, discosto da questo forse tre miglia, e quattro dal convento. Appiè del poggio, dalla parte che guarda a mezzogiorno, e verso il lago, giaceva un mucchietto di casupole, abitate da contadini di don Rodrigo; ed era come la piccola capitale del suo piccol regno. Bastava passarvi, per esser chiarito della condizione e de' costumi del paese. Dando un'occhiata nelle stanze terrene, dove qualche uscio fosse aperto, si vedevano attaccati al muro schioppi, tromboni, zappe, rastrelli, cappelli di paglia, reticelle e fiaschetti da polvere, alla rinfusa. La gente che vi s'incontrava erano omacci tarchiati e arcigni, con un gran ciuffo arrovesciato sul capo, e chiuso in una reticella; vecchi che, perdute le zanne, parevan sem-

3 **cantare sesta:** Stundengebet, hier zur »sechsten Stunde«, also mittags. | **desinare:** zu Mittag essen (*il desinare:* das Mittagessen). | 4 **il covile:** Höhle. | **la fiera:** hier: Raubtier. | 5 **ammansare:** zähmen, besänftigen. | 7 **la bicocca:** hier: Festung. | **il poggio:** Anhöhe. | 10 **alla buona:** einfach. | 12 **appiè:** *al piede.* | 13 **la casụpola:** Hütte, Kate. | 18 **il trombone:** hier: (Blasinstrument) Horn. | **la zappa:** Hacke. | 18 f. **il rastrello:** Rechen. | 19 **la reticella:** Netz, Haarnetz. | **il fiaschetto da pọlvere:** Pulverbeutel (für Schießpulver). | 20 **l'omaccio:** Kerl. | **tarchiato/a:** gedrungen, untersetzt. | 21 **arcigno/a:** finster, mürrisch.

pre pronti, chi nulla nulla gli aizzasse, a digrignar le gengive; donne con certe facce maschie, e con certe braccia nerborute, buone da venire in aiuto della lingua, quando questa non bastasse: ne' sembianti e nelle mosse de' fanciulli stessi, che giocavan per la strada, si vedeva un non so che di petulante e di provocativo.

Fra Cristoforo attraversò il villaggio, salì per una viuzza a chiocciola, e pervenne sur una piccola spianata, davanti al palazzotto. La porta era chiusa, segno che il padrone stava desinando, e non voleva esser frastornato. Le rade e piccole finestre che davan sulla strada, chiuse da imposte sconnesse e consunte dagli anni, eran però difese da grosse inferriate, e quelle del pian terreno tant'alte che appena vi sarebbe arrivato un uomo sulle spalle d'un altro. Regnava quivi un gran silenzio; e un passeggiero avrebbe potuto credere che fosse una casa abbandonata, se quattro creature, due vive e due morte, collocate in simmetria, di fuori, non avesser dato un indizio d'abitanti. Due grand'avoltoi, con l'ali spalancate, e co' teschi penzoloni, l'uno spennacchiato e mezzo roso dal tempo, l'altro ancor saldo e pennuto, erano inchiodati, ciascuno sur un battente del portone; e due bravi,

1 **aizzare:** hier: provozieren. | **digrignare:** fletschen. | 1 f. **le gengive** (meist pl.): Zahnfleisch. | 2 f. **nerboruto/a:** kräftig, sehnig. | 7 **la viuzza:** Pfad, Weg. | 7 f. **a chiọcciola:** schneckenförmig, gewunden. | 8 **la spianata:** Ebene. | 10 **frastornare:** stören. | **rado/a:** wenig, selten (*di rado* [avv.]: selten; *la radezza:* Seltenheit). | 11 **l'imposta:** hier: Fensterladen. | 12 **consunto/a:** verschlissen, abgenutzt. | 12 f. **l'inferriata:** Fenstergitter. | 14 **quivi** (lett.): ebenda. | 18 **l'av(v)oltoio:** Geier. | 19 **il teschio:** Schädel, Totenkopf. | **penzoloni** (avv. inv.): hängend, baumelnd. | **spennachiato/a:** kahl, federlos. | 20 **roso/a:** verwittert, zerfressen. | **saldo/a:** intakt. | **pennuto/a:** gefiedert. | 21 **il bravo:** hier: von Don Rodrigo gedungener »Schläger«, der für ihn das Unangenehme erledigt.

sdraiati, ciascuno sur una delle panche poste a destra e a sinistra, facevan la guardia, aspettando d'esser chiamati a goder gli avanzi della tavola del signore. [...]

Capitolo VI

«In che posso ubbidirla?» disse don Rodrigo, piantandosi in piedi nel mezzo della sala. Il suono delle parole era tale; ma il modo con cui eran proferite, voleva dir chiaramente: bada a chi sei davanti, pesa le parole, e sbrigati.

Per dar coraggio al nostro fra Cristoforo, non c'era mezzo più sicuro e più spedito, che prenderlo con maniera arrogante. Egli che stava sospeso, cercando le parole, e facendo scorrere tra le dita le ave marie della corona che teneva a cintola, come se in qualcheduna di quelle sperasse di trovare il suo esordio; a quel fare di don Rodrigo, si sentì subito venir sulle labbra più parole del bisogno. Ma pensando quanto importasse di non guastare i fatti suoi o, ciò ch'era assai più, i fatti altrui, corresse e temperò le frasi che gli si eran presentate alla mente, e disse, con guardinga umiltà: «vengo a proporle un atto di giustizia, a pregarla d'una carità. Cert'uomini di mal affare hanno messo innanzi il nome di vossignoria illustrissima, per far paura a un povero curato, e impedirgli di compire il suo dovere, e per soverchiare due innocenti. Lei può, con una parola, confonder coloro, restituire al diritto la sua forza, e sollevar quelli a cui è fatta

10 **spedito/a:** rasch. | 14 **l'esordio:** Anfang, Einstieg. | 18 **guardingo/a:** bedächtig, behutsam. | 20 f. **il nome di vossignorịa illustrịssima:** (Ehrenanrede) Euer erlauchter Name.

una così crudel violenza. Lo può; e potendolo … la coscienza, l'onore …»

«Lei mi parlerà della mia coscienza, quando verrò a confessarmi da lei. In quanto al mio onore, ha da sapere che il custode ne son io, e io solo; e che chiunque ardisce entrare a parte con me di questa cura, lo riguardo come il temerario che l'offende.»

Fra Cristoforo, avvertito da queste parole che quel signore cercava di tirare al peggio le sue, per volgere il discorso in contesa, e non dargli luogo di venire alle strette, s'impegnò tanto più alla sofferenza, risolvette di mandar giù qualunque cosa piacesse all'altro di dire, e rispose subito, con un tono sommesso: «se ho detto cosa che le dispiaccia, è stato certamente contro la mia intenzione. Mi corregga pure, mi riprenda, se non so parlare come si conviene; ma si degni ascoltarmi. Per amor del cielo, per quel Dio, al cui cospetto dobbiam tutti comparire …» e, così dicendo, aveva preso tra le dita, e metteva davanti agli occhi del suo accigliato ascoltatore il teschietto di legno attaccato alla sua corona, «non s'ostini a negare una giustizia così facile, e così dovuta a de' poverelli. Pensi che Dio ha sempre gli occhi sopra di loro, e che le loro grida, i loro gemiti sono ascoltati lassù. L'innocenza è potente al suo …»

«Eh, padre!» interruppe bruscamente don Rodrigo: «il rispetto ch'io porto al suo abito è grande: ma se qualche cosa potesse farmelo dimenticare, sarebbe il vederlo indosso a uno che ardisse di venire a farmi la spia in casa.»

Questa parola fece venir le fiamme sul viso del frate: il

11 **la sofferenza:** hier: Duldsamkeit. | 18 **accigliato/a:** finster. | 22 **il gẹmito:** Stöhnen, Seufzer. | 25 **l'ạbito:** hier: Tracht.

quale però, col sembiante di chi inghiottisce una medicina molto amara, riprese: «lei non crede che un tal titolo mi si convenga. Lei sente in cuor suo, che il passo ch'io fo ora qui, non è né vile né spregevole. M'ascolti, signor don Rodrigo; e voglia il cielo che non venga un giorno in cui si penta di non avermi ascoltato. Non voglia metter la sua gloria ... qual gloria, signor don Rodrigo! qual gloria dinanzi agli uomini! E dinanzi a Dio! Lei può molto quaggiù; ma ...»

«Sa lei,» disse don Rodrigo, interrompendo, con istizza, ma non senza qualche raccapriccio, «sa lei che, quando mi viene lo schiribizzo di sentire una predica, so benissimo andare in chiesa, come fanno gli altri? Ma in casa mia! Oh!» e continuò, con un sorriso forzato di scherno: «lei mi tratta da più di quel che sono. Il predicatore in casa! Non l'hanno che i principi.»

«E quel Dio che chiede conto ai principi della parola che fa loro sentire, nelle loro regge; quel Dio le usa ora un tratto di misericordia, mandando un suo ministro, indegno e miserabile, ma un suo ministro, a pregar per una innocente ...»

«In somma, padre,» disse don Rodrigo, facendo atto d'andarsene, «io non so quel che lei voglia dire: non capisco altro se non che ci dev'essere qualche fanciulla che le preme molto. Vada a far le sue confidenze a chi le piace; e non si prenda la libertà d'infastidir più a lungo un gentiluomo.»

Al moversi di don Rodrigo, il nostro frate gli s'era messo davanti, ma con gran rispetto; e, alzate le mani, come per

1 **il sembiante:** Aussehen. | 9 **l'istizza:** *la stizza:* Ärger, Wut. | 10 **il raccapriccio:** Schauder. | 11 **lo schiribizzo:** Grille, Schnapsidee. | 13 **lo scherno:** Hohn, Spott. | 17 **usare:** hier: walten lassen. | 23 **pręmere a qu:** jdn. bedrücken, jdm. auf dem Herzen liegen.

supplicare e per trattenerlo ad un punto, rispose ancora: «la mi preme, è vero, ma non più di lei; son due anime che, l'una e l'altra, mi premon più del mio sangue. Don Rodrigo! io non posso far altro per lei, che pregar Dio; ma lo farò ben di cuore. Non mi dica di no: non voglia tener nell'angoscia e nel terrore una povera innocente. Una parola di lei può far tutto.»

«Ebbene,» disse don Rodrigo, «giacché lei crede ch'io possa far molto per questa persona; giacché questa persona le sta tanto a cuore ...»

«Ebbene?» riprese ansiosamente il padre Cristoforo, al quale l'atto e il contegno di don Rodrigo non permettevano d'abbandonarsi alla speranza che parevano annunziare quelle parole.

«Ebbene, la consigli di venire a mettersi sotto la mia protezione. Non le mancherà più nulla, e nessuno ardirà d'inquietarla, o ch'io non son cavaliere.»

A siffatta proposta, l'indegnazione del frate, rattenuta a stento fin allora, traboccò. Tutti que' bei proponimenti di prudenza e di pazienza andarono in fumo: l'uomo vecchio si trovò d'accordo col nuovo; e, in que' casi, fra Cristoforo valeva veramente per due. «La vostra protezione!» esclamò, dando indietro due passi, postandosi fieramente sul piede

5 **l'angoscia:** (Todes-)Angst. | 12 **il contegno:** Gebaren, Benehmen. | 16 **ardire qc:** etwas wagen. | 18 **siffatto/a:** derartig. | **l'indegnazione** f.: Unmut. | 18 f. **a stento:** mit Mühe. | 19 **traboccare:** ausbrechen, überlaufen. | 20 f. **L'uomo vecchio si trovò d'accordo col nuovo:** der ›alte‹ Mensch wurde wieder sichtbar (Cristoforo fällt durch seine berechtigte Wut auf Don Rodrigo in alte Verhaltensweisen zurück, die er – nach biblischer Lehre – durch seinen Glauben zusammen mit dem alten, sündigen Menschen abgelegt zu haben glaubte).

destro, mettendo la destra sull'anca, alzando la sinistra con l'indice teso verso don Rodrigo, e piantandogli in faccia due occhi infiammati: «la vostra protezione! È meglio che abbiate parlato così, che abbiate fatta a me una tale proposta. Avete colmata la misura; e non vi temo più.»

«Come parli, frate? ...»

«Parlo come si parla a chi è abbandonato da Dio, e non può più far paura. La vostra protezione! Sapevo bene che quella innocente è sotto la protezione di Dio; ma voi, voi me lo fate sentire ora, con tanta certezza, che non ho più bisogno di riguardi a parlarvene. Lucia, dico: vedete come io pronunzio questo nome con la fronte alta, e con gli occhi immobili.»

«Come! in questa casa ...!»

«Ho compassione di questa casa: la maledizione le sta sopra sospesa. State a vedere che la giustizia di Dio avrà riguardo a quattro pietre, e suggezione di quattro sgherri. Voi avete creduto che Dio abbia fatta una creatura a sua immagine, per darvi il piacere di tormentarla! Voi avete creduto che Dio non saprebbe difenderla! Voi avete disprezzato il suo avviso! Vi siete giudicato. Il cuore di Faraone era indurito quanto il vostro; e Dio ha saputo spezzarlo. Lucia è sicura da voi: ve lo dico io povero frate; e in quanto a voi, sentite bene quel ch'io vi prometto. Verrà un giorno ...»

Don Rodrigo era fin allora rimasto tra la rabbia e la maraviglia, attonito, non trovando parole; ma, quando sentì in-

5 **colmare la misura:** das Maß voll machen, zu weit gehen. | 17 **quattro pietre:** hier: Haus. | **la suggezione:** *la soggezione:* Unterwürfigkeit, Unterordnung. | **lo sgherro:** Scherge. | 21 **il cuore di Faraone:** hier Anspielung auf das verstockte Herz des Pharaos, der das Volk Israel nicht aus der ägyptischen Sklaverei entlassen wollte.

tonare una predizione, s'aggiunse alla rabbia un lontano e misterioso spavento.

Afferrò rapidamente per aria quella mano minacciosa, e, alzando la voce, per troncar quella dell'infausto profeta, gridò: «escimi di tra' piedi, villano temerario, poltrone incappucciato».

Queste parole così chiare acquietarono in un momento il padre Cristoforo. All'idea di strapazzo e di villania, era, nella sua mente, così bene, e da tanto tempo, associata l'idea di sofferenza e di silenzio, che, a quel complimento, gli cadde ogni spirito d'ira e d'entusiasmo, e non gli restò altra risoluzione che quella d'udir tranquillamente ciò che a don Rodrigo piacesse d'aggiungere. Onde, ritirata placidamente la mano dagli artigli del gentiluomo, abbassò il capo, e rimase immobile, come, al cader del vento, nel forte della burrasca, un albero agitato ricompone naturalmente i suoi rami, e riceve la grandine come il ciel la manda.

«Villano rincivilito!» proseguì don Rodrigo: «tu tratti da par tuo. [...]

Padre Cristoforo muss unverrichteter Dinge zu Renzo und Lucia zurückkehren und ihnen von der zwecklosen Unterredung mit Don Rodrigo erzählen. Dennoch macht er ihnen Mut und bittet Renzo, ihn am nächsten Tag im

1 **la predizione:** Vorhersage, Weissagung. | 5 **ẹscimi di tra' piedi:** geh mir aus dem Weg, aus den Augen. | **il villano** (spreg.): Flegel, Rüpel, freche Person. | **temerario/a:** anmaßend, frech. | **il poltrone:** hier: Gauner, Lump. | 5 f. **incappuciato/a:** die Kapuze (des Franziskanergewands) tragend. | 18 **rincivilito/a:** nachträglich zivilisiert, zurechtgestutzt. | 18 f. **tu tratti da par tuo:** du behandelst mich wie deinesgleichen.

Kloster aufzusuchen. Renzo ist erbost und beschließt nun, die Sache selbst in die Hand zu nehmen. An seiner Stelle wird der zwölfjährige Menico zu Padre Cristoforo geschickt. Der durch Cristoforos Besuch sehr wütende und in seiner Ehre gekränkte Rodrigo beschließt, Lucia durch seine Knechte entführen zu lassen. Lucia und Renzo begeben sich mit Lucias Mutter Agnese zu Don Abbondio, um ihn mit einer List dazu zu bringen, sie doch noch zu trauen.

Capitolo VIII

– Carneade! Chi era costui? – ruminava tra sé don Abbondio seduto sul suo seggiolone, in una stanza del piano superiore, con un libricciolo aperto davanti, quando Perpetua entrò a portargli l'imbasciata. – Carneade! questo nome mi par bene d'averlo letto o sentito; doveva essere un uomo di studio, un letteratone del tempo antico: è un nome di quelli; ma chi diavolo era costui? – Tanto il pover'uomo era lontano da prevedere che burrasca gli si addensasse sul capo!

Bisogna sapere che don Abbondio si dilettava di leggere un pochino ogni giorno; e un curato suo vicino, che aveva un po' di libreria, gli prestava un libro dopo l'altro, il primo che gli veniva alle mani. Quello su cui meditava in quel momento don Abbondio, convalescente della febbre dello spa-

10 **Carneade:** Karneades von Kyrene, griechischer Philosoph (214/213–128/127 v. Chr.), Leiter der Platonischen Akademie in Athen. | 13 **l'imbasciata:** *l'ambasciata:* hier: Botschaft, Nachricht. | 15 **il letteratone** (accr.): Bücherwurm. | 17 **addensarsi:** sich zusammenballen, verdichten. | 22 **convalescente** (agg.): genesend (*la convalescenza:* Genesung; *il/la convalescente:* Genesende[r]).

vento, anzi più guarito (quanto alla febbre) che non volesse lasciar credere, era un panegirico in onore di san Carlo, detto con molta enfasi, e udito con molta ammirazione nel duomo di Milano, due anni prima. Il santo v'era paragonato, per l'amore allo studio, ad Archimede; e fin qui don Abbondio non trovava inciampo; perché Archimede ne ha fatte di così curiose, ha fatto dir tanto di sé, che, per saperne qualche cosa, non c'è bisogno d'un'erudizione molto vasta. Ma, dopo Archimede, l'oratore chiamava a paragone anche Carneade: e lì il lettore era rimasto arrenato. In quel momento entrò Perpetua ad annunziar la visita di Tonio.

«A quest'ora?» disse anche don Abbondio, com'era naturale.

«Cosa vuole? Non hanno discrezione: ma se non lo piglia al volo ...»

«Già: se non lo piglio ora, chi sa quando lo potrò pigliare! Fatelo venire ... Ehi! ehi! siete poi ben sicura che sia proprio lui?»

«Diavolo!» rispose Perpetua, e scese; aprì l'uscio, e disse: «dove siete?» Tonio si fece vedere; e, nello stesso tempo, venne avanti anche Agnese, e salutò Perpetua per nome.

«Buona sera, Agnese,» disse Perpetua: «di dove si viene, a quest'ora?»

«Vengo da ...» e nominò un paesetto vicino. «E se sapeste ...» continuò: «mi son fermata di più, appunto in grazia vostra.»

2 **il panegịrico:** Loblied, Lobrede. | 3 **l'ẹnfasi:** Emphase, Nachdruck. | 8 **l'erudizione** f.: Gelehrsamkeit, Bildung. | 10 **ar(r)enarsi:** stehenbleiben. | 14 **pigliare:** (er)greifen, erwischen, fangen.

«Oh perché?» domandò Perpetua; e voltandosi a' due fratelli, «entrate,» disse, «che vengo anch'io.»

«Perché,» rispose Agnese, «una donna di quelle che non sanno le cose, e voglion parlare … credereste? s'ostinava a dire che voi non vi siete maritata con Beppe Suolavecchia, né con Anselmo Lunghigna, perché non v'hanno voluta. Io sostenevo che siete stata voi che gli avete rifiutati, l'uno e l'altro …»

«Sicuro. Oh la bugiarda! la bugiardona! Chi è costei?»

«Non me lo domandate, che non mi piace metter male.»

«Me lo direte, me l'avete a dire: oh la bugiarda!»

«Basta … ma non potete credere quanto mi sia dispiaciuto di non saper bene tutta la storia, per confonder colei.»

«Guardate se si può inventare, a questo modo!» esclamò di nuovo Perpetua; e riprese subito: «in quanto a Beppe, tutti sanno, e hanno potuto vedere … Ehi, Tonio! accostate l'uscio, e salite pure, che vengo.» Tonio, di dentro, rispose di sì; e Perpetua continuò la sua narrazione appassionata.

In faccia all'uscio di don Abbondio, s'apriva, tra due casipole, una stradetta, che, finite quelle, voltava in un campo. Agnese vi s'avviò, come se volesse tirarsi alquanto in disparte, per parlar più liberamente; e Perpetua dietro. Quand'ebbero voltato, e furono in luogo, donde non si poteva più veder ciò che accadesse davanti alla casa di don Abbondio, Agnese tossì forte. Era il segnale: Renzo lo sentì, fece coraggio a Lucia, con una stretta di braccio; e tutt'e due, in punta di piedi, vennero avanti, rasentando il muro,

16 **accostare:** näherkommen. | 17 **l'uscio:** Pforte, Ausgang. | 19 f. **la casịpola:** *la casụpola:* kleines Haus. | 27 **rasentare:** streifen, dicht entlanggehen.

zitti zitti; arrivarono all'uscio, lo spinsero adagino adagino; cheti e chinati, entraron nell'andito, dov'erano i due fratelli ad aspettarli. Renzo accostò di nuovo l'uscio pian piano; e tutt'e quattro su per le scale, non facendo rumore neppur per uno. Giunti sul pianerottolo, i due fratelli s'avvicinarono all'uscio della stanza, ch'era di fianco alla scala; gli sposi si strinsero al muro.

«*Deo gratias,*» disse Tonio, a voce chiara.

«Tonio, eh? Entrate,» rispose la voce di dentro.

Il chiamato aprì l'uscio, appena quanto bastava per poter passar lui e il fratello, a un per volta. La striscia di luce, che uscì d'improvviso per quella apertura, e si disegnò sul pavimento oscuro del pianerottolo, fece riscoter Lucia, come se fosse scoperta. Entrati i fratelli, Tonio si tirò dietro l'uscio: gli sposi rimasero immobili nelle tenebre, con l'orecchie tese, tenendo il fiato: il rumore più forte era il martellar che faceva il povero cuore di Lucia.

Don Abbondio stava, come abbiam detto, sur una vecchia seggiola, ravvolto in una vecchia zimarra, con in capo una vecchia papalina, che gli faceva cornice intorno alla faccia, al lume scarso d'una piccola lucerna. Due folte ciocche di capelli, che gli scappavano fuor della papalina, due folti sopraccigli, due folti baffi, un folto pizzo, tutti canuti, e sparsi su quella faccia bruna e rugosa, potevano assomigliarsi a cespugli coperti di neve, sporgenti da un dirupo, al chiaro di luna.

1 **adagino adagino:** behutsam. | 2 **cheto/a:** ruhig, still. | **l'ạndito:** Gang, Flur. | 5 **il pianerọttolo:** Treppenabsatz. | 16 **martellare:** hämmern (hier substantivisch gebraucht). | 19 **la zimarra:** Mantel. | 20 **la papalina:** Kappe. | 21 **la lucerna:** Öllampe. | **folto/a:** dicht (*il folto:* Dickicht). | 23 **il pizzo:** Spitzbart. | **canuto/a:** ergraut. | 25 **il dirupo:** Steilhang.

«Ah! ah!» fu il suo saluto, mentre si levava gli occhiali, e li riponeva nel libricciolo.

«Dirà il signor curato, che son venuto tardi,» disse Tonio, inchinandosi, come pure fece, ma più goffamente, Gervaso.

«Sicuro ch'è tardi: tardi in tutte le maniere. Lo sapete, che sono ammalato?»

«Oh! mi dispiace.»

«L'avrete sentito dire; sono ammalato, e non so quando potrò lasciarmi vedere … Ma perché vi siete condotto dietro quel … quel figliuolo?»

«Così per compagnia, signor curato.»

«Basta, vediamo.»

«Son venticinque berlinghe nuove, di quelle col sant'Ambrogio a cavallo,» disse Tonio, levandosi un involtino di tasca.

«Vediamo,» replicò don Abbondio: e, preso l'involtino, si rimesse gli occhiali, l'aprì, cavò le berlinghe, le contò, le voltò, le rivoltò, le trovò senza difetto.

«Ora, signor curato, mi darà la collana della mia Tecla.»

«È giusto,» rispose don Abbondio; poi andò a un armadio, si levò una chiave di tasca, e, guardandosi intorno, come per tener lontani gli spettatori, aprì una parte di sportello, riempì l'apertura con la persona, mise dentro la testa, per guardare, e un braccio, per prender la collana; la prese, e, chiuso l'armadio, la consegnò a Tonio, dicendo: «va bene?»

«Ora,» disse Tonio, «si contenti di mettere un po' di nero sul bianco.»

13 **la berlinga:** Silbermünze. | 14 **l'involtino:** Röllchen, Päckchen. | 26 f. **mẹttere un po' di nero sul bianco:** etwas schwarz auf weiß haben wollen.

«Anche questa!» disse don Abbondio: «le sanno tutte. Ih! com'è divenuto sospettoso il mondo! Non vi fidate di me?»

«Come, signor curato! s'io mi fido? Lei mi fa torto. Ma siccome il mio nome è sul suo libraccio, dalla parte del debito … dunque, giacché ha già avuto l'incomodo di scrivere una volta, così dalla vita alla morte …»

«Bene bene,» interruppe don Abbondio, e brontolando, tirò a sé una cassetta del tavolino, levò fuori carta, penna e calamaio, e si mise a scrivere, ripetendo a viva voce le parole, di mano in mano che gli uscivan dalla penna. Frattanto Tonio e, a un suo cenno, Gervaso, si piantaron ritti davanti al tavolino, in maniera d'impedire allo scrivente la vista dell'uscio; e, come per ozio, andavano stropicciando, co' piedi, il pavimento, per dar segno a quei ch'erano fuori, d'entrare, e per confondere nello stesso tempo il rumore delle loro pedate. Don Abbondio, immerso nella sua scrittura, non badava ad altro. Allo stropiccìo de' quattro piedi, Renzo prese un braccio di Lucia, lo strinse, per darle coraggio, e si mosse, tirandosela dietro tutta tremante, che da sé non vi sarebbe potuta venire. Entraron pian piano, in punta di piedi, rattenendo il respiro; e si nascosero dietro i due fratelli. Intanto don Abbondio, finito di scrivere, rilesse attentamente, senza alzar gli occhi dalla carta; la piegò in quattro, dicendo: «ora, sarete contento?» e, levatosi con una mano gli occhiali dal naso, la porse con l'altra a Tonio, alzando il viso. Tonio, allungando la mano per prender la

10 **il calamaio:** Federkiel. | 11 **frattanto:** inzwischen. | 14 **stropicciare:** wischen, reiben, scharren (*lo stroppiccio:* Scharren.) | 21 f. **in punta di piedi:** auf den Zehenspitzen. | 22 **rattenere il respiro:** den Atem anhalten.

carta, si ritirò da una parte; Gervaso, a un suo cenno, dall'altra; e, nel mezzo, come al dividersi d'una scena, apparvero Renzo e Lucia. Don Abbondio, vide confusamente, poi vide chiaro, si spaventò, si stupì, s'infuriò, pensò, prese una risoluzione: tutto questo nel tempo che Renzo mise a proferire le parole: «signor curato, in presenza di questi testimoni, quest'è mia moglie». Le sue labbra non erano ancora tornate al posto, che don Abbondio, lasciando cader la carta, aveva già afferrata e alzata, con la mancina, la lucerna, ghermito, con la diritta, il tappeto del tavolino, e tiratolo a sé, con furia, buttando in terra libro, carta, calamaio e polverino; e, balzando tra la seggiola e il tavolino, s'era avvicinato a Lucia. La poveretta, con quella sua voce soave, e allora tutta tremante, aveva appena potuto proferire: «e questo ...» che don Abbondio le aveva buttato sgarbatamente il tappeto sulla testa e sul viso, per impedirle di pronunziare intera la formola. E subito, lasciata cader la lucerna che teneva nell'altra mano, s'aiutò anche con quella a imbacuccarla col tappeto, che quasi la soffogava; e intanto gridava quanto n'aveva in canna: «Perpetua! Perpetua! tradimento! aiuto!» Il lucignolo, che moriva sul pavimento, mandava una luce languida e saltellante sopra Lucia, la quale, affatto smarrita, non tentava neppure di svolgersi, e poteva parere una statua abbozzata in creta, sulla quale

4 **stupirsi:** erstaunen, sich wundern (*lo stupore:* das [Er-]Staunen). | 9 **la mancina:** die linke Hand. | 10 **ghermire:** packen. | 12 **il polverino:** hier: Sandstreuer. | 19 **imbacuccare:** einwickeln. | **soffogare:** *soffocare.* | 20 **la canna:** Rohr, Röhre; hier (fig.): *quanto n'aveva in canna:* was seine Stimme hergab. | 21 **il lucignolo:** Docht. | 22 **languido/a:** matt, schwach (*languire:* vergehen, schmachten; *la languidezza:* Mattigkeit). | 24 **abbozzare:** entwerfen, skizzieren. | **la creta:** Ton; hier: Kreide.

l'artefice ha gettato un umido panno. Cessata ogni luce, don Abbondio lasciò la poveretta, e andò cercando a tastoni l'uscio che metteva a una stanza più interna; lo trovò, entrò in quella, si chiuse dentro, gridando tuttavia: «Perpetua! tradimento! aiuto! fuori di questa casa! fuori di questa casa!» Nell'altra stanza, tutto era confusione: Renzo, cercando di fermare il curato, e remando con le mani, come se facesse a mosca cieca, era arrivato all'uscio, e picchiava, gridando: «apra, apra; non faccia schiamazzo.» Lucia chiamava Renzo, con voce fioca, e diceva, pregando: «andiamo, andiamo, per l'amor di Dio». Tonio, carpone, andava spazzando con le mani il pavimento, per veder di raccapezzare la sua ricevuta. Gervaso, spiritato, gridava e saltellava, cercando l'uscio di scala, per uscire a salvamento. [...]

L'assediato, vedendo che il nemico non dava segno di ritirarsi, aprì una finestra che guardava sulla piazza della chiesa, e si diede a gridare: «aiuto! aiuto!» Era il più bel chiaro di luna; l'ombra della chiesa, e più in fuori l'ombra lunga ed acuta del campanile, si stendeva bruna e spiccata sul piano erboso e lucente della piazza: ogni oggetto si poteva distinguere, quasi come di giorno. Ma, fin dove arrivava lo sguardo, non appariva indizio di persona vivente. Contiguo però al muro laterale della chiesa, e appunto dal lato che rispondeva verso la casa parrocchiale, era un piccolo abituro, un bugigattolo, dove dormiva il sagrestano.

1 **l'artẹfice** m./f.: Schöpfer(in), Urheber(in). | 2 **a tastoni** (avv. inv.): tastend. | 9 **lo schiamazzo:** Gekreisch, Geschrei. | 11 **carpone** (avv. inv.): auf allen Vieren. | 12 **raccapezzare:** hier: finden, ertasten. | 15 **l'assediato / l'assediata:** der, die Belagerte. | 19 **spiccare:** hier: herausragen, auffallen. | 25 **l'abituro:** Hütte. | **il bugigạttolo:** Verschlag, Kabuff. | **il sagrestano:** Küster.

Fu questo riscosso da quel disordinato grido, fece un salto, scese il letto in furia, aprì l'impannata d'una sua finestrina, mise fuori la testa, con gli occhi tra' peli, e disse: «cosa c'è?»

«Correte, Ambrogio! aiuto! gente in casa,» gridò verso lui don Abbondio. «Vengo subito,» rispose quello; tirò indietro la testa, richiuse la sua impannata, e, quantunque mezzo tra 'l sonno, e più che mezzo sbigottito, trovò su due piedi un espediente per dar più aiuto di quello che gli si chiedeva, senza mettersi lui nel tafferuglio, quale si fosse. Dà di piglio alle brache, che teneva sul letto; se le caccia sotto il braccio, come un cappello di gala, e giù balzelloni per una scaletta di legno; corre al campanile, afferra la corda della più grossa di due campanette che c'erano, e suona a martello.

Ton, ton, ton, ton: i contadini balzano a sedere sul letto; i giovinetti sdraiati sul fenile, tendon l'orecchio, si rizzano. «Cos'è? Cos'è? Campana a martello! fuoco? ladri? banditi?» Molte donne consigliano, pregano i mariti, di non moversi, di lasciar correre gli altri: alcuni s'alzano, e vanno alla finestra: i poltroni, come se si arrendessero alle preghiere, ritornan sotto: i più curiosi e più bravi scendono a prender le forche e gli schioppi, per correre al rumore: altri stanno a vedere.

Ma, prima che quelli fossero all'ordine, prima anzi che

2 **l'impannata** (ant.): Fenstertuch, -laden. | 7 **sbigottito/a:** bestürzt, verstört. | 8 **l'espediente** m.: Ausweg, Hilfsmittel. | 9 **il tafferuglio:** Tumult, Krawall. | 10 **dare di piglio:** zupacken. | **la braca** (pl. *le brache*): Beinkleid. | 11 **(a) balzelloni** (avv. inv.): hüpfend. | 13 **la campanetta:** Glöckchen. | 13 f. **suonare a martello:** (hellen) Glockenton für Gefahr, Sturm läuten. | 16 **il fenile:** Heuboden. | **rizzarsi:** sich aufrichten. | 22 **la forca:** Heugabel. | **lo schioppo:** Flinte.

fosser ben desti, il rumore era giunto agli orecchi d'altre persone che vegliavano, non lontano, ritte e vestite: i bravi in un luogo, Agnese e Perpetua in un altro. Diremo prima brevemente ciò che facesser coloro, dal momento in cui gli abbiamo lasciati, parte nel casolare e parte all'osteria. Questi tre, quando videro tutti gli usci chiusi e la strada deserta, uscirono in fretta, come se si fossero avvisti d'aver fatto tardi, e dicendo di voler andar subito a casa; diedero una giravolta per il paese, per venire in chiaro se tutti eran ritirati; e in fatti, non incontrarono anima vivente, né sentirono il più piccolo strepito. Passarono anche, pian piano, davanti alla nostra povera casetta: la più quieta di tutte, giacché non c'era più nessuno. Andarono allora diviato al casolare, e fecero la loro relazione al signor Griso. Subito, questo si mise in testa un cappellaccio, sulle spalle un sanrocchino di tela incerata, sparso di conchiglie; prese un bordone da pellegrino, disse: «andiamo da bravi: zitti, e attenti agli ordini», s'incamminò il primo, gli altri dietro; e, in un momento, arrivarono alla casetta, per una strada opposta a quella per cui se n'era allontanata la nostra brigatella, andando anch'essa alla sua spedizione. Il Griso trattenne la truppa, alcuni passi lontano, andò innanzi solo ad esplorare, e, visto tutto deserto e tranquillo di fuori, fece venire avanti due di quei tristi, diede loro ordine di scalar adagino il muro che chiudeva il cortiletto, e, calati dentro, nascondersi in un angolo, dietro un folto fico, sul quale aveva messo l'occhio, la mattina. Ciò fatto, picchiò pian piano, con intenzione di

11 **lo strẹpito:** Lärm. | 13 **il casolare:** Landhaus. | 14 **il signor Griso:** der Graue (Spitzname für einen der Handlanger Don Rodrigos). | 15 **il capellaccio** (spreg.): schlechter Hut. | **il sanrocchino:** Pilgermantel. | 20 **la brigatella:** Schar (*la brigata:* Truppe).

dirsi un pellegrino smarrito, che chiedeva ricovero, fino a giorno. Nessun risponde: ripicchia un po' più forte; nemmeno uno zitto. Allora, va a chiamare un terzo malandrino, lo fa scendere nel cortiletto, come gli altri due, con l'ordine di sconficcare adagio il paletto, per aver libero l'ingresso e la ritirata. Tutto s'eseguisce con gran cautela, e con prospero successo. Va a chiamar gli altri, li fa entrar con sé, li manda a nascondersi accanto ai primi; accosta adagio adagio l'uscio di strada, vi posta due sentinelle di dentro; e va diritto all'uscio del terreno. Picchia anche lì, e aspetta: e' poteva ben aspettare. Sconficca pian pianissimo anche quell'uscio: nessuno di dentro dice: chi va là?; nessuno si fa sentire: meglio non può andare. Avanti dunque: «st», chiama quei del fico, entra con loro nella stanza terrena, dove, la mattina, aveva scelleratamente accattato quel pezzo di pane. Cava fuori esca, pietra, acciarino e zolfanelli, accende un suo lanternino, entra nell'altra stanza più interna, per accertarsi che nessun ci sia: non c'è nessuno. Torna indietro, va all'uscio di scala, guarda, porge l'orecchio: solitudine e silenzio. Lascia due altre sentinelle a terreno, si fa venir dietro il Grignapoco, ch'era un bravo del contado di Bergamo, il quale solo doveva minacciare, acchetare, comandare, essere in somma il dicitore, affinché il suo linguaggio potesse far credere ad Agnese che la spedizione veniva da quella parte.

1 **il ricovero:** Unterschlupf, Zuflucht (*ricoverare qu:* jdn. unterbringen, beherbergen). | 3 **il malandrino:** Gauner, Halunke, auch: Straßenräuber. | 5 **sconficcare:** herausziehen. | **il paletto:** Riegel. | 9 **la sentinella:** Wache. | 15 **accattare:** (er)betteln (*l'accattone* m./f.: Bettler[in]; *l'accatto:* das Betteln). | 16 **l'acciarino:** Wetzstein. | **lo zolfanello:** Streichholz. | 21 **il contado:** Umland. | 22 **acchetare qu:** jdn. zum Schweigen bringen. | 23 **il dicitore / la dicitrice:** Sprecher(in), Sprachrohr.

Con costui al fianco, e gli altri dietro, il Griso sale adagio adagio, bestemmiando in cuor suo ogni scalino che scricchiolasse, ogni passo di que' mascalzoni che facesse rumore. Finalmente è in cima. Qui giace la lepre. Spinge mollemente l'uscio che mette alla prima stanza; l'uscio cede, si fa spiraglio: vi mette l'occhio; è buio: vi mette l'orecchio, per sentire se qualcheduno russa, fiata, brulica là dentro; niente. Dunque avanti: si mette la lanterna davanti al viso, per vedere, senza esser veduto, spalanca l'uscio, vede un letto; addosso: il letto è fatto e spianato, con la rimboccatura arrovesciata, e composta sul capezzale. Si stringe nelle spalle, si volta alla compagnia, accenna loro che va a vedere nell'altra stanza, e che gli vengan dietro pian piano; entra, fa le stesse cerimonie, trova la stessa cosa. «Che diavolo è questo?» dice allora: «che qualche cane traditore abbia fatto la spia?» Si metton tutti, con men cautela, a guardare, a tastare per ogni canto, buttan sottosopra la casa. Mentre costoro sono in tali faccende, i due che fan la guardia all'uscio di strada, sentono un calpestìo di passini frettolosi, che s'avvicinano in fretta; s'immaginano che, chiunque sia, passerà diritto; stan quieti, e, a buon conto, si mettono all'erta. In fatti, il calpestìo si ferma appunto all'uscio. Era Menico che veniva di corsa, mandato dal padre Cristoforo ad avvisar le

2 f. **scricchiolare:** knarren. | 3 **il mascalzone:** Halunke. | 4 **qui giace la lepre** (pop.): wörtl. ›hier muss der Hase liegen‹, hier liegt der Hund begraben. | 6 **lo spiraglio:** Spalt. | 7 **brulicare:** hier: durchsuchen, herumstöbern. | 10 **la rimboccatura:** hier: Decke. | 10 f. **(ar)rovesciare:** ausschütten, umwerfen; hier: (Bettdecke) zurückschlagen. | 11 **il capezzale:** Kopfkissen. | 17 **il canto:** Ecke. | **buttare sottosopra la casa:** das Haus auf den Kopf stellen, durchsuchen. | 19 **il calpestịo:** Getrappel, Trampeln. | 21 **a buon conto:** für alle Fälle. | **mẹttersi all'erta:** auf der Hut sein (auch: *stare all'erta*).

due donne che, per l'amor del cielo, scappassero subito di casa, e si rifugiassero al convento, perché … il perché lo sapete. Prende la maniglia del paletto, per picchiare, e se lo sente tentennare in mano, schiodato e sconficcato. – Che è questo? – pensa; e spinge l'uscio con paura: quello s'apre. Menico mette il piede dentro, in gran sospetto, e si sente a un punto acchiappar per le braccia, e due voci sommesse, a destra e a sinistra, che dicono, in tono minaccioso: «zitto! o sei morto». Lui in vece caccia un urlo: uno di que' malandrini gli mette una mano alla bocca; l'altro tira fuori un coltellaccio, per fargli paura. Il garzoncello trema come una foglia, e non tenta neppur di gridare; ma, tutt'a un tratto, in vece di lui, e con ben altro tono, si fa sentir quel primo tocco di campana così fatto, e dietro una tempesta di rintocchi in fila. Chi è in difetto è in sospetto, dice il proverbio milanese: all'uno e all'altro furfante parve di sentire in que' tocchi il suo nome, cognome e soprannome: lasciano andar le braccia di Menico, ritirano le loro in furia, spalancan la mano e la bocca, si guardano in viso, e corrono alla casa, dov'era il grosso della compagnia. Menico, via a gambe per la strada, alla volta del campanile, dove a buon conto qualcheduno ci doveva essere. Agli altri furfanti che frugavan la casa, dall'alto al basso, il terribile tocco fece la stessa impressione: si confondono, si scompigliano, s'urtano a vicenda:

2 **rifugiarsi:** Zuflucht suchen. | 4 **tentennare:** schwanken, wackeln. | **schiodare:** lockern. | 7 **acchiappare:** ergreifen. | 11 **il garzoncello / la garzoncella:** Junge, Knabe, Mädchen. | 14 **il rintocco:** Glockenschlag, -geläut. | 15 **in fila:** hintereinander. | **chi è in difetto è in sospetto:** auch: *chi ha il difetto ha il sospetto:* wer Fehler begeht, macht sich verdächtig. | 16 **il/la furfante:** Ganove, Ganovin, Schurke, Schurkin. | 24 **scompigliarsi:** in Verwirrung geraten.

ognuno cerca la strada più corta, per arrivare all'uscio. Eppure era tutta gente provata e avvezza a mostrare il viso; ma non poterono star saldi contro un pericolo indeterminato, e che non s'era fatto vedere un po' da lontano, prima di venir loro addosso. Ci volle tutta la superiorità del Griso a tenerli insieme, tanto che fosse ritirata e non fuga. Come il cane che scorta una mandra di porci, corre or qua or là a quei che si sbandano; ne addenta uno per un orecchio, e lo tira in ischiera; ne spinge un altro col muso; abbaia a un altro che esce di fila in quel momento; così il pellegrino acciuffa un di coloro, che già toccava la soglia, e lo strappa indietro; caccia indietro col bordone uno e un altro che s'avviavan da quella parte: grida agli altri che corron qua e là, senza saper dove; tanto che li raccozzò tutti nel mezzo del cortiletto. «Presto, presto! pistole in mano, coltelli in pronto, tutti insieme; e poi anderemo: così si va. Chi volete che ci tocchi, se stiam ben insieme, sciocconi? Ma, se ci lasciamo acchiappare a uno a uno, anche i villani ce ne daranno. Vergogna! Dietro a me, e uniti.» Dopo questa breve aringa, si mise alla fronte, e uscì il primo. La casa, come abbiam detto, era in fondo al villaggio; il Griso prese la strada che metteva fuori, e tutti gli andaron dietro in buon ordine.

Lasciamoli andare, e torniamo un passo indietro a prendere Agnese e Perpetua, che abbiam lasciate in una certa

6 **la ritirata:** Rückzug. | 7 **scortare:** geleiten. | **la mandr(i)a:** (Vieh-)Herde. | 8 **sbandarsi:** sich zerstreuen. | **addentare:** beißen. | 9 **l'ischiera:** *la schiera.* | 10 f. **acciuffare:** beim Schopf packen, ergreifen. | 12 **il bordone:** Wanderstab. | 14 **raccozzare:** zusammenwerfen, -treiben. | 17 **lo scioccone** (accr.): Dummkopf. | 20 **l'aringa:** Ansprache, Rede.

stradetta. Agnese aveva procurato d'allontanar l'altra dalla casa di don Abbondio, il più che fosse possibile; e, fino a un certo punto, la cosa era andata bene. Ma tutt'a un tratto, la serva s'era ricordata dell'uscio rimasto aperto, e aveva voluto tornare indietro. Non c'era che ridire: Agnese, per non farle nascere qualche sospetto, aveva dovuto voltar con lei, e andarle dietro, cercando però di trattenerla, ogni volta che la vedesse riscaldata ben bene nel racconto di que' tali matrimoni andati a monte. Mostrava di darle molta udienza, e, ogni tanto, per far vedere che stava attenta, o per ravviare il cicalìo, diceva: «sicuro: adesso capisco: va benissimo: è chiara: e poi? e lui? e voi?» Ma intanto, faceva un altro discorso con sé stessa. – Saranno usciti a quest'ora? o saranno ancor dentro? Che sciocchi che siamo stati tutt'e tre, a non concertar qualche segnale, per avvisarmi, quando la cosa fosse riuscita! È stata proprio grossa! Ma è fatta: ora non c'è altro che tener costei a bada, più che posso: alla peggio, sarà un po' di tempo perduto. – Così, a corserelle e a fermatine, eran tornate poco distante dalla casa di don Abbondio, la quale però non vedevano, per ragione di quella cantonata: e Perpetua, trovandosi a un punto importante del racconto, s'era lasciata fermare senza far resistenza, anzi senza avvedersene; quando, tutt'a un tratto, si sentì venir rimbombando dall'alto, nel vano immoto dell'aria, per l'ampio si-

1 **l'altra:** damit ist hier Don Abbondios Haushälterin Perpetua gemeint. | 8 **riscaldato/a:** hier: wütend, aufgebracht. | 9 **dare udienza a qu:** jdm. Gehör, Aufmerksamkeit schenken. | 10 **ravviare:** in Ordnung bringen. | 11 **il cicalio:** Geschwätz. | 15 **concertare:** verabreden. | 17 **tenere a bada qu:** jdn. im Zaum halten. | 18 **la corserella:** kleine Wegstrecke. | **la fermatina:** Pause. | 20 **la cantonata:** Ecke. | 22 f. **avvedersene:** etwas bemerken.

lenzio della notte, quel primo sgangherato grido di don Abbondio: «aiuto! aiuto!»

«Misericordia! cos'è stato?» gridò Perpetua, e volle correre.

«Cosa c'è? cosa c'è?» disse Agnese, tenendola per la sottana.

«Misericordia! non avete sentito?» replicò quella, svincolandosi.

«Cosa c'è? cosa c'è?» ripetè Agnese, afferrandola per un braccio.

«Diavolo d'una donna!» esclamò Perpetua, rispingendola, per mettersi in libertà; e prese la rincorsa. Quando, più lontano, più acuto, più istantaneo, si sente l'urlo di Menico.

«Misericordia!» grida anche Agnese; e di galoppo dietro l'altra. Avevan quasi appena alzati i calcagni, quando scoccò la campana: un tocco, e due, e tre, e seguita: sarebbero stati sproni, se quelle ne avessero avuto bisogno. Perpetua arriva, un momento prima dell'altra; mentre vuole spinger l'uscio, l'uscio si spalanca di dentro, e sulla soglia compariscono Tonio, Gervaso, Renzo, Lucia, che, trovata la scala, eran venuti giù saltelloni; e, sentendo poi quel terribile scampanìo, correvano in furia, a mettersi in salvo.

«Cosa c'è? cosa c'è?» domandò Perpetua ansante ai fratelli, che le risposero con un urtone, e scantonarono. «E voi! come! che fate qui voi?» domandò poscia all'altra coppia, quando l'ebbe raffigurata. Ma quelli pure usciron senza rispondere. Perpetua, per accorrere dove il bisogno era

1 **sgangherato/a:** hier: zeternd. | 15 **il calcagno:** Ferse. | 17 **lo sprone, gli sproni:** Sporen. | 21 **saltelloni** (agg. inv.): springend, hüpfend. | 21 f. **lo scampanịo:** Glockengeläut. | 24 **l'urtone** m. (accr.): Schlag, Stoß. | **scantonare:** sich davonmachen. | 25 **poscia** (lett.): danach.

maggiore, non domandò altro, entrò in fretta nell'andito, e corse, come poteva al buio, verso la scala.

I due sposi rimasti promessi si trovarono in faccia Agnese, che arrivava tutt'affannata. «Ah siete qui!» disse questa, cavando fuori la parola a stento: «com'è andata? cos'è la campana? mi par d'aver sentito ...»

«A casa, a casa,» diceva Renzo, «prima che venga gente.» E s'avviavano; ma arriva Menico di corsa, li riconosce, li ferma, e, ancor tutto tremante, con voce mezza fioca, dice: «dove andate? indietro, indietro! per di qua, al convento!»

«Sei tu che ...?» cominciava Agnese.

«Cosa c'è d'altro?» domandava Renzo. Lucia, tutta smarrita, taceva e tremava.

«C'è il diavolo in casa,» riprese Menico ansante. «Gli ho visti io: m'hanno voluto ammazzare: l'ha detto il padre Cristoforo: e anche voi, Renzo, ha detto che veniate subito: e poi gli ho visti io: provvidenza che vi trovo qui tutti! vi dirò poi, quando saremo fuori.»

Renzo, ch'era il più in sé di tutti, pensò che, di qua o di là, conveniva andar subito, prima che la gente accorresse; e che la più sicura era di far ciò che Menico consigliava, anzi comandava, con la forza d'uno spaventato. Per istrada poi, e fuor del pericolo, si potrebbe domandare al ragazzo una spiegazione più chiara. «Cammina avanti,» gli disse. «Andiam con lui,» disse alle donne. Voltarono, s'incamminarono in fretta verso la chiesa, attraversaron la piazza, dove per grazia del cielo, non c'era ancora anima vivente; entrarono

4 **affannato/a:** bekümmert, besorgt (*l'affanno:* Sorge, Leid, Kummer; *affannosamente* [avv.]: keuchend, schwer atmend.). | 12 f. **smarrito/a:** verstört, verwirrt. | 17 **provvidenza** (inter.): Gottseidank! | 22 **per istrada:** unterwegs.

in una stradetta che era tra la chiesa e la casa di don Abbondio; al primo buco che videro in una siepe, dentro, e via per i campi.

Non s'eran forse allontanati un cinquanta passi, quando la gente cominciò ad accorrere sulla piazza, e ingrossava ogni momento. Si guardavano in viso gli uni con gli altri: ognuno aveva una domanda da fare, nessuno una risposta da dare. I primi arrivati corsero alla porta della chiesa: era serrata. Corsero al campanile di fuori; e uno di quelli, messa la bocca a un finestrino, una specie di feritoia, cacciò dentro un: «che diavolo c'è?» Quando Ambrogio sentì una voce conosciuta, lasciò andar la corda; e assicurato dal ronzìo, ch'era accorso molto popolo, rispose: «vengo ad aprire». Si mise in fretta l'arnese che aveva portato sotto il braccio, venne, dalla parte di dentro, alla porta della chiesa, e l'aprì.

«Cos'è tutto questo fracasso? – Cos'è? – Dov'è? – Chi è?»

«Come, chi è?» disse Ambrogio, tenendo con una mano un battente della porta, e, con l'altra, il lembo di quel tale arnese, che s'era messo così in fretta: «come! non lo sapete? gente in casa del signor curato. Animo, figliuoli: aiuto.» Si voltan tutti a quella casa, vi s'avvicinano in folla, guardano in su, stanno in orecchi: tutto quieto. Altri corrono dalla parte dove c'era l'uscio: è chiuso, e non par che sia stato toccato. Guardano in su anche loro: non c'è una finestra aperta: non si sente uno zitto.

9 **serrare:** versperren, verriegeln (*la serratura:* Verriegelung). | 10 **la feritoia:** Schlitz, Schießscharte. | 14 **l'arnese** m.: Ding; hier: Aufmachung, Kleidungsstück. | 17 **il fracasso:** Lärm, Getöse. | 19 **il lembo:** hier: Zipfel. | 21 **animo** (inter.): hier: los!

«Chi è là dentro? – Ohe, ohe! – Signor curato! – Signor curato!»

Don Abbondio, il quale, appena accortosi della fuga degl'invasori, s'era ritirato dalla finestra, e l'aveva richiusa, e che in questo momento stava a bisticciar sottovoce con Perpetua, che l'aveva lasciato solo in quell'imbroglio, dovette, quando si sentì chiamare a voce di popolo, venir di nuovo alla finestra; e visto quel gran soccorso, si pentì d'averlo chiesto.

«Cos'è stato? – Che le hanno fatto? – Chi sono costoro? – Dove sono?» gli veniva gridato da cinquanta voci a un tratto.

«Non c'è più nessuno: vi ringrazio: tornate pure a casa.»

«Ma chi è stato? – Dove sono andati? – Che è accaduto?»

«Cattiva gente, gente che gira di notte; ma sono fuggiti: tornate a casa; non c'è più niente: un'altra volta, figliuoli: vi ringrazio del vostro buon cuore.» E, detto questo, si ritirò, e chiuse la finestra. Qui alcuni cominciarono a brontolare, altri a canzonare, altri a sagrare; altri si stringevan nelle spalle, e se n'andavano: quando arriva uno tutto trafelato, che stentava a formar le parole. Stava costui di casa quasi dirimpetto alle nostre donne, ed essendosi, al rumore, affacciato alla finestra, aveva veduto nel cortiletto quello scompiglio de' bravi, quando il Griso s'affannava a raccoglierli. Quand'ebbe ripreso fiato, gridò: «che fate qui, figliuoli? non è qui il diavolo; è giù in fondo alla strada, alla casa d'Agnese Mondella: gente armata; son dentro; par che vogliano ammazzare un pellegrino; chi sa che diavolo c'è!»

5 **bisticciare:** zanken. | 19 **sagrare:** hier: beten. | 19 f. **stringersi nelle spalle:** mit den Schultern zuckern. | 20 **trafelato/a:** abgehetzt, atemlos. | 23 f. **lo scompiglio:** Chaos, Durcheinander.

«Che? – Che? – Che?» E comincia una consulta tumultuosa. «Bisogna andare. – Bisogna vedere. – Quanti sono? – Quanti siamo? – Chi sono? – Il console! il console!»

«Son qui,» risponde il console, di mezzo alla folla: «son qui; ma bisogna aiutarmi, bisogna ubbidire. Presto: dov'è il sagrestano? Alla campana, alla campana. Presto: uno che corra a Lecco a cercar soccorso: venite qui tutti ...»

Chi accorre, chi sguizza tra uomo e uomo, e se la batte; il tumulto era grande, quando arriva un altro, che gli aveva veduti partire in fretta, e grida: «correte, figliuoli: ladri, o banditi che scappano con un pellegrino: son già fuori del paese: addosso! addosso!». A quest'avviso, senza aspettar gli ordini del capitano, si movono in massa, e giù alla rinfusa per la strada; di mano in mano che l'esercito s'avanza, qualcheduno di quei della vanguardia rallenta il passo, si lascia sopravanzare, e si ficca nel corpo della battaglia: gli ultimi spingono innanzi: lo sciame confuso giunge finalmente al luogo indicato. Le tracce dell'invasione eran fresche e manifeste: l'uscio spalancato, la serratura sconficcata; ma gl'invasori erano spariti. S'entra nel cortile; si va all'uscio del terreno: aperto e sconficcato anche quello: si chiama: «Agnese! Lucia! Il pellegrino! Dov'è il pellegrino? L'avrà sognato Stefano, il pellegrino. – No, no: l'ha visto anche Carlandrea. Ohe, pellegrino! – Agnese! Lucia!» Nessuno risponde. «Le hanno portate via! Le hanno portate via!» Ci fu allora di quelli che, alzando la voce, proposero d'inseguire i rapitori: che era un'infamità; e sarebbe una vergogna per il

4 **il console:** hier: Dorfschulze. | 8 **sguizzare:** gleiten. | 13 f. **alla rinfusa:** ziel-, planlos. | 15 **la vanguardia:** Vorhut. | 17 **lo sciame:** Schar, Menge. | 27 **il rapitore / la rapitrice:** Entführer(in).

paese, se ogni birbone potesse a man salva venire a portar via le donne, come il nibbio i pulcini da un'aia deserta. Nuova consulta e più tumultuosa: ma uno (e non si seppe mai bene chi fosse stato) gettò nella brigata una voce, che Agnese e Lucia s'eran messe in salvo in una casa. La voce corse rapidamente, ottenne credenza; non si parlò più di dar la caccia ai fuggitivi; e la brigata si sparpagliò, andando ognuno a casa sua. Era un bisbiglio, uno strepito, un picchiare e un aprir d'usci, un apparire e uno sparir di lucerne, un interrogare di donne dalle finestre, un rispondere dalla strada. Tornata questa deserta e silenziosa, i discorsi continuaron nelle case, e moriron negli sbadigli, per ricominciar poi la mattina. Fatti però, non ce ne fu altri; se non che, quella medesima mattina, il console, stando nel suo campo, col mento in una mano, e il gomito appoggiato sul manico della vanga mezza ficcata nel terreno, e con un piede sul vangile; stando, dico, a speculare tra sé sui misteri della notte passata, e sulla ragion composta di ciò che gli toccasse a fare, e di ciò che gli convenisse fare, vide venirsi incontro due uomini d'assai gagliarda presenza, chiomati come due re de' Franchi della prima razza, e somigliantissimi nel resto a que' due che cinque giorni prima avevano affrontato don Abbondio, se pur non eran que' medesimi. Costoro, con un fare ancor men cerimonioso, intimarono al console che guardasse bene di non far deposizione al podestà dell'accaduto, di non rispondere il vero, caso che ne venisse interro-

2 **il nibbio:** (Raubvogel) Milan. | **l'aia:** Tenne, Dreschplatz. | 7 **sparpagliarsi:** sich verstreuen. | 8 **il bisbiglio:** Gewisper, Gemurmel. | 12 **lo sbadiglio:** Gähnen. | 16 **la vanga:** Spaten. | 17 **il vangile:** Spatenkante, Tritt. | 20 **gagliardo/a:** wacker, tapfer, stark. | **chiomato/a:** langhaarig. | 24 **intimare:** gebieten.

gato, di non ciarlare, di non fomentar le ciarle de' villani, per quanto aveva cara la speranza di morir di malattia.

I nostri fuggiaschi camminarono un pezzo di buon trotto, in silenzio, voltandosi, ora l'uno ora l'altro, a guardare se nessuno gl'inseguiva, tutti in affanno per la fatica della fuga, per il batticuore e per la sospensione in cui erano stati, per il dolore della cattiva riuscita, per l'apprensione confusa del nuovo oscuro pericolo. E ancor più in affanno li teneva l'incalzare continuo di que' rintocchi, i quali, quanto, per l'allontanarsi, venivan più fiochi e ottusi, tanto pareva che prendessero un non so che di più lugubre e sinistro. Finalmente cessarono. I fuggiaschi allora, trovandosi in un campo disabitato, e non sentendo un alito all'intorno, rallentarono il passo; e fu la prima Agnese che, ripreso fiato, ruppe il silenzio, domandando a Renzo com'era andata, domandando a Menico cosa fosse quel diavolo in casa. Renzo raccontò brevemente la sua trista storia; e tutt'e tre si voltarono al fanciullo, il quale riferì più espressamente l'avviso del padre, e raccontò quello ch'egli stesso aveva veduto e rischiato, e che pur troppo confermava l'avviso. Gli ascoltatori compresero più di quel che Menico avesse saputo dire: a quella scoperta, si sentiron rabbrividire; si fermaron tutt'e tre a un tratto, si guardarono in viso l'un con l'altro, spaventati; e subito, con un movimento unanime, tutt'e tre posero una mano, chi sul capo, chi sulle spalle del ragazzo,

3 **il fuggiasco / la fuggiasca:** Flüchtige(r), Fliehende(r). | 7 **l'apprensione** f.: Sorge, Angst. | 9 **incalzare:** drängen, sich überstürzen (hier substantivisch gebraucht). | 10 **ottuso/a:** dumpf, stumpf. | 13 **l'ạlito:** Hauch, Atem. | 17 f. **voltarsi a qu:** sich an jdn. wenden, sich jdm. zuwenden. | 22 **rabbrividire:** erschaudern. | 24 **unạnime** (agg.): einhellig, einmütig.

come per accarezzarlo, per ringraziarlo tacitamente che fosse stato per loro un angelo tutelare, per dimostrargli la compassione che sentivano dell'angoscia da lui sofferta, e del pericolo corso per la loro salvezza; e quasi per chiedergliene scusa. «Ora torna a casa, perché i tuoi non abbiano a star più in pena per te,» gli disse Agnese; e rammentandosi delle due parpagliole promesse, se ne levò quattro di tasca, e gliele diede, aggiungendo: «basta; prega il Signore che ci rivediamo presto: e allora ...» Renzo gli diede una berlinga nuova, e gli raccomandò molto di non dir nulla della commissione avuta dal frate; Lucia l'accarezzò di nuovo, lo salutò con voce accorata; il ragazzo li salutò tutti, intenerito; e tornò indietro. Quelli ripresero la loro strada, tutti pensierosi; le donne innanzi, e Renzo dietro, come per guardia. Lucia stava stretta al braccio della madre, e scansava dolcemente, e con destrezza, l'aiuto che il giovine le offriva ne' passi malagevoli di quel viaggio fuor di strada; vergognosa in sé, anche in un tale turbamento, d'esser già stata tanto sola con lui, e tanto famigliarmente, quando s'aspettava di divenir sua moglie, tra pochi momenti. Ora, svanito così dolorosamente quel sogno, si pentiva d'essere andata troppo avanti, e, tra tante cagioni di tremare, tremava anche per quel pudore che non nasce dalla trista scienza del male, per quel pudore che ignora sé stesso, somigliante alla paura del fanciullo, che trema nelle tenebre, senza saper di che.

«E la casa?» disse a un tratto Agnese. Ma, per quanto la

2 **l'ạngelo tutelare:** Schutzengel. | 6 **rammentarsi:** sich erinnern. | 7 **la parpagliola:** Silbermünze. | 10 f. **la commissione:** Auftrag. | 12 **accorato/a:** gramerfüllt, traurig (*l'accoramento:* Kummer). | **intenerito/a:** bewegt, gerührt. | 16 **la destrezza:** Geschick, Fertigkeit. | 17 **malagẹvole** (agg.): unwegsam. | 25 **la tẹnebra:** Dunkelheit.

domanda fosse importante, nessuno rispose, perché nessuno poteva darle una risposta soddisfacente. Continuarono in silenzio la loro strada, e poco dopo, sboccarono finalmente sulla piazzetta davanti alla chiesa del convento.

Renzo s'affacciò alla porta, e la sospinse bel bello. La porta di fatto s'aprì; e la luna, entrando per lo spiraglio, illuminò la faccia pallida, e la barba d'argento del padre Cristoforo, che stava quivi ritto in aspettativa. Visto che non ci mancava nessuno, «Dio sia benedetto!» disse, e fece lor cenno ch'entrassero. Accanto a lui, stava un altro cappuccino; ed era il laico sagrestano, ch'egli, con preghiere e con ragioni, aveva persuaso a vegliar con lui, a lasciar socchiusa la porta, e a starci in sentinella, per accogliere que' poveri minacciati: e non si richiedeva meno dell'autorità del padre, della sua fama di santo, per ottener dal laico una condiscendenza incomoda, pericolosa e irregolare. Entrati che furono, il padre Cristoforo riaccostò la porta adagio adagio. Allora il sagrestano non potè più reggere, e, chiamato il padre da una parte, gli andava susurrando all'orecchio: «ma padre, padre! di notte … in chiesa … con donne … chiudere … la regola … ma padre!» E tentennava la testa. Mentre diceva stentatamente quelle parole, – vedete un poco! – pensava il padre Cristoforo, – se fosse un masnadiero inseguito, fra Fazio non gli farebbe una difficoltà al mondo; e una povera innocente, che scappa dagli artigli del lupo … – «*Omnia*

3 **sboccare:** (ein)münden, gelangen (*lo sbocco:* Mündung). | 10 f. **il cappuccino:** Kapuzinermönch. | 12 **socchiuso/a:** angelehnt, halb offen. | 15 f. **la condiscendenza:** Entgegenkommen, Kulanz. | 21 **tentennare:** hier: den Kopf schütteln. | 23 **il masnadiero:** Räuber. | 25 f. **Omnia munda mundis** (lat.): »Den Reinen ist alles rein« (Zitat aus dem Paulusbrief an Titus 1,15).

munda mundis,» disse poi, voltandosi tutt'a un tratto a fra Fazio, e dimenticando che questo non intendeva il latino. Ma una tale dimenticanza fu appunto quella che fece l'effetto. Se il padre si fosse messo a questionare con ragioni, a fra Fazio non sarebber mancate altre ragioni da opporre; e sa il cielo quando e come la cosa sarebbe finita. Ma, al sentir quelle parole gravide d'un senso misterioso, e proferite così risolutamente, gli parve che in quelle dovesse contenersi la soluzione di tutti i suoi dubbi. S'acquietò, e disse: «basta! lei ne sa più di me».

«Fidatevi pure,» rispose il padre Cristoforo; e, all'incerto chiarore della lampada che ardeva davanti all'altare, s'accostò ai ricoverati, i quali stavano sospesi aspettando, e disse loro: «figliuoli! ringraziate il Signore, che v'ha scampati da un gran pericolo. Forse in questo momento ....!» E qui si mise a spiegare ciò che aveva fatto accennare dal piccol messo: giacché non sospettava ch'essi ne sapesser più di lui, e supponeva che Menico gli avesse trovati tranquilli in casa, prima che arrivassero i malandrini. Nessuno lo disingannò, nemmeno Lucia, la quale però sentiva un rimorso segreto d'una tale dissimulazione, con un tal uomo; ma era la notte degl'imbrogli e de' sotterfugi.

«Dopo di ciò,» continuò egli, «vedete bene, figliuoli, che ora questo paese non è sicuro per voi. È il vostro; ci siete nati; non avete fatto male a nessuno; ma Dio vuol così. È una prova, figliuoli: sopportatela con pazienza, con fiducia, senza odio, e siate sicuri che verrà un tempo in cui vi trove-

7 **gravido/a:** schwer, gewichtig. | 12 **il chiarore:** Schein, Schimmer. | 21 **la dissimulazione:** Verstellung, Heuchelei. | 22 **il sotterfugio:** List, Heimlichtuerei.

rete contenti di ciò che ora accade. Io ho pensato a trovarvi un rifugio, per questi primi momenti. Presto, io spero, potrete ritornar sicuri a casa vostra; a ogni modo, Dio vi provvederà, per il vostro meglio; e io certo mi studierò di non mancare alla grazia che mi fa, scegliendomi per suo ministro, nel servizio di voi suoi poveri cari tribolati. Voi,» continuò volgendosi alle due donne, «potrete fermarvi a ***. Là sarete abbastanza fuori d'ogni pericolo, e, nello stesso tempo, non troppo lontane da casa vostra. Cercate del nostro convento, fate chiamare il padre guardiano, dategli questa lettera: sarà per voi un altro fra Cristoforo. E anche tu, il mio Renzo, anche tu devi metterti, per ora, in salvo dalla rabbia degli altri, e dalla tua. Porta questa lettera al padre Bonaventura da Lodi, nel nostro convento di Porta Orientale in Milano. Egli ti farà da padre, ti guiderà, ti troverà del lavoro, per fin che tu non possa tornare a viver qui tranquillamente. Andate alla riva del lago, vicino allo sbocco del Bione.» È un torrente a pochi passi da Pescarenico. «Lì vedrete un battello fermo; direte: barca; vi sarà domandato per chi; risponderete: san Francesco. La barca vi riceverà, vi trasporterà all'altra riva, dove troverete un baroccio che vi condurrà addirittura fino a ***.»

Chi domandasse come fra Cristoforo avesse così subito a sua disposizione que' mezzi di trasporto, per acqua e per terra, farebbe vedere di non conoscere qual fosse il potere d'un cappuccino tenuto in concetto di santo.

Restava da pensare alla custodia delle case. Il padre ne ri-

6 **tribolare:** plagen (*la tribolazione:* Plage, Leid). | 7 **potrete fermarvi a ***:** Die Sternchen ersetzen den Ort Monza. | 12 **mettersi in salvo:** sich in Sicherheit bringen. | 21 **il baroccio:** Fuhrwerk, Karren (*il barocciaio:* Fuhrmann).

cevette le chiavi, incaricandosi di consegnarle a quelli che Renzo e Agnese gl'indicarono. Quest'ultima, levandosi di tasca la sua, mise un gran sospiro, pensando che, in quel momento, la casa era aperta, che c'era stato il diavolo, e chi sa cosa ci rimaneva da custodire!

«Prima che partiate,» disse il padre, «preghiamo tutti insieme il Signore, perché sia con voi, in codesto viaggio, e sempre; e sopra tutto vi dia forza, vi dia amore di volere ciò ch'Egli ha voluto.» Così dicendo s'inginocchiò nel mezzo della chiesa; e tutti fecer lo stesso. Dopo ch'ebbero pregato, alcuni momenti, in silenzio, il padre, con voce sommessa, ma distinta, articolò queste parole: «noi vi preghiamo ancora per quel poveretto che ci ha condotti a questo passo. Noi saremmo indegni della vostra misericordia, se non ve la chiedessimo di cuore per lui: ne ha tanto bisogno! Noi, nella nostra tribolazione, abbiamo questo conforto, che siamo nella strada dove ci avete messi Voi: possiamo offrirvi i nostri guai; e diventano un guadagno. Ma lui! ... è vostro nemico. Oh disgraziato! compete con Voi! Abbiate pietà di lui, o Signore, toccategli il cuore, rendetelo vostro amico, concedetegli tutti i beni che noi possiamo desiderare a noi stessi.»

Alzatosi poi, come in fretta, disse: «via, figliuoli, non c'è tempo da perdere: Dio vi guardi, il suo angelo v'accompagni: andate». E mentre s'avviavano, con quella commozione che non trova parole, e che si manifesta senza di esse, il padre soggiunse, con voce alterata: «il cuor mi dice che ci rivedremo presto».

11 **con voce sommessa:** leise (auch: *sommessamente*). | 12 **articolare:** deutlich aussprechen. | 21 **concẹdere qc a qu:** jdm. etwas zugestehen, gewähren.

Certo, il cuore, chi gli dà retta, ha sempre qualche cosa da dire su quello che sarà. Ma che sa il cuore? Appena un poco di quello che è già accaduto.

Senza aspettar risposta, fra Cristoforo, andò verso la sagrestia; i viaggiatori usciron di chiesa; e fra Fazio chiuse la porta, dando loro un addio, con la voce alterata anche lui. Essi s'avviarono zitti zitti alla riva ch'era stata loro indicata; videro il battello pronto, e data e barattata la parola, c'entrarono. Il barcaiolo, puntando un remo alla proda, se ne staccò; afferrato poi l'altro remo, e vogando a due braccia, prese il largo, verso la spiaggia opposta. Non tirava un alito di vento; il lago giaceva liscio e piano, e sarebbe parso immobile, se non fosse stato il tremolare e l'ondeggiar leggiero della luna, che vi si specchiava da mezzo il cielo. S'udiva soltanto il fiotto morto e lento frangersi sulle ghiaie del lido, il gorgoglìo più lontano dell'acqua rotta tra le pile del ponte, e il tonfo misurato di que' due remi, che tagliavano la superficie azzurra del lago, uscivano a un colpo grondanti, e si rituffavano. L'onda segata dalla barca, riunendosi dietro la poppa, segnava una striscia increspata, che s'andava allontanando dal lido. I passeggieri silenziosi, con la testa voltata indietro, guardavano i monti, e il paese rischiarato dalla luna, e variato qua e là di grand'ombre. Si distinguevano i villaggi, le case, le capanne: il palazzotto di don Rodrigo, con la sua torre piatta, elevato sopra le casucce

8 **barattare:** eintauschen, austauschen. | 9 **il barcaiolo:** Schiffer, Fährmann. | **il remo:** Ruder. | **la proda** (lett.): Ufer. | 10 **vogare:** rudern. | 10 f. **prẹndere il largo:** in See stechen. | 15 **il fiotto:** hier: Welle. | **la ghiaia:** Geröll, Kiesel. | 16 **il gorgoglịo:** Blubbern, Plätschern. | 17 **il tonfo:** hier: Ruderschlag. | 18 f. **grondare:** triefen, tropfen. | 19 **segare:** hier: durchschneiden. | 20 **la poppa:** Heck. | **increspare:** kräuseln.

ammucchiate alla falda del promontorio, pareva un feroce che, ritto nelle tenebre, in mezzo a una compagnia d'addormentati, vegliasse, meditando un delitto. Lucia lo vide, e rabbrividì; scese con l'occhio giù giù per la china, fino al suo paesello, guardò fisso all'estremità, scoprì la sua casetta, scoprì la chioma folta del fico che sopravanzava il muro del cortile, scoprì la finestra della sua camera; e, seduta, com'era, nel fondo della barca, posò il braccio sulla sponda, posò sul braccio la fronte, come per dormire, e pianse segretamente.

Addio, monti sorgenti dall'acque, ed elevati al cielo; cime inuguali, note a chi è cresciuto tra voi, e impresse nella sua mente, non meno che lo sia l'aspetto de' suoi più familiari; torrenti, de' quali distingue lo scroscio, come il suono delle voci domestiche; ville sparse e biancheggianti sul pendìo, come branchi di pecore pascenti; addio! Quanto è tristo il passo di chi, cresciuto tra voi, se ne allontana! Alla fantasia di quello stesso che se ne parte volontariamente, tratto dalla speranza di fare altrove fortuna, si disabbelliscono, in quel momento, i sogni della ricchezza; egli si maraviglia d'essersi potuto risolvere, e tornerebbe allora indietro, se non pensasse che, un giorno, tornerà dovizioso. Quanto più s'avanza nel piano, il suo occhio si ritira, disgustato e stanco, da quell'ampiezza uniforme; l'aria gli par gravosa e morta; s'inoltra mesto e disattento nelle città tu-

1 **il promontorio:** Landzunge, Vorgebirge. | 4 **la china:** Hang, Abhang. | 6 **la chioma:** Wipfel. | 8 **la sponda:** Rand. | 14 **lo scroscio:** Brausen, Rauschen. | 15 f. **il pendio:** Steilhang, Böschung. | 16 **il branco:** Rudel, Herde. | **pascere:** weiden. | 19 f. **disabbellirsi:** die Schönheit verlieren, verblassen. | 22 **dovizioso/a** (lett.): reich. | 25 **inoltrarsi:** vorrücken, eindringen. | **mesto/a:** traurig.

multuose; le case aggiunte a case, le strade che sboccano nelle strade, pare che gli levino il respiro; e davanti agli edifizi ammirati dallo straniero, pensa, con desiderio inquieto, al campicello del suo paese, alla casuccia a cui ha già messo gli occhi addosso, da gran tempo, e che comprerà, tornando ricco a' suoi monti.

Ma chi non aveva mai spinto al di là di quelli neppure un desiderio fuggitivo, chi aveva composti in essi tutti i disegni dell'avvenire, e n'è sbalzato lontano, da una forza perversa! Chi, staccato a un tempo dalle più care abitudini, e disturbato nelle più care speranze, lascia que' monti, per avviarsi in traccia di sconosciuti che non ha mai desiderato di conoscere, e non può con l'immaginazione arrivare a un momento stabilito per il ritorno! Addio, casa natia, dove, sedendo, con un pensiero occulto, s'imparò a distinguere dal rumore de' passi comuni il rumore d'un passo aspettato con un misterioso timore. Addio, casa ancora straniera, casa sogguardata tante volte alla sfuggita, passando, e non senza rossore; nella quale la mente si figurava un soggiorno tranquillo e perpetuo di sposa. Addio, chiesa, dove l'animo tornò tante volte sereno, cantando le lodi del Signore; dov'era promesso, preparato un rito; dove il sospiro segreto del cuore doveva essere solennemente benedetto, e l'amore venir comandato, e chiamarsi santo; addio! Chi dava a voi tanta giocondità è per tutto; e non turba mai la gioia de' suoi figli, se non per prepararne loro una più certa e più grande.

Di tal genere, se non tali appunto, erano i pensieri di

4 **il campicello:** kleines Feld. | **la casuccia:** Hütte, Häuschen. | 9 **sbalzare:** werfen. | 14 **la casa natịa:** Geburtshaus. | 18 **sogguardare:** anblicken. | **alla sfuggita:** flüchtig. | 25 **la giocondità:** Heiterkeit.

Lucia, e poco diversi i pensieri degli altri due pellegrini, mentre la barca gli andava avvicinando alla riva destra dell'Adda.

Capitolo IX

L'urtar che fece la barca contro la proda, scosse Lucia, la quale, dopo aver asciugate in segreto le lacrime, alzò la testa, come se si svegliasse. Renzo uscì il primo, e diede la mano ad Agnese, la quale, uscita pure, la diede alla figlia; e tutt'e tre resero tristamente grazie al barcaiolo. «Di che cosa?» rispose quello: «siam quaggiù per aiutarci l'uno con l'altro,» e ritirò la mano, quasi con ribrezzo, come se gli fosse proposto di rubare, allorché Renzo cercò di farvi sdrucciolare una parte de' quattrinelli che si trovava indosso, e che aveva presi quella sera, con intenzione di regalar generosamente don Abbondio, quando questo l'avesse, suo malgrado, servito. Il baroccio era lì pronto; il conduttore salutò i tre aspettati, li fece salire, diede una voce alla bestia, una frustata, e via.

Il nostro autore non descrive quel viaggio notturno, tace il nome del paese dove fra Cristoforo aveva indirizzate le due donne; anzi protesta espressamente di non lo voler dire. Dal progresso della storia si rileva poi la cagione di queste reticenze. Le avventure di Lucia in quel soggiorno, si trovano avviluppate in un intrigo tenebroso di persona appartenente a una famiglia, come pare, molto potente, al

9 **rẹndere grazie a qu:** jdm. danken. | 11 **il ribrezzo:** Ekel, Abscheu. | 12 f. **sdrucciolare:** rutschen, gleiten. | 13 **il quattrinello** (dim.): Heller. | 17 **la bestia:** Tier. | 23 **la reticenza:** Zurückhaltung.

tempo che l'autore scriveva. Per render ragione della strana condotta di quella persona, nel caso particolare, egli ha poi anche dovuto raccontarne in succinto la vita antecedente; e la famiglia ci fa quella figura che vedrà chi vorrà leggere. Ma ciò che la circospezione del pover'uomo ci ha voluto sottrarre, le nostre diligenze ce l'hanno fatto trovare in altra parte. Uno storico milanese che ha avuto a far menzione di quella persona medesima, non nomina, è vero, né lei, né il paese; ma di questo dice ch'era un borgo antico e nobile, a cui di città non mancava altro che il nome; dice altrove, che ci passa il Lambro; altrove, che c'è un arciprete. Dal riscontro di questi dati noi deduciamo che fosse Monza senz'altro. Nel vasto tesoro dell'induzioni erudite, ce ne potrà ben essere delle più fine, ma delle più sicure, non crederei. Potremmo anche, sopra congetture molto fondate, dire il nome della famiglia; ma, sebbene sia estinta da un pezzo, ci par meglio lasciarlo nella penna, per non metterci a rischio di far torto neppure ai morti, e per lasciare ai dotti qualche soggetto di ricerca.

I nostri viaggiatori arrivaron dunque a Monza, poco dopo il levar del sole: il conduttore entrò in un'osteria, e lì, come pratico del luogo, e conoscente del padrone, fece assegnar loro una stanza, e ve gli accompagnò. Tra i ringraziamenti, Renzo tentò pure di fargli ricevere qualche danaro; ma quello, al pari del barcaiolo, aveva in mira un'altra ricompensa, più lontana, ma più abbondante: ritirò le ma-

2 **la condotta:** Benehmen, Betragen. | 3 **in succinto:** in Kürze. | 5 **la circospezione:** Umsicht, Vorsicht. | 11 **l'arciprete** m.: Erzpriester. | 15 **la congettura:** Vermutung (*congetturare:* mutmaßen). | 16 **estinto/a:** ausgestorben. | 24 f. **il danaro:** *il denaro.* | 25 **avere in mira:** in Aussicht haben.

ni, anche lui, e, come fuggendo, corse a governare la sua bestia.

Dopo una sera quale l'abbiamo descritta, e una notte quale ognuno può immaginarsela, passata in compagnia di que' pensieri, col sospetto incessante di qualche incontro spiacevole, al soffio d'una brezzolina più che autunnale, e tra le continue scosse della disagiata vettura, che ridestavano sgarbatamente chi di loro cominciasse appena a velar l'occhio, non parve vero a tutt'e tre di sedersi sur una panca che stava ferma, in una stanza, qualunque fosse. Fecero colazione, come permetteva la penuria de' tempi, e i mezzi scarsi in proporzione de' contingenti bisogni d'un avvenire incerto, e il poco appetito. A tutt'e tre passò per la mente il banchetto che, due giorni prima, s'aspettavan di fare; e ciascuno mise un gran sospiro. Renzo avrebbe voluto fermarsi lì, almeno tutto quel giorno, veder le donne allogate, render loro i primi servizi; ma il padre aveva raccomandato a queste di mandarlo subito per la sua strada. Addussero quindi esse e quegli ordini, e cento altre ragioni; che la gente ciarlerebbe, che la separazione più ritardata sarebbe più dolorosa, ch'egli potrebbe venir presto a dar nuove e a sentirne; tanto che si risolvette di partire. Si concertaron, come poterono, sulla maniera di rivedersi, più presto che fosse possibile. Lucia non nascose le lacrime; Renzo trattenne a stento le sue, e, stringendo forte forte la mano a Agnese, disse con voce soffogata: «a rivederci», e partì.

Le donne si sarebber trovate ben impicciate, se non fosse stato quel buon barocciaio, che aveva ordine di guidarle al

1 **governare:** hier: (Vieh) versorgen. | 6 **il soffio:** Hauch. | **la brezzolina:** Lüftchen, Brise. | 11 **la penụria:** Mangel, Not. | 16 **allogare:** unterbringen. | 18 **addurre:** anführen, vorbringen.

convento de' cappuccini, e di dar loro ogn'altro aiuto che potesse bisognare. S'avviaron dunque con lui a quel convento; il quale, come ognun sa, era pochi passi distante da Monza. […]

Nachdem Renzo, Lucia und Agnese in Monza angekommen sind, wird Lucia vom Guardian des Klosters von Monza zu Gertrude, der »Edelnonne« gebracht, die Lucia ihren Schutz bietet. Einerseits schmeichelt sie damit ihrem Ruf, andererseits hegt sie auch Sympathie für Lucia und deren trauriges Schicksal. Sie lässt Lucia mit der Mutter Agnese in der Wohnung der Wirtschafterin des Klosters unterbringen; beide werden als Dienerinnen des Hauses behandelt. Für Lucia und Agnese ist dies zunächst ein glücklicher Ausgang, da sie einen sicheren Zufluchtsort gefunden haben.

In Gertrudes Geschichte hat Manzoni die wahre Begebenheit der Adligen Marianna de Leyva y Marino (1575–1650) verarbeitet. Gertrude, die Tochter eines vom Erzähler ungenannten Edelmannes, war von Kind an darauf vorbereitet worden, ins Kloster einzutreten. Als Gertrude heranwuchs, begann sie, sich gegen diese Wahl aufzulehnen, musste sich aber letztlich dem Willen ihrer Eltern fügen. Sie unterhielt jedoch ein Liebesverhältnis zu Egidio, einem ›Berufs-Ruchlosen‹, und verstrickte sich dadurch in ein Netz aus Lügen, Einschüchterungen und Erpressungen, bis hin zur Ermordung einer Konvertitin, die damit gedroht hatte, den Skandal auffliegen zu lassen.

Capitolo XI

Come un branco di segugi, dopo aver inseguita invano una lepre, tornano mortificati verso il padrone, co' musi bassi, e con le code ciondoloni, così, in quella scompigliata notte, tornavano i bravi al palazzotto di don Rodrigo. Egli camminava innanzi e indietro, al buio, per una stanzaccia disabitata dell'ultimo piano, che rispondeva sulla spianata. Ogni tanto si fermava, tendeva l'orecchio, guardava dalle fessure dell'imposte intarlate, pieno d'impazienza e non privo d'inquietudine, non solo per l'incertezza della riuscita, ma anche per le conseguenze possibili; perché era la più grossa e la più arrischiata a cui il brav'uomo avesse ancor messo mano. S'andava però rassicurando col pensiero delle precauzioni prese per distrugger gl'indizi, se non i sospetti. – In quanto ai sospetti, – pensava, – me ne rido. Vorrei un po' sapere chi sarà quel voglioso che venga quassù a veder se c'è o non c'è una ragazza. Venga, venga quel tanghero, che sarà ben ricevuto. Venga il frate, venga. La vecchia? Vada a Bergamo la vecchia. La giustizia? Poh la giustizia! Il podestà non è un ragazzo, né un matto. E a Milano? Chi si cura di costoro a Milano? Chi gli darebbe retta? Chi sa che ci siano? Son come gente perduta sulla terra; non hanno né anche un padrone: gente di nessuno. Via, via, niente paura. Come rimarrà Attilio, domattina! Vedrà, vedrà s'io fo ciarle o fatti.

2 **il segugio:** Jagd-, Spürhund. | 3 **mortificato/a:** beschämt. | 4 **ciondoloni** (avv. inv.): hängend. | **scompigliato/a:** wüst. | 6 **la stanzaccia:** verwahrlostes Zimmer. | 7 **rispondere su qc:** hier: auf etwas hinausgehen, gelegen sein. | 8 **la fessura:** Spalt, Riss. | 9 **intarlato/a:** wurmstichig. | 13 f. **la precauzione:** Vorsichtsmaßnahme. | 16 **voglioso/a:** lüstern (hier substantivisch gebraucht). | 17 **il tanghero:** Lümmel, Rüpel.

E poi ... se mai nascesse qualche imbroglio ... che so io? qualche nemico che volesse cogliere quest'occasione, ... anche Attilio saprà consigliarmi: c'è impegnato l'onore di tutto il parentado. – Ma il pensiero sul quale si fermava di più, in esso trovava insieme un acquietamento de' dubbi, e un pascolo alla passion principale, era il pensiero delle lusinghe, delle promesse che adoprerebbe per abbonire Lucia. – Avrà tanta paura di trovarsi qui sola, in mezzo a costoro, a queste facce, che ... il viso più umano qui son io, per bacco ... che dovrà ricorrere a me, toccherà a lei a pregare; e se prega ... –

Mentre fa questi bei conti, sente un calpestìo, va alla finestra, apre un poco, fa capolino; son loro. – E la bussola? Diavolo! dov'è la bussola? Tre, cinque, otto: ci son tutti; c'è anche il Griso; la bussola non c'è: diavolo! diavolo! il Griso me ne renderà conto. –

Entrati che furono, il Griso posò in un angolo d'una stanza terrena il suo bordone, posò il cappellaccio e il sanrocchino, e, come richiedeva la sua carica, che in quel momento nessuno gl'invidiava, salì a render quel conto a don Rodrigo. Questo l'aspettava in cima alla scala; e vistolo apparire con quella goffa e sguaiata presenza del birbone deluso, «ebbene,» gli disse, o gli gridò: «signore spaccone, signor capitano, signor *lascifareame?*»

«L'è dura,» rispose il Griso, restando con un piede sul primo scalino, «l'è dura di ricever de' rimproveri, dopo aver

4 **il parentado:** Verwandtschaft, Sippe. | 7 **adop(e)rare:** gebrauchen. | **abbonire:** besänftigen, beruhigen. | 13 **la bụssola:** Sänfte. | 21 **vistolo:** *averlo visto.* | 22 **sguaiato/a:** hier: flegelhaft. | 23 **lo spaccone / la spaccona:** Angeber(in), Großmaul. | 24 **lascifareamẹ:** lass-mich-nur-machen.

lavorato fedelmente, e cercato di fare il proprio dovere, e arrischiata anche la pelle.»

«Com'è andata? Sentiremo, sentiremo,» disse don Rodrigo, e s'avviò verso la sua camera, dove il Griso lo seguì, e fece subito la relazione di ciò che aveva disposto, fatto, veduto e non veduto, sentito, temuto, riparato; e la fece con quell'ordine e con quella confusione, con quella dubbiezza e con quello sbalordimento, che dovevano per forza regnare insieme nelle sue idee.

«Tu non hai torto, e ti sei portato bene,» disse don Rodrigo: «hai fatto quello che si poteva; ma ... ma, che sotto questo tetto ci fosse una spia! Se c'è, se lo arrivo a scoprire, e lo scopriremo se c'è, te l'accomodo io; ti so dir io, Griso, che lo concio per il dì delle feste.»

«Anche a me, signore,» disse il Griso, «è passato per la mente un tal sospetto: e se fosse vero, se si venisse a scoprire un birbone di questa sorte, il signor padrone lo deve metter nelle mie mani. Uno che si fosse preso il divertimento di farmi passare una notte come questa! toccherebbe a me a pagarlo. Però, da varie cose m'è parso di poter rilevare che ci dev'essere qualche altro intrigo, che per ora non si può capire. Domani, signore, domani se ne verrà in chiaro.»

«Non siete stati riconosciuti almeno?»

Il Griso rispose che sperava di no; e la conclusione del discorso fu che don Rodrigo gli ordinò, per il giorno dopo, tre cose che colui avrebbe sapute ben pensare anche da sé. Spe-

7 **la dubbiezza:** Ungewissheit. | 8 **lo sbalordimento:** Fassungslosigkeit, Verblüffung (*sbalordito/a:* verwirrt, überrascht). | 14 **conciare qu per il dì delle feste** (fig.): eigtl.: *conciare qu per le feste:* jdn. übel zurichten, verhauen (*conciare:* gerben, beizen, zurichten).

dire la mattina presto due uomini a fare al console quella tale intimazione, che fu poi fatta, come abbiam veduto; due altri al casolare a far la ronda, per tenerne lontano ogni ozioso che vi capitasse, e sottrarre a ogni sguardo la bussola fino alla notte prossima, in cui si manderebbe a prenderla; giacché per allora non conveniva fare altri movimenti da dar sospetto; andar poi lui, e mandare anche altri, de' più disinvolti e di buona testa, a mescolarsi con la gente, per scovar qualcosa intorno all'imbroglio di quella notte. Dati tali ordini, don Rodrigo se n'andò a dormire, e ci lasciò andare anche il Griso, congedandolo con molte lodi, dalle quali traspariva evidentemente l'intenzione di risarcirlo degl'improperi precipitati coi quali lo aveva accolto.

Va a dormire, povero Griso, che tu ne devi aver bisogno. Povero Griso! In faccende tutto il giorno, in faccende mezza la notte, senza contare il pericolo di cader sotto l'unghie de' villani, o di buscarti una taglia *per rapto di donna honesta*, per giunta di quelle che hai già addosso; e poi esser ricevuto in quella maniera! Ma! così pagano spesso gli uomini. Tu hai però potuto vedere, in questa circostanza, che qualche volta la giustizia, se non arriva alla prima, arriva, o presto o tardi anche in questo mondo. Va a dormire per ora: che un giorno avrai forse a somministrarcene un'altra prova, e più notabile di questa.

9 **scovare:** aufspüren, auftreiben. | 11 **congedare:** verabschieden (*il congedo:* Abschied). | 12 **risarcire:** entschädigen. | 13 **l'improperio:** (von spätlat. *improperium*) Schmähung, Beleidigung. | 17 **buscare:** abbekommen, abkriegen. | **la taglia:** hier: Kopfgeld. | 17 f. **per rapto di donna honesta:** (von lat. *raptus* und *honestus*) wegen der Entführung einer ehrbaren Frau. | 23 **somministrare qc a qu:** jdm. etwas verpassen, verabreichen.

La mattina seguente, il Griso era fuori di nuovo in faccende, quando don Rodrigo s'alzò. Questo cercò subito del conte Attilio, il quale, vedendolo spuntare, fece un viso e un atto canzonatorio, e gli gridò: «san Martino!»

«Non so cosa vi dire,» rispose don Rodrigo, arrivandogli accanto: «pagherò la scommessa; ma non è questo quel che più mi scotta. Non v'avevo detto nulla, perché, lo confesso, pensavo di farvi rimanere stamattina. Ma ... basta, ora vi racconterò tutto.»

«Ci ha messo uno zampino quel frate in quest'affare,» disse il cugino, dopo aver sentito tutto, con più serietà che non si sarebbe aspettato da un cervello così balzano. «Quel frate,» continuò, «con quel suo fare di gatta morta, e con quelle sue proposizioni sciocche, io l'ho per un dirittone, e per un impiccione. E voi non vi siete fidato di me, non m'avete mai detto chiaro cosa sia venuto qui a impastocchiarvi l'altro giorno.» Don Rodrigo riferì il dialogo. «E voi avete avuto tanta sofferenza?» esclamò il conte Attilio: «e l'avete lasciato andare com'era venuto?»

«Che volevate ch'io mi tirassi addosso tutti i cappuccini d'Italia?»

«Non so,» disse il conte Attilio, «se, in quel momento, mi sarei ricordato che ci fossero al mondo altri cappuccini che quel temerario birbante; ma via, anche nelle regole della prudenza, manca la maniera di prendersi soddisfazione an-

4 **canzonatorio/a:** mokant, spöttisch (*la canzonatura:* Spott, Hänselei). | 10 **lo zampino:** Pfötchen. | 12 **balzano/a:** seltsam, exzentrisch. | 13 **fare di gatta morta** (loc.): sich dumm stellen. | 14 **il dirittone** (fam.): Schlaukopf. | 15 **l'impiccione / l'impicciona:** Naseweis, Störenfried. | 16 **impastocchiare qu:** jdn. um den Finger wickeln, einseifen. | 24 **temerario/a:** hier: tollkühn. | **il birbante:** Schelm, Spitzbube.

che d'un cappuccino? Bisogna saper raddoppiare a tempo le gentilezze a tutto il corpo, e allora si può impunemente dare un carico di bastonate a un membro. Basta; ha scansato la punizione che gli stava più bene; ma lo prendo io sotto la mia protezione, e voglio aver la consolazione d'insegnargli come si parla co' pari nostri.»

«Non mi fate peggio.»

«Fidatevi una volta, che vi servirò da parente e da amico.»

«Cosa pensate di fare?»

«Non lo so ancora; ma lo servirò io di sicuro il frate. Ci penserò, e ... il signor conte zio del Consiglio segreto è lui che mi deve fare il servizio. Caro signor conte zio! Quanto mi diverto ogni volta che lo posso far lavorare per me, un politicone di quel calibro! Doman l'altro sarò a Milano, e, in una maniera o in un'altra, il frate sarà servito.»

Venne intanto la colazione, la quale non interruppe il discorso d'un affare di quell'importanza. Il conte Attilio ne parlava con disinvoltura; e, sebbene ci prendesse quella parte che richiedeva la sua amicizia per il cugino, e l'onore del nome comune, secondo le idee che aveva d'amicizia e d'onore, pure ogni tanto non poteva tenersi di non rider sotto i baffi, di quella bella riuscita. Ma don Rodrigo, ch'era in causa propria, e che, credendo di far quietamente un gran colpo, gli era andato fallito con fracasso, era agitato da passioni più gravi, e distratto da pensieri più fastidiosi. «Di belle ciarle,» diceva, «faranno questi mascalzoni, in tutto il contorno. Ma che m'importa? In quanto alla giustizia, me

1 **raddoppiare:** verdoppeln. | 2 **impunemente** (avv.): ungestraft. | 10 **servire qu:** hier (fig.): jdn. fertigmachen. | 14 **il politicone / la politicona:** Schlauberger, Schwätzer(in). | 27 **il contorno:** Umkreis, Umgebung.

ne rido: prove non ce n'è; quando ce ne fosse, me ne riderei ugualmente: a buon conto, ho fatto stamattina avvertire il console che guardi bene di non far deposizione dell'avvenuto. Non ne seguirebbe nulla; ma le ciarle, quando vanno in lungo, mi seccano. È anche troppo ch'io sia stato burlato così barbaramente.»

«Avete fatto benissimo,» rispondeva il conte Attilio. «Codesto vostro podestà ... gran caparbio, gran testa vota, gran seccatore d'un podestà ... è poi un galantuomo, un uomo che sa il suo dovere; e appunto quando s'ha che fare con persone tali, bisogna aver più riguardo di non metterle in impicci. Se un mascalzone di console fa una deposizione, il podestà, per quanto sia ben intenzionato, bisogna pure che ...»

«Ma voi,» interruppe, con un po' di stizza, don Rodrigo, «voi guastate le mie faccende, con quel vostro contraddirgli in tutto, e dargli sulla voce, e canzonarlo anche, all'occorrenza. Che diavolo, che un podestà non possa esser bestia e ostinato, quando nel rimanente è un galantuomo!»

«Sapete, cugino,» disse guardandolo, maravigliato, il conte Attilio, «sapete, che comincio a credere che abbiate un po' di paura? Mi prendete sul serio anche il podestà ...»

«Via via, non avete detto voi stesso che bisogna tenerlo di conto?»

«L'ho detto: e quando si tratta d'un affare serio, vi farò vedere che non sono un ragazzo. Sapete cosa mi basta l'animo di far per voi? Son uomo da andare in persona a far visita al signor podestà. Ah! sarà contento dell'onore? E son

5 **burlare qu:** jdn. verspotten, lächerlich machen (*la burla:* Jux, Scherz). | 8 **il caparbio:** Sturkopf. | **voto/a:** *vuoto/a.* | 26 f. **l'ạnimo:** hier: Mut.

uomo da lasciarlo parlare per mezz'ora del conte duca, e del nostro signor castellano spagnolo, e da dargli ragione in tutto, anche quando ne dirà di quelle così massicce. Butterò poi là qualche parolina sul conte zio del Consiglio segreto: e sapete che effetto fanno quelle paroline nell'orecchio del signor podestà. Alla fin de' conti, ha più bisogno lui della nostra protezione, che voi della sua condiscendenza. Farò di buono, e ci anderò, e ve lo lascerò meglio disposto che mai.»

Dopo queste e altre simili parole, il conte Attilio uscì, per andare a caccia; e don Rodrigo stette aspettando con ansietà il ritorno del Griso. Venne costui finalmente, sull'ora del desinare, a far la sua relazione.

Lo scompiglio di quella notte era stato tanto clamoroso, la sparizione di tre persone da un paesello era un tal avvenimento, che le ricerche, e per premura e per curiosità, dovevano naturalmente esser molte e calde e insistenti; e dall'altra parte, gl'informati di qualche cosa eran troppi, per andar tutti d'accordo a tacer tutto. Perpetua non poteva farsi veder sull'uscio, che non fosse tempestata da quello e da quell'altro, perché dicesse chi era stato a far quella gran paura al suo padrone: e Perpetua, ripensando a tutte le circostanze del fatto, e raccapezzandosi finalmente ch'era stata infinocchiata da Agnese, sentiva tanta rabbia di quella perfidia, che aveva proprio bisogno d'un po' di sfogo. Non già che andasse lamentandosi col terzo e col quarto della maniera tenuta per infinocchiar lei: su questo non fiatava; ma

3 **massiccio/a:** plump, massig. | 23 **raccapezzarsi:** begreifen. | 24 **infinocchiare qu:** jdn. beschwatzen, übers Ohr hauen. | 25 **lo sfogo:** Wutausbruch.

il tiro fatto al suo povero padrone non lo poteva passare affatto sotto silenzio; e sopra tutto, che un tiro tale fosse stato concertato e tentato da quel giovine dabbene, da quella buona vedova, da quella madonnina infilzata. Don Abbondio poteva ben comandarle risolutamente, e pregarla cordialmente che stesse zitta; lei poteva bene ripetergli che non faceva bisogno di suggerirle una cosa tanto chiara e tanto naturale; certo è che un così gran segreto stava nel cuore della povera donna, come, in una botte vecchia e mal cerchiata, un vino molto giovine, che grilla e gorgoglia e ribolle, e, se non manda il tappo per aria, gli geme all'intorno, e vien fuori in ischiuma, e trapela tra doga e doga, e gocciola di qua e di là, tanto che uno può assaggiarlo, e dire a un di presso che vino è. Gervaso, a cui non pareva vero d'essere una volta più informato degli altri, a cui non pareva piccola gloria l'avere avuta una gran paura, a cui, per aver tenuto di mano a una cosa che puzzava di criminale, pareva d'esser diventato un uomo come gli altri, crepava di voglia di vantarsene. E quantunque Tonio, che pensava seriamente all'inquisizioni e ai processi possibili e al conto da rendere, gli comandasse, co' pugni sul viso, di non dir nulla a nessuno, pure non ci fu verso di soffogargli in bocca ogni parola. Del resto Tonio, anche lui, dopo essere stato quella notte fuor di casa in ora insolita, tornandovi, con un passo e con

3 **dabbene** (avv. inv.): *perbene:* rechtschaffen. | 4 **la madonnina infilzata** (fig.): eine, die kein Wässerchen trüben kann. | 9 **la botte:** Fass. | 10 **cerchiare:** bereifen. | **gorgogliare:** brodeln. | 11 **gemere:** stöhnen. | 12 **l'ischiuma:** *la schiuma:* Schaum. | **trapelare:** sickern, durchdringen. | **la doga:** Fassdaube (Längsholz zum Fassbau). | 19 **vantarsi di qc:** sich mit etwas brüsten, angeben. | 22 **non esserci verso di fare qc:** unmöglich etwas tun können, etwas (überhaupt) nicht fertigbringen.

un sembiante insolito, e con un'agitazion d'animo che lo disponeva alla sincerità, non potè dissimulare il fatto a sua moglie; la quale non era muta. Chi parlò meno, fu Menico; perché, appena ebbe raccontata ai genitori la storia e il motivo della sua spedizione, parve a questi una cosa così terribile che un loro figliuolo avesse avuto parte a buttare all'aria un'impresa di don Rodrigo, che quasi quasi non lasciaron finire al ragazzo il suo racconto. Gli fecero poi subito i più forti e minacciosi comandi che guardasse bene di non far neppure un cenno di nulla: e la mattina seguente, non parendo loro d'essersi abbastanza assicurati, risolvettero di tenerlo chiuso in casa, per quel giorno, e per qualche altro ancora. Ma che? essi medesimi poi, chiacchierando con la gente del paese, e senza voler mostrar di saperne più di loro, quando si veniva a quel punto oscuro della fuga de' nostri tre poveretti, e del come, e del perché, e del dove, aggiungevano, come cosa conosciuta, che s'eran rifugiati a Pescarenico. Così anche questa circostanza entrò ne' discorsi comuni.

Con tutti questi brani di notizie, messi poi insieme e cuciti come s'usa, e con la frangia che ci s'attacca naturalmente nel cucire, c'era da fare una storia d'una certezza e d'una chiarezza tale, da esserne pago ogni intelletto più critico. Ma quella invasion de' bravi, accidente troppo grave e troppo rumoroso per esser lasciato fuori, e del quale nessuno aveva una conoscenza un po' positiva, quell'accidente era ciò che imbrogliava tutta la storia. Si mormorava il nome di don Rodrigo: in questo andavan tutti d'accordo; nel resto

21 **la frangia:** Franse; hier (fig.): (Rede) schmückender Zusatz, Ausschmückung. | 23 **essere pago/a di qc:** mit etwas zufrieden sein. | 24 **l'invasione** f.: hier: Einbruch.

tutto era oscurità e congetture diverse. Si parlava molto de' due bravacci ch'erano stati veduti nella strada, sul far della sera, e dell'altro che stava sull'uscio dell'osteria; ma che lume si poteva ricavare da questo fatto così asciutto? Si domandava bene all'oste chi era stato da lui la sera avanti; ma l'oste, a dargli retta, non si rammentava neppure se avesse veduto gente quella sera; e badava a dire che l'osteria è un porto di mare. Sopra tutto, confondeva le teste, e disordinava le congetture quel pellegrino veduto da Stefano e da Carlandrea, quel pellegrino che i malandrini volevano ammazzare, e che se n'era andato con loro, o che essi avevan portato via. Cos'era venuto a fare? Era un'anima del purgatorio, comparsa per aiutar le donne; era un'anima dannata d'un pellegrino birbante e impostore, che veniva sempre di notte a unirsi con chi facesse di quelle che lui aveva fatte vivendo; era un pellegrino vivo e vero, che coloro avevan voluto ammazzare, per timor che gridasse, e destasse il paese; era (vedete un po' cosa si va a pensare!) uno di quegli stessi malandrini travestito da pellegrino; era questo, era quello, era tante cose che tutta la sagacità e l'esperienza del Griso non sarebbe bastata a scoprire chi fosse, se il Griso avesse dovuto rilevar questa parte della storia da' discorsi altrui. Ma, come il lettore sa, ciò che la rendeva imbrogliata agli altri, era appunto il più chiaro per lui: servendosene di chiave per interpretare le altre notizie raccolte da lui immediatamente, o col mezzo degli esploratori subordinati, potè di tutto comporne per don Rodrigo una relazione bastante-

1 **la congettura:** Mutmaßung, Annahme. | 2 **il bravaccio:** hier: Galgenvogel. | 6 **l'oste / l'ostessa:** Gastwirt(in). | 17 **destare:** aufwecken, wachrütteln. | 20 **la sagacità:** Scharfsinn.

mente distinta. Si chiuse subito con lui, e l'informò del colpo tentato dai poveri sposi, il che spiegava naturalmente la casa trovata vota e il sonare a martello, senza che facesse bisogno di supporre che in casa ci fosse qualche traditore, come dicevano que' due galantuomini. L'informò della fuga; e anche a questa era facile trovarci le sue ragioni: il timore degli sposi colti in fallo, o qualche avviso dell'invasione, dato loro quand'era scoperta, e il paese tutto a soqquadro. Disse finalmente che s'eran ricoverati a Pescarenico; più in là non andava la sua scienza. Piacque a don Rodrigo l'esser certo che nessuno l'aveva tradito, e il vedere che non rimanevano tracce del suo fatto; ma fu quella una rapida e leggiera compiacenza. «Fuggiti insieme!» gridò: «insieme! E quel frate birbante! Quel frate!» la parola gli usciva arrantolata dalla gola, e smozzicata tra' denti, che mordevano il dito: il suo aspetto era brutto come le sue passioni. «Quel frate me la pagherà. Griso! non son chi sono ... voglio sapere, voglio trovare ... questa sera, voglio saper dove sono. Non ho pace. A Pescarenico, subito, a sapere, a vedere, a trovare ... Quattro scudi subito, e la mia protezione per sempre. Questa sera lo voglio sapere. E quel birbone ...! quel frate ...!»

Il Griso di nuovo in campo; e, la sera di quel giorno medesimo, potè riportare al suo degno padrone la notizia desiderata: ed ecco in qual maniera.

Una delle più gran consolazioni di questa vita è l'amicizia; e una delle consolazioni dell'amicizia è quell'avere a cui

7 **cogliere in fallo:** auf frischer Tat ertappen. | 8 **il soqquadro:** Durcheinander, Chaos. | 10 **la scienza:** hier: Weisheit, Wissen. | 13 **la compiacenza:** Genugtuung. | 14 f. **(ar)rantolare:** röcheln. | 15 **smozzicare:** murmeln. | 20 **lo scudo:** Münzenart.

confidare un segreto. Ora, gli amici non sono a due a due, come gli sposi; ognuno, generalmente parlando, ne ha più d'uno: il che forma una catena, di cui nessuno potrebbe trovar la fine. Quando dunque un amico si procura quella consolazione di deporre un segreto nel seno d'un altro, dà a costui la voglia di procurarsi la stessa consolazione anche lui. Lo prega, è vero, di non dir nulla a nessuno; e una tal condizione, chi la prendesse nel senso rigoroso delle parole, troncherebbe immediatamente il corso delle consolazioni. Ma la pratica generale ha voluto che obblighi soltanto a non confidare il segreto, se non a chi sia un amico ugualmente fidato, e imponendogli la stessa condizione. Così, d'amico fidato in amico fidato, il segreto gira e gira per quell'immensa catena, tanto che arriva all'orecchio di colui o di coloro a cui il primo che ha parlato intendeva appunto di non lasciarlo arrivar mai. Avrebbe però ordinariamente a stare un gran pezzo in cammino, se ognuno non avesse che due amici: quello che gli dice, e quello a cui ridice la cosa da tacersi. Ma ci son degli uomini privilegiati che li contano a centinaia; e quando il segreto è venuto a uno di questi uomini, i giri divengon sì rapidi e sì moltiplici, che non è più possibile di seguirne la traccia. Il nostro autore non ha potuto accertarsi per quante bocche fosse passato il segreto che il Griso aveva ordine di scovare: il fatto sta che il buon uomo da cui erano state scortate le donne a Monza, tornando, verso le ventitrè, col suo baroccio, a Pescarenico, s'abbattè, prima d'arrivare a casa, in un amico fidato, al quale

9 **troncare:** abbrechen, unterbinden. | 12 **imporre qc a qu:** jdm. etwas aufdrängen, auferlegen. | 25 **verso le ventitrè:** eine Stunde vor Sonnenuntergang.

raccontò, in gran confidenza, l'opera buona che aveva fatta, e il rimanente; e il fatto sta che il Griso potè, due ore dopo, correre al palazzotto, a riferire a don Rodrigo che Lucia e sua madre s'eran ricoverate in un convento di Monza, e che Renzo aveva seguitata la sua strada fino a Milano.

Don Rodrigo provò una scellerata allegrezza di quella separazione, e sentì rinascere un po' di quella scellerata speranza d'arrivare al suo intento. Pensò alla maniera, gran parte della notte; e s'alzò presto, con due disegni, l'uno stabilito, l'altro abbozzato. Il primo era di spedire immantinente il Griso a Monza, per aver più chiare notizie di Lucia, e sapere se ci fosse da tentar qualche cosa. Fece dunque chiamar subito quel suo fedele, gli mise in mano i quattro scudi, lo lodò di nuovo dell'abilità con cui gli aveva guadagnati, e gli diede l'ordine che aveva premeditato.

«Signore ...» disse, tentennando, il Griso.

«Che? non ho io parlato chiaro?»

«Se potesse mandar qualchedun altro ...»

«Come?»

«Signore illustrissimo, io son pronto a metterci la pelle per il mio padrone: è il mio dovere; ma so anche che lei non vuole arrischiar troppo la vita de' suoi sudditi.»

«Ebbene?»

«Vossignoria illustrissima sa bene quelle poche taglie ch'io ho addosso: e ... Qui son sotto la sua protezione; siamo una brigata; il signor podestà è amico di casa; i birri mi portan rispetto; e anch'io ... è cosa che fa poco onore, ma

7 **scellerato/a:** frevelhaft, ruchlos. | 10 **abbozzato/a:** skizzenhaft, unklar. | 10 f. **immantinente** (avv.): unverzüglich. | 15 **premediare:** planen, ausdenken. | 25 **il birro:** Büttel, Scherge.

per viver quieto … li tratto da amici. In Milano la livrea di vossignoria è conosciuta; ma in Monza … ci sono conosciuto io in vece. E sa vossignoria che, non fo per dire, chi mi potesse consegnare alla giustizia, o presentar la mia testa, farebbe un bel colpo? Cento scudi l'uno sull'altro, e la facoltà di liberar due banditi.»

«Che diavolo!» disse don Rodrigo: «tu mi riesci ora un can da pagliaio che ha cuore appena d'avventarsi alle gambe di chi passa sulla porta, guardandosi indietro se quei di casa lo spalleggiano, e non si sente d'allontanarsi!»

«Credo, signor padrone, d'aver date prove …»

«Dunque!»

«Dunque,» ripigliò francamente il Griso, messo così al punto, «dunque vossignoria faccia conto ch'io non abbia parlato: cuor di leone, gamba di lepre, e son pronto a partire.»

«E io non ho detto che tu vada solo. Piglia con te un paio de' meglio … lo Sfregiato, e il Tiradritto; e va di buon animo, e sii il Griso. Che diavolo! Tre figure come le vostre, e che vanno per i fatti loro, chi vuoi che non sia contento di lasciarle passare? Bisognerebbe che a' birri di Monza fosse ben venuta a noia la vita, per metterla su contro cento scudi a un gioco così rischioso. E poi, e poi, non credo d'esser così sconosciuto da quelle parti, che la qualità di mio servitore non ci si conti per nulla.»

Svergognato così un poco il Griso, gli diede poi più ampie e particolari istruzioni. Il Griso prese i due compagni, e

8 **il can da pagliaio:** Wachhund. | **avventarsi a qu:** sich auf jdn. stürzen. | 10 **spalleggiare:** beistehen, unterstützen. | 18 **lo Sfregiato:** (Spitzname) der Verunstaltete. | **il Tiradritto:** (Spitzname) der Geradeauszielende. | 26 **svergognare qu:** jdn. beschämen.

partì con faccia allegra e baldanzosa, ma bestemmiando in cuor suo Monza e le taglie e le donne e i capricci de' padroni; e camminava come il lupo, che spinto dalla fame, col ventre raggrinzato, e con le costole che gli si potrebber contare, scende da' suoi monti, dove non c'è che neve, s'avanza sospettosamente nel piano, si ferma ogni tanto, con una zampa sospesa, dimenando la coda spelacchiata,

Leva il muso, odorando il vento infido,

se mai gli porti odore d'uomo o di ferro, rizza gli orecchi acuti, e gira due occhi sanguigni, da cui traluce insieme l'ardore della preda e il terrore della caccia. Del rimanente, quel bel verso, chi volesse saper donde venga, è tratto da una diavoleria inedita di crociate e di lombardi, che presto non sarà più inedita, e farà un bel rumore; e io l'ho preso, perché mi veniva in taglio; e dico dove, per non farmi bello della roba altrui: che qualcheduno non pensasse che sia una mia astuzia per far sapere che l'autore di quella diavoleria ed io siamo come fratelli, e ch'io frugo a piacer mio ne' suoi manoscritti.

L'altra cosa che premeva a don Rodrigo, era di trovar la

1 **baldanzoso/a:** keck, übermütig. | 2 **il cappriccio:** Laune. | 4 **raggrinzato/a:** eigtl.: *raggrinzito/a:* verschrumpelt. | **la cọstola:** Rippe. | 7 **dimenare:** schlenkern. | **spelacchiato/a:** halbkahl, schütter. | 8 **Leva il muso, odorando il vento infido:** »Er hebt die Nase und wittert Verrat!« (Zitat aus dem epischen Gedicht *Ildegonda* des Dichters Tommaso Grossi (1791–1853). | 9 **rizzare:** aufrichten, aufstellen. | 10 **tralụcere:** durchschimmern. | 10 f. **l'ardore** m.: Hitze, Glut. | 13 **la diavolerịa:** Teufelei. | **la crociata:** Kreuzzug. | 15 **venire di (in) taglio:** recht sein, gerade recht kommen. | 17 **l'astuzia:** Schläue.

maniera che Renzo non potesse più tornar con Lucia, né metter piede in paese; e a questo fine, macchinava di fare sparger voci di minacce e d'insidie, che, venendogli all'orecchio, per mezzo di qualche amico, gli facessero passar la voglia di tornar da quelle parti. Pensava però che la più sicura sarebbe se si potesse farlo sfrattar dallo stato: e per riuscire in questo, vedeva che più della forza gli avrebbe potuto servir la giustizia. Si poteva, per esempio, dare un po' di colore al tentativo fatto nella casa parrocchiale, dipingerlo come un'aggressione, un atto sedizioso, e, per mezzo del dottore, fare intendere al podestà ch'era il caso di spedir contro Renzo una buona cattura. Ma pensò che non conveniva a lui di rimestar quella brutta faccenda; e senza star altro a lambiccarsi il cervello, si risolvette d'aprirsi col dottor Azzecca-garbugli, quanto era necessario per fargli comprendere il suo desiderio. – Le gride son tante! – pensava: – e il dottore non è un'oca: qualcosa che faccia al caso mio saprà trovare, qualche garbuglio da azzeccare a quel villanaccio: altrimenti gli muto nome. – Ma (come vanno alle volte le cose di questo mondo!) intanto che colui pensava al dottore, come all'uomo più abile a servirlo in questo, un altr'uomo, l'uomo che nessuno s'immaginerebbe, Renzo medesimo, per dirla, lavorava di cuore a servirlo, in un modo più certo e più spedito di tutti quelli che il dottore avrebbe mai saputi trovare.

Ho visto più volte un caro fanciullo, vispo, per dire il ve-

2 **macchinare:** anzetteln. | 6 **sfrattare:** ausbürgern, ausweisen (*lo sfratto:* Ausweisung). | 14 **lambiccarsi il cervello:** sich den Kopf zerbrechen. | 15 **azzeccare:** treffen, anzetteln. | **il garbuglio:** Durcheinander. | 17 **l'oca:** Gans; hier (spreg.): Schwachkopf. | 18 f. **il villanaccio:** Bauerntölpel. | 19 **mutare:** ändern. | 26 **vispo/a:** lebhaft, munter.

ro, più del bisogno, ma che, a tutti i segnali, mostra di voler riuscire un galantuomo; l'ho visto, dico, più volte affaccendato sulla sera a mandare al coperto un suo gregge di porcellini d'India, che aveva lasciati scorrer liberi il giorno, in un giardinetto. Avrebbe voluto fargli andar tutti insieme al covile; ma era fatica buttata: uno si sbandava a destra, e mentre il piccolo pastore correva per cacciarlo nel branco, un altro, due, tre ne uscivano a sinistra, da ogni parte. Dimodoché, dopo essersi un po' impazientito, s'adattava al loro genio, spingeva prima dentro quelli ch'eran più vicini all'uscio, poi andava a prender gli altri, a uno, a due, a tre, come gli riusciva. Un gioco simile ci convien fare co' nostri personaggi: ricoverata Lucia, siam corsi a don Rodrigo; e ora lo dobbiamo abbandonare, per andar dietro a Renzo, che avevam perduto di vista.

Dopo la separazione dolorosa che abbiam raccontata, camminava Renzo da Monza verso Milano, in quello stato d'animo che ognuno può immaginarsi facilmente. Abbandonar la casa, tralasciare il mestiere, e quel ch'era più di tutto, allontanarsi da Lucia, trovarsi sur una strada, senza saper dove anderebbe a posarsi; e tutto per causa di quel birbone! Quando si tratteneva col pensiero sull'una o sull'altra di queste cose, s'ingolfava tutto nella rabbia, e nel desiderio della vendetta; ma gli tornava poi in mente quella preghiera che aveva recitata anche lui col suo buon frate, nella chiesa

2 f. **affacendare:** beschäftigen. | 3 **il gregge:** Herde, Schar. | 3 f. **il porcellino d'India:** Meerschweinchen. | 6 **il covile:** Bau, Höhle. | **la fatica buttata:** vergebene Liebesmüh. | 7 **il pastore / la pastora:** Schäfer(in). | 8 f. **dimodoché:** so dass, damit. | 19 **tralasciare:** hier: vernachlässigen. | 21 **posarsi:** sich niederlassen. | 23 **ingolfarsi:** hier (fig.): sich hineinstürzen, ertrinken.

di Pescarenico; e si ravvedeva: gli si risvegliava ancora la stizza; ma vedendo un'immagine sul muro, si levava il cappello, e si fermava un momento a pregar di nuovo: tanto che, in quel viaggio, ebbe ammazzato in cuor suo don Rodrigo, e risuscitatolo, almeno venti volte. La strada era allora tutta sepolta tra due alte rive, fangosa, sassosa, solcata da rotaie profonde, che, dopo una pioggia, divenivan rigagnoli; e in certe parti più basse, s'allagava tutta, che si sarebbe potuto andarci in barca. A que' passi, un piccol sentiero erto, a scalini, sulla riva, indicava che altri passeggieri s'eran fatta una strada ne' campi. Renzo, salito per un di que' valichi sul terreno più elevato, vide quella gran macchina del duomo sola sul piano, come se, non di mezzo a una città, ma sorgesse in un deserto; e si fermò su due piedi, dimenticando tutti i suoi guai, a contemplare anche da lontano quell'ottava maraviglia, di cui aveva tanto sentito parlare fin da bambino. Ma dopo qualche momento, voltandosi indietro, vide all'orizzonte quella cresta frastagliata di montagne, vide distinto e alto tra quelle il suo *Resegone*, si sentì tutto rimescolare il sangue, stette lì alquanto a guardar tristamente da quella parte, poi tristamente si voltò, e seguitò la sua strada. A poco a poco cominciò poi a scoprir campanili e torri e cupole e tetti; scese allora nella strada, camminò ancora qualche tempo, e quando s'accorse d'esser ben vicino

1 **ravvedersi:** bereuen, in sich gehen. | 5 **risuscitare:** auferstehen, auferwecken. | 6 **fangoso/a :** matschig, schlammig. | **sassoso/a:** steinig. | **solcato/a:** durchzogen, gefurcht. | 7 **la rotaia:** Furche, Spur. | 7 f. **il rigạgnolo:** Rinnsal, Bach. | 9 f. **erto/a:** steil. | 11 f. **il vạlico:** Pass, Übergang. | 12 f. **la mạcchina del duomo:** das mächtige Bauwerk des Doms. | 18 **la cresta:** (Gebirgs-)Kamm. | **frastagliato/a:** zerklüftet. | 19 **il Resegone:** Berg in den lombardischen Voralpen.

alla città, s'accostò a un viandante, e, inchinatolo, con tutto quel garbo che seppe, gli disse: «di grazia, quel signore».

«Che volete, bravo giovine?»

«Saprebbe insegnarmi la strada più corta, per andare al convento de' cappuccini dove sta il padre Bonaventura?»

L'uomo a cui Renzo s'indirizzava, era un agiato abitante del contorno, che, andato quella mattina a Milano, per certi suoi affari, se ne tornava, senza aver fatto nulla, in gran fretta, ché non vedeva l'ora di trovarsi a casa, e avrebbe fatto volentieri di meno di quella fermata. Con tutto ciò, senza dar segno d'impazienza, rispose molto gentilmente: «figliuol caro, de' conventi ce n'è più d'uno: bisognerebbe che mi sapeste dir più chiaro quale è quello che voi cercate». Renzo allora si levò di seno la lettera del padre Cristoforo, e la fece vedere a quel signore, il quale, lettovi: porta orientale, gliela rendette dicendo: «siete fortunato, bravo giovine; il convento che cercate è poco lontano di qui. Prendete per questa viottola a mancina: è una scorciatoia: in pochi minuti arriverete a una cantonata d'una fabbrica lunga e bassa: è il lazzeretto; costeggiate il fossato che lo circonda, e riuscirete a porta orientale. Entrate, e, dopo tre o quattrocento passi, vedrete una piazzetta con de' begli olmi: là è il convento: non potete sbagliare. Dio v'assista, bravo giovine.» E, accompagnando l'ultime parole con un gesto grazioso della mano, se n'andò. Renzo rimase stupefatto e edificato

1 **il/la viandante:** Wanderer, Wanderin. | 2 **il garbo:** Höflichkeit, Anstand. | 14 **il seno:** Busen; hier: Brust. | 18 **la viọttola:** Pfad. | **a mancina:** links, zur Linken. | 19 **la cantonata:** hier: Straßenecke. | 20 **il lazzeretto:** Lazarett, Krankenhaus. | **costeggiare:** entlanggehen, folgen. | **il fossato:** (Stadt-)Graben. | 22 **l'olmo:** Ulme. | 25 **edificato/a:** hier (fig.): erbaut (*l'edificazione* f.: Erbauung).

della buona maniera de' cittadini verso la gente di campagna; e non sapeva ch'era un giorno fuor dell'ordinario, un giorno in cui le cappe s'inchinavano ai farsetti. Fece la strada che gli era stata insegnata, e si trovò a porta orientale. Non bisogna però che, a questo nome, il lettore si lasci correre alla fantasia l'immagini che ora vi sono associate. Quando Renzo entrò per quella porta, la strada al di fuori non andava diritta che per tutta la lunghezza del lazzeretto; poi scorreva serpeggiante e stretta, tra due siepi. La porta consisteva in due pilastri, con sopra una tettoia, per riparare i battenti, e da una parte, una casuccia per i gabellini. I bastioni scendevano in pendìo irregolare, e il terreno era una superficie aspra e inuguale di rottami e di cocci buttati là a caso. La strada che s'apriva dinanzi a chi entrava per quella porta, non si paragonerebbe male a quella che ora si presenta a chi entri da porta Tosa. Un fossatello le scorreva nel mezzo, fino a poca distanza dalla porta, e la divideva così in due stradette tortuose, ricoperte di polvere o di fango, secondo la stagione. Al punto dov'era, e dov'è tuttora quella viuzza chiamata di Borghetto, il fossatello si perdeva in una fogna. Lì c'era una colonna, con sopra una croce, detta di san Dionigi: a destra e a sinistra, erano orti cinti di siepe e, ad intervalli, casucce, abitate per lo più da

3 **la cappa:** Mantel, Umhang; hier: Mantelträger. | **il farsetto:** Weste, Wams; hier: Wamsträger. | 9 **serpeggiare:** sich schlängeln. | 10 **la tettoia:** Überdachung. | 10 f. **riparare:** hier: schützen. | 11 **il battente:** Türflügel. | **il gabellino:** Zöllner, Zolleinnehmer. | 12 **il bastione:** Wall, Bollwerk. | 13 **il rottame:** Scherbe, Bruchstück. | **il coccio:** Tonscherbe. | 16 **la porta Tosa:** später umbenannt in porta Vittoria. | 18 **tortuoso/a:** gewunden. | 21 **la fogna:** Abwasserkanal, Kloake. | 22 **l'orto:** Gemüsegarten. | 23 **cinto/a:** umzäunt. | **la siepe:** Hecke.

lavandai. Renzo entra, passa; nessuno de' gabellini gli bada: cosa che gli parve strana, giacché, da que' pochi del suo paese che potevan vantarsi d'essere stati a Milano, aveva sentito raccontar cose grosse de' frugamenti e dell'interrogazioni a cui venivan sottoposti quelli che arrivavan dalla campagna. La strada era deserta, dimodoché, se non avesse sentito un ronzìo lontano che indicava un gran movimento, gli sarebbe parso d'entrare in una città disabitata. Andando avanti, senza saper cosa si pensare, vide per terra certe strisce bianche e soffici, come di neve; ma neve non poteva essere; che non viene a strisce, né, per il solito, in quella stagione. Si chinò sur una di quelle, guardò, toccò, e trovò ch'era farina. – Grand'abbondanza, – disse tra sé, – ci dev'essere in Milano, se straziano in questa maniera la grazia di Dio. Ci davan poi ad intendere che la carestia è per tutto. Ecco come fanno, per tener quieta la povera gente di campagna. – Ma, dopo pochi altri passi, arrivato a fianco della colonna, vide, appiè di quella, qualcosa di più strano; vide sugli scalini del piedestallo certe cose sparse, che certamente non eran ciottoli, e se fossero state sul banco d'un fornaio, non si sarebbe esitato un momento a chiamarli pani. Ma Renzo non ardiva creder così presto a' suoi occhi; perché, diamine! non era luogo da pani quello. – Vediamo

1 **il lavandaio / la lavandaia:** Wäscher(in). | 4 **il frugamento:** Herumstöbern, Durchwühlen (*frugare:* kramen, wühlen). | 10 **sọffice** (agg.): weich. | 14 **straziare:** verderben; hier: verschwenden. | 15 **ci davan(o) poi ad intendere che …:** und uns machten sie glauben, dass … | **la carestịa:** Hungersnot. | 19 **il piedestallo:** Sockel. | 20 **il cịottolo:** Kiesel. | 21 **il fornaio / la fornaia:** Bäcker(in) (*il forno:* Backstube; *infornare:* in den Ofen schieben; *sfornare:* aus dem Ofen holen). | 23 **diamine** (inter.): zum Teufel, verflixt!

un po' che affare è questo, – disse ancora tra sé; andò verso la colonna, si chinò, ne raccolse uno: era veramente un pan tondo, bianchissimo, di quelli che Renzo non era solito mangiarne che nelle solennità. – È pane davvero! – disse ad alta voce; tanta era la sua maraviglia: – così lo seminano in questo paese? in quest'anno? e non si scomodano neppure per raccoglierlo, quando cade? Che sia il paese di cuccagna questo? – Dopo dieci miglia di strada, all'aria fresca della mattina, quel pane, insieme con la maraviglia, gli risvegliò l'appetito. – Lo piglio? – deliberava tra sé: – poh! l'hanno lasciato qui alla discrezion de' cani; tant'è che ne goda anche un cristiano. Alla fine, se comparisce il padrone, glielo pagherò. – Così pensando, si mise in una tasca quello che aveva in mano, ne prese un secondo, e lo mise nell'altra; un terzo, e cominciò a mangiare; e si rincamminò, più incerto che mai, e desideroso di chiarirsi che storia fosse quella. Appena mosso, vide spuntar gente che veniva dall'interno della città, e guardò attentamente quelli che apparivano i primi. Erano un uomo, una donna e, qualche passo indietro, un ragazzotto; tutt'e tre con un carico addosso, che pareva superiore alle loro forze, e tutt'e tre in una figura strana. I vestiti o gli stracci infarinati; infarinati i visi, e di più stravolti e accesi; e andavano, non solo curvi, per il peso, ma sopra doglia, come se gli fossero state peste l'ossa. L'uomo reggeva a stento sulle spalle un gran sacco di farina, il quale, bucato qua e là, ne seminava un poco, a ogni

2 **pan:** *il pane.* | 4 **la solennità:** Feierlichkeit (hier das Abendmahl in der Kirche, von dem Renzo die weißen Brote kennt). | 7 **la cuccagna:** Schlaraffenland. | 10 **pigliare:** hier: aufsammeln. | 11 **alla discrezione:** mit Rücksicht auf, zugunsten. | 22 **lo straccio:** Lumpen. | 23 **stravọlgere:** verzerren. | 24 **la doglia:** Schmerz. | **pestare:** (zer)schlagen.

intoppo, a ogni mossa disequilibrata. Ma più sconcia era la figura della donna: un pancione smisurato, che pareva tenuto a fatica da due braccia piegate: come una pentolaccia a due manichi; e di sotto a quel pancione uscivan due gambe, nude fin sopra il ginocchio, che venivano innanzi barcollando. Renzo guardò più attentamente, e vide che quel gran corpo era la sottana che la donna teneva per il lembo, con dentro farina quanta ce ne poteva stare, e un po' di più; dimodoché, quasi a ogni passo, ne volava via una ventata. Il ragazzotto teneva con tutt'e due le mani sul capo una paniera colma di pani; ma, per aver le gambe più corte de' suoi genitori, rimaneva a poco a poco indietro, e, allungando poi il passo ogni tanto, per raggiungerli, la paniera perdeva l'equilibrio, e qualche pane cadeva.

«Buttane via ancor un altro, buono a niente che sei,» disse la madre, digrignando i denti verso il ragazzo.

«Io non li butto via; cascan da sé: com'ho a fare?» rispose quello.

«Ih! buon per te, che ho le mani impicciate,» riprese la donna, dimenando i pugni, come se desse una buona scossa al povero ragazzo; e, con quel movimento, fece volar via più farina, di quel che ci sarebbe voluto per farne i due pani lasciati cadere allora dal ragazzo. «Via, via,» disse l'uomo: «torneremo indietro a raccoglierli, o qualcheduno li raccoglierà. Si stenta da tanto tempo: ora che viene un po' d'abbondanza, godiamola in santa pace.»

In tanto arrivava altra gente dalla porta; e uno di questi,

1 **l'intoppo:** Hindernis. | **la mossa:** Bewegung. | **sconcio/a:** unanständig. | 2 **il pancione:** dicker Bauch. | **smisurato/a:** unverhältnismäßig. | 3 **la pentolaccia:** Kochtopf. | 7 **la sottana:** Unterrock. | 10 f. **la paniera:** Korb. | 16 **digrignare:** (Zähne) fletschen, knirschen.

accostatosi alla donna, le domandò: «dove si va a prendere il pane?»

«Più avanti,» rispose quella; e quando furon lontani dieci passi, soggiunse borbottando: «questi contadini birboni verranno a spazzar tutti i forni e tutti i magazzini, e non resterà più niente per noi.»

«Un po' per uno, tormento che sei,» disse il marito: «abbondanza, abbondanza.»

Da queste e da altrettali cose che vedeva e sentiva, Renzo cominciò a raccapezzarsi ch'era arrivato in una città sollevata, e che quello era un giorno di conquista, vale a dire che ognuno pigliava, a proporzione della voglia e della forza, dando busse in pagamento. Per quanto noi desideriamo di far fare buona figura al nostro povero montanaro, la sincerità storica ci obbliga a dire che il suo primo sentimento fu di piacere. Aveva così poco da lodarsi dell'andamento ordinario delle cose, che si trovava inclinato ad approvare ciò che lo mutasse in qualunque maniera. E del resto, non essendo punto un uomo superiore al suo secolo, viveva anche lui in quell'opinione o in quella passione comune, che la scarsezza del pane fosse cagionata dagl'incettatori e da' fornai; ed era disposto a trovar giusto ogni modo di strappar loro dalle mani l'alimento che essi, secondo quell'opimone, negavano crudelmente alla fame di tutto un popolo.

4 **borbottare:** murren, brummen. | 5 **spazzare:** fegen, kehren; hier: leeren. | 9 **altrettale** (agg., lett.): ähnlich. | 10 **raccapezzarsi:** hier: sich zurechtfinden. | 10 f. **sollevare:** aufwiegeln, aufbringen (*la sollevazione:* Aufstand, Erhebung). | 13 **la bussa:** Schlag, Stoß. | 14 **il montanaro / la montanara:** Bergbewohner(in). | 17 **inclinato/a:** hier (fig.): geneigt. | 21 **la scarsezza:** Knappheit, Kargheit (auch: *la scarsità*). | **l'incettatore / l'incettatrice:** Aufkäufer(in), Hehler(in).

Pure, si propose di star fuori del tumulto, e si rallegrò d'esser diretto a un cappuccino, che gli troverebbe ricovero, e gli farebbe da padre. Così pensando, e guardando intanto i nuovi conquistatori che venivano carichi di preda, fece quella po' di strada che gli rimaneva per arrivare al convento. [...]

Endlich gelangt Renzo zum besagten Kloster.

«Uno di campagna, che porta al padre Bonaventura una lettera pressante del padre Cristoforo.»

«Date qui,» disse il portinaio, mettendo una mano alla grata.

«No, no,» disse Renzo: «gliela devo consegnare in proprie mani.»

«Non è in convento.»

«Mi lasci entrare, che l'aspetterò.»

«Fate a mio modo», rispose il frate: «andate a aspettare in chiesa, che intanto potrete fare un po' di bene. In convento, per adesso, non s'entra.» E detto questo, richiuse lo sportello. Renzo rimase lì, con la sua lettera in mano. Fece dieci passi verso la porta della chiesa, per seguire il consiglio del portinaio; ma poi pensò di dar prima un'altra occhiata al tumulto. Attraversò la piazzetta, si portò sull'orlo della strada, e si fermò, con le braccia incrociate sul petto, a guardare a sinistra, verso l'interno della città, dove il brulichìo era più folto e più rumoroso. Il vortice attrasse lo spettatore. – Andiamo a vedere, – disse tra sé; tirò fuori il suo mezzo pa-

1 **rallegrarsi di qc:** sich über etwas freuen. | 22 **l'orlo:** Rand. | 24 **il brulichịo:** Gedränge, Gewimmel. | 25 **il vọrtice:** Wirbel.

ne, e sbocconcellando, si mosse verso quella parte. Intanto che s'incammina, noi racconteremo, più brevemente che sia possibile, le cagioni e il principio di quello sconvolgimento.

Capitolo XII

Era quello il second'anno di raccolta scarsa. Nell'antecedente, le provvisioni rimaste degli anni addietro avevan supplito, fino a un certo segno, al difetto; e la popolazione era giunta, non satolla né affamata, ma, certo, affatto sprovveduta, alla messe del 1628, nel quale siamo con la nostra storia. Ora, questa messe tanto desiderata riuscì ancor più misera della precedente, in parte per maggior contrarietà delle stagioni (e questo non solo nel milanese, ma in un buon tratto di paese circonvicino); in parte per colpa degli uomini. Il guasto e lo sperperìo della guerra, di quella bella guerra di cui abbiam fatto menzione di sopra, era tale, che, nella parte dello stato più vicina ad essa, molti poderi più dell'ordinario rimanevano incolti e abbandonati da' contadini, i quali, in vece di procacciar col lavoro pane per sé e per gli altri, eran costretti d'andare ad accattarlo per carità. Ho detto: più dell'ordinario; perché le insopportabili gravezze,

1 **sbocconellare:** knabbern. | 3 f. **lo sconvolgimento:** Durcheinander, Erschütterung, Unruhe. | 6 f. **antecedente** (agg.): vorherig, vorhergehend. | 7 f. **supplire a qc:** etwas ausgleichen. | 9 **satollo/a** (lett.): satt. | 9 f. **sprovveduto/a:** unbedarft, beraubt. | 10 **la messe:** Ernte (*miẹtere:* ernten). | 15 **lo sperperịo:** Verschwendung. | 15 f. **la guerra … di sopra:** Vom Krieg um die Nachfolge des Grafen von Mantova erzählt Manzoni im Kap. V. | 18 **incolto/a:** wüst, brach.

imposte con una cupidigia e con un'insensatezza del pari sterminate, la condotta abituale, anche in piena pace, delle truppe alloggiate ne' paesi, condotta che i dolorosi documenti di que' tempi uguagliano a quella d'un nemico invasore, altre cagioni che non è qui il luogo di mentovare, andavano già da qualche tempo operando lentamente quel tristo effetto in tutto il milanese: le circostanze particolari di cui ora parliamo, erano come una repentina esacerbazione d'un mal cronico. E quella qualunque raccolta non era ancor finita di riporre, che le provvisioni per l'esercito, e lo sciupinìo che sempre le accompagna, ci fecero dentro un tal vòto, che la penuria si fece subito sentire, e con la penuria quel suo doloroso, ma salutevole come inevitabile effetto, il rincaro.

[...] Gl'incettatori di grano, reali o immaginari, i possessori di terre, che non lo vendevano tutto in un giorno, i fornai che ne compravano, tutti coloro in somma che ne avessero o poco o assai, o che avessero il nome d'averne, a questi si dava la colpa della penuria e del rincaro, questi erano il bersaglio del lamento universale, l'abbominio della moltitudine male e ben vestita. Si diceva di sicuro dov'erano i magazzini, i granai, colmi, traboccanti, appuntellati; s'indicava il numero de' sacchi, spropositato; si parlava con cer-

1 **la cupidigia:** Begierde, Habgier. | **l'insensatezza:** Sinnlosigkeit, Unvernunft. | 5 **mentovare** (lett.): erwähnen, nennen. | 8 **repentino/a:** plötzlich, schlagartig. | 8 f. **l'esacerbazione** f.: Verschlimmerung. | 11 **lo sciupinịo** (reg.): eigtl.: *lo sciupio:* Vergeudung. | 14 **il rincaro:** Teuerung, Preissteigerung (*rincarare:* verteuern). | 20 **il bersaglio:** Zielscheibe. | **l'abbominio:** Abscheu. | 22 **il granaio:** Kornspeicher. | **appuntellato/a:** abgestützt; hier: strotzend vor Fülle. | 23 **spropositato/a:** hier: unangemessen hoch.

tezza dell'immensa quantità di granaglie che veniva spedita segretamente in altri paesi; ne' quali probabilmente si gridava, con altrettanta sicurezza e con fremito uguale, che le granaglie di là venivano a Milano. S'imploravan da' magistrati que' provvedimenti, che alla moltitudine paion sempre, o almeno sono sempre parsi finora, così giusti, così semplici, così atti a far saltar fuori il grano, nascosto, murato, sepolto, come dicevano, ed a far ritornar l'abbondanza. I magistrati qualche cosa facevano: come di stabilire il prezzo massimo d'alcune derrate, d'intimar pene a chi ricusasse di vendere, e altri editti di quel genere. Siccome però tutti i provvedimenti di questo mondo, per quanto siano gagliardi, non hanno virtù di diminuire il bisogno del cibo, né di far venire derrate fuor di stagione; e siccome questi in ispecie non avevan certamente quella d'attirarne da dove ce ne potesse essere di soprabbondanti; così il male durava e cresceva. La moltitudine attribuiva un tale effetto alla scarsezza e alla debolezza de' rimedi, e ne sollecitava ad alte grida de' più generosi e decisivi. E per sua sventura, trovò l'uomo secondo il suo cuore. [...]

Der spanische Großkanzler Antonio Ferrer hatte in Mailand – um Unruhen zu vermeiden – die unkluge Entscheidung getroffen, einen zu geringen Brotpreis festzusetzen, was dazu führte, dass die große Nachfrage von den Bäckern nicht mehr befriedigt werden konnte. Als dann der

1 **le granaglie:** Korn, Getreide. | 3 **il frẹmito:** Schaudern, Zittern. | 4 **implorare:** (er)flehen. | 4 f. **il magistrato:** hier: Stadtrat. | 10 **la derrata:** Lebensmittel, Ware. | **intimare qc a qu:** gebieten, fordern, androhen. | **ricusare:** ablehnen, verweigern. | 11 **l'editto:** Edikt, Erlass. | 12 f. **gagliardo/a:** mutig, tapfer. | 19 **la sventura:** Pech, Unglück.

Preis wieder angehoben wurde, kam es zu Ausschreitungen und Tumulten.

Ordini meno insensati e meno iniqui eran, più d'una volta, per la resistenza delle cose stesse, rimasti ineseguiti; ma all'esecuzione di questo vegliava la moltitudine, che, vedendo finalmente convertito in legge il suo desiderio, non avrebbe sofferto che fosse per celia. Accorse subito ai forni, a chieder pane al prezzo tassato; e lo chiese con quel fare di risolutezza e di minaccia, che danno la passione, la forza e la legge riunite insieme. Se i fornai strillassero, non lo domandate. Intridere, dimenare, infornare e sfornare senza posa; perché il popolo, sentendo in confuso che l'era una cosa violenta, assediava i forni di continuo, per goder quella cuccagna fin che durava; affacchinarsi, dico, e scalmanarsi più del solito, per iscapitarci, ognun vede che bel piacere dovesse essere. Ma, da una parte i magistrati che intimavan pene, dall'altra il popolo che voleva esser servito, e, punto punto che qualche fornaio indugiasse, pressava e brontolava, con quel suo vocione, e minacciava una di quelle sue giustizie, che sono delle peggio che si facciano in questo mondo; non c'era redenzione, bisognava rimenare, infornare, sfornare e vendere. Però, a farli continuare in quell'impresa, non bastava che fosse lor comandato, né che avessero

5 **vegliare:** (über)wachen. | 7 **la celia** (lett.): Scherz, Spaß. | 8 **tassare:** besteuern, mit einer Gebühr belegen; hier: gesetzlich festlegen. | 10 **strillare:** schreien. | 11 **intrịdere:** tränken, benetzen. | **dimenare:** hier: Teig ausrollen. | 11 f. **senza posa:** ohne Unterlass. | 14 **affacchinarsi:** sich rüpelhaft benehmen. | **scalmanarsi:** sich erhitzen, erregen. | 15 **(is)capitarci:** hier: zu seinem Recht kommen. | 19 **il vocione:** laute Stimme. | 21 **la redenzione:** Ausweg, Erlösung. | **rimenare:** hier: Teig mischen.

molta paura; bisognava potere: e un po' più che la cosa fosse durata, non avrebbero più potuto. Facevan vedere ai magistrati l'iniquità e l'insopportabilità del carico imposto loro, protestavano di voler gettar la pala nel forno, e andarsene; e intanto tiravano avanti come potevano, sperando, sperando che, una volta o l'altra, il gran cancelliere avrebbe inteso la ragione. Ma Antonio Ferrer, il quale era quel che ora si direbbe un uomo di carattere, rispondeva che i fornai s'erano avvantaggiati molto e poi molto nel passato, che s'avvantaggerebbero molto e poi molto col ritornar dell'abbondanza; che anche si vedrebbe, si penserebbe forse a dar loro qualche risarcimento; e che intanto tirassero ancora avanti. O fosse veramente persuaso lui di queste ragioni che allegava agli altri, o che, anche conoscendo dagli effetti l'impossibilità di mantener quel suo editto, volesse lasciare agli altri l'odiosità di rivocarlo; giacché, chi può ora entrar nel cervello d'Antonio Ferrer? il fatto sta che rimase fermo su ciò che aveva stabilito. Finalmente i decurioni (un magistrato municipale composto di nobili, che durò fino al novantasei del secolo scorso) informaron per lettera il governatore, dello stato in cui eran le cose: trovasse lui qualche ripiego, che le facesse andare.

Don Gonzalo, ingolfato fin sopra i capelli nelle faccende della guerra, fece ciò che il lettore s'immagina certamente: nominò una giunta, alla quale conferì l'autorità di stabilire

4 **la pala:** hier: Brotschieber. | 5 **tirare avanti:** weitermachen. | 6 **il gran cancelliere:** Großkanzler. | 7 **intẹndere la ragione:** zur Vernunft kommen. | 9 **avvantagiarsi:** sich bereichern, einen Vorteil aus einer Sache ziehen. | 12 **il risarcimento:** Ersatz, Vergütung. | 16 **l'odiosità:** Abscheulichkeit. | 22 **il ripiego:** Notbehelf, Notlösung. | 23 **ingolfarsi fin sopra i capelli** (fig.): bis zum Hals in etwas stecken. | 25 **la giunta:** Rat, Junta.

al pane un prezzo che potesse correre; una cosa da poterci campar tanto una parte che l'altra. I deputati si radunarono, o come qui si diceva spagnolescamente nel gergo segretariesco d'allora, si giuntarono; e dopo mille riverenze, complimenti, preamboli, sospiri, sospensioni, proposizioni in aria, tergiversazioni, strascinati tutti verso una deliberazione da una necessità sentita da tutti, sapendo bene che giocavano una gran carta, ma convinti che non c'era da far altro, conclusero di rincarare il pane. I fornai respirarono; ma il popolo imbestialì.

La sera avanti questo giorno in cui Renzo arrivò in Milano, le strade e le piazze brulicavano d'uomini, che trasportati da una rabbia comune, predominati da un pensiero comune, conoscenti o estranei, si riunivano in crocchi, senza essersi dati l'intesa, quasi senza avvedersene, come gocciole sparse sullo stesso pendìo. Ogni discorso accresceva la persuasione e la passione degli uditori, come di colui che l'aveva proferito. Tra tanti appassionati, c'eran pure alcuni più di sangue freddo, i quali stavano osservando con molto piacere, che l'acqua s'andava intorbidando; e s'ingegnavano d'intorbidarla di più, con que' ragionamenti, e con quelle storie che i furbi sanno comporre, e che gli animi

1 **un prezzo che potesse cọrrere:** ein gangbarer, annehmbarer Preis. | 2 **campar(e) di qc:** mit etwas durchkommen, von etwas leben können. | **radunarsi:** zusammenkommen, sich versammeln (*la radunanza:* Versammlung). | 3 **il gergo:** Jargon, Fachsprache. | 6 **la tergiversazione:** Ausflucht. | **strascinare:** (hin)schleifen, -schleppen. | 7 f. **giocare una gran carta** (fig.): einen hohen Einsatz spielen. | 10 **imbestialire:** rasend werden. | 14 **il crocchio:** Grüppchen. | 20 **l'acqua s'andava intorbidando:** das Wasser trübte sich (als Bild für eine sich trübende Stimmung). | 20 f. **ingegnarsi:** sich anstrengen, ins Zeug legen. | 22 f. **gli ạnimi alterati:** die erregten Gemüter.

alterati sanno credere; e si proponevano di non lasciarla posare, quell'acqua, senza farci un po' di pesca. Migliaia d'uomini andarono a letto col sentimento indeterminato che qualche cosa bisognava fare, che qualche cosa si farebbe. Avanti giorno, le strade eran di nuovo sparse di crocchi: fanciulli, donne, uomini, vecchi, operai, poveri, si radunavano a sorte: qui era un bisbiglio confuso di molte voci; là uno predicava, e gli altri applaudivano; questo faceva al più vicino la stessa domanda ch'era allora stata fatta a lui; quest'altro ripeteva l'esclamazione che s'era sentita risonare agli orecchi; per tutto lamenti, minacce, maraviglie: un piccol numero di vocaboli era il materiale di tanti discorsi.

Non mancava altro che un'occasione, una spinta, un avviamento qualunque, per ridurre le parole a fatti; e non tardò molto. Uscivano, sul far del giorno, dalle botteghe de' fornai i garzoni che, con una gerla carica di pane, andavano a portarne alle solite case. Il primo comparire d'uno di que' malcapitati ragazzi dov'era un crocchio di gente, fu come il cadere d'un salterello acceso in una polveriera. «Ecco se c'è il pane!» gridarono cento voci insieme. «Sì, per i tiranni, che notano nell'abbondanza, e voglion far morir noi di fame,» dice uno; s'accosta al ragazzetto, avventa la mano all'orlo della gerla, dà una stratta, e dice: «lascia vedere». Il ragazzetto diventa rosso, pallido, trema, vorrebbe dire: lasciatemi andare; ma la parola gli muore in bocca; allenta le

17 **il garzone:** Laufbursche. | **la gerla:** Tragekorb. | 19 **malcapitato/a:** unglücklich. | 20 **il salterello:** hier: Knallfrosch, Sprengkörper. | **la polveriera:** (Schieß-)Pulverkammer. | 22 **n(u)otare nell'abbondanza:** im Überfluss schwimmen, wie die Made im Speck leben. | 24 **la stratta:** Ruck. | 26 **allentare:** hier: lösen.

braccia, e cerca di liberarle in fretta dalle cigne. «Giù quella gerla,» si grida intanto. Molte mani l'afferrano a un tempo: è in terra; si butta per aria il canovaccio che la copre: una tepida fragranza si diffonde all'intorno. «Siam cristiani anche noi: dobbiamo mangiar pane anche noi,» dice il primo; prende un pan tondo, l'alza, facendolo vedere alla folla, l'addenta: mani alla gerla, pani per aria; in men che non si dice, fu sparecchiato. Coloro a cui non era toccato nulla, irritati alla vista del guadagno altrui, e animati dalla facilità dell'impresa, si mossero a branchi, in cerca d'altre gerle: quante incontrate, tante svaligiate. E non c'era neppur bisogno di dar l'assalto ai portatori: quelli che, per loro disgrazia, si trovavano in giro, vista la mala parata, posavano volontariamente il carico, e via a gambe. Con tutto ciò, coloro che rimanevano a denti secchi, erano senza paragone i più; anche i conquistatori non eran soddisfatti di prede così piccole, e, mescolati poi con gli uni e con gli altri, c'eran coloro che avevan fatto disegno sopra un disordine più co' fiocchi. «Al forno! al forno!» si grida.

Nella strada chiamata la Corsia de' Servi, c'era, e c'è tuttavia un forno, che conserva lo stesso nome; nome che in toscano viene a dire il forno delle grucce, e in milanese è composto di parole così eteroclite, così bisbetiche, così salvatiche, che l'alfabeto della lingua non ha i segni per indicarne il suono. A quella parte s'avventò la gente. Quelli del-

1 **la cigna:** Tragegurt. | 3 **il canovaccio:** (Geschirr-)Tuch. | 4 **t(i)ẹpido/a:** mild. | **la fragranza:** Duft, Wohlgeruch. | 7 f. **in men che non si dice:** ehe man sich's versieht. | 8 **sparecchiato/a:** hier: aufgebraucht, zu Ende. | 11 **svaligiare:** ausplündern. | 22 **la gruccia:** Krücke. | 23 **eteroclito/a:** merkwürdig. | **bisbẹtico/a:** launisch. | 23 f. **salvạtico/a:** *selvạtico/a.*

la bottega stavano interrogando il garzone tornato scarico, il quale, tutto sbigottito e abbaruffato, riferiva balbettando la sua trista avventura; quando si sente un calpestìo e un urlìo insieme; cresce e s'avvicina; compariscono i forieri della masnada.

Serra, serra; presto, presto: uno corre a chiedere aiuto al capitano di giustizia; gli altri chiudono in fretta la bottega, e appuntellano i battenti. La gente comincia a affollarsi di fuori, e a gridare: «pane! pane! aprite! aprite!»

Pochi momenti dopo, arriva il capitano di giustizia, con una scorta d'alabardieri. «Largo, largo, figliuoli: a casa, a casa; fate luogo al capitano di giustizia,» grida lui e gli alabardieri. La gente, che non era ancor troppo fitta, fa un po' di luogo; dimodoché quelli poterono arrivare, e postarsi, insieme, se non in ordine, davanti alla porta della bottega.

«Ma figliuoli,» predicava di lì il capitano, «che fate qui? A casa, a casa. Dov'è il timor di Dio? Che dirà il re nostro signore? Non vogliam farvi male; ma andate a casa. Da bravi! Che diamine volete far qui, così ammontati? Niente di bene, né per l'anima, né per il corpo. A casa, a casa.»

Ma quelli che vedevan la faccia del dicitore, e sentivan le sue parole, quand'anche avessero voluto ubbidire, dite un poco in che maniera avrebber potuto, spinti com'erano, e incalzati da quelli di dietro, spinti anch'essi da altri,

2 **abbaruffato/a:** hier: zerzaust, gerupft. | 4 **l'urlịo:** Geschrei. | **il foriere:** Vorläufer, Vorhut. | 5 **la masnada:** Bande, Rotte. | 6 **serrare:** verschließen; hier: die Türen schließen. | 8 **appuntellare i battenti:** die Türen verrammeln. | 11 **la scorta:** Eskorte. | **l'alabardiere:** Hellebardenträger. | 13 **fitto/a:** dicht (gedrängt). | 18 **da bravi:** zurück, ruhig! | 19 **ammontato/a:** dicht gedrängt. | 21 **il dicitore / la dicitrice:** Redner(in).

come flutti da flutti, via via fino all'estremità della folla, che andava sempre crescendo. Al capitano, cominciava a mancargli il respiro. «Fateli dare addietro ch'io possa riprender fiato,» diceva agli alabardieri: «ma non fate male a nessuno. Vediamo d'entrare in bottega: picchiate; fateli stare indietro.»

«Indietro! indietro!» gridano gli alabardieri, buttandosi tutti insieme addosso ai primi, e respingendoli con l'aste dell'alabarde. Quelli urlano, si tirano indietro, come possono; danno con le schiene ne' petti, co' gomiti nelle pance, co' calcagni sulle punte de' piedi a quelli che son dietro a loro: si fa un pigìo, una calca, che quelli che si trovavano in mezzo, avrebbero pagato qualcosa a essere altrove. Intanto un po' di voto s'è fatto davanti alla porta: il capitano picchia, ripicchia, urla che gli aprano: quelli di dentro vedono dalle finestre, scendon di corsa, aprono; il capitano entra, chiama gli alabardieri, che si ficcan dentro anch'essi l'un dopo l'altro, gli ultimi rattenendo la folla con l'alabarde. Quando sono entrati tutti, si mette tanto di catenaccio, si riappuntella; il capitano sale di corsa, e s'affaccia a una finestra. Uh, che formicolaio!

«Figliuoli,» grida: molti si voltano in su; «figliuoli, andate a casa. Perdono generale a chi torna subito a casa.»

«Pane! pane! aprite! aprite!» eran le parole più distinte nell'urlìo orrendo, che la folla mandava in risposta.

«Giudizio, figliuoli! badate bene! siete ancora a tempo. Via, andate, tornate a casa. Pane, ne avrete; ma non è questa la maniera. Eh! ... eh! che fate laggiù! Eh! a quella porta!

1 **il flutto:** Flut, Woge. | 8 **l'asta:** Schaft, Stab. | 12 **il pigìo:** Stoß. | **la calca:** Gedränge. | 19 **il catenaccio:** Riegel. | 21 **il formicolaio:** Gewimmel.

Oibò oibò! Vedo, vedo: giudizio! badate bene! è un delitto grosso. Or ora vengo io. Eh! eh! smettete con que' ferri; giù quelle mani. Vergogna! Voi altri milanesi, che, per la bontà, siete nominati in tutto il mondo! Sentite, sentite: siete sempre stati buoni fi … Ah canaglia!»

Questa rapida mutazione di stile fu cagionata da una pietra che, uscita dalle mani d'uno di que' buoni figliuoli, venne a batter nella fronte del capitano, sulla protuberanza sinistra della profondità metafisica. «Canaglia! canaglia!» continuava a gridare, chiudendo presto presto la finestra, e ritirandosi. Ma quantunque avesse gridato quanto n'aveva in canna, le sue parole, buone e cattive, s'eran tutte dileguate e disfatte a mezz'aria, nella tempesta delle grida che venivan di giù. Quello poi che diceva di vedere, era un gran lavorare di pietre, di ferri (i primi che coloro avevano potuto procacciarsi per la strada), che si faceva alla porta, per sfondarla, e alle finestre, per svellere l'inferriate: e già l'opera era molto avanzata.

Intanto, padroni e garzoni della bottega, ch'erano alle finestre de' piani di sopra, con una munizione di pietre (avranno probabilmente disselciato un cortile), urlavano e facevan versacci a quelli di giù, perché smettessero; facevan vedere le pietre, accennavano di volerle buttare. Visto ch'era

1 **oibò** (inter.): aber, aber! | 5 **la canaglia:** Kanaille, Gesindel. | 8 **la protuberanza:** Vorsprung. | 9 **la profondità metafịsica:** die metaphysische Tiefe (hier Umschreibung für den Kopf als Ort der Gedanken). | 11 **quantunque:** obwohl. | 12 f. **dileguarsi:** verpuffen, untergehen. | 13 **disfarsi:** sich auflösen, zerstören. | 16 **procacciarsi:** sich beschaffen. | 16 f. **sfondare:** einstoßen, aufbrechen. | 17 **svẹllere:** entwurzeln, ausheben. | 21 **disselciare:** hier: Pflastersteine entfernen. | 22 **fare versacci:** Grimassen schneiden, grimmig dreinschauen.

tempo perso, cominciarono a buttarle davvero. Neppur una ne cadeva in fallo; giacché la calca era tale, che un granello di miglio, come si suol dire, non sarebbe andato in terra.

«Ah birboni! ah furfantoni! È questo il pane, che date alla povera gente? Ahi! Ahimè! Ohi! Ora, ora!» s'urlava di giù. Più d'uno fu conciato male; due ragazzi vi rimasero morti. Il furore accrebbe le forze della moltitudine: la porta fu sfondata, l'inferriate, svelte; e il torrente penetrò per tutti i varchi. Quelli di dentro, vedendo la mala parata, scapparono in soffitta: il capitano, gli alabardieri, e alcuni della casa stettero lì rannicchiati ne' cantucci; altri, uscendo per gli abbaini, andavano su pe' tetti, come i gatti.

La vista della preda fece dimenticare ai vincitori i disegni di vendette sanguinose. Si slanciano ai cassoni; il pane è messo a ruba. Qualcheduno in vece corre al banco, butta giù la serratura, agguanta le ciotole, piglia a manate, intasca, ed esce carico di quattrini, per tornar poi a rubar pane, se ne rimarrà. La folla si sparge ne' magazzini. Metton mano ai sacchi, li strascicano, li rovesciano: chi se ne caccia uno tra le gambe, gli scioglie la bocca, e, per ridurlo a un carico da potersi portare, butta via una parte della farina: chi, gridando: «aspetta, aspetta», si china a parare il grembiule, un fazzoletto, il cappello, per ricever quella grazia di Dio; uno

2 **cadere in fallo:** das Ziel verfehlen. | 2 f. **il granello di miglio:** Hirsekorn. | 9 **il varco:** Lücke, Durchgang. | **la parata:** Abwehr. | 11 **rannichiarsi:** sich (zusammen)kauern. | **il cantuccio:** Ecke. | 12 **l'abbaino:** Dachluke. | 14 **slanciarsi a qc:** sich auf etwas stürzen. | **il cassone:** Kasten, Truhe. | 16 **agguantare:** packen, ergreifen. | **la ciọtola:** Schüssel. | **la manata:** eine Handvoll. | 18 **il magazzino:** Speicher. | 19 **strascicare:** (heraus)schleifen, -schleppen. | 20 **sciọgliere la bocca:** hier: aufknüpfen. | 22 **chinarsi:** sich beugen, neigen. | **parare:** halten. | **il grembiule:** Schürze.

corre a una madia, e prende un pezzo di pasta, che s'allunga, e gli scappa da ogni parte; un altro, che ha conquistato un burattello, lo porta per aria: chi va, chi viene: uomini, donne, fanciulli, spinte, rispinte, urli, e un bianco polverìo che per tutto si posa, per tutto si solleva, e tutto vela e annebbia. Di fuori, una calca composta di due processioni opposte, che si rompono e s'intralciano a vicenda, di chi esce con la preda, e di chi vuol entrare a farne.

Mentre quel forno veniva così messo sottosopra, nessun altro della città era quieto e senza pericolo. Ma a nessuno la gente accorse in numero tale da potere intraprender tutto; in alcuni, i padroni avevan raccolto degli ausiliari, e stavan sulle difese; altrove, trovandosi in pochi, venivano in certo modo a patti: distribuivan pane a quelli che s'eran cominciati a affollare davanti alle botteghe, con questo che se n'andassero. E quelli se n'andavano, non tanto perché fosser soddisfatti, quanto perché gli alabardieri e la sbirraglia, stando alla larga da quel tremendo forno delle grucce, si facevan però vedere altrove, in forza bastante a tenere in rispetto i tristi che non fossero una folla. Così il trambusto andava sempre crescendo a quel primo disgraziato forno; perché tutti coloro che gli pizzicavan le mani di far qualche bell'impresa, correvan là, dove gli amici erano i più forti, e l'impunità sicura.

1 **la madịa:** Backtrog. | 3 **il burattello:** Mehlsieb. | 4 **il polverìo:** Staubwolke. | 7 **intralciarsi a vicenda:** sich gegenseitig behindern. | 9 **mẹttere sottosopra:** auf den Kopf stellen. | 11 **intraprẹndere:** hier: sich erlauben, herausnehmen. | 12 **l'ausiliare** m./f.: Helfer(in). | 17 **la sbirraglia:** Polizei, Ordnungshüter. | 20 **il trambusto:** Getümmel. | 22 **pizzicare le mani:** ein Kribbeln in den Händen spüren; sich kaum beherrschen. | 24 **l'impunità:** Straflosigkeit.

A questo punto eran le cose, quando Renzo, avendo ormai sgranocchiato il suo pane, veniva avanti per il borgo di porta orientale, e s'avviava, senza saperlo, proprio al luogo centrale del tumulto. Andava, ora lesto, ora ritardato dalla folla; e andando, guardava e stava in orecchi, per ricavar da quel ronzìo confuso di discorsi qualche notizia più positiva dello stato delle cose. Ed ecco a un di presso le parole che gli riuscì di rilevare in tutta la strada che fece.

«Ora è scoperta», gridava uno, «l'impostura infame di que' birboni, che dicevano che non c'era né pane, né farina, né grano. Ora si vede la cosa chiara e lampante; e non ce la potranno più dare ad intendere. Viva l'abbondanza!» […]

Renzo, der sich aufgrund der Abwesenheit des Paters Bonaventura in Mailand nicht sofort in dessen Konvent zurückziehen kann, wird in die Tumulte verwickelt, die wegen der Teuerung ausbrechen. Er lässt sich von der aufgebrachten Menge anstecken und hält eine Rede, in der er die Justiz anklagt, die immer nur auf der Seite der Mächtigen sei und die Armen und Geringen verspotte. Unter den Zuhörern befindet sich auch ein Polizeispitzel, der Renzo ausfragt und durch eine List seinen Namen erfährt.

Als dann der spanische Großkanzler Antonio Ferrer, der in Mailand an und für sich beliebt ist, in einer Kutsche durch die Stadt fährt, dem Volk Brot verspricht und es zu beschwichtigen versucht, hilft Renzo mit, die Menge zurückzudrängen, damit das Gefährt besser vorankommt.

2 **sgranocchiare:** knabbern. | 4 **lesto/a:** behende, flink. | 9 **l'impostura:** Schwindel, Betrug. | 11 **lampante** (agg.): klar, offensichtlich.

Der inzwischen müde und hungrig gewordene Renzo begibt sich in eine Gastwirtschaft, wo er dem Wein ein wenig zu sehr zuspricht und erneut kühne Reden gegen die Ungerechtigkeit hält. Der Wirt zeigt ihn heimlich an, und so wird er am nächsten Morgen festgenommen.

Capitolo XV

[…] Allo spuntar del giorno, Renzo russava da circa sett'ore, ed era ancora, poveretto! sul più bello, quando due forti scosse alle braccia, e una voce che dappiè del letto gridava: «Lorenzo Tramaglino!», lo fecero riscotere. Si risentì, ritirò le braccia, aprì gli occhi a stento; e vide ritto appiè del letto un uomo vestito di nero, e due armati, uno di qua, uno di là del capezzale. E, tra la sorpresa, e il non esser desto bene, e la spranghetta di quel vino che sapete, rimase un momento come incantato; e credendo di sognare, e non piacendogli quel sogno, si dimenava, come per isvegliarsi affatto.

«Ah! avete sentito una volta, Lorenzo Tramaglino?» disse l'uomo dalla cappa nera, quel notaio medesimo della sera avanti. «Animo dunque; levatevi, e venite con noi.»

«Lorenzo Tramaglino!» disse Renzo Tramaglino: «cosa vuol dir questo? Cosa volete da me? Chi v'ha detto il mio nome?»

«Meno ciarle, e fate presto,» disse uno de' birri che gli stavano a fianco, prendendogli di nuovo il braccio.

9 **la scossa:** Stoß. | **dappiè:** eigtl. *appiè di qc:* zu Füßen von etwas. | 13 **il capezzale:** Kopfkissen. | **desto/a:** wach, erwacht. | 14 **la spranghetta:** Kater, Kopfschmerz. | 16 **isvegliarsi:** *svegliarsi.*

«Ohe! che prepotenza è questa?» gridò Renzo, ritirando il braccio. «Oste! o l'oste!»

«Lo portiam via in camicia?» disse ancora quel birro, voltandosi al notaio.

«Avete inteso?» disse questo a Renzo: «si farà così, se non vi levate subito subito, per venir con noi.»

«E perché?» domandò Renzo.

«Il perché lo sentirete dal signor capitano di giustizia.»

«Io? Io sono un galantuomo: non ho fatto nulla; e mi maraviglio ...»

«Meglio per voi, meglio per voi; così, in due parole sarete spicciato, e potrete andarvene per i fatti vostri.»

«Mi lascino andare ora,» disse Renzo: «io non ho che far nulla con la giustizia.»

«Orsù, finiamola!» disse un birro.

«Lo portiamo via davvero?» disse l'altro.

«Lorenzo Tramaglino!» disse il notaio.

«Come sa il mio nome, vossignoria?»

«Fate il vostro dovere,» disse il notaio a' birri; i quali misero subito le mani addosso a Renzo, per tirarlo fuori del letto.

«Eh! non toccate la carne d'un galantuomo, che ...! Mi so vestir da me.»

«Dunque vestitevi subito,» disse il notaio.

«Mi vesto,» rispose Renzo; e andava di fatti raccogliendo qua e là i panni sparsi sul letto, come gli avanzi d'un naufragio sul lido. E cominciando a metterseli, proseguiva tuttavia dicendo: «ma io non ci voglio andare dal capitano di

12 **spicciare:** hier: (schnell) erledigen, abfertigen. | 18 **vossignoria:** (Ehrenanrede) Euer Gnaden. | 26 **l'avanzo:** Überbleibsel, Rest (*avanzare:* übrigbleiben).

giustizia. Non ho che far nulla con lui. Giacché mi si fa quest'affronto ingiustamente, voglio esser condotto da Ferrer. Quello lo conosco, so che è un galantuomo; e m'ha dell'obbligazioni.»

«Sì, sì, figliuolo, sarete condotto da Ferrer,» rispose il notaio. In altre circostanze, avrebbe riso, proprio di gusto, d'una richiesta simile; ma non era momento da ridere. Già nel venire, aveva visto per le strade un certo movimento, da non potersi ben definire se fossero rimasugli d'una sollevazione non del tutto sedata, o princìpi d'una nuova: uno sbucar di persone, un accozzarsi, un andare a brigate, un far crocchi. E ora, senza farne sembiante, o cercando almeno di non farlo, stava in orecchi, e gli pareva che il ronzìo andasse crescendo. Desiderava dunque di spicciarsi; ma avrebbe anche voluto condur via Renzo d'amore e d'accordo; giacché, se si fosse venuti a guerra aperta con lui, non poteva esser certo, quando fossero in istrada, di trovarsi tre contr'uno. Perciò dava d'occhio a' birri, che avessero pazienza, e non inasprissero il giovine; e dalla parte sua, cercava di persuaderlo con buone parole. Il giovine intanto, mentre si vestiva adagino adagino, richiamandosi, come poteva, alla memoria gli avvenimenti del giorno avanti, indovinava bene, a un di presso, che le gride e il nome e il cognome dovevano es-

3 f. **m'ha dell' obbligazioni:** er schuldet mir etwas (hier Bezug zu Kap. 13). | 9 **il rimasuglio:** Überbleibsel. | 10 **sedare:** hier: niederschlagen, dämpfen. | **il principio:** hier: der Anfang (*sul principio:* zu Anfang; *principiare:* beginnen). | 11 **sbucare:** auftauchen, herauskommen. | **accozzarsi:** sich zusammenrotten (hier substantivisch gebraucht). | 12 **il sembiante:** hier: Aufsehen. | 17 **l'istrada:** *la strada.* | 19 **inasprire qu:** jdn. verbittern, verstimmen. | 21 **adagino adagino** (avv. inv.): gemächlich. | 23 **a un di presso:** in etwa.

ser la causa di tutto; ma come diamine colui lo sapeva quel nome? E che diamine era accaduto in quella notte, perché la giustizia avesse preso tant'animo, da venire a colpo sicuro, a metter le mani addosso a uno de' buoni figliuoli che, il giorno avanti, avevan tanta voce in capitolo? e che non dovevano esser tutti addormentati, poiché Renzo s'accorgeva anche lui d'un ronzìo crescente nella strada. Guardando poi in viso il notaio, vi scorgeva in pelle in pelle la titubazione che costui si sforzava invano di tener nascosta. Onde, così per venire in chiaro delle sue congetture, e scoprir paese, come per tirare in lungo, e anche per tentare un colpo, disse: «vedo bene cos'è l'origine di tutto questo: gli è per amor del nome e del cognome. Ier sera veramente ero un po' allegro: questi osti alle volte hanno certi vini traditori; e alle volte, come dico, si sa, quando il vino è giù, è lui che parla. Ma, se non si tratta d'altro, ora son pronto a darle ogni soddisfazione. E poi, già lei lo sa il mio nome. Chi diamine gliel ha detto?»

«Bravo, figliuolo, bravo!» rispose il notaio, tutto manieroso: «vedo che avete giudizio; e, credete a me che son del mestiere, voi siete più furbo che tant'altri. È la miglior maniera d'uscirne presto e bene: con codeste buone disposizioni, in due parole siete spicciato, e lasciato in libertà. Ma io, vedete figliuolo, ho le mani legate, non posso rilasciarvi qui, come vorrei. Via, fate presto, e venite pure senza timore; che quando vedranno chi siete; e poi io dirò … Lasciate fare a me … Basta; sbrigatevi, figliuolo.»

3 **a colpo sicuro:** unfehlbar, auf Nummer sicher gehen. | 8 **la titubazione:** Zögerlichkeit. | 10 **la congettura:** Vermutung. | 19 f. **manieroso/a:** gekünstelt, geziert. | 24 **ho le mani legate** (fig.): mir sind die Hände gebunden.

«Ah! lei non può: intendo,» disse Renzo; e continuava a vestirsi, rispingendo con de' cenni i cenni che i birri facevano di mettergli le mani addosso, per farlo spicciare.

«Passeremo dalla piazza del duomo?» domandò poi al notaio.

«Di dove volete; per la più corta, affine di lasciarvi più presto in libertà,» disse quello, rodendosi dentro di sé, di dover lasciar cadere in terra quella domanda misteriosa di Renzo, che poteva divenire un tema di cento interrogazioni. – Quando uno nasce disgraziato! – pensava. – Ecco; mi viene alle mani uno che, si vede, non vorrebbe altro che cantare; e, un po' di respiro che s'avesse, così *extra formam*, accademicamente, in via di discorso amichevole, gli si farebbe confessar, senza corda, quel che uno volesse; un uomo da condurlo in prigione già bell'e esaminato, senza che se ne fosse accorto: e un uomo di questa sorte mi deve per l'appunto capitare in un momento così angustiato. Eh! non c'è scampo, – continuava a pensare, tendendo gli orecchi, e piegando la testa all'indietro: – non c'è rimedio; e' risica d'essere una giornata peggio di ieri. – Ciò che lo fece pensar così, fu un rumore straordinario che si sentì nella strada: e non potè tenersi di non aprir l'impannata, per dare un'occhiatina. Vide ch'era un crocchio di cittadini, i quali, all'intimazione di sbandarsi, fatta loro da una pattuglia, avevan da principio risposto con cattive parole, e finalmente si separavan continuando a bronto-

2 **il cenno:** Zeichen, Andeutung, Wink. | 6 **affine:** damit, zum Zwecke. | 7 **ṛodersi:** sich quälen, ärgern. | 12 f. **extra formam** (lat.): formlos, ohne Formalitäten. | 17 f. **angustiato/a:** hier: ungünstig. | 18 **lo scampo:** Ausweg. | 20 **risicare:** *rischiare.* | 22 f. **l'impannata:** hier: Fenster. | 25 **la pattuglia:** Patrouille, Trupp.

lare; e quel che al notaio parve un segno mortale, i soldati eran pieni di civiltà. Chiuse l'impannata, e stette un momento in forse, se dovesse condur l'impresa a termine, o lasciar Renzo in guardia de' due birri, e correr dal capitano di giustizia, a render conto di ciò che accadeva. – Ma, – pensò subito, – mi si dirà che sono un buon a nulla, un pusillanime, e che dovevo eseguir gli ordini. Siamo in ballo; bisogna ballare. Malannaggia la furia! Maledetto il mestiere! –

Renzo era levato; i due satelliti gli stavano a' fianchi. Il notaio accennò a costoro che non lo sforzasser troppo, e disse a lui: «da bravo, figliuolo; a noi, spicciatevi».

Anche Renzo sentiva, vedeva e pensava. Era ormai tutto vestito, salvo il farsetto, che teneva con una mano, frugando con l'altra nelle tasche. «Ohe!» disse, guardando il notaio, con un viso molto significante: «qui c'era de' soldi e una lettera. Signor mio!»

«Vi sarà dato ogni cosa puntualmente,» disse il notaio, «dopo adempite quelle poche formalità. Andiamo, andiamo.»

«No, no, no,» disse Renzo, tentennando il capo: «questa non mi va: voglio la roba mia, signor mio. Renderò conto delle mie azioni; ma voglio la roba mia.»

«Voglio farvi vedere che mi fido di voi: tenete, e fate presto,» disse il notaio, levandosi di seno, e consegnando, con un sospiro, a Renzo le cose sequestrate. Questo, riponen-

2 **la civiltà:** Anstand, Höflichkeit. | 6 f. **il pusillạnime:** Feigling, Duckmäuser. | 7 **siamo in ballo:** wörtl.: wir tanzen mit, wir stecken mit drin, wir sind darin verwickelt. | 8 **malannaggia** (inter.): eigtl. *mannaggia:* verdammt, Mist! | 10 **ẹssere levato/a:** auf den Beinen sein. | **il satẹllite:** Begleiter. | 19 **adẹmpiere:** absolvieren, erfüllen.

dole al loro posto, mormorava tra' denti: «alla larga! bazzicate tanto co' ladri, che avete un poco imparato il mestiere». I birri non potevan più stare alle mosse; ma il notaio li teneva a freno con gli occhi, e diceva intanto tra sé: – se tu arrivi a metter piede dentro quella soglia, l'hai da pagar con usura, l'hai da pagare. –

Mentre Renzo si metteva il farsetto, e prendeva il cappello, il notaio fece cenno a un de' birri, che s'avviasse per la scala; gli mandò dietro il prigioniero, poi l'altro amico; poi si mosse anche lui. In cucina che furono, mentre Renzo dice: «e quest'oste benedetto dove s'è cacciato?» il notaio fa un altro cenno a' birri; i quali afferrano, l'uno la destra, l'altro la sinistra del giovine, e in fretta in fretta gli legano i polsi con certi ordigni, per quell'ipocrita figura d'eufemismo, chiamati manichini. Consistevano questi (ci dispiace di dover discendere a particolari indegni della gravità storica; ma la chiarezza lo richiede), consistevano in una cordicella lunga un po' più che il giro d'un polso ordinario, la quale aveva nelle cime due pezzetti di legno, come due piccole stanghette. La cordicella circondava il polso del paziente; i legnetti, passati tra il medio e l'anulare del prenditore, gli rimanevano chiusi in pugno, di modo che, girandoli, ristringeva la legatura, a volontà; e con ciò aveva mezzo, non solo d'assicurare la presa, ma anche di marti-

1 **alla larga** (inter.): Gott behüte, das fehlte noch! | 1 f. **bazzicare con qu:** mit jdm. verkehren, Umgang haben. | 5 **l'usura:** hier: Zinseszins. | 11 **benedetto/a:** hier: verwünscht, verflucht. | 14 **l'ordigno:** Werkzeug. | 14 f. **l'eufemismo:** Beschönigung, Verbrämung. | 15 **il manichino:** Handkrause, Fessel. | 18 **la cordicella:** Kordel, Schnur. | 20 **la stanghetta:** Stöckchen. | 21 **il legnetto:** kleines Holzstück. | **l'anulare** m.: Ringfinger. | 24 f. **martirizzare qu:** jdn. foltern, quälen.

rizzare un ricalcitrante: e a questo fine, la cordicella era sparsa di nodi.

Renzo si divincola, grida: «che tradimento è questo? A un galantuomo ...!» Ma il notaio, che per ogni tristo fatto aveva le sue buone parole, «abbiate pazienza,» diceva: «fanno il loro dovere. Cosa volete? son tutte formalità; e anche noi non possiamo trattar la gente a seconda del nostro cuore. Se non si facesse quello che ci vien comandato, staremmo freschi noi altri, peggio di voi. Abbiate pazienza.»

Mentre parlava, i due a cui toccava a fare, diedero una girata a' legnetti. Renzo s'acquietò, come un cavallo bizzarro che si sente il labbro stretto tra le morse, e esclamò: «pazienza!»

«Bravo figliuolo!» disse il notaio: «questa è la vera maniera d'uscirne a bene. Cosa volete? è una seccatura; lo vedo anch'io; ma, portandovi bene, in un momento ne siete fuori. E giacché vedo che siete ben disposto, e io mi sento inclinato a aiutarvi, voglio darvi anche un altro parere, per vostro bene. Credete a me, che son pratico di queste cose: andate via diritto diritto, senza guardare in qua e in là, senza farvi scorgere: così nessuno bada a voi, nessuno s'avvede di quel che è; e voi conservate il vostro onore. Di qui a un'ora voi siete in libertà: c'è tanto da fare, che avranno fretta anche loro di sbrigarvi: e poi parlerò io ... Ve n'andate per i fatti vostri; e nessuno saprà che siete stato nelle mani della giustizia. E voi altri,» continuò poi, voltandosi a' birri, con un viso severo: «guardate bene di non fargli male, perché lo

1 **ricalcitrante** (agg.): aufmüpfig, störrisch (hier substantivisch gebraucht). | 3 **divincolarsi:** sich winden. | 11 **bizzarro/a:** hier: scheu. | 15 **la seccatura:** Schererei, Unannehmlichkeit. | 18 **ẹssere inclinato/a a fare qc:** geneigt sein etwas zu tun. | 24 **sbrigare qu:** jdn. abfertigen.

proteggo io: il vostro dovere bisogna che lo facciate; ma ricordatevi che è un galantuomo, un giovine civile, il quale, di qui a poco, sarà in libertà; e che gli deve premere il suo onore. Andate in maniera che nessuno s'avveda di nulla: come se foste tre galantuomini che vanno a spasso.» E, con tono imperativo, e con sopracciglio minaccioso, concluse: «m'avete inteso». Voltatosi poi a Renzo, col sopracciglio spianato, e col viso divenuto a un tratto ridente, che pareva volesse dire: oh noi sì che siamo amici!, gli bisbigliò di nuovo: «giudizio; fate a mio modo: andate raccolto e quieto; fidatevi di chi vi vuol bene: andiamo». E la comitiva s'avviò.

Però, di tante belle parole Renzo, non ne credette una: né che il notaio volesse più bene a lui che a' birri, né che prendesse tanto a cuore la sua riputazione, né che avesse intenzion d'aiutarlo: capì benissimo che il galantuomo, temendo che si presentasse per la strada qualche buona occasione di scappargli dalle mani, metteva innanzi que' bei motivi, per istornar lui dallo starci attento e da approfittarne. Dimodoché tutte quelle esortazioni non servirono ad altro che a confermarlo nel disegno che già aveva in testa, di far tutto il contrario.

Nessuno concluda da ciò che il notaio fosse un furbo inesperto e novizio; perché s'ingannerebbe. Era un furbo matricolato, dice il nostro storico, il quale pare che fosse nel numero de' suoi amici: ma, in quel momento, si trova-

5 **andare a spasso:** spazierengehen. | 6 **il tono imperativo:** Befehlston. | 9 **bisbigliare a qu:** jdm. zuflüstern. | 11 **la comitiva:** (Reise-)Gruppe, Zug. | 19 **istornare qu da qc:** hier: jdn. von etwas abhalten. | 24 **il novizio / la novizia:** Neuling. | **ingannarsi:** sich täuschen, irren. | 24 f. **matricolato/a:** abgefeimt.

va con l'animo agitato. A sangue freddo, vi so dir io come si sarebbe fatto beffe di chi, per indurre un altro a fare una cosa per sé sospetta, fosse andato suggerendogliela e inculcandogliela caldamente, con quella miserabile finta di dargli un parere disinteressato, da amico. Ma è una tendenza generale degli uomini, quando sono agitati e angustiati, e vedono ciò che un altro potrebbe fare per levarli d'impiccio, di chiederglielo con istanza e ripetutamente e con ogni sorte di pretesti; e i furbi, quando sono angustiati e agitati, cadono anche loro sotto questa legge comune. Quindi è che, in simili circostanze, fanno per lo più una così meschina figura. Que' ritrovati maestri, quelle belle malizie, con le quali sono avvezzi a vincere, che son diventate per loro quasi una seconda natura, e che, messe in opera a tempo, e condotte con la pacatezza d'animo, con la serenità di mente necessarie, fanno il colpo così bene e così nascostamente, e conosciute anche, dopo la riuscita, riscotono l'applauso universale; i poverini quando sono alle strette, le adoprano in fretta, all'impazzata, senza garbo né grazia. Di maniera che a uno che li veda ingegnarsi e arrabattarsi a quel modo, fanno pietà e movon le risa, e l'uomo che pretendono allora di mettere in mezzo, quantunque meno accorto di loro, scopre benissimo tutto il loro gioco, e da quegli artifizi ricava lume per sé, contro di loro. Perciò non si può mai abbastan-

2 **farsi beffe di qu:** jdn. hinters Licht führen. | 3 f. **inculcare qc a qu:** jdm. etwas einschärfen. | 8 **con istanza:** mit Nachdruck. | 9 **il pretesto:** Ausrede, Vorwand. | 11 **meschino/a:** armselig, kümmerlich (*il meschino / la meschina:* der, die Armselige). | 12 **la malizia:** Tücke, Hinterlist. | 15 **la pacatezza:** Gemütsruhe. | 19 **essere all'impazzata:** rasen, wütend sein. | 20 **arrabattarsi:** sich abrackern, abmühen. | 23 f. **ricavare lume:** gewinnen, Vorteile aus etwas ziehen.

za raccomandare a' furbi di professione di conservar sempre il loro sangue freddo, o d'esser sempre i più forti, che è la più sicura.

Renzo adunque, appena furono in istrada, cominciò a girar gli occhi in qua e in là, a sporgersi con la persona, a destra e a sinistra, a tender gli orecchi. Non c'era però concorso straordinario; e benché sul viso di più d'un passeggiero si potesse legger facilmente un certo non so che di sedizioso, pure ognuno andava diritto per la sua strada; e sedizione propriamente detta, non c'era.

«Giudizio, giudizio!» gli susurrava il notaio dietro le spalle: «il vostro onore; l'onore, figliuolo.» Ma quando Renzo, badando attentamente a tre che venivano con visi accesi, sentì che parlavan d'un forno, di farina nascosta, di giustizia, cominciò anche a far loro de' cenni col viso, e a tossire in quel modo che indica tutt'altro che un raffreddore. Quelli guardarono più attentamente la comitiva, e si fermarono; con loro si fermarono altri che arrivavano; altri, che gli eran passati davanti, voltatisi al bisbiglìo, tornavano indietro, e facevan coda.

«Badate a voi; giudizio, figliuolo; peggio per voi vedete; non guastate i fatti vostri; l'onore, la riputazione,» continuava a susurrare il notaio. Renzo faceva peggio. I birri, dopo essersi consultati con l'occhio, pensando di far bene (ognuno è soggetto a sbagliare), gli diedero una stretta di manichini.

«Ahi! ahi! ahi!» grida il tormentato: al grido, la gente s'affolla intorno; n'accorre da ogni parte della strada: la

5 **la persona:** hier: Körper. | 8 f. **sedizioso/a:** aufrührerisch, agitatorisch. | 11 **sus(s)urrare:** raunen, flüstern.

comitiva si trova incagliata. «È un malvivente,» bisbigliava il notaio a quelli che gli erano a ridosso: «è un ladro colto sul fatto. Si ritirino, lascin passare la giustizia.» Ma Renzo, visto il bel momento, visti i birri diventar bianchi, o almeno pallidi, – se non m'aiuto ora, pensò, mio danno. – E subito alzò la voce: «figliuoli! mi menano in prigione, perché ieri ho gridato: pane e giustizia. Non ho fatto nulla; son galantuomo: aiutatemi, non m'abbandonate, figliuoli!»

Un mormorìo favorevole, voci più chiare di protezione s'alzano in risposta: i birri sul principio comandano, poi chiedono, poi pregano i più vicini d'andarsene, e di far largo: la folla in vece incalza e pigia sempre più. Quelli, vista la mala parata, lascian andare i manichini, e non si curan più d'altro che di perdersi nella folla, per uscirne inosservati. Il notaio desiderava ardentemente di far lo stesso; ma c'era de' guai, per amor della cappa nera. Il pover'uomo, pallido e sbigottito, cercava di farsi piccino piccino, s'andava storcendo, per isgusciar fuor della folla; ma non poteva alzar gli occhi, che non se ne vedesse venti addosso. Studiava tutte le maniere di comparire un estraneo che, passando di lì a caso, si fosse trovato stretto nella calca, come una pagliucola nel ghiaccio; e riscontrandosi a viso a viso con uno che lo guardava fisso, con un cipiglio peggio degli altri, lui, com-

1 **incagliare qu:** festsitzen, jdn. festhalten. | **il/la malvivente:** Übeltäter(in). | 6 **menare:** führen. | 8 **il galantuomo:** Ehrenmann. | 12 f. **fare largo a qu:** jdm. Platz machen, ausweichen. | 13 **pigiare:** drängeln. | 14 **curarsi di qc:** sich um etwas scheren. | 18 f. **stọrcersi:** sich krümmen, verbiegen. | 19 **(i)sgusciare:** entkommen, entschlüpfen. | 21 **comparire un estraneo:** als Fremder erscheinen, durchgehen. | 22 f. **la pagliụcola:** Strohhalm. | 24 **il cipiglio:** finstere Miene.

posta la bocca al sorriso, con un suo fare sciocco, gli domandò: «cos'è stato?»

«Uh corvaccio!» rispose colui. «Corvaccio! corvaccio!» risonò all'intorno. Alle grida s'aggiunsero gli urtoni; di maniera che, in poco tempo, parte con le gambe proprie, parte con le gomita altrui, ottenne ciò che più gli premeva in quel momento, d'esser fuori di quel serra serra.

Capitolo XVI

«Scappa, scappa, galantuomo: lì c'è un convento, ecco là una chiesa; di qui, di là,» si grida a Renzo da ogni parte. In quanto allo scappare, pensate se aveva bisogno di consigli. Fin dal primo momento che gli era balenato in mente una speranza d'uscir da quell'unghie, aveva cominciato a fare i suoi conti, e stabilito, se questo gli riusciva, d'andare senza fermarsi, fin che non fosse fuori, non solo della città, ma del ducato. – Perché, – aveva pensato, – il mio nome l'hanno su' loro libracci, in qualunque maniera l'abbiano avuto; e col nome e cognome, mi vengono a prendere quando vogliono. – E in quanto a un asilo, non vi si sarebbe cacciato che quando avesse avuto i birri alle spalle. – Perché, se posso essere uccel di bosco, – aveva anche pensato, – non voglio diventare uccel di gabbia. – Aveva dunque disegnato per suo rifugio quel paese nel territorio di Bergamo, dov'era accasato

3 **il corvaccio:** gemeiner Rabe, Rabenas (hier als Schimpfwort; *il corvo:* Rabe). | 4 **l'urtone:** heftiger Stoß. | 6 **prẹmere a qu:** jdm. am Herzen liegen. | 7 **la serra:** hier: Hexenkessel, Gewühl. | 13 **l'unghia** (pl. *le unghie*): hier (fig.): Krallen, Fänge. | 22 **disegnare:** hier: ersinnen, entwerfen. | 23 **accasato/a:** verheiratet, sesshaft sein.

quel suo cugino Bortolo, se ve ne rammentate, che più volte l'aveva invitato a andar là. Ma trovar la strada, lì stava il male. Lasciato in una parte sconosciuta d'una città si può dire sconosciuta, Renzo non sapeva neppure da che porta s'uscisse per andare a Bergamo; e quando l'avesse saputo, non sapeva poi andare alla porta. Fu lì lì per farsi insegnar la strada da qualcheduno de' suoi liberatori; ma siccome nel poco tempo che aveva avuto per meditare su' casi suoi, gli eran passate per la mente certe idee su quello spadaio così obbligante, padre di quattro figliuoli, così, a buon conto, non volle manifestare i suoi disegni a una gran brigata, dove ce ne poteva essere qualche altro di quel conio; e risolvette subito d'allontanarsi in fretta di lì: che la strada se la farebbe poi insegnare, in luogo dove nessuno sapesse chi era, né il perché la domandasse. Disse a' suoi liberatori: «grazie tante, figliuoli: siate benedetti», e, uscendo per il largo che gli fu fatto immediatamente, prese la rincorsa, e via; dentro per un vicolo, giù per una stradetta, galoppò un pezzo, senza saper dove. Quando gli parve d'essersi allontanato abbastanza, rallentò il passo, per non dar sospetto; e cominciò a guardare in qua e in là, per isceglier la persona a cui far la sua domanda, una faccia che ispirasse confidenza. Ma anche qui c'era dell'imbroglio. La domanda per sé era sospetta; il tempo stringeva; i birri, appena liberati da quel piccolo intoppo, dovevan senza dubbio essersi rimessi in traccia del loro fuggitivo; la voce di quella fuga poteva essere arrivata fin là; e in tali strette, Renzo dovette fare forse dieci giudizi

1 **rammentarsi di qc:** sich an etwas, jdn. erinnern. | 9 **lo spadaio:** Schwert-, Waffenschmied. | 10 **obbligante** (agg.): verbindlich. | 12 **il conio:** Prägung; hier: Gesinnung. | 27 f. **il giudizio fisio(g)nọmico:** Urteil aufgrund des äußerlichen Eindrucks.

fisionomici, prima di trovar la figura che gli paresse a proposito. Quel grassotto, che stava ritto sulla soglia della sua bottega, a gambe larghe, con le mani di dietro, con la pancia in fuori, col mento in aria, dal quale pendeva una gran pappagorgia, e che, non avendo altro che fare, andava alternativamente sollevando sulla punta de' piedi la sua massa tremolante, e lasciandola ricadere sui calcagni, aveva un viso di cicalone curioso, che, in vece di dar delle risposte, avrebbe fatto delle interrogazioni. Quell'altro che veniva innanzi, con gli occhi fissi, e col labbro in fuori, non che insegnar presto e bene la strada a un altro, appena pareva conoscer la sua. Quel ragazzotto, che, a dire il vero, mostrava d'esser molto sveglio, mostrava però d'essere anche più malizioso; e probabilmente avrebbe avuto un gusto matto a far andare un povero contadino dalla parte opposta a quella che desiderava. Tant'è vero che all'uomo impicciato, quasi ogni cosa è un nuovo impiccio! Visto finalmente uno che veniva in fretta, pensò che questo, avendo probabilmente qualche affare pressante, gli risponderebbe subito, senz'altre chiacchiere; e sentendolo parlar da sé, giudicò che dovesse essere un uomo sincero. Gli s'accostò, e disse: «di grazia, quel signore, da che parte si va per andare a Bergamo?»

«Per andare a Bergamo? Da porta orientale.»

«Grazie tante; e per andare a porta orientale?»

«Prendete questa strada a mancina; vi troverete sulla piazza del duomo; poi ...»

«Basta, signore; il resto lo so. Dio gliene renda merito.» E

2 **il grassotto / la grassotta:** Dickerchen. | 5 **la pappagorgia:** Doppelkinn. | 8 **il cicalone / la cicalona:** Schwätzer(in).

diviato s'incamminò dalla parte che gli era stata indicata. L'altro gli guardò dietro un momento, e, accozzando nel suo pensiero quella maniera di camminare con la domanda, disse tra sé: – o n'ha fatta una, o qualcheduno la vuol fare a lui –.

Renzo arriva sulla piazza del duomo; l'attraversa, passa accanto a un mucchio di cenere e di carboni spenti, e riconosce gli avanzi del falò di cui era stato spettatore il giorno avanti; costeggia gli scalini del duomo, rivede il forno delle grucce, mezzo smantellato, e guardato da soldati; e tira diritto per la strada da cui era venuto insieme con la folla; arriva al convento de' cappuccini; dà un'occhiata a quella piazza e alla porta della chiesa, e dice tra sé, sospirando: – m'aveva però dato un buon parere quel frate di ieri: che stessi in chiesa a aspettare, e a fare un po' di bene –.

Qui, essendosi fermato un momento a guardare attentamente alla porta per cui doveva passare, e vedendovi, così da lontano, molta gente a guardia, e avendo la fantasia un po' riscaldata (bisogna compatirlo; aveva i suoi motivi), provò una certa ripugnanza ad affrontare quel passo. Si trovava così a mano un luogo d'asilo, e dove, con quella lettera, sarebbe ben raccomandato; fu tentato fortemente d'entrarvi. Ma, subito ripreso animo, pensò: – uccel di bosco, fin che si può. Chi mi conosce? Di ragione, i birri non si saran fatti in pezzi, per andarmi ad aspettare a tutte le porte –. Si voltò, per vedere se mai venissero da quella

1 **diviato/a** (hier avv.): direkt, ohne Umschweife. | 2 **accozzare:** zusammenwürfeln, -bringen. | 4 **n'ha fatta una:** er hat was angestellt. | 8 **il falò:** (Lager-)Feuer. | 9 **costeggiare:** entlanglaufen. | 10 **smantellare:** zerlegen, niederreißen. | 19 **compatire qu:** jdn. bemitleiden. | 20 **la ripugnanza:** Widerwillen, Abscheu.

parte: non vide né quelli, né altri che paressero occuparsi di lui. Va innanzi; rallenta quelle gambe benedette, che volevan sempre correre, mentre conveniva soltanto camminare; e adagio adagio, fischiando in semitono, arriva alla porta.

C'era, proprio sul passo, un mucchio di gabellini, e, per rinforzo, anche de' micheletti spagnoli; ma stavan tutti attenti verso il di fuori, per non lasciare entrar di quelli che, alla notizia d'una sommossa, v'accorrono, come i corvi al campo dove è stata data battaglia; di maniera che Renzo, con un'aria indifferente, con gli occhi bassi, e con un andare così tra il viandante e uno che vada a spasso, uscì, senza che nessuno gli dicesse nulla; ma il cuore di dentro faceva un gran battere. Vedendo a diritta una viottola, entrò in quella, per evitare la strada maestra; e camminò un pezzo prima di voltarsi neppure indietro.

Cammina, cammina; trova cascine, trova villaggi, tira innanzi senza domandarne il nome; è certo d'allontanarsi da Milano, spera d'andar verso Bergamo; questo gli basta per ora. Ogni tanto, si voltava indietro; ogni tanto, andava anche guardando e strofinando or l'uno or l'altro polso, ancora un po' indolenziti, e segnati in giro d'una striscia rosseggiante, vestigio della cordicella. I suoi pensieri erano, come ognuno può immaginarsi, un guazzabuglio di pentimenti, d'inquietudini, di rabbie, di tenerezze; era uno studio faticoso di raccapezzare le cose dette e fatte la sera avanti, di

4 **fischiare il semitono:** halblaut pfeifen. | 7 **il micheletto:** spanischer Soldat der Infanterie. | 9 **la sommossa:** Krawall, Aufruhr. | 17 **la cascina:** Pachtgut, Meierei. | 21 **strofinare:** reiben. | 22 f. **rosseggiante** (agg.): rötlich. | 23 **il vestigio:** Zeichen, Spur | 24 **il guazzabuglio:** Durcheinander, Wirrwarr. | **il pentimento:** Reue.

scoprir la parte segreta della sua dolorosa storia, e sopra tutto come avean potuto risapere il suo nome. I suoi sospetti cadevan naturalmente sullo spadaio, al quale si rammentava bene d'averlo spiattellato. E ripensando alla maniera con cui gliel aveva cavato di bocca, e a tutto il fare di colui, e a tutte quell'esibizioni che riuscivan sempre a voler saper qualcosa, il sospetto diveniva quasi certezza. Se non che si rammentava poi anche, in confuso, d'aver, dopo la partenza dello spadaio, continuato a cicalare; con chi, indovinala grillo; di cosa, la memoria, per quanto venisse esaminata, non lo sapeva dire: non sapeva dir altro che d'essersi in quel tempo trovata fuor di casa. Il poverino si smarriva in quella ricerca: era come un uomo che ha sottoscritti molti fogli bianchi, e gli ha affidati a uno che credeva il fior de' galantuomini; e scoprendolo poi un imbroglione, vorrebbe conoscere lo stato de' suoi affari: che conoscere? è un caos. Un altro studio penoso era quello di far sull'avvenire un disegno che gli potesse piacere: quelli che non erano in aria, eran tutti malinconici.

Ma ben presto, lo studio più penoso fu quello di trovar la strada. Dopo aver camminato un pezzo, si può dire, alla ventura, vide che da sé non ne poteva uscire. Provava bensì una certa ripugnanza a metter fuori quella parola Bergamo, come se avesse un non so che di sospetto, di sfacciato; ma non si poteva far di meno. Risolvette dunque di rivolgersi,

4 **spiattellare:** ausplaudern. | 5 **cavare (le parole) di bocca a qu** (pop.): jdm. alles aus der Nase ziehen müssen. | 9 **cicalare:** schwatzen, plappern. | 12 **smarrirsi in qc:** sich in etwas verlieren. | 15 **l'imbroglione / l'imbrogliona:** Betrüger(in). | 17 **penoso/a:** mühselig. | 17 f. **il disegno:** Entwurf, Plan. | 21 f. **alla ventura:** aufs Geratewohl, auf gut Glück.

come aveva fatto in Milano, al primo viandante la cui fisonomia gli andasse a genio; e così fece.

«Siete fuor di strada,» gli rispose questo; e, pensatoci un poco, parte con parole, parte co' cenni, gl'indicò il giro che doveva fare, per rimettersi sulla strada maestra. Renzo lo ringraziò, fece le viste di far come gli era stato detto, prese in fatti da quella parte, con intenzione però d'avvicinarsi bensì a quella benedetta strada maestra, di non perderla di vista, di costeggiarla più che fosse possibile; ma senza mettervi piede. Il disegno era più facile da concepirsi che da eseguirsi. La conclusione fu che, andando così da destra a sinistra, e, come si dice, a zig zag, parte seguendo l'altre indicazioni che si faceva coraggio a pescar qua e là, parte correggendole secondo i suoi lumi, e adattandole al suo intento, parte lasciandosi guidar dalle strade in cui si trovava incamminato, il nostro fuggitivo aveva fatte forse dodici miglia, che non era distante da Milano più di sei; e in quanto a Bergamo, era molto se non se n'era allontanato. Cominciò a persuadersi che, anche in quella maniera, non se n'usciva a bene; e pensò a trovar qualche altro ripiego. Quello che gli venne in mente, fu di scovar, con qualche astuzia, il nome di qualche paese vicino al confine, e al quale si potesse andare per istrade comunali: e domandando di quello, si farebbe insegnar la strada, senza seminar qua e là quella domanda di Bergamo, che gli pareva puzzar tanto di fuga, di sfratto, di criminale.

Mentre cerca la maniera di pescar tutte quelle notizie,

2 **andare a genio a qu:** jdm. zusagen. | 13 **pescare qua e là:** da und dort fragen, Auskünfte erbitten. | 14 **secondo i propri lumi:** nach eigenen Vorstellungen. | 22 **l'astuzia:** Schläue.

senza dar sospetto, vede pendere una frasca da una casuccia solitaria, fuori d'un paesello. Da qualche tempo, sentiva anche crescere il bisogno di ristorar le sue forze; pensò che lì sarebbe il luogo di fare i due servizi in una volta; entrò. Non c'era che una vecchia, con la rocca al fianco, e col fuso in mano. Chiese un boccone; gli fu offerto un po' di stracchino e del vin buono: accettò lo stracchino, del vino la ringraziò (gli era venuto in odio, per quello scherzo che gli aveva fatto la sera avanti); e si mise a sedere, pregando la donna che facesse presto. Questa, in un momento, ebbe messo in tavola; e subito dopo cominciò a tempestare il suo ospite di domande, e sul suo essere, e sui gran fatti di Milano: ché la voce n'era arrivata fin là. Renzo, non solo seppe schermirsi dalle domande, con molta disinvoltura; ma, approfittandosi della difficoltà medesima, fece servire al suo intento la curiosità della vecchia, che gli domandava dove fosse incamminato.

«Devo andare in molti luoghi,» rispose: «e, se trovo un ritaglio di tempo, vorrei anche passare un momento da quel paese, piuttosto grosso, sulla strada di Bergamo, vicino al confine, però nello stato di Milano ... Come si chiama?» – Qualcheduno ce ne sarà, – pensava intanto tra sé.

«Gorgonzola, volete dire,» rispose la vecchia.

1 **la frasca:** Ast, Laubgebinde (hier als Kennzeichen für eine Schenke). | **la casuccia:** (armseliges) Häuschen. | 3 **ristorare:** stärken (*ristorarsi:* sich erholen). | 5 **la rocca:** Spinnrocken (Gerät zum Befestigen der Fasern beim Spinnen). | **il fuso:** Spindel. | 6 **il boccone:** Happen, Kleinigkeit. | 6 f. **lo stracchino:** Frischkäse aus Kuhmilch. | 11 **tempestare** (fig.): bestürmen. | 13 **la voce:** hier: Gerücht. | 14 **schermirsi:** sich schützen, abwehren. | **la disinvoltura:** Unbefangenheit. | 19 **il ritaglio di tempo:** ein wenig Zeit.

«Gorgonzola!» ripetè Renzo, quasi per mettersi meglio in mente la parola. «È molto lontano di qui?» riprese poi.

«Non lo so precisamente: saranno dieci, saranno dodici miglia. Se ci fosse qualcheduno de' miei figliuoli, ve lo saprebbe dire.»

«E credete che ci si possa andare per queste belle viottole, senza prender la strada maestra? dove c'è una polvere, una polvere! Tanto tempo che non piove!»

«A me mi par di sì: potete domandare nel primo paese che troverete andando a diritta.» E glielo nominò.

«Va bene;» disse Renzo; s'alzò, prese un pezzo di pane che gli era avanzato della magra colazione, un pane ben diverso da quello che aveva trovato, il giorno avanti, appiè della croce di san Dionigi; pagò il conto, uscì, e prese a diritta. E, per non ve l'allungar più del bisogno, col nome di Gorgonzola in bocca, di paese in paese, ci arrivò, un'ora circa prima di sera. [...]

Fatti alcuni passi in Gorgonzola, vide un'insegna, entrò; e all'oste, che gli venne incontro, chiese un boccone, e una mezzetta di vino: le miglia di più, e il tempo gli avevan fatto passare quell'odio così estremo e fanatico. «Vi prego di far presto,» soggiunse: «perché ho bisogno di rimettermi subito in istrada.» E questo lo disse, non solo perché era vero, ma anche per paura che l'oste, immaginandosi che volesse dormir lì, non gli uscisse fuori a domandar del nome e del cognome, e donde veniva, e per che negozio ... Alla larga!

L'oste rispose a Renzo, che sarebbe servito; e questo si

18 **l'insegna:** Schild. | 20 **la mezzetta:** toskanisches Weinmaß (etwa 1⅛ Liter). | 26 **donde:** woher.

mise a sedere in fondo della tavola, vicino all'uscio: il posto de' vergognosi.

C'erano in quella stanza alcuni sfaccendati del paese, i quali, dopo aver discusse e commentate le gran notizie di Milano del giorno avanti, si struggevano di sapere un poco come fosse andata anche in quel giorno; tanto più che quelle prime eran più atte a stuzzicar la curiosità, che a soddisfarla: una sollevazione, né soggiogata né vittoriosa, sospesa più che terminata dalla notte; una cosa tronca, la fine d'un atto piuttosto che d'un dramma. Un di coloro si staccò dalla brigata, s'accostò al soprarrivato, e gli domandò se veniva da Milano.

«Io?» disse Renzo sorpreso, per prender tempo a rispondere.

«Voi, se la domanda è lecita.»

Renzo, tentennando il capo, stringendo le labbra, e facendone uscire un suono inarticolato, disse: «Milano, da quel che ho sentito dire … non dev'essere un luogo da andarci in questi momenti, meno che per una gran necessità.»

«Continua dunque anche oggi il fracasso?» domandò, con più istanza, il curioso.

«Bisognerebbe esser là, per saperlo,» disse Renzo.

«Ma voi, non venite da Milano?»

«Vengo da Liscate,» rispose lesto il giovine, che intanto aveva pensata la sua risposta. Ne veniva in fatti, a rigor di termini, perché c'era passato; e il nome l'aveva saputo, a un certo punto della strada, da un viandante che gli aveva indi-

3 **lo sfaccendato:** Müßiggänger, Herumtreiber. | 5 **strụggersi di qc:** sich nach etwas verzehren, sehnlich wünschen. | 7 **stuzzicare la curiosità:** Neugier erregen. | 8 **soggiogare:** niederschlagen, unterjochen. | 9 **tronco/a:** unvollständig. | 25 f. **a rigor di termini:** strenggenommen.

cato quel paese come il primo che doveva attraversare, per arrivare a Gorgonzola.

«Oh!» disse l'amico; come se volesse dire: faresti meglio a venir da Milano, ma pazienza. «E a Liscate,» soggiunse, «non si sapeva niente di Milano?»

«Potrebb'essere benissimo che qualcheduno là sapesse qualche cosa,» rispose il montanaro: «ma io non ho sentito dir nulla.»

E queste parole le proferì in quella maniera particolare che par che voglia dire: ho finito. Il curioso ritornò al suo posto; e, un momento dopo, l'oste venne a mettere in tavola.

«Quanto c'è di qui all'Adda?» gli disse Renzo, mezzo tra' denti, con un fare da addormentato, che gli abbiam visto qualche altra volta.

«All'Adda, per passare?» disse l'oste.

«Cioè ... sì ... all'Adda.»

«Volete passare dal ponte di Cassano, o sulla chiatta di Canonica?»

«Dove si sia ... Domando così per curiosità.»

«Eh, volevo dire, perché quelli sono i luoghi dove passano i galantuomini, la gente che può dar conto di sé.»

«Va bene: e quanto c'è?»

«Fate conto che, tanto a un luogo, come all'altro, poco più, poco meno, ci sarà sei miglia.»

«Sei miglia! non credevo tanto,» disse Renzo. «E già,» riprese poi, con un'aria d'indifferenza, portata fino all'affet-

11 f. **mẹttere in tavola:** auftischen, servieren. | 14 **il fare da addormentato/a:** gleichgültige Miene. | 18 **la chiatta:** Last-, Schleppkahn. | 24 **fare conto:** mit etwas rechnen. | 27 f. **l'affettazione** f.: Geziertheit.

tazione: «e già, chi avesse bisogno di prendere una scorciatoia, ci saranno altri luoghi da poter passare?»

«Ce n'è sicuro,» rispose l'oste, ficcandogli in viso due occhi pieni d'una curiosità maliziosa. Bastò questo per far morir tra' denti al giovine l'altre domande che aveva preparate. Si tirò davanti il piatto; e guardando la mezzetta che l'oste aveva posata, insieme con quello, sulla tavola, disse: «il vino è sincero?»

«Come l'oro,» disse l'oste: «domandatene pure a tutta la gente del paese e del contorno, che se n'intende: e poi, lo sentirete.» E così dicendo, tornò verso la brigata.

– Maledetti gli osti! – esclamò Renzo tra sé: – più ne conosco, peggio li trovo. – Non ostante, si mise a mangiare con grand'appetito, stando, nello stesso tempo, in orecchi, senza che paresse suo fatto, per veder di scoprir paese, di rilevare come si pensasse colà sul grand'avvenimento nel quale egli aveva avuta non piccola parte, e d'osservare specialmente se, tra que' parlatori, ci fosse qualche galantuomo, a cui un povero figliuolo potesse fidarsi di domandar la strada, senza timore d'esser messo alle strette, e forzato a ciarlare de' fatti suoi.

«Ma!» diceva uno: «questa volta par proprio che i milanesi abbian voluto far davvero Basta; domani al più tardi, si saprà qualcosa.»

«Mi pento di non esser andato a Milano stamattina,» diceva un altro.

«Se vai domani, vengo anch'io,» disse un terzo; poi un altro, poi un altro.

3 f. **ficcare gli occhi in viso a qu:** jdn. anstarren, fixieren. | 13 **non ostante:** *nonostante.* | 16 **colà:** dort.

«Quel che vorrei sapere,» riprese il primo, «è se que' signori di Milano penseranno anche alla povera gente di campagna, o se faranno far la legge buona solamente per loro. Sapete come sono eh? Cittadini superbi, tutto per loro: gli altri, come se non ci fossero.»

«La bocca l'abbiamo anche noi, sia per mangiare, sia per dir la nostra ragione,» disse un altro, con voce tanto più modesta, quanto più la proposizione era avanzata: «e quando la cosa sia incamminata ...» Ma credette meglio di non finir la frase.

«Del grano nascosto, non ce n'è solamente in Milano,» cominciava un altro, con un'aria cupa e maliziosa; quando sentono avvicinarsi un cavallo. Corron tutti all'uscio; e, riconosciuto colui che arrivava, gli vanno incontro. Era un mercante di Milano, che, andando più volte l'anno a Bergamo, per i suoi traffichi, era solito passar la notte in quell'osteria; e siccome ci trovava quasi sempre la stessa compagnia, li conosceva tutti. Gli s'affollano intorno; uno prende la briglia, un altro la staffa. «Ben arrivato, ben arrivato!»

«Ben trovati.»

«Avete fatto buon viaggio?»

«Bonissimo; e voi altri, come state?»

«Bene, bene. Che nuove ci portate di Milano?»

«Ah! ecco quelli delle novità,» disse il mercante, smontando, e lasciando il cavallo in mano d'un garzone. «E poi, e poi,» continuò, entrando con la compagnia, «a quest'ora le saprete forse meglio di me.»

8 **la proposizione:** Satz. | 9 **incamminare qc:** auf den Weg bringen. | 12 **cupo/a:** düster, finster. | 16 **il traffico:** hier: Handel, Geschäft. | 19 **la briglia:** Zügel. | **la staffa:** Steigbügel. | 24 f. **smontare:** vom Pferd (ab)steigen.

«Non sappiamo nulla, davvero,» disse più d'uno, mettendosi la mano al petto.

«Possibile?» disse il mercante. «Dunque ne sentirete delle belle … o delle brutte. Ehi, oste, il mio letto solito è in libertà? Bene: un bicchier di vino, e il mio solito boccone, subito; perché voglio andare a letto presto, per partir presto domattina, e arrivare a Bergamo per l'ora del desinare. E voi altri,» continuò, mettendosi a sedere, dalla parte opposta a quella dove stava Renzo, zitto e attento, «voi altri non sapete di tutte quelle diavolerie di ieri?»

«Di ieri sì.»

«Vedete dunque,» riprese il mercante, «se le sapete le novità. Lo dicevo io che, stando qui sempre di guardia, per frugar quelli che passano …»

«Ma oggi, com'è andata oggi?»

«Ah oggi. Non sapete niente d'oggi?»

«Niente affatto: non è passato nessuno.»

«Dunque lasciatemi bagnar le labbra; e poi vi dirò le cose d'oggi. Sentirete.» Empì il bicchiere, lo prese con una mano, poi con le prime due dita dell'altra sollevò i baffi, poi si lisciò la barba, bevette, e riprese: «oggi, amici cari, ci mancò poco, che non fosse una giornata brusca come ieri, o peggio. E non mi par quasi vero d'esser qui a chiacchierar con voi altri; perché avevo già messo da parte ogni pensiero di viaggio, per restare a guardar la mia povera bottega.»

«Che diavolo c'era?» disse uno degli ascoltanti.

«Proprio il diavolo: sentirete.» E trinciando la pietanza che gli era stata messa davanti, e poi mangiando, continuò

19 **ẹmpiere:** füllen. | 22 **brusco/a:** heftig, derb. | 27 **trinciare:** schneiden, zerkleinern. | **la pietanza:** Gericht.

il suo racconto. I compagni, ritti di qua e di là della tavola, lo stavano a sentire, con la bocca aperta; Renzo, al suo posto, senza che paresse suo fatto, stava attento, forse più di tutti, masticando adagio adagio gli ultimi suoi bocconi.

«Stamattina dunque que' birboni che ieri avevano fatto quel chiasso orrendo, si trovarono a' posti convenuti (già c'era un'intelligenza: tutte cose preparate); si riunirono, e ricominciarono quella bella storia di girare di strada in strada, gridando per tirar altra gente. Sapete che è come quando si spazza, con riverenza parlando, la casa; il mucchio del sudiciume ingrossa quanto più va avanti. Quando parve loro d'esser gente abbastanza, s'avviarono verso la casa del signor vicario di provvisione; come se non bastassero le tirannie che gli hanno fatte ieri: a un signore di quella sorte! oh che birboni! E la roba che dicevan contro di lui! Tutte invenzioni: un signor dabbene, puntuale; e io lo posso dire, che son tutto di casa, e lo servo di panno per le livree della servitù. S'incamminaron dunque verso quella casa: bisognava veder che canaglia, che facce: figuratevi che son passati davanti alla mia bottega: facce che ... i giudei della *Via Crucis* non ci son per nulla. E le cose che uscivan da quelle bocche! da turarsene gli orecchi, se non fosse stato che non tornava conto di farsi scorgere. Andavan dunque con la buona intenzione di dare il sacco; ma ...» E qui, alzata in

6 **il chiasso:** Lärm, Krach. | 10 **spazzare:** kehren, fegen. | 10 f. **il sudiciume:** Dreck, Unrat (*sudicio/a:* schmutzig; *la sudiceria:* Schmutz). | 13 **il vicario di provvisione:** Speichervogt; Beamter, der die Lebensmittelvorräte verwaltet. | 20 **il giudeo / la giudea:** Jude, Jüdin. | 20 f. **via crucis** (lat.): Kreuzweg Jesu. | 22 **turarsi:** sich verstopfen. | 24 **dare il sacco:** plündern (auch: *mettere a sacco, saccheggiare*; *il saccheggio:* Plünderung).

aria, e stesa la mano sinistra, si mise la punta del pollice alla punta del naso.

«Ma?» dissero forse tutti gli ascoltatori.

«Ma,» continuò il mercante, «trovaron la strada chiusa con travi e con carri, e, dietro quella barricata, una bella fila di micheletti, con gli archibusi spianati, per riceverli come si meritavano. Quando videro questo bell'apparato … Cosa avreste fatto voi altri?»

«Tornare indietro.»

«Sicuro; e così fecero. Ma vedete un poco se non era il demonio che li portava. Son lì sul Cordusio, vedon lì quel forno che, fin da ieri, avevan voluto saccheggiare; e cosa si faceva in quella bottega? si distribuiva il pane agli avventori; c'era de' cavalieri, e fior di cavalieri, a invigilare che tutto andasse bene; e costoro (avevano il diavolo addosso vi dico, e poi c'era chi gli aizzava), costoro, dentro come disperati; piglia tu, che piglio anch'io: in un batter d'occhio, cavalieri, fornai, avventori, pani, banco, panche, madie, casse, sacchi, frulloni, crusca, farina, pasta, tutto sottosopra.»

«E i micheletti?»

«I micheletti avevan la casa del vicario da guardare: non si può cantare, e portar la croce. Fu in un batter d'occhio, vi dico: piglia piglia; tutto ciò che c'era buono a qualcosa, fu preso. E poi torna in campo quel bel ritrovato di ieri, di por-

5 **la trave:** Balken. | 6 **l'archibuso:** Arkebuse (leichte Muskete). | **spianare:** hier: (Waffe) spannen. | 7 **l'apparato:** hier: Waffengewalt. | 14 **il fior di cavalieri:** die Blüte der Ritterschaft, des Adels. | **invigilare:** wachen, aufpassen. | 18 **l'avventore / l'avventrice:** Kunde, Kundin. | 19 **il frullone:** Mehlsieb. | **la crusca:** Kleie. | 21 f. **non si può cantare e portar(e) la croce** (loc.): man kann nicht alles gleichzeitig tun. | 24 **il bel ritrovato di ieri:** der gestrige Trupp (gemeint sind die Plünderer).

tare il resto sulla piazza, e di farne una fiammata. E già cominciavano, i manigoldi, a tirar fuori roba; quando uno più manigoldo degli altri, indovinate un po' con che bella proposta venne fuori.»

«Con che cosa?»

«Di fare un mucchio di tutto nella bottega, e di dar fuoco al mucchio e alla casa insieme. Detto fatto …»

«Ci han dato fuoco?»

«Aspettate. Un galantuomo del vicinato ebbe un'ispirazione dal cielo. Corse su nelle stanze, cercò d'un Crocifisso, lo trovò, l'attaccò all'archetto d'una finestra, prese da capo d'un letto due candele benedette, le accese, e le mise sul davanzale, a destra e a sinistra del Crocifisso. La gente guarda in su. In un Milano, bisogna dirla, c'è ancora del timor di Dio; tutti tornarono in sé. La più parte, voglio dire; c'era bensì de' diavoli che, per rubare, avrebbero dato fuoco anche al paradiso; ma visto che la gente non era del loro parere, dovettero smettere, e star cheti. Indovinate ora chi arrivò all'improvviso. Tutti i monsignori del duomo, in processione, a croce alzata, in abito corale; e monsignor Mazenta, arciprete, cominciò a predicare da una parte, e monsignor Settala, penitenziere, da un'altra, e gli altri anche loro: ma, brava gente! ma cosa volete fare? ma è questo l'esempio che date a' vostri figliuoli? ma tornate a casa; ma non sapete che il pane è a buon mercato, più di prima? ma andate a vedere, che c'è l'avviso sulle cantonate.»

«Era vero?»

3 **il manigoldo:** Gauner, Halunke. | 11 **l'archetto d'una finestra:** Fensterbogen. | 20 **il monsignore:** geistlicher Würdenträger. | 22 **il penitenziere:** Beichtvater. | 26 **l'avviso:** Meldung, Aushang.

«Diavolo! Volete che i monsignori del duomo venissero in cappa magna a dir delle fandonie?»

«E la gente cosa fece?»

«A poco a poco se n'andarono; corsero alle cantonate; e, chi sapeva leggere, la c'era proprio la meta. Indovinate un poco: un pane d'ott'once, per un soldo.»

«Che bazza!»

«La vigna è bella; pur che la duri. Sapete quanta farina hanno mandata a male, tra ieri e stamattina? Da mantenerne il ducato per due mesi.»

«E per fuori di Milano, non s'è fatta nessuna legge buona?»

«Quel che s'è fatto per Milano, è tutto a spese della città. Non so che vi dire: per voi altri sarà quel che Dio vorrà. A buon conto, i fracassi son finiti. Non v'ho detto tutto; ora viene il buono.»

«Cosa c'è ancora?»

«C'è che, ier sera o stamattina che sia, ne sono stati agguantati molti; e subito s'è saputo che i capi saranno impiccati. Appena cominciò a spargersi questa voce, ognuno andava a casa per la più corta, per non arrischiare d'esser nel numero. Milano, quand'io ne sono uscito, pareva un convento di frati.»

«Gl'impiccheranno poi davvero?»

«Eccome! e presto,» rispose il mercante.

«E la gente cosa farà?» domandò ancora colui che aveva fatta l'altra domanda.

2 **in cappa magna:** in vollem Ornat. | 6 **l'oncia:** Unze. | 7 **che bazza** (inter.): was für ein Glück! | 8 **la vigna è bella; pur che la duri:** hier: wenn sie nur damit durchkommen! | 10 **il ducato:** Herzogtum. | 19 f. **impiccare qu:** jdn. (auf)hängen.

«La gente? anderà a vedere,» disse il mercante. «Avevan tanta voglia di veder morire un cristiano all'aria aperta, che volevano, birboni! far la festa al signor vicario di provvisione. In vece sua, avranno quattro tristi, serviti con tutte le formalità, accompagnati da' cappuccini, e da' confratelli della buona morte; e gente che se l'è meritato. È una provvidenza, vedete; era una cosa necessaria. Cominciavan già a prender il vizio d'entrar nelle botteghe, e di servirsi, senza metter mano alla borsa; se li lasciavan fare, dopo il pane sarebbero venuti al vino, e così di mano in mano … Pensate se coloro volevano smettere, di loro spontanea volontà, una usanza così comoda. E vi so dir io che, per un galantuomo che ha bottega aperta, era un pensier poco allegro.»

«Davvero,» disse uno degli ascoltatori. «Davvero,» ripeteron gli altri, a una voce.

«E,» continuò il mercante, asciugandosi la barba col tovagliolo, «l'era ordita da un pezzo: c'era una lega, sapete?»

«C'era una lega?»

«C'era una lega. Tutte cabale ordite da' navarrini, da quel cardinale là di Francia, sapete chi voglio dire, che ha un certo nome mezzo turco, e che ogni giorno ne pensa una, per far qualche dispetto alla corona di Spagna. Ma sopra tutto,

4 **quattro tristi:** Hier sind die vier Rädelsführer gemeint, die ›mit allen Ehren‹ (*formalità*) aufgehängt und von Kapuzinern und Barmherzigen Brüdern zum Galgen geleitet werden. | 8 **il vizio:** Laster, Unart. | 20 **la cạbala:** Intrige. | **ordire qc:** etwas anstiften, anzetteln. | **il navarrino:** Navarrese, aus dem spanischen Königreich Navarra stammend, das teilweise zu Frankreich gehörte. | 20 f. **quel cardinale là di Francia:** Damit ist hier Kardinal Richelieu (1585–1642) gemeint, der die spanische Vormachtstellung in Europa u. a. auch im Dreißigjährigen Krieg zu schwächen versuchte. | 23 **il dispetto:** Bosheit, böser Streich.

tende a far qualche tiro a Milano; perché vede bene, il furbo, che qui sta la forza del re.»

«Già.»

«Ne volete una prova? Chi ha fatto il più gran chiasso, eran forestieri; andavano in giro facce, che in Milano non s'eran mai vedute. Anzi mi dimenticavo di dirvene una che m'è stata data per certa. La giustizia aveva acchiappato uno in un'osteria ...» Renzo, il quale non perdeva un ette di quel discorso, al tocco di questa corda, si sentì venir freddo, e diede un guizzo, prima che potesse pensare a contenersi. Nessuno però se n'avvide; e il dicitore, senza interrompere il filo del racconto, seguitò: «no che non si sa bene ancora da che parte fosse venuto, da chi fosse mandato, né che razza d'uomo si fosse; ma certo era uno de' capi. Già ieri, nel forte del baccano, aveva fatto il diavolo; e poi, non contento di questo, s'era messo a predicare, e a proporre, così una galanteria, che s'ammazzassero tutti i signori. Birbante! Chi farebbe viver la povera gente, quando i signori fossero ammazzati? La giustizia, che l'aveva appostato, gli mise l'unghie addosso; gli trovarono un fascio di lettere; e lo menavano in gabbia; ma che? i suoi compagni, che facevan la ronda intorno all'osteria, vennero in gran numero, e lo liberarono, il manigoldo.»

«E cosa n'è stato?»

«Non si sa; sarà scappato, o sarà nascosto in Milano: son gente che non ha né casa né tetto, e trovan per tutto da alloggiare e da rintanarsi: però finché il diavolo può, e

5 **il forestiero / la forestiera:** Ausländer(in), Fremde(r). | 8 **non perdeva un ette:** überhörte kein Jota. | 10 **il guizzo:** Zucken. | 15 **il baccano:** Aufsehen, Lärm. | 19 **appostare qu:** jdm. auflauern. | 27 **rintanarsi:** sich verkriechen.

vuole aiutarli: ci dan poi dentro quando meno se lo pensano; perché, quando la pera è matura, convien che caschi. Per ora si sa di sicuro che le lettere son rimaste in mano della giustizia, e che c'è descritta tutta la cabala; e si dice che n'anderà di mezzo molta gente. Peggio per loro; che hanno messo a soqquadro mezzo Milano, e volevano anche far peggio. Dicono che i fornai son birboni. Lo so anch'io; ma bisogna impiccarli per via di giustizia. C'è del grano nascosto. Chi non lo sa? Ma tocca a chi comanda a tener buone spie, e andarlo a disotterrare, e mandare anche gl'incettatori a dar calci all'aria, in compagnia de' fornai. E se chi comanda non fa nulla, tocca alla città a ricorrere; e se non danno retta alla prima, ricorrere ancora; ché a forza di ricorrere s'ottiene; e non metter su un'usanza così scellerata d'entrar nelle botteghe e ne' fondachi, a prender la roba a man salva.»

A Renzo quel poco mangiare era andato in tanto veleno. Gli pareva mill'anni d'esser fuori e lontano da quell'osteria, da quel paese; e più di dieci volte aveva detto a sé stesso: andiamo, andiamo. Ma quella paura di dar sospetto, cresciuta allora oltremodo, e fatta tiranna di tutti i suoi pensieri, l'aveva tenuto sempre inchiodato sulla panca. In quella

1 **darci dentro:** sich Mühe geben; hier: sie gehen uns in die Falle. | 2 **quando la pera è matura, convien che caschi** (loc.): wörtl. wenn die Birne reif ist, muss sie runterfallen; hier gemeint: alles zu seiner Zeit. | 5 **n'anderà di mezzo molta gente:** viele werden dran glauben müssen, werden ihr Fett abbekommen. | 6 **mettere a soqquadro:** durcheinanderbringen. | 10 **dis(s)otterrare:** ans Licht bringen. | 11 **dar(e) calci all'aria:** am Galgen baumeln, strampeln. | 12 **ricorrere:** einschreiten, Beschwerde einlegen. | 15 **il fondaco:** Handelsplatz. | 21 **oltremodo** (avv.): übermäßig.

perplessità, pensò che il ciarlone doveva poi finire di parlar di lui; e concluse tra sé, di moversi, appena sentisse attaccare qualche altro discorso.

«E per questo,» disse uno della brigata, «io che so come vanno queste faccende, e che ne' tumulti i galantuomini non ci stanno bene, non mi son lasciato vincere dalla curiosità, e son rimasto a casa mia.»

«E io, mi son mosso?» disse un altro.

«Io?» soggiunse un terzo: «se per caso mi fossi trovato in Milano, avrei lasciato imperfetto qualunque affare, e sarei tornato subito a casa mia. Ho moglie e figliuoli; e poi, dico la verità, i baccani non mi piacciono.»

A questo punto, l'oste, ch'era stato anche lui a sentire, andò verso l'altra cima della tavola, per veder cosa faceva quel forestiero. Renzo colse l'occasione, chiamò l'oste con un cenno, gli chiese il conto, lo saldò senza tirare, quantunque l'acque fossero molto basse; e, senza far altri discorsi, andò diritto all'uscio, passò la soglia, e, a guida della Provvidenza, s'incamminò dalla parte opposta a quella per cui era venuto.

Renzo verlässt das Dorf Gorgonzola und begibt sich zum Fluss Adda. Er durchstreift einen Wald, übernachtet in einer Jagdhütte und überquert am nächsten Morgen den Fluss mithilfe eines Fischers. Endlich gelangt er zum Dorf seines Cousins Bortolo, der ihm Unterschlupf gewährt.

16 **tirare:** hier: (Geldsumme) abziehen. | 16 f. **quantunque l'acque fossero molto basse:** hier (fig.): obwohl sein Geld schon zur Neige ging.

Capitolo XVIII

Der Stadtvogt von Lecco erhält eine Depesche aus Mailand, die ihn über die Flucht Renzos unterrichtet, und lässt daraufhin Renzos Haus durchsuchen. Don Rodrigo will sich nicht so leicht geschlagen geben und beschließt nun, sich an seinen mächtigen Onkel zu wenden, welcher ein einflussreiches Mitglied im Mailänder Geheimrat ist. Padre Cristoforo wiederum, der von der Suche nach Renzo erfahren hat, wendet sich an Padre Bonaventura (in dessen Kloster Renzo durch die Flucht nie angekommen ist), um von ihm Näheres zu erfahren.

[...] Tali pensieri tennero per più giorni don Rodrigo tra un sì e un no, l'uno e l'altro più che noiosi. Venne intanto una lettera del cugino, la quale diceva che la trama era ben avviata. Poco dopo il baleno, scoppiò il tuono; vale a dire che, una bella mattina, si sentì che il padre Cristoforo era partito dal convento di Pescarenico. Questo buon successo così pronto, la lettera d'Attilio che faceva un gran coraggio, e minacciava di gran canzonature, fecero inclinar sempre più don Rodrigo al partito rischioso: ciò che gli diede l'ultima spinta, fu la notizia inaspettata che Agnese era tornata a casa sua: un impedimento di meno vicino a Lucia. Rendiam conto di questi due avvenimenti, cominciando dall'ultimo.

Le due povere donne s'erano appena accomodate nel loro ricovero, che si sparse per Monza, e per conseguenza anche

14 **la trama:** Handlungsfaden, Ränkespiel; hier: Komplott, Anschlag. | 14 f. **avviare qc:** auf den Weg bringen, ankurbeln (*avviarsi:* sich auf den Weg machen). | 15 **il baleno:** Blitz. | 19 **inclinare qu:** hier: jdn. zu etwas anstiften, bringen. | 21 **la spinta:** Antrieb, Schub.

nel monastero, la nuova di quel gran fracasso di Milano; e dietro alla nuova grande, una serie infinita di particolari, che andavano crescendo e variandosi ogni momento. La fattoressa, che, dalla sua casa, poteva tenere un orecchio alla strada, e uno al monastero, raccoglieva notizie di qui, notizie di lì, e ne faceva parte all'ospiti. «Due, sei, otto, quattro, sette ne hanno messi in prigione, gl'impiccheranno, parte davanti al forno *delle grucce*, parte in cima alla strada dove c'è la casa del vicario di provvisione … Ehi, ehi, sentite questa! n'è scappato uno, che è di Lecco, o di quelle parti. Il nome non lo so; ma verrà qualcheduno che me lo saprà dire; per veder se lo conoscete.»

Quest'annunzio, con la circostanza d'esser Renzo appunto arrivato in Milano nel giorno fatale, diede qualche inquietudine alle donne, e principalmente a Lucia; ma pensate cosa fu quando la fattoressa venne a dir loro: «è proprio del vostro paese quello che se l'è battuta, per non essere impiccato; un filatore di seta, che si chiama Tramaglino: lo conoscete?»

A Lucia, ch'era a sedere, orlando non so che cosa, cadde il lavoro di mano; impallidì, si cambiò tutta, di maniera che la fattoressa se ne sarebbe avvista certamente, se le fosse stata più vicina. Ma era ritta sulla soglia con Agnese; la quale, conturbata anche lei, però non tanto, potè star forte; e, per risponder qualcosa, disse che, in un piccolo paese, tutti si conoscono, e che lo conosceva; ma che non sapeva pensare

2 **la nuova:** Neuigkeit. | 4 **il fattore / la fattoressa:** (Guts-)Verwalter(in), Beschließer(in). | 13 **con la circostanza:** vor dem Hintergrund, in Anbetracht. | 20 **orlare qc:** umsäumen, einfassen. | 21 **impallidire:** blass werden, erbleichen. | 24 **ẹssere conturbato/a:** aufgewühlt, beunruhigt sein.

come mai gli fosse potuta seguire una cosa simile; perché era un giovine posato. Domandò poi se era scappato di certo, e dove.

«Scappato, lo dicon tutti; dove, non si sa; può essere che l'acchiappino ancora, può essere che sia in salvo; ma se gli torna sotto l'unghie, il vostro giovine posato ...»

Qui, per buona sorte, la fattoressa fu chiamata, e se n'andò: figuratevi come rimanessero la madre e la figlia. Più d'un giorno, dovettero la povera donna e la desolata fanciulla stare in una tale incertezza, a mulinare sul come, sul perché, sulle conseguenze di quel fatto doloroso, a commentare, ognuna tra sé, o sottovoce tra loro, quando potevano, quelle terribili parole.

Un giovedì finalmente, capitò al monastero un uomo a cercar d'Agnese. Era un pesciaiolo di Pescarenico, che andava a Milano, secondo l'ordinario, a spacciar la sua mercanzia; e il buon frate Cristoforo l'aveva pregato che, passando per Monza, facesse una scappata al monastero, salutasse le donne da parte sua, raccontasse loro quel che si sapeva del tristo caso di Renzo, raccomandasse loro d'aver pazienza, e confidare in Dio; e che lui povero frate non si dimenticherebbe certamente di loro, e spierebbe l'occasione di poterle aiutare; e intanto non mancherebbe, ogni settimana, di far loro saper le sue nuove, per quel mezzo, o altrimenti. Intorno a Renzo, il messo non seppe dir altro di nuovo e di certo,

2 **posato/a:** abgeklärt, besonnen. | 5 **acchiappare:** fangen, erwischen. | 6 **tornare sotto le unghie a qu:** in jds. Fänge geraten. | 10 **mulinare su qc:** hier: über etwas grübeln, sich den Kopf zerbrechen. | 15 **il pesciaiolo:** Fischhändler. | 16 **spacciare qc:** mit etwas Handel treiben, etwas verkaufen. | 22 **spiare qc:** etwas ausspionieren. | 25 **il messo / la messa** (lett.): Bote, Botin.

se non la visita fattagli in casa, e le ricerche per averlo nelle mani; ma insieme ch'erano andate tutte a voto, e si sapeva di certo che s'era messo in salvo sul bergamasco. Una tale certezza, e non fa bisogno di dirlo, fu un gran balsamo per Lucia: d'allora in poi le sue lacrime scorsero più facili e più dolci; provò maggior conforto negli sfoghi segreti con la madre; e in tutte le sue preghiere, c'era mescolato un ringraziamento.

Gertrude la faceva venire spesso in un suo parlatorio privato, e la tratteneva talvolta lungamente, compiacendosi dell'ingenuità e della dolcezza della poverina, e nel sentirsi ringraziare e benedire ogni momento. Le raccontava anche, in confidenza, una parte (la parte netta) della sua storia, di ciò che aveva patito, per andar lì a patire; e quella prima maraviglia sospettosa di Lucia s'andava cambiando in compassione. Trovava in quella storia ragioni più che sufficienti a spiegar ciò che c'era d'un po' strano nelle maniere della sua benefattrice; tanto più con l'aiuto di quella dottrina d'Agnese su' cervelli de' signori. Per quanto però si sentisse portata a contraccambiare la confidenza che Gertrude le dimostrava, non le passò neppur per la testa di parlarle delle sue nuove inquietudini, della sua nuova disgrazia, di dirle chi fosse quel filatore scappato; per non rischiare di spargere una voce così piena di dolore e di scandolo. Si schermiva anche, quanto poteva, dal rispondere alle domande curiose

2 **andare a v(u)oto:** ins Leere führen, sinnlos sein. | 3 **mẹttersi in salvo:** sich in Sicherheit bringen. | **sul bergamasco:** in der Gegend um Bergamo. | 6 **lo sfogo:** hier: Gefühlsausbruch. | 9 **il parlatorio:** Besuchszimmer. | 13 **netto/a:** rein, klar. | 14 **patire:** (er)leiden (*il patimento:* Leiden, Schmerz). | 18 **il benefattore / la benefattrice:** Wohltäter(in).

di quella, sulla storia antecedente alla promessa; ma qui non eran ragioni di prudenza. Era perché alla povera innocente quella storia pareva più spinosa, più difficile da raccontarsi, di tutte quelle che aveva sentite, e che credesse di poter sentire dalla signora. In queste c'era tirannia, insidie, patimenti; cose brutte e dolorose, ma che pur si potevan nominare: nella sua c'era mescolato per tutto un sentimento, una parola, che non le pareva possibile di proferire, parlando di sé; e alla quale non avrebbe mai trovato da sostituire una perifrasi che non le paresse sfacciata: l'amore!

Qualche volta, Gertrude quasi s'indispettiva di quello star così sulle difese; ma vi traspariva tanta amorevolezza, tanto rispetto, tanta riconoscenza, e anche tanta fiducia! Qualche volta forse, quel pudore così delicato, così ombroso, le dispiaceva ancor più per un altro verso; ma tutto si perdeva nella soavità d'un pensiero che le tornava ogni momento, guardando Lucia: – a questa fo del bene –. Ed era vero; perché, oltre il ricovero, que' discorsi, quelle carezze famigliari erano di non poco conforto a Lucia. Un altro ne trovava nel lavorar di continuo; e pregava sempre che le dessero qualcosa da fare: anche nel parlatorio, portava sempre qualche lavoro da tener le mani in esercizio: ma, come i pensieri dolorosi si caccian per tutto! cucendo, cucendo, ch'era un mestiere quasi nuovo per lei, le veniva ogni poco in mente il suo aspo; e dietro all'aspo, quante cose!

Il secondo giovedì, tornò quel pesciaiolo o un altro mes-

3 **spinoso/a:** delikat, heikel. | 5 f. **l'insidia:** Tücke, Hinterhalt. | 12 **indispettirsi:** sich ärgern. | 13 **l'amorevolezza:** Liebenswürdigkeit. | 19 **la carezza:** Liebkosung. | 19 f. **fami(g)liare** (agg.): vertraut. | 26 **l'aspo:** Haspel (Hilfsmittel zum Aufwickeln von Garn).

so, co' saluti del padre Cristoforo, e con la conferma della fuga felice di Renzo. Notizie più positive intorno a' suoi guai, nessuna; perché, come abbiam detto al lettore, il cappuccino aveva sperato d'averle dal suo confratello di Milano, a cui l'aveva raccomandato; e questo rispose di non aver veduto né la persona, né la lettera; che uno di campagna era bensì venuto al convento, a cercar di lui; ma che, non avendocelo trovato, era andato via, e non era più comparso.

Il terzo giovedì, non si vide nessuno; e, per le povere donne, fu non solo una privazione d'un conforto desiderato e sperato, ma, come accade per ogni piccola cosa a chi è afflitto e impicciato, una cagione d'inquietudine, di cento sospetti molesti. Già prima d'allora, Agnese aveva pensato a fare una scappata a casa; questa novità di non vedere l'ambasciatore promesso, la fece risolvere. Per Lucia era una faccenda seria il rimanere distaccata dalla gonnella della madre; ma la smania di saper qualche cosa, e la sicurezza che trovava in quell'asilo così guardato e sacro, vinsero le sue ripugnanze. E fu deciso tra loro che Agnese anderebbe il giorno seguente ad aspettar sulla strada il pesciaiolo che doveva passar di lì, tornando da Milano; e gli chiederebbe in cortesia un posto sul baroccio, per farsi condurre a' suoi monti. Lo trovò in fatti, gli domandò se il padre Cristoforo non gli aveva data qualche commissione per lei: il pesciaiolo, tutto il giorno avanti la sua partenza era stato a pescare, e non aveva saputo niente del padre. La donna non ebbe bisogno di pregare, per ottenere il piacere che desiderava:

11 **la privazione:** Entzug, Entbehrung. | 14 **molesto/a:** lästig. | 17 **distaccato/a:** getrennt. | **la gonnella:** hier: Rockzipfel. | 18 **la smạnia:** Aufregung, Unruhe.

prese congedo dalla signora e dalla figlia, non senza lacrime, promettendo di mandar subito le sue nuove, e di tornar presto; e partì.

Nel viaggio, non accadde nulla di particolare. Riposarono parte della notte in un'osteria, secondo il solito; ripartirono innanzi giorno; e arrivaron di buon'ora a Pescarenico. Agnese smontò sulla piazzetta del convento, lasciò andare il suo conduttore con molti: Dio ve ne renda merito; e giacché era lì, volle, prima d'andare a casa, vedere il suo buon frate benefattore. Sonò il campanello; chi venne a aprire, fu fra Galdino, quel delle noci.

«Oh! la mia donna, che vento v'ha portata?»

«Vengo a cercare il padre Cristoforo.»

«Il padre Cristoforo? Non c'è.»

«Oh! starà molto a tornare?»

«Ma ...?» disse il frate, alzando le spalle, e ritirando nel cappuccio la testa rasa.

«Dov'è andato?»

«A Rimini.»

«A?»

«A Rimini.»

«Dov'è questo paese?»

«Eh eh eh!» rispose il frate, trinciando verticalmente l'aria con la mano distesa, per significare una gran distanza.

«Oh povera me! Ma perché è andato via così all'improvviso?»

«Perché ha voluto così il padre provinciale.»

10 **sonò:** *suonò* (von *suonare*). | 17 **raso/a:** kahlgeschoren. | 27 **il padre provinciale:** Vorsteher der kirchlichen Provinz der Kapuziner, zu denen auch Padre Cristoforo gehört.

«E perché mandarlo via? che faceva tanto bene qui? Oh Signore!»

«Se i superiori dovessero render conto degli ordini che danno, dove sarebbe l'ubbidienza, la mia donna?»

«Sì; ma questa è la mia rovina.»

«Sapete cosa sarà? Sarà che a Rimini avranno avuto bisogno d'un buon predicatore (ce n'abbiamo per tutto; ma alle volte ci vuol quell'uomo fatto apposta); il padre provinciale di là avrà scritto al padre provinciale di qui, se aveva un soggetto così e così; e il padre provinciale avrà detto: qui ci vuole il padre Cristoforo. Dev'essere proprio così, vedete.»

«Oh poveri noi! Quand'è partito?»

«Ierlaltro.»

«Ecco! s'io davo retta alla mia ispirazione di venir via qualche giorno prima! E non si sa quando possa tornare? così a un di presso?»

«Eh la mia donna! lo sa il padre provinciale; se lo sa anche lui. Quando un nostro padre predicatore ha preso il volo, non si può prevedere su che ramo potrà andarsi a posare. Li cercan di qua, li cercan di là: e abbiamo conventi in tutte le quattro parti del mondo. Supponete che, a Rimini, il padre Cristoforo faccia un gran fracasso col suo quaresimale: perché non predica sempre a braccio, come faceva qui, per i pescatori e i contadini: per i pulpiti delle città, ha le sue belle prediche scritte; e fior di roba. Si sparge la voce, da quelle parti, di questo gran predicatore; e lo possono cercare da …

7 **il predicatore:** Prediger. | 19 **prẹndere il volo** (fig.): sich aus dem Staub machen. | 23 **il quaresimale:** hier: Predigt zur Fastenzeit. | 24 **a braccio:** aus dem Stegreif, frei (reden). | 26 **fior di roba:** das Beste vom Besten.

da che so io? E allora, bisogna mandarlo; perché noi viviamo della carità di tutto il mondo, ed è giusto che serviamo tutto il mondo.»

«Oh Signore! Signore!» esclamò di nuovo Agnese, quasi piangendo: «come devo fare, senza quell'uomo? Era quello che ci faceva da padre! Per noi è una rovina.»

«Sentite, buona donna; il padre Cristoforo era veramente un uomo; ma ce n'abbiamo degli altri, sapete? pieni di carità e di talento, e che sanno trattare ugualmente co' signori e co' poveri. Volete il padre Atanasio? volete il padre Girolamo? volete il padre Zaccaria? È un uomo di vaglia, vedete, il padre Zaccaria. E non istate a badare, come fanno certi ignoranti, che sia così mingherlino, con una vocina fessa, e una barbetta misera misera: non dico per predicare, perché ognuno ha i suoi doni; ma per dar pareri, è un uomo, sapete?»

«Oh per carità!» esclamò Agnese, con quel misto di gratitudine e d'impazienza, che si prova a un'esibizione in cui si trovi più la buona volontà altrui, che la propria convenienza: «cosa m'importa a me che uomo sia o non sia un altro, quando quel pover'uomo che non c'è più, era quello che sapeva le nostre cose, e aveva preparato tutto per aiutarci?»

«Allora, bisogna aver pazienza.»

«Questo lo so,» rispose Agnese: «scusate dell'incomodo.»

11 **l'uomo di vaglia:** ein bedeutender Mann. | 12 **(i)stare a badare:** sich um etwas kümmern. | 13 **mingherlino/a:** schmächtig, dürr. | 13 f. **la vocina fessa:** ein schwaches Stimmchen. | 15 **il dono:** Gabe, Talent. | **dare parere:** hier: Ratschläge geben.

«Di che cosa, la mia donna? mi dispiace per voi. E se vi risolvete di cercar qualcheduno de' nostri padri, il convento è qui che non si move. Ehi, mi lascerò poi veder presto, per la cerca dell'olio.»

«State bene,» disse Agnese; e s'incamminò verso il suo paesetto, desolata, confusa, sconcertata, come il povero cieco che avesse perduto il suo bastone.

Un po' meglio informati che fra Galdino, noi possiamo dire come andò veramente la cosa. Attilio, appena arrivato a Milano, andò, come aveva promesso a don Rodrigo, a far visita al loro comune zio del Consiglio segreto. (Era una consulta, composta allora di tredici personaggi di toga e di spada, da cui il governatore prendeva parere, e che, morendo uno di questi, o venendo mutato, assumeva temporaneamente il governo.) Il conte zio, togato, e uno degli anziani del consiglio, vi godeva un certo credito; ma nel farlo valere, e nel farlo rendere con gli altri, non c'era il suo compagno. Un parlare ambiguo, un tacere significativo, un restare a mezzo, uno stringer d'occhi che esprimeva: non posso parlare; un lusingare senza promettere, un minacciare in cerimonia; tutto era diretto a quel fine; e tutto, o più o meno, tornava in pro. A segno che fino a un: io non posso niente in questo affare: detto talvolta per la pura verità, ma

11 **il Consiglio segreto:** Geheimer Rat. | 12 **la toga:** Talar, Robe; hier: Stadtverwaltung, Magistrat (*di toga, togato/a:* zum Magistrat gehörig). | 12 f. **di spada:** hier: zum Militär gehörig. | 18 **ambiguo/a:** mehrdeutig. | 18 f. **restare a mezzo:** in Halbsätzen reden, nicht klar sprechen (hier substantivisch gebraucht). | 19 **stringer d'occhi:** eigtl. *stringere gli occhi:* blinzeln, zwinkern. | 20 **lusingare qu:** jdm. schmeicheln. | 20 f. **in cerimonia:** durch die Blume sprechen, Andeutungen machen. | 22 **tornare in pro:** seinen Zweck erfüllen, gut ausgehen.

detto in modo che non gli era creduto, serviva ad accrescere il concetto, e quindi la realtà del suo potere: come quelle scatole che si vedono ancora in qualche bottega di speziale, con su certe parole arabe, e dentro non c'è nulla; ma servono a mantenere il credito alla bottega. Quello del conte zio, che, da gran tempo, era sempre andato crescendo a lentissimi gradi, ultimamente aveva fatto in una volta un passo, come si dice, di gigante, per un'occasione straordinaria, un viaggio a Madrid, con una missione alla corte; dove, che accoglienza gli fosse fatta, bisognava sentirlo raccontar da lui. Per non dir altro, il conte duca l'aveva trattato con una degnazione particolare, e ammesso alla sua confidenza, a segno d'avergli una volta domandato, in presenza, si può dire, di mezza la corte, come gli piacesse Madrid, e d'avergli un'altra volta detto a quattr'occhi, nel vano d'una finestra, che il duomo di Milano era il tempio più grande che fosse negli stati del re.

Fatti i suoi complimenti al conte zio, e presentatigli quelli del cugino, Attilio, con un suo contegno serio, che sapeva prendere a tempo, disse: «credo di fare il mio dovere, senza mancare alla confidenza di Rodrigo, avvertendo il signore zio d'un affare che, se lei non ci mette una mano, può diventar serio, e portar delle conseguenze ...»

«Qualcheduna delle sue, m'immagino.»

«Per giustizia, devo dire che il torto non è dalla parte di mio cugino. Ma è riscaldato; e, come dico, non c'è che il signore zio, che possa ...»

«Vediamo, vediamo.»

11 f. **la degnazione:** Herablassung, Arroganz. | 15 **il vano:** hier: Fensterbank, -sitz. | 16 **il tempio:** hier: der Tempel Gottes.

«C'è da quelle parti un frate cappuccino che l'ha con Rodrigo; e la cosa è arrivata a un punto che …»

«Quante volte v'ho detto, all'uno e all'altro, che i frati bisogna lasciarli cuocere nel loro brodo? Basta il da fare che danno a chi deve … a chi tocca …» E qui soffiò. «Ma voi altri che potete scansarli …»

«Signore zio, in questo, è mio dovere di dirle che Rodrigo l'avrebbe scansato, se avesse potuto. È il frate che l'ha con lui, che ha preso a provocarlo in tutte le maniere …»

«Che diavolo ha codesto frate con mio nipote?»

«Prima di tutto, è una testa inquieta, conosciuto per tale, e che fa professione di prendersela coi cavalieri. Costui protegge, dirige, che so io? una contadinotta di là; e ha per questa creatura una carità, una carità … non dico pelosa, ma una carità molto gelosa, sospettosa, permalosa.»

«Intendo,» disse il conte zio; e sur un certo fondo di goffaggine, dipintogli in viso dalla natura, velato poi e ricoperto, a più mani, di politica, balenò un raggio di malizia, che vi faceva un bellissimo vedere.

«Ora, da qualche tempo,» continuò Attilio, «s'è cacciato in testa questo frate, che Rodrigo avesse non so che disegni sopra questa …»

«S'è cacciato in testa, s'è cacciato in testa: lo conosco anch'io il signor don Rodrigo; e ci vuol altro avvocato che vossignoria, per giustificarlo in queste materie.»

«Signore zio, che Rodrigo possa aver fatto qualche scher-

1 **avẹr(ce)la con qu:** jdn. auf dem Kieker haben, sich mit jdm. anlegen. | 11 **la testa inquieta:** hier (fig.): Unruhestifter. | 12 **prẹndersela con qu:** sich über jdn. aufregen. | 13 **la contadinotta:** kleine Bäuerin, Bauernmädchen. | 14 **peloso/a:** hier: heuchlerisch. | 15 **permaloso/a:** nachtragend, überempfindlich.

zo a quella creatura, incontrandola per la strada, non sarei lontano dal crederlo: è giovine, e finalmente non è cappuccino; ma queste son bazzecole da non trattenerne il signore zio: il serio è che il frate s'è messo a parlar di Rodrigo come si farebbe d'un mascalzone, cerca d'aizzargli contro tutto il paese ...»

«E gli altri frati?»

«Non se ne impicciano, perché lo conoscono per una testa calda, e hanno tutto il rispetto per Rodrigo; ma, dall'altra parte, questo frate ha un gran credito presso i villani, perché fa poi anche il santo, e ...»

«M'immagino che non sappia che Rodrigo è mio nipote.».

«Se lo sa! Anzi questo è quel che gli mette più il diavolo addosso.»

«Come? come?»

«Perché, e lo va dicendo lui, ci trova più gusto a farla vedere a Rodrigo, appunto perché questo ha un protettor naturale, di tanta autorità come vossignoria: e che lui se la ride de' grandi e de' politici, e che il cordone di san Francesco tien legate anche le spade, e che ...»

«Oh frate temerario! Come si chiama costui?»

«Fra Cristoforo da ***» disse Attilio; e il conte zio, preso da una cassetta del suo tavolino, un libriccino di memorie, vi scrisse, soffiando, soffiando, quel povero nome. Intanto Attilio seguitava: «è sempre stato di quell'umore, costui: si sa la sua vita. Era un plebeo che, trovandosi aver quattro

3 **la bazzẹcola:** Lappalie, Geringfügigkeit. | 14 f. **mẹttere il diavolo addosso:** in Harnisch geraten, fuchsig werden. | 20 **il cordone di san Francesco:** Franziskanerkordel (Gürtel um das Mönchsgewand der Franziskaner).

soldi, voleva competere coi cavalieri del suo paese; e, per rabbia di non poterla vincer con tutti, ne ammazzò uno; onde, per iscansar la forca, si fece frate.»

«Ma bravo! ma bene! La vedremo, la vedremo,» diceva il conte zio, seguitando a soffiare.

«Ora poi,» continuava Attilio, «è più arrabbiato che mai, perché gli è andato a monte un disegno che gli premeva molto molto: e da questo il signore zio capirà che uomo sia. Voleva costui maritare quella sua creatura: fosse per levarla dai pericoli del mondo, lei m'intende, o per che altro si fosse, la voleva maritare assolutamente; e aveva trovato il … l'uomo: un'altra sua creatura, un soggetto, che, forse e senza forse, anche il signore zio lo conoscerà di nome; perché tengo per certo che il Consiglio segreto avrà dovuto occuparsi di quel degno soggetto.»

«Chi è costui?»

«Un filatore di seta, Lorenzo Tramaglino, quello che …»

«Lorenzo Tramaglino!» esclamò il conte zio. «Ma bene! ma bravo, padre! Sicuro … in fatti …, aveva una lettera per un … Peccato che … Ma non importa; va bene. E perché il signor don Rodrigo non mi dice nulla di tutto questo? perché lascia andar le cose tant'avanti, e non si rivolge a chi lo può e vuole dirigere e sostenere?»

«Dirò il vero anche in questo,» proseguiva Attilio. «Da una parte, sapendo quante brighe, quante cose ha per la testa il signore zio …» (questo, soffiando, vi mise la mano, come per significare la gran fatica ch'era a farcele star tutte)

3 **onde:** hier: weswegen. | **(i)scansar(e) la forca:** dem Galgen entgehen. | 7 **andare a monte:** missglücken, scheitern. | 25 **la briga:** Mühe, Schererei.

«s'è fatto scrupolo di darle una briga di più. E poi, dirò tutto: da quello che ho potuto capire, è così irritato, così fuor de' gangheri, così stucco delle villanie di quel frate, che ha più voglia di farsi giustizia da sé, in qualche maniera sommaria, che d'ottenerla in una maniera regolare, dalla prudenza e dal braccio del signore zio. Io ho cercato di smorzare; ma vedendo che la cosa andava per le brutte, ho creduto che fosse mio dovere d'avvertir di tutto il signore zio, che alla fine è il capo e la colonna della casa ...»

«Avresti fatto meglio a parlare un poco prima.»

«È vero; ma io andavo sperando che la cosa svanirebbe da sé, o che il frate tornerebbe finalmente in cervello, o che se n'anderebbe da quel convento, come accade di questi frati, che ora sono qua, ora sono là; e allora tutto sarebbe finito. Ma ...»

«Ora toccherà a me a raccomodarla.»

«Così ho pensato anch'io. Ho detto tra me: il signore zio, con la sua avvedutezza, con la sua autorità, saprà lui prevenire uno scandolo, e insieme salvar l'onore di Rodrigo, che è poi anche il suo. Questo frate, dicevo io, l'ha sempre col cordone di san Francesco; ma per adoprarlo a proposito, il cordone di san Francesco, non è necessario d'averlo intorno

2f. **ẹssere fuor(i) de' gạngheri** (loc.): verrückt werden, vor Wut außer sich sein (*il gạnghero:* Haken, Öse, Türangel). | 3 **ẹssere stucco/a di qc:** einer Sache überdrüssig sein, etwas satt haben. | 4f. **sommario/a:** kurz, oberflächlich. | 6f. **smorzare:** dämpfen, abschwächen. | 12 **tornare in cervello:** zur Vernunft kommen. | 16 **raccomodare qc:** etwas wieder in Ordnung bringen. | 18 **l'avvedutezza:** Besonnenheit, Umsicht. | 22f. **non ... intorno alla pancia:** Attilio deutet damit an, dass man den unbequemen Padre Cristoforo auch hängen könnte, dass also die Franziskanerkordel nicht nur als Gürtel, sondern – im übertragenen Sinne – als Schlinge fungieren könnte.

alla pancia. Il signore zio ha cento mezzi ch'io non conosco: so che il padre provinciale ha, com'è giusto, una gran deferenza per lui; e se il signore zio crede che in questo caso il miglior ripiego sia di far cambiar aria al frate, lui con due parole ...»

«Lasci il pensiero a chi tocca, vossignoria,» disse un po' ruvidamente il conte zio.

«Ah è vero!» esclamò Attilio, con una tentennatina di testa, e con un sogghigno di compassione per sé stesso. «Son io l'uomo da dar pareri al signore zio! Ma è la passione che ho della riputazione del casato che mi fa parlare. E ho anche paura d'aver fatto un altro male,» soggiunse con un'aria pensierosa: «ho paura d'aver fatto torto a Rodrigo nel concetto del signore zio. Non mi darei pace, se fossi cagione di farle pensare che Rodrigo non abbia tutta quella fede in lei, tutta quella sommissione che deve avere. Creda, signore zio, che in questo caso è proprio ...»

«Via, via; che torto, che torto tra voi altri due? che sarete sempre amici, finché l'uno non metta giudizio. Scapestrati, scapestrati, che sempre ne fate una; e a me tocca di rattopparle: che ... mi fareste dire uno sproposito, mi date più da pensare voi altri due, che», e qui immaginatevi che soffio mise, «tutti questi benedetti affari di stato.»

Attilio fece ancora qualche scusa, qualche promessa, qualche complimento; poi si licenziò, e se n'andò, accom-

2 f. **la deferenza:** Ehrerbietung. | 4 **il ripiego:** hier: Ausweg. | 7 **ruvido/a:** grob, brüsk. | 8 **la tentennatina:** kleine nickende Kopfbewegung. | 9 **il sogghigno:** Grinsen. | 11 **il casato:** Geschlecht, Abstammung. | 19 **lo scapestrato:** Taugenichts, liederlicher Mensch. | 20 **farne una:** etwas anstellen. | 20 f. **rattoppare:** wieder in Ordnung bringen, richten.

pagnato da un «e abbiamo giudizio», ch'era la formola di commiato del conte zio per i suoi nipoti.

Capitolo XIX

Der mächtige Onkel, an den Attilio sich gewandt hatte, veranlasst, dass Padre Cristoforo aus seinem Konvent entfernt wird, damit er Lucia und Renzo nicht mehr helfen kann.

[...] Abbiamo detto che don Rodrigo, intestato più che mai di venire a fine della sua bella impresa, s'era risoluto di cercare il soccorso d'un terribile uomo. Di costui non possiam dare né il nome, né il cognome, né un titolo, e nemmeno una congettura sopra nulla di tutto ciò: cosa tanto più strana, che del personaggio troviamo memoria in più d'un libro (libri stampati, dico) di quel tempo. Che il personaggio sia quel medesimo, l'identità de' fatti non lascia luogo a dubitarne; ma per tutto un grande studio a scansarne il nome, quasi avesse dovuto bruciar la penna, la mano dello scrittore. Francesco Rivola, nella vita del cardinal Federigo Borromeo, dovendo parlar di quell'uomo, lo chiama «un signore altrettanto potente per ricchezze, quanto nobile per nascita», e fermi lì. Giuseppe Ripamonti, che, nel quinto libro

1 f. **la formola di commiato:** Abschiedsgruß, -floskel. | 8 **intestato/a:** versteift, wild entschlossen. | 15 **medesimo/a:** selbige(r). | 20 **altrettanto/a:** gleichermaßen. | 21 **Giuseppe Ripamonti:** italienischer Priester und Historiker (1573–1643). Seine *Geschichte der Mailänder Kirche* und *Die Pest in Mailand 1630* waren Manzonis Hauptquellen bei der Verfassung der *Promessi sposi.*

della quinta decade della sua *Storia Patria*, ne fa più distesa menzione, lo nomina uno, costui, colui, quest'uomo, quel personaggio. «Riferirò», dice, nel suo bel latino, da cui traduciamo come ci riesce, «il caso d'un tale che, essendo de' primi tra i grandi della città, aveva stabilita la sua dimora in una campagna, situata sul confine; e lì, assicurandosi a forza di delitti, teneva per niente i giudizi, i giudici, ogni magistratura, la sovranità; menava una vita affatto indipendente; ricettatore di forusciti, foruscito un tempo anche lui; poi tornato, come se niente fosse ...» Da questo scrittore prenderemo qualche altro passo, che ci venga in taglio per confermare e per dilucidare il racconto del nostro anonimo; col quale tiriamo avanti.

Fare ciò ch'era vietato dalle leggi, o impedito da una forza qualunque; esser arbitro, padrone negli affari altrui, senz'altro interesse che il gusto di comandare; esser temuto da tutti, aver la mano da coloro ch'eran soliti averla dagli altri; tali erano state in ogni tempo le passioni principali di costui. Fino dall'adolescenza, allo spettacolo e al rumore di tante prepotenze, di tante gare, alla vista di tanti tiranni, provava un misto sentimento di sdegno e d'invidia impaziente. Giovine, e vivendo in città, non tralasciava occasione, anzi n'andava in cerca, d'aver che dire co' più famosi di quella professione, d'attraversarli, per provarsi con loro, e

5 **la dimora:** Heim, Wohnsitz (*dimorare:* wohnen, sich aufhalten). | 9 **il f(u)or(i)uscito/a:** Verbannte(r), Gesetzlose(r). | 10 f. **Da questo scrittore ... passo:** Dieser Schriftsteller (gemeint ist Ripamonti) wird uns noch manchen nützlichen Hinweis geben. | 11 **venire in taglio:** gerade recht sein. | 12 **dilucidare:** erläutern. | 15 **l'arbitro:** Gebieter, Schiedsrichter. | 17 **avere la mano da qu:** jds. Dienste benötigen. | 22 **tralasciare:** aus-, weglassen. | 24 **attraversare qu:** hier: jdm. in den Weg treten.

farli stare a dovere, o tirarli a cercare la sua amicizia. Superiore di ricchezze e di seguito alla più parte, e forse a tutti d'ardire e di costanza, ne ridusse molti a ritirarsi da ogni rivalità, molti ne conciò male, molti n'ebbe amici; non già amici del pari, ma, come soltanto potevan piacere a lui, amici subordinati, che si riconoscessero suoi inferiori, che gli stessero alla sinistra. Nel fatto però, veniva anche lui a essere il faccendiere, lo strumento di tutti coloro: essi non mancavano di richiedere ne' loro impegni l'opera d'un tanto ausiliario; per lui, tirarsene indietro sarebbe stato decadere dalla sua riputazione, mancare al suo assunto. Di maniera che, per conto suo, e per conto d'altri, tante ne fece che, non bastando né il nome, né il parentado, né gli amici, né la sua audacia a sostenerlo contro i bandi pubblici, e contro tante animosità potenti, dovette dar luogo, e uscir dallo stato. Credo che a questa circostanza si riferisca un tratto notabile raccontato dal Ripamonti. «Una volta che costui ebbe a sgomberare il paese, la segretezza che usò, il rispetto, la timidezza, furon tali: attraversò la città a cavallo, con un seguito di cani, a suon di tromba; e passando davanti al palazzo di corte, lasciò alla guardia un'imbasciata d'impertinenze per il governatore.»

Nell'assenza, non ruppe le pratiche, né tralasciò le corrispondenze con que' suoi tali amici, i quali rimasero uniti con lui, per tradurre letteralmente dal Ripamonti, «in lega occulta di consigli atroci, e di cose funeste». Pare anzi che

8 **il faccendiere / la faccendiera:** Geschäftemacher(in); hier (fig.): Werkzeug. | 10 **l'ausiliario / l'ausiliaria:** Helfer(in), Gehilfe, Gehilfin. | **tirarsene indietro:** sich zurückziehen, scheuen. | 15 **l'animosità:** Feindseligkeit. | 18 **sgomberare:** (weg)räumen, verlassen. | 21 **l'imbasciata:** *l'ambasciata:* hier wörtl.: Nachricht, Botschaft.

allora contraesse con più alte persone, certe nuove terribili pratiche, delle quali lo storico summentovato parla con una brevità misteriosa. «Anche alcuni principi esteri,» dice, «si valsero più volte dell'opera sua, per qualche importante omicidio, e spesso gli ebbero a mandar da lontano rinforzi di gente che servisse sotto i suoi ordini.»

Finalmente (non si sa dopo quanto tempo), o fosse levato il bando, per qualche potente intercessione, o l'audacia di quell'uomo gli tenesse luogo d'immunità, si risolvette di tornare a casa, e vi tornò difatti; non però in Milano, ma in un castello confinante col territorio bergamasco, che allora era, come ognun sa, stato veneto. «Quella casa,» cito ancora il Ripamonti, «era come un'officina di mandati sanguinosi: servitori, la cui testa era messa a taglia, e che avevan per mestiere di troncar teste: né cuoco, né sguattero dispensati dall'omicidio: le mani de' ragazzi insanguinate.» Oltre questa bella famiglia domestica, n'aveva, come afferma lo stesso storico, un'altra di soggetti simili, dispersi e posti come a quartiere in vari luoghi de' due stati sul lembo de' quali viveva, e pronti sempre a' suoi ordini.

Tutti i tiranni, per un bel tratto di paese all'intorno, avevan dovuto, chi in un'occasione e chi in un'altra, scegliere tra l'amicizia e l'inimicizia di quel tiranno straordinario. Ma ai primi che avevano voluto provar di resistergli, la gli era

2 **summentovato/a:** *summenziato/a:* oben genannt. | 7f. **levare il bando:** eine Verbannung aufheben. | 8 **l'intercessione** f.: Fürsprache. | 13 **il mandato:** Auftrag. | 14 **mẹttere la testa di qu a taglia:** auf jds. Kopf einen Preis aussetzen. | 15 **troncare:** abschneiden. | **lo sguạttero / la sguạttera:** Küchenmädchen, -junge. | **dispensare qu:** jdn. entbinden, freistellen. | 23 **l'inimicizia:** Feindschaft.

andata così male, che nessuno si sentiva più di mettersi a quella prova. E neppur col badare a' fatti suoi, con lo stare a sé, uno non poteva rimanere indipendente da lui. Capitava un suo messo a intimargli che abbandonasse la tale impresa, che cessasse di molestare il tal debitore, o cose simili: bisognava rispondere sì o no. Quando una parte, con un omaggio vassallesco, era andata a rimettere in lui un affare qualunque, l'altra parte si trovava a quella dura scelta, o di stare alla sua sentenza, o di dichiararsi suo nemico; il che equivaleva a esser, come si diceva altre volte, tisico in terzo grado. Molti, avendo il torto, ricorrevano a lui per aver ragione in effetto; molti anche, avendo ragione, per preoccupare un così gran patrocinio, e chiuderne l'adito all'avversario: gli uni e gli altri divenivano più specialmente suoi dipendenti. Accadde qualche volta che un debole oppresso, vessato da un prepotente, si rivolse a lui; e lui, prendendo le parti del debole, forzò il prepotente a finirla, a riparare il mal fatto, a chiedere scusa; o, se stava duro, gli mosse tal guerra, da costringerlo a sfrattar dai luoghi che aveva tiranneggiati, o gli fece anche pagare un più pronto e più terribile fio. E in quei casi, quel nome tanto temuto e abborrito era stato benedetto un momento: perché, non dirò quella giustizia, ma quel rimedio, quel compenso qualunque, non si sarebbe potuto,

1 **andare male a qu:** jdm. schlecht bekommen. | 5 **molestare:** belästigen. | 6 f. **l'omaggio:** Hochachtung, Verehrung. | 7 **vasallesco/a:** vasallisch. | 9 **la sentenza:** Urteilsspruch. | 9 f. **equivalere:** gleichkommen, entsprechen. | 10 **ṭisico/a in terzo grado:** tödlich an Schwindsucht erkrankt (lungenkrank) sein. | 13 **il patrocinio:** Schutz, Schirmherrschaft. | **l'ạdito** (lett.): Zugang, Einlass. | 19 **sfrattare da un luogo:** wegziehen, sich davonmachen. | **tiranneggiare:** tyrannisieren. | 20 **pagare il fio** (lett.): für etwas büßen, sühnen müssen (*il fio* [ant.]: Tribut). | 21 **abborrito/a:** entsetzlich, verabscheuenswert.

in que' tempi, aspettarlo da nessun'altra forza né privata, né pubblica. Più spesso, anzi per l'ordinario, la sua era stata ed era ministra di voleri iniqui, di soddisfazioni atroci, di capricci superbi. Ma gli usi così diversi di quella forza producevan sempre l'effetto medesimo, d'imprimere negli animi una grand'idea di quanto egli potesse volere e eseguire in onta dell'equità e dell'iniquità, quelle due cose che metton tanti ostacoli alla volontà degli uomini, e li fanno così spesso tornare indietro. La fama de' tiranni ordinari rimaneva per lo più ristretta in quel piccolo tratto di paese dov'erano i più ricchi e i più forti: ogni distretto aveva i suoi; e si rassomigliavan tanto, che non c'era ragione che la gente s'occupasse di quelli che non aveva a ridosso. Ma la fama di questo nostro era già da gran tempo diffusa in ogni parte del milanese: per tutto, la sua vita era un soggetto di racconti popolari; e il suo nome significava qualcosa d'irresistibile, di strano, di favoloso. Il sospetto che per tutto s'aveva de' suoi collegati e de' suoi sicari, contribuiva anch'esso a tener viva per tutto la memoria di lui. Non eran più che sospetti; giacché chi avrebbe confessata apertamente una tale dipendenza? ma ogni tiranno poteva essere un suo collegato, ogni malandrino, uno de' suoi; e l'incertezza stessa rendeva più vasta l'opinione, e più cupo il terrore della cosa. E ogni volta che in qualche parte si vedessero comparire figure di bravi sconosciute e più brutte dell'ordinario, a ogni fatto enorme di cui non si sapesse alla prima indicare o indovinar l'autore, si proferiva, si mormorava il nome di colui che noi, gra-

2 **per l'ordinario:** in der Regel (auch: *d'ordinario*). | 3 **la ministra:** hier: Dienerin. | **il volere:** Wunsch, Wille. | 7 **l'onta:** Schande | **l'equità:** Gerechtigkeit. | 13 **avere a ridosso qu:** jdn. unter seinen Schutz stellen.

zie a quella benedetta, per non dir altro, circospezione de' nostri autori, saremo costretti a chiamare l'innominato.

Dal castellaccio di costui al palazzotto di don Rodrigo, non c'era più di sette miglia: e quest'ultimo, appena divenuto padrone e tiranno, aveva dovuto vedere che, a così poca distanza da un tal personaggio, non era possibile far quel mestiere senza venire alle prese, o andar d'accordo con lui. Gli s'era perciò offerto e gli era divenuto amico, al modo di tutti gli altri, s'intende; gli aveva reso più d'un servizio (il manoscritto non dice di più); e n'aveva riportate ogni volta promesse di contraccambio e d'aiuto, in qualunque occasione. Metteva però molta cura a nascondere una tale amicizia, o almeno a non lasciar scorgere quanto stretta, e di che natura fosse. Don Rodrigo voleva bensì fare il tiranno, ma non il tiranno salvatico: la professione era per lui un mezzo, non uno scopo: voleva dimorar liberamente in città, godere i comodi, gli spassi, gli onori della vita civile; e perciò bisognava che usasse certi riguardi, tenesse di conto parenti, coltivasse l'amicizia di persone alte, avesse una mano sulle bilance della giustizia, per farle a un bisogno traboccare dalla sua parte, o per farle sparire, o per darle anche, in qualche occasione, sulla testa di qualcheduno che in quel modo si potesse servir più facilmente che con l'armi della violenza privata. Ora, l'intrinsichezza, diciam meglio, una

1 **la circospezione** f.: Umsicht, Vorsicht. | 2 **l'innominato:** der »Ungenannte«; obwohl Manzoni angibt, keine Quellen für die Identität des Ungenannten gefunden zu haben, ist diese Figur durch die historische Person des Francesco Bernardino Visconti (geb. 1579) inspiriert, eines Adligen, der in der Gegend um Mailand als gefürchteter Bandit gelebt hat. | 7 **venire alle prese:** handgreiflich werden. | 17 **lo spasso:** Freude, Gaudium. | 24 **l'intrinsichezza:** Vertrautheit, Intimität.

lega con un uomo di quella sorte, con un aperto nemico della forza pubblica, non gli avrebbe certamente fatto buon gioco a ciò, specialmente presso il conte zio. Però quel tanto d'una tale amicizia che non era possibile di nascondere, poteva passare per una relazione indispensabile con un uomo la cui inimicizia era troppo pericolosa; e così ricevere scusa dalla necessità: giacché chi ha l'assunto di provvedere, e non n'ha la volontà, o non ne trova il verso, alla lunga acconsente che altri provveda da sé, fino a un certo segno, a' casi suoi; e se non acconsente espressamente, chiude un occhio.

Una mattina, don Rodrigo uscì a cavallo, in treno da caccia, con una piccola scorta di bravi a piedi; il Griso alla staffa, e quattro altri in coda; e s'avviò al castello dell'innominato.

Don Rodrigo begibt sich zum Schloss des «Ungenannten»und bittet ihn um Hilfe beim Raub Lucias. Der Raubritter bedient sich bei dem Unterfangen Egidios, des Liebhabers Gertrudes, in deren Konvent Lucia mit ihrer Mutter Unterschlupf gefunden hat. Egidio überzeugt Gertrude, Lucia nicht zu warnen und nichts zu unternehmen, um dem Raub nicht im Wege zu stehen. Il Nibbio (einer der Handlanger des »Ungenannten«) entführt Lucia mit seiner Schar und bringt sie zum Schloss seines Herrn. Der »Ungenannte« befiehlt einer alten Frau, sich des verstörten jungen Mädchens anzunehmen.

7 f. **provvedere a qc:** für etwas sorgen. | 8 **trovare il verso:** einen Weg finden. | 9 **acconsentire a qc:** in etwas einwilligen, einverstanden sein. | 10 f. **chiụdere un occhio** (fig.): ein Auge zudrücken. | 12 f. **in treno da caccia:** in Jagdkleidung.

Capitolo XXI

La vecchia era corsa a ubbidire e a comandare, con l'autorità di quel nome che, da chiunque fosse pronunziato in quel luogo, li faceva spicciar tutti; perché a nessuno veniva in testa che ci fosse uno tanto ardito da servirsene falsamente. Si trovò infatti alla Malanotte un po' prima che la carrozza ci arrivasse; e vistala venire, uscì di bussola, fece segno al cocchiere che fermasse, s'avvicinò allo sportello; e al Nibbio, che mise il capo fuori, riferì sottovoce gli ordini del padrone.

Lucia, al fermarsi della carrozza, si scosse, e rinvenne da una specie di letargo. Si sentì da capo rimescolare il sangue, spalancò la bocca e gli occhi, e guardò. Il Nibbio s'era tirato indietro; e la vecchia, col mento sullo sportello, guardando Lucia, diceva: «venite, la mia giovine; venite, poverina; venite con me, che ho ordine di trattarvi bene e di farvi coraggio».

Al suono d'una voce di donna, la poverina provò un conforto, un coraggio momentaneo; ma ricadde subito in uno spavento più cupo. «Chi siete?» disse con voce tremante, fissando lo sguardo attonito in viso alla vecchia.

«Venite, venite, poverina,» andava questa ripetendo. Il Nibbio e gli altri due, argomentando dalle parole e dalla voce così straordinariamente raddolcita di colei, quali fossero l'intenzioni del signore, cercavano di persuader con le buo-

6 **la Malanotte:** die ›böse Nacht‹. | 8 **il cocchiere / la cocchiera:** Kutscher(in). | 8 f. **il Nibbio:** einer der Handlanger des »Ungenannten« (wörtl.: Milan, Geier). | 11 **scuotersi:** sich schütteln. | **rinvenire:** wieder zu sich kommen. | 12 **rimescolare:** (Blut) in Wallung geraten. | 25 f. **con le buone:** auf gütlichem Weg, im Guten.

ne l'oppressa a ubbidire. Ma lei seguitava a guardar fuori; e benché il luogo selvaggio e sconosciuto, e la sicurezza de' suoi guardiani non le lasciassero concepire speranza di soccorso, apriva non ostante la bocca per gridare; ma vedendo il Nibbio far gli occhiacci del fazzoletto, ritenne il grido, tremò, si storse, fu presa e messa nella bussola. Dopo, c'entrò la vecchia; il Nibbio disse ai due altri manigoldi che andassero dietro, e prese speditamente la salita, per accorrere ai comandi del padrone.

«Chi siete?» domandava con ansietà Lucia al ceffo sconosciuto e deforme: «perché son con voi? dove sono? dove mi conducete?»

«Da chi vuol farvi del bene,» rispondeva la vecchia, «da un gran ... Fortunati quelli a cui vuol far del bene! Buon per voi, buon per voi. Non abbiate paura, state allegra, ché m'ha comandato di farvi coraggio. Glielo direte, eh? che v'ho fatto coraggio?»

«Chi è? perché? che vuol da me? Io non son sua. Ditemi dove sono; lasciatemi andare; dite a costoro che mi lascino andare, che mi portino in qualche chiesa. Oh! voi che siete una donna, in nome di Maria Vergine ...!»

Quel nome santo e soave, già ripetuto con venerazione ne' primi anni, e poi non più invocato per tanto tempo, né forse sentito proferire, faceva nella mente della sciagurata

1 **l'oppresso / l'oppressa:** der, die Unterdrückte, Bedrängte. | 3 **il guardiano / la guardiana:** Wärter(in), Bewacher(in). | 5 **gli occhiacci del fazzoletto:** Il Nibbio gibt Lucia mit einem Blick zu verstehen, dass er ihren Mund mit einem Taschentuch verstopfen würde, falls sie schreien sollte. | 6 **stọrcersi:** sich krümmen. | 10 **il ceffo** (spreg.): Fratze, Galgengesicht. | 22 **la venerazione:** Verehrung. | 24 **lo sciagurato / la sciagurata:** der, die Unglückselige.

che lo sentiva in quel momento, un'impressione confusa, strana, lenta, come la rimembranza della luce, in un vecchione accecato da bambino.

Intanto l'innominato, ritto sulla porta del castello, guardava in giù; e vedeva la bussola venir passo passo, come prima la carrozza, e avanti, a una distanza che cresceva ogni momento, salir di corsa il Nibbio. Quando questo fu in cima, il signore gli accennò che lo seguisse; e andò con lui in una stanza del castello.

«Ebbene?» disse, fermandosi lì.

«Tutto a un puntino,» rispose, inchinandosi, il Nibbio: «l'avviso a tempo, la donna a tempo, nessuno sul luogo, un urlo solo, nessuno comparso, il cocchiere pronto, i cavalli bravi, nessun incontro: ma ...»

«Ma che?»

«Ma ... dico il vero, che avrei avuto più piacere che l'ordine fosse stato di darle una schioppettata nella schiena, senza sentirla parlare, senza vederla in viso.»

«Cosa? cosa? che vuoi tu dire?»

«Voglio dire che tutto quel tempo, tutto quel tempo ... M'ha fatto troppa compassione.»

«Compassione! Che sai tu di compassione? Cos'è la compassione?»

«Non l'ho mai capito così bene come questa volta: è una storia la compassione un poco come la paura: se uno la lascia prender possesso, non è più uomo.»

«Sentiamo un poco come ha fatto costei per moverti a compassione.»

«O signore illustrissimo! tanto tempo ...! piangere, pre-

2 **la rimembranza** (lett.): Erinnerung. | 3 **accecare:** blenden, erblinden.

gare, e far cert'occhi, e diventar bianca bianca come morta, e poi singhiozzare, e pregar di nuovo, e certe parole ...»

– Non la voglio in casa costei, – pensava intanto l'innominato. – Sono stato una bestia a impegnarmi; ma ho promesso, ho promesso. Quando sarà lontana ... – E alzando la testa, in atto di comando, verso il Nibbio, «ora,» gli disse, «metti da parte la compassione: monta a cavallo, prendi un compagno, due se vuoi; e va di corsa a casa di quel don Rodrigo che tu sai. Digli che mandi ... ma subito subito, perché altrimenti ...»

Ma un altro *no* interno più imperioso del primo gli proibì di finire. «No,» disse con voce risoluta, quasi per esprimere a sé stesso il comando di quella voce segreta, «no: va a riposarti; e domattina ... farai quello che ti dirò!»

– Un qualche demonio ha costei dalla sua, – pensava poi, rimasto solo, ritto, con le braccia incrociate sul petto, e con lo sguardo immobile sur una parte del pavimento, dove il raggio della luna, entrando da una finestra alta, disegnava un quadrato di luce pallida, tagliata a scacchi dalle grosse inferriate, e intagliata più minutamente dai piccoli compartimenti delle vetriate. Un qualche demonio, o ... un qualche angelo che la protegge ... Compassione al Nibbio! ... Domattina, domattina di buon'ora, fuor di qui costei; al suo destino, e non se ne parli più, e, – proseguiva tra sé, con quell'animo con cui si comanda a un ragazzo indocile, sapendo che non ubbidirà, – e non ci si pensi più. Quell'animale di don Rodrigo non mi venga a romper la testa con ringraziamenti; che ... non voglio più sentir parlar di costei.

11 **imperioso/a:** gebieterisch. | 15 **un qualche demonio ha costei dalla sua:** die hat dämonische Kräfte, Zauberkräfte. | 19 **a scacchi:** schachbrettartig. | 21 **la vetriata:** Glasfenster. | 25 **indocile** (agg.): widerspenstig.

L'ho servito perché ... perché ho promesso: e ho promesso perché ... è il mio destino. Ma voglio che me lo paghi bene questo servizio, colui. Vediamo un poco ... –

E voleva almanaccare cosa avrebbe potuto richiedergli di scabroso, per compenso, e quasi per pena; ma gli si attraversaron di nuovo alla mente quelle parole: compassione al Nibbio! – Come può aver fatto costei? – continuava, strascinato da quel pensiero. – Voglio vederla ... Eh! no ... Sì, voglio vederla. –

E d'una stanza in un'altra, trovò una scaletta, e su a tastone, andò alla camera della vecchia, e picchiò all'uscio con un calcio.

«Chi è?»

«Apri.»

A quella voce, la vecchia fece tre salti; e subito si sentì scorrere il paletto negli anelli, e l'uscio si spalancò. L'innominato, dalla soglia, diede un'occhiata in giro; e, al lume d'una lucerna che ardeva sur un tavolino, vide Lucia rannicchiata in terra, nel canto il più lontano dall'uscio.

«Chi t'ha detto che tu la buttassi là come un sacco di cenci, sciagurata?» disse alla vecchia, con un cipiglio iracondo.

«S'è messa dove le è piaciuto,» rispose umilmente colei: «io ho fatto di tutto per farle coraggio: lo può dire anche lei; ma non c'è stato verso.»

«Alzatevi,» disse l'innominato a Lucia, andandole vicino. Ma Lucia, a cui il picchiare, l'aprire, il comparir di quell'uomo, le sue parole, avevan messo un nuovo spavento nell'a-

4 **almanaccare:** grübeln. | 5 **scabroso/a:** heikel, (fig.) haarig. | **il compenso:** Ausgleich. | 10 f. **a tastone** (avv.): *a tastoni.* | 12 **il calcio:** hier: Fußtritt. | 16 **scọrrere:** hier: gleiten. | 26 **il picchiare:** hier: das Klopfen (auch: *il picchio*).

nimo spaventato, stava più che mai raggomitolata nel cantuccio, col viso nascosto tra le mani, e non movendosi, se non che tremava tutta.

«Alzatevi, ché non voglio farvi del male ... e posso farvi del bene,» ripetè il signore ... «Alzatevi!» tonò poi quella voce, sdegnata d'aver due volte comandato invano.

Come rinvigorita dallo spavento, l'infelicissima si rizzò subito inginocchioni; e giungendo le mani, come avrebbe fatto davanti a un'immagine, alzò gli occhi in viso all'innominato, e riabbassandoli subito, disse: «son qui: m'ammazzi».

«V'ho detto che non voglio farvi del male,» rispose, con voce mitigata, l'innominato, fissando quel viso turbato dall'accoramento e dal terrore.

«Coraggio, coraggio,» diceva la vecchia: «se ve lo dice lui, che non vuol farvi del male ...»

«E perché,» riprese Lucia con una voce, in cui, col tremito della paura, si sentiva una certa sicurezza dell'indegnazione disperata, «perché mi fa patire le pene dell'inferno? Cosa le ho fatto io? ...»

«V'hanno forse maltrattata? Parlate.»

«Oh maltrattata! M'hanno presa a tradimento, per forza! perché? perché m'hanno presa? perché son qui? dove sono? Sono una povera creatura: cosa le ho fatto? In nome di Dio ...»

«Dio, Dio,» interruppe l'innominato: «sempre Dio: coloro che non possono difendersi da sé, che non hanno la

1 **raggomitolato/a:** geduckt, kauernd. | 7 **rinvigorito/a:** erstarkt, gekräftigt. | 8 **inginocchioni** (avv. inv.): knieend. | 13 **mitigato/a:** mild, lind. | 14 **l'accoramento:** Kummer. | 21 **maltrattare qu:** jdn. schlecht behandeln, misshandeln.

forza, sempre han questo Dio da mettere in campo, come se gli avessero parlato. Cosa pretendete con codesta vostra parola? Di farmi …?» e lasciò la frase a mezzo.

«Oh Signore! pretendere! Cosa posso pretendere io meschina, se non che lei mi usi misericordia? Dio perdona tante cose, per un'opera di misericordia! Mi lasci andare; per carità mi lasci andare! Non torna conto a uno che un giorno deve morire di far patir tanto una povera creatura. Oh! lei che può comandare, dica che mi lascino andare! M'hanno portata qui per forza. Mi mandi con questa donna a ***, dov'è mia madre. Oh Vergine santissima! mia madre! mia madre, per carità, mia madre! Forse non è lontana di qui … ho veduto i miei monti! Perché lei mi fa patire? Mi faccia condurre in una chiesa. Pregherò per lei, tutta la mia vita. Cosa le costa dire una parola? Oh ecco! vedo che si move a compassione: dica una parola, la dica. Dio perdona tante cose, per un'opera di misericordia!»

– Oh perché non è figlia d'uno di que' cani che m'hanno bandito! – pensava l'innominato: – d'uno di que' vili che mi vorrebbero morto! che ora godrei di questo suo strillare; e in vece … –

«Non iscacci una buona ispirazione!» proseguiva fervidamente Lucia, rianimata dal vedere una cert'aria d'esitazione nel viso e nel contegno del suo tiranno. «Se lei non mi fa questa carità, me la farà il Signore: mi farà morire, e per me sarà finita; ma lei! … Forse un giorno anche lei … Ma no, no; pregherò sempre io il Signore che la preservi da

1 **mettere in campo:** ins Spiel bringen. | 20 **bandire qu:** jdn. ächten, verbannen. | **il vile:** Feigling. | 23 **(i)scacciare:** vertreiben, verjagen. | 23 f. **fervidamente** (avv.): inbrünstig.

ogni male. Cosa le costa dire una parola? Se provasse lei a patir queste pene …!»

«Via, fatevi coraggio,» interruppe l'innominato, con una dolcezza che fece strasecolar la vecchia. «V'ho fatto nessun male? V'ho minacciata?»

«Oh no! Vedo che lei ha buon cuore, e che sente pietà di questa povera creatura. Se lei volesse, potrebbe farmi paura più di tutti gli altri, potrebbe farmi morire; e in vece mi ha … un po' allargato il cuore. Dio gliene renderà merito. Compisca l'opera di misericordia: mi liberi, mi liberi.»

«Domattina …»

«Oh mi liberi ora, subito …»

«Domattina ci rivedremo, vi dico. Via, intanto fatevi coraggio. Riposate. Dovete aver bisogno di mangiare. Ora ve ne porteranno.»

«No, no; io moio se alcuno entra qui: io moio. Mi conduca lei in chiesa … que' passi Dio glieli conterà.»

«Verrà una donna a portarvi da mangiare,» disse l'innominato; e dettolo, rimase stupito anche lui che gli fosse venuto in mente un tal ripiego, e che gli fosse nato il bisogno di cercarne uno, per rassicurare una donnicciola.

«E tu,» riprese poi subito, voltandosi alla vecchia, «falle coraggio che mangi; mettila a dormire in questo letto: e se ti vuole in compagnia, bene; altrimenti, tu puoi ben dormire una notte in terra. Falle coraggio, ti dico; tienla allegra. E che non abbia a lamentarsi di te!»

Così detto, si mosse rapidamente verso l'uscio. Lucia

4 **strasecolare qu:** jdn. erstaunen. | 10 **compire:** *compiere:* be-, vollenden. | 22 **la donnicciola:** Frauchen, Weibchen.

s'alzò e corse per trattenerlo, e rinnovare la sua preghiera; ma era sparito.

«Oh povera me! Chiudete, chiudete subito.» E sentito ch'ebbe accostare i battenti e scorrere il paletto, tornò a rannicchiarsi nel suo cantuccio. «Oh povera me!» esclamò di nuovo singhiozzando: «chi pregherò ora? Dove sono? Ditemi voi, ditemi per carità, chi è quel signore ... quello che m'ha parlato?»

«Chi è, eh? chi è? Volete ch'io ve lo dica. Aspetta ch'io te lo dica. Perché vi protegge, avete messo su superbia; e volete esser soddisfatta voi, e farne andar di mezzo me. Domandatene a lui. S'io vi contentassi anche in questo, non mi toccherebbe di quelle buone parole che avete sentite voi.» – Io son vecchia, son vecchia, – continuò, mormorando tra i denti. – Maledette le giovani, che fanno bel vedere a piangere e a ridere, e hanno sempre ragione. – Ma sentendo Lucia singhiozzare, e tornandole minaccioso alla mente il comando del padrone, si chinò verso la povera rincantucciata, e, con voce raddolcita, riprese: «via, non v'ho detto niente di male: state allegra. Non mi domandate di quelle cose che non vi posso dire; e del resto, state di buon animo. Oh se sapeste quanta gente sarebbe contenta di sentirlo parlare come ha parlato a voi! State allegra, che or ora verrà da mangiare; e io che capisco ... nella maniera che v'ha parlato, ci sarà della roba buona. E poi anderete a letto, e ... mi lascerete un cantuccino anche a me, spero,» soggiunse, con una voce, suo malgrado, stizzosa.

4 **accostare i battenti:** die Türflügel schließen. | 10 **la superbia:** Dünkel, Stolz. | 12 **contentare qu:** jdn. befriedigen, zufriedenstellen. | 15 **fare bel vedere:** einen guten Eindruck machen, sich gut darstellen, schön anzusehen sein. | 23 **or ora:** soeben.

«Non voglio mangiare, non voglio dormire. Lasciatemi stare; non v'accostate; non partite di qui!»

«No, no, via,» disse la vecchia, ritirandosi, e mettendosi a sedere sur una seggiolaccia, donde dava alla poverina certe occhiate di terrore e d'astio insieme; e poi guardava il suo covo, rodendosi d'esserne forse esclusa per tutta la notte, e brontolando contro il freddo. Ma si rallegrava col pensiero della cena, e con la speranza che ce ne sarebbe anche per lei. Lucia non s'avvedeva del freddo, non sentiva la fame, e come sbalordita, non aveva de' suoi dolori, de' suoi terrori stessi, che un sentimento confuso, simile all'immagini sognate da un febbricitante.

Si riscosse quando sentì picchiare; e, alzando la faccia atterrita, gridò: «chi è? chi è? Non venga nessuno!»

«Nulla, nulla; buone nuove,» disse la vecchia: «è Marta che porta da mangiare.»

«Chiudete, chiudete!» gridava Lucia.

«Ih! subito, subito,» rispondeva la vecchia; e presa una paniera dalle mani di quella Marta, la mandò via, richiuse, e venne a posar la paniera sur una tavola nel mezzo della camera. Invitò poi più volte Lucia che venisse a goder di quella buona roba. Adoprava le parole più efficaci, secondo lei, a mettere appetito alla poverina, prorompeva in esclamazioni sulla squisitezza de' cibi: «di que' bocconi che, quando le persone come noi possono arrivare a assaggiarne, se ne ricordan per un pezzo! Del vino che beve il padrone co' suoi

4 **la seggiolaccia:** (schlechter) Stuhl. | 5 **l'astio:** Groll. | 6 **il covo:** Höhle; hier: Bettstatt. | 7 **rallegrarsi:** frohlocken, sich freuen. | 12 **il/la febbricitante:** der, die Fieberkranke. | 23 **prorompere:** ausrufen, hervorsprudeln. | 24 **la squisitezza:** Erlesenheit, Köstlichkeit.

amici … quando capita qualcheduno di quelli …! e vogliono stare allegri! Ehm!» Ma vedendo che tutti gl'incanti riuscivano inutili, «siete voi che non volete», disse. «Non istate poi a dirgli domani ch'io non v'ho fatto coraggio. Mangerò io; e ne resterà più che abbastanza per voi, per quando metterete giudizio, e vorrete ubbidire.» Così detto, si mise a mangiare avidamente. Saziata che fu, s'alzò, andò verso il cantuccio, e, chinandosi sopra Lucia, l'invitò di nuovo a mangiare, per andar poi a letto.

«No, no, non voglio nulla,» rispose questa, con voce fiacca e come sonnolenta. Poi, con più risolutezza, riprese: «è serrato l'uscio? è serrato bene?» E dopo aver guardato in giro per la camera, s'alzò, e, con le mani avanti, con passo sospettoso, andava verso quella parte.

La vecchia ci corse prima di lei, stese la mano al paletto, lo scosse, e disse: «sentite? vedete? è serrato bene? siete contenta ora?»

«Oh contenta! contenta io qui!» disse Lucia, rimettendosi di nuovo nel suo cantuccio. «Ma il Signore lo sa che ci sono!»

«Venite a letto: cosa volete far lì, accucciata come un cane? S'è mai visto rifiutare i comodi, quando si possono avere?»

«No, no; lasciatemi stare.»

«Siete voi che lo volete. Ecco, io vi lascio il posto buono: mi metto sulla sponda; starò incomoda per voi. Se volete venire a letto, sapete come avete a fare. Ricordatevi che

7 **avidamente** (avv.): gierig. | 10 f. **fiacco/a:** schwach, matt (*il fiacco / la fiacca:* der, die Schwache). | 11 **sonnolento/a:** schläfrig. | 26 **la sponda:** hier: Bettkante.

v'ho pregata più volte.» Così dicendo, si cacciò sotto vestita; e tutto tacque.

Lucia stava immobile in quel cantuccio, tutta in un gomitolo, con le ginocchia alzate, con le mani appoggiate sulle ginocchia, e col viso nascosto nelle mani. Non era il suo né sonno né veglia, ma una rapida successione, una torbida vicenda di pensieri, d'immaginazioni, di spaventi. Ora, più presente a sé stessa, e rammentandosi più distintamente gli orrori veduti e sofferti in quella giornata, s'applicava dolorosamente alle circostanze dell'oscura e formidabile realtà in cui si trovava avviluppata; ora la mente, trasportata in una regione ancor più oscura, si dibatteva contro i fantasmi nati dall'incertezza e dal terrore. Stette un pezzo in quest'angoscia; alfine, più che mai stanca e abbattuta, stese le membra intormentite, si sdraiò, o cadde sdraiata, e rimase alquanto in uno stato più somigliante a un sonno vero. Ma tutt'a un tratto si risentì, come a una chiamata interna, e provò il bisogno di risentirsi interamente, di riaver tutto il suo pensiero, di conoscere dove fosse, come, perché. Tese l'orecchio a un suono: era il russare lento, arrantolato della vecchia; spalancò gli occhi, e vide un chiarore fioco apparire e sparire a vicenda: era il lucignolo della lucerna, che, vicino a spegnersi, scoccava una luce tremola, e subito la ritirava, per dir così, indietro, come è il venire e l'andare dell'onda sulla riva: e quella luce, fuggendo dagli oggetti, prima che

1 **cacciarsi sotto (il letto):** sich auf das Bett (unter die Decke) legen. | 4 **con le ginocchia alzate:** mit angewinkelten Knien. | 6 **la successione:** Abfolge. | **tọrbido/a:** wirr, getrübt. | 11 **avviluppato/a:** hier: in etwas verwickelt sein. | 13 **un pezzo:** hier: eine Weile. | 14 **abbattuto/a:** niedergeschlagen. | 15 **intormentito/a:** gequält, geplagt. | 21 **il chiarore:** hier: Klarheit. | 23 **scoccare:** aufleuchten. | **trẹmolo/a:** zitternd.

prendessero da essa rilievo e colore distinto, non rappresentava allo sguardo che una successione di guazzabugli. Ma ben presto le recenti impressioni, ricomparendo nella mente, l'aiutarono a distinguere ciò che appariva confuso al senso. L'infelice risvegliata riconobbe la sua prigione: tutte le memorie dell'orribil giornata trascorsa, tutti i terrori dell'avvenire, l'assalirono in una volta: quella nuova quiete stessa dopo tante agitazioni, quella specie di riposo, quell'abbandono in cui era lasciata, le facevano un nuovo spavento: e fu vinta da un tale affanno, che desiderò di morire. Ma in quel momento, si rammentò che poteva almen pregare, e insieme con quel pensiero, le spuntò in cuore come un'improvvisa speranza. [...]

Lucia betet zur Jungfrau Maria um Erlösung aus ihrer Situation; als Gegenleistung bietet sie »einen Pakt« an: sie gelobt, sollte sie gerettet werden, dass sie auf ihre Verbindung mit Renzo verzichten und unverheiratet bleiben werde.

Ma c'era qualchedun altro in quello stesso castello, che avrebbe voluto fare altrettanto, e non potè mai. Partito, o quasi scappato da Lucia, dato l'ordine per la cena di lei, fatta una consueta visita a certi posti del castello, sempre con quell'immagine viva nella mente, e con quelle parole risonanti all'orecchio, il signore s'era andato a cacciare in camera, s'era chiuso dentro in fretta e in furia, come se avesse avuto a trincerarsi contro una squadra di nemici; e spogliatosi, pure in furia, era andato a letto. Ma quell'immagine, più che mai presente, parve che in quel momento gli dices-

21 **consueto/a:** gewöhnlich. | 25 **trincerarsi:** sich verschanzen.

se: tu non dormirai. – Che sciocca curiosità da donnicciola, – pensava, – m'è venuta di vederla? Ha ragione quel bestione del Nibbio; uno non è più uomo; è vero, non è più uomo! ... Io? ... io non son più uomo, io? Cos'è stato? che diavolo m'è venuto addosso? che c'è di nuovo? Non lo sapevo io prima d'ora, che le donne strillano? Strillano anche gli uomini alle volte, quando non si possono rivoltare. Che diavolo! non ho mai sentito belar donne? –

E qui, senza che s'affaticasse molto a rintracciare nella memoria, la memoria da sé gli rappresentò più d'un caso in cui né preghi né lamenti non l'avevano punto smosso del compire le sue risoluzioni. Ma la rimembranza di tali imprese, non che gli ridonasse la fermezza, che già gli mancava, di compir questa; non che spegnesse nell'animo quella molesta pietà; vi destava in vece una specie di terrore, una non so qual rabbia di pentimento. Di maniera che gli parve un sollievo il tornare a quella prima immagine di Lucia, contro la quale aveva cercato di rinfrancare il suo coraggio. – È viva costei, – pensava, – è qui; sono a tempo; le posso dire: andate, rallegratevi; posso veder quel viso cambiarsi, le posso anche dire: perdonatemi ... Perdonatemi? io domandar perdono? a una donna? io ...! Ah, eppure! se una parola, una parola tale mi potesse far bene, levarmi d'addosso un po' di questa diavoleria, la direi; eh! sento che la direi. A che cosa son ridotto! Non son più uomo, non son più uomo! ... Via! – disse poi, rivoltandosi arrabbiatamente

4 f. **che diạvolo m'è venuto addosso?:** was ist bloß in mich gefahren? | 8 **belare:** blöken, jammern. | 9 **affaticarsi:** sich abmühen. | 11 **non smuọvere qu punto:** jdn. nicht um ein Jota abweichen lassen. | 13 **la fermezza:** Bestimmtheit, Entschlossenheit. | 18 **rinfrancare:** ermuntern, stärken. | 20 **rallegrarsi:** frohlocken.

nel letto divenuto duro duro, sotto le coperte divenute pesanti pesanti: – via! sono sciocchezze che mi son passate per la testa altre volte. Passerà anche questa. –

E per farla passare, andò cercando col pensiero qualche cosa importante, qualcheduna di quelle che solevano occuparlo fortemente, onde applicarvelo tutto; ma non ne trovò nessuna. Tutto gli appariva cambiato: ciò che altre volte stimolava più fortemente i suoi desidèri, ora non aveva più nulla di desiderabile: la passione, come un cavallo divenuto tutt'a un tratto restio per un'ombra, non voleva più andare avanti. Pensando all'imprese avviate e non finite, in vece d'animarsi al compimento, in vece d'irritarsi degli ostacoli (ché l'ira in quel momento gli sarebbe parsa soave), sentiva una tristezza, quasi uno spavento de' passi già fatti. Il tempo gli s'affacciò davanti voto d'ogni intento, d'ogni occupazione, d'ogni volere, pieno soltanto di memorie intollerabili; tutte l'ore somiglianti a quella che gli passava così lenta, così pesante sul capo. Si schierava nella fantasia tutti i suoi malandrini, e non trovava da comandare a nessuno di loro una cosa che gl'importasse; anzi l'idea di rivederli, di trovarsi tra loro, era un nuovo peso, un'idea di schifo e d'impiccio. E se volle trovare un'occupazione per l'indomani, un'opera fattibile, dovette pensare che all'indomani poteva lasciare in libertà quella poverina.

– La libererò, sì; appena spunta il giorno, correrò da lei, e le dirò: andate, andate. La farò accompagnare … E la promessa? e l'impegno? e don Rodrigo? … Chi è don Rodrigo? –

5 **solere fare qc:** etwas zu tun pflegen. | 6 **onde:** hier: um zu. | **applicare:** umsetzen, anwenden. | 10 **restịo/a:** störrisch, widerwillig. | 21 **lo schifo:** Ekel.

A guisa di chi è colto da una interrogazione inaspettata e imbarazzante d'un superiore, l'innominato pensò subito a rispondere a questa che s'era fatta lui stesso, o piuttosto quel nuovo *lui*, che cresciuto terribilmente a un tratto, sorgeva come a giudicare l'antico. Andava dunque cercando le ragioni per cui, prima quasi d'esser pregato, s'era potuto risolvere a prender l'impegno di far tanto patire, senz'odio, senza timore, un'infelice sconosciuta, per servire colui; ma, non che riuscisse a trovar ragioni che in quel momento gli paressero buone a scusare il fatto, non sapeva quasi spiegare a sé stesso come ci si fosse indotto. Quel volere, piuttosto che una deliberazione, era stato un movimento istantaneo dell'animo ubbidiente a sentimenti antichi, abituali, una conseguenza di mille fatti antecedenti; e il tormentato esaminator di sé stesso, per rendersi ragione d'un sol fatto, si trovò ingolfato nell'esame di tutta la sua vita. Indietro, indietro, d'anno in anno, d'impegno in impegno, di sangue in sangue, di scelleratezza in scelleratezza: ognuna ricompariva all'animo consapevole e nuovo, separata da' sentimenti che l'avevan fatta volere e commettere; ricompariva con una mostruosità che que' sentimenti non avevano allora lasciato scorgere in essa. Eran tutte sue, eran lui: l'orrore di questo pensiero, rinascente a ognuna di quell'immagini, attaccato a tutte, crebbe fino alla disperazione. S'alzò in furia a sedere, gettò in furia le mani alla parete accanto al letto, afferrò una pistola, la staccò, e … al momento di finire

1 **a guisa di qu:** wie jd., in der Art von jdm. | 5 **l'antico / l'antica:** hier: der alte, vorherige (Mensch). | 12 **la deliberazione:** Beschluss. | 16 **trovarsi ingolfato/a:** sich verwickelt finden. | 18 **la scelleratezza:** Ruchlosigkeit, Schandtat. | 18 f. **ricomparire:** wieder erscheinen. | 21 **la mostruosità:** Ungeheuerlichkeit.

una vita divenuta insopportabile, il suo pensiero sorpreso da un terrore, da un'inquietudine, per dir così, superstite, si slanciò nel tempo che pure continuerebbe a scorrere dopo la sua fine. S'immaginava con raccapriccio il suo cadavere sformato, immobile, in balìa del più vile sopravvissuto; la sorpresa, la confusione nel castello, il giorno dopo: ogni cosa sottosopra; lui, senza forza, senza voce, buttato chi sa dove. Immaginava i discorsi che se ne sarebber fatti lì, d'intorno, lontano; la gioia de' suoi nemici. Anche le tenebre, anche il silenzio, gli facevan veder nella morte qualcosa di più tristo, di spaventevole; gli pareva che non avrebbe esitato, se fosse stato di giorno, all'aperto, in faccia alla gente: buttarsi in un fiume e sparire. E assorto in queste contemplazioni tormentose, andava alzando e riabbassando, con una forza convulsiva del pollice, il cane della pistola; quando gli balenò in mente un altro pensiero. – Se quell'altra vita di cui m'hanno parlato quand'ero ragazzo, di cui parlano sempre, come se fosse cosa sicura; se quella vita non c'è, se è un'invenzione de' preti; che fo io? perché morire? cos'importa quello che ho fatto? cos'importa? è una pazzia la mia ... E se c'è quest'altra vita ...! –

A un tal dubbio, a un tal rischio, gli venne addosso una disperazione più nera, più grave, dalla quale non si poteva fuggire, neppur con la morte. Lasciò cader l'arme, e stava con le mani ne' capelli, battendo i denti, tremando. Tutt'a un tratto, gli tornarono in mente parole che aveva sentite e risentite, poche ore prima: – Dio perdona tante cose, per un'opera di misericordia! [...]

5 **la balìa** (lett.): Macht, Willkür. | 15 **convulsivo/a:** krampfhaft. | **il cane:** hier: (Pistolen-)Hahn. | 24 **l'arme** f.: Waffe.

Der »Ungenannte« beschließt unter dem Eindruck, den Lucia auf ihn gemacht hat, sein bisheriges Leben grundlegend zu ändern und als erste Tat dieser Änderung Lucia die Freiheit zu schenken, anstatt sie – wie abgesprochen – zu Don Rodrigo zu bringen.

Capitolo XXII

Der »Ungenannte« will sich nun an den Kardinal Federigo Borromeo wenden. Dieser Geistliche, der als Erzbischof von Mailand eine einflussreiche Position innehatte, wird sehr ausführlich als weiser, belesener und – im besten Sinne – religiöser Mann beschrieben.

[...] La carità inesausta di quest'uomo, non meno che nel dare, spiccava in tutto il suo contegno. Di facile abbordo con tutti, credeva di dovere specialmente a quelli che si chiamano di bassa condizione, un viso gioviale, una cortesia affettuosa; tanto più, quanto ne trovan meno nel mondo. E qui pure ebbe a combattere co' galantuomini del *ne quid nimis*, i quali, in ogni cosa, avrebbero voluto farlo star ne' limiti, cioè ne' loro limiti. Uno di costoro, una volta che, nella visita d'un paese alpestre e salvatico, Federigo istruiva certi poveri fanciulli, e, tra l'interrogare e l'insegnare, gli andava amorevolmente accarezzando, l'avvertì

12 **la carità:** Barmherzigkeit, Nächstenliebe (*caritatẹvole* [agg.]: barmherzig). | **inesausto/a:** unermüdlich. | 13 **ẹssere di fạcile abbordo:** leicht zugänglich, menschenfreundlich sein. | 15 **gioviale** (agg.): jovial, liebenswürdig. | 17 f. **ne quid nimis** (lat.): nichts im Übermaß, nur nicht übertreiben. | 20 **alprestre** (agg.): Berg..., Alpen...

che usasse più riguardo nel far tante carezze a que' ragazzi, perché eran troppo sudici e stomacosi: come se supponesse, il buon uomo, che Federigo non avesse senso abbastanza per fare una tale scoperta, o non abbastanza perspicacia, per trovar da sé quel ripiego così fino. Tale è, in certe condizioni di tempi e di cose, la sventura degli uomini costituiti in certe dignità: che mentre così di rado si trova chi gli avvisi de' loro mancamenti, non manca poi gente coraggiosa a riprenderli del loro far bene. Ma il buon vescovo, non senza un certo risentimento, ripose: «sono mie anime, e forse non vedranno mai più la mia faccia; e non volete che gli abbracci?»

Ben raro però era il risentimento in lui, ammirato per la soavità de' suoi modi, per una pacatezza imperturbabile, che si sarebbe attribuita a una felicità straordinaria di temperamento; ed era l'effetto d'una disciplina costante sopra un'indole viva e risentita. Se qualche volta si mostrò severo, anzi brusco, fu co' pastori suoi subordinati che scoprisse rei d'avarizia o di negligenza o d'altre tacce specialmente opposte allo spirito del loro nobile ministero. Per tutto ciò che potesse toccare o il suo interesse, o la sua gloria temporale, non dava mai segno di gioia, né di rammarico, né d'ardore, né d'agitazione: mirabile se questi moti non si destavano nell'animo suo, più mirabile se vi si destavano. Non solo da' molti conclavi ai quali assistette, riportò il concetto di non

2 **stomacioso/a:** *stomachẹvole* (agg.): ekelerregend. | 4 **la perspicacia:** Scharfblick. | 7 **la dignità:** Würde. | 10 **il risentimento:** Kränkung (*risentito/a:* empört, entrüstet). | 14 **la pacatezza:** Gelassenheit. | **imperturbạbile** (agg.): unerschütterlich. | 17 **l'ịndole** f.: Gemüt, Wesensart. | 22 **il rammạrico:** Bedauern, Kummer (auch: *il rammarichịo*). | 25 **il conclave:** Versammlung zur Papstwahl.

aver mai aspirato a quel posto così desiderabile all'ambizione, e così terribile alla pietà; ma una volta che un collega, il quale contava molto, venne a offrirgli il suo voto e quelli della sua fazione (brutta parola, ma era quella che usavano), Federigo rifiutò una tal proposta in modo, che quello depose il pensiero, e si rivolse altrove. Questa stessa modestia, quest'avversione al predominare apparivano ugualmente nell'occasioni più comuni della vita. Attento e infaticabile a disporre e a governare, dove riteneva che fosse suo dovere il farlo, sfuggì sempre d'impicciarsi negli affari altrui; anzi si scusava a tutto potere dall'ingerirvisi ricercato: discrezione e ritegno non comune, come ognuno sa, negli uomini zelatori del bene, qual era Federigo.

Se volessimo lasciarci andare al piacere di raccogliere i tratti notabili del suo carattere, ne risulterebbe certamente un complesso singolare di meriti in apparenza opposti, e certo difficili a trovarsi insieme. Però non ometteremo di notare un'altra singolarità di quella bella vita: che, piena come fu d'attività, di governo, di funzioni, d'insegnamento, d'udienze, di visite diocesane, di viaggi, di contrasti, non solo lo studio c'ebbe una parte, ma ce n'ebbe tanta, che per un letterato di professione sarebbe bastato. E infatti, con tant'altri e diversi titoli di lode, Federigo ebbe anche, presso i suoi contemporanei, quello d'uom dotto.

Non dobbiamo però dissimulare che tenne con ferma persuasione, e sostenne in pratica, con lunga costanza, opi-

4 **la fazione:** Gruppierung, Partei. | 8 **infaticạbile** (agg.): unermüdlich. | 11 **ingerirsi:** hier: sich für etwas einnehmen lassen. | 13 **il zelatore:** Eiferer, Streber. | 17 **omẹttere:** aus-, weglassen. | 20 **diocesano/a:** auf die Diözese (einen kirchlichen Verwaltungsbezirk) bezogen. | 22 **il letterato / la letterata:** Gebildete(r), Literat(in).

nioni, che al giorno d'oggi parrebbero a ognuno piuttosto strane che mal fondate; dico anche a coloro che avrebbero una gran voglia di trovarle giuste. Chi lo volesse difendere in questo, ci sarebbe quella scusa così corrente e ricevuta, ch'erano errori del suo tempo, piuttosto che suoi: scusa che, per certe cose, e quando risulti dall'esame particolare de' fatti, può aver qualche valore, o anche molto; ma che applicata così nuda e alla cieca, come si fa d'ordinario, non significa proprio nulla. E perciò, non volendo risolvere con formole semplici questioni complicate, né allungar troppo un episodio, tralasceremo anche d'esporle; bastandoci d'avere accennato così alla sfuggita che, d'un uomo così ammirabile in complesso, noi non pretendiamo che ogni cosa lo fosse ugualmente; perché non paia che abbiam voluto scrivere un'orazion funebre.

Non è certamente fare ingiuria ai nostri lettori il supporre che qualcheduno di loro domandi se di tanto ingegno e di tanto studio quest'uomo abbia lasciato qualche monumento. Se n'ha lasciati! Circa cento son l'opere che rimangon di lui, tra grandi e piccole, tra latine e italiane, tra stampate e manoscritte, che si serbano nella biblioteca da lui fondata: trattati di morale, orazioni, dissertazioni di storia, d'antichità sacra e profana, di letteratura, d'arti e d'altro.

– E come mai, dirà codesto lettore, tante opere sono dimenticate, o almeno così poco conosciute, così poco ricercate? Come mai, con tanto ingegno, con tanto studio, con

2 **fondato/a:** begründet, stichhaltig. | 8 **alla cieca:** blindlings, ins Blaue hinein. | 11 **esporre:** äußern, vorbringen. | 15 **l'orazion(e)** (f.) **funebre:** Grabrede. | 21 **serbare:** aufbewahren.

tanta pratica degli uomini e delle cose, con tanto meditare, con tanta passione per il buono e per il bello, con tanto candor d'animo, con tant'altre di quelle qualità che fanno il grande scrittore, questo, in cento opere, non ne ha lasciata neppur una di quelle che son riputate insigni anche da chi non le approva in tutto, e conosciute di titolo anche da chi non le legge? Come mai, tutte insieme, non sono bastate a procurare, almeno col numero, al suo nome una fama letteraria presso noi posteri? –

La domanda è ragionevole senza dubbio, e la questione, molto interessante; perché le ragioni di questo fenomeno si troverebbero con l'osservar molti fatti generali: e trovate, condurrebbero alla spiegazione di più altri fenomeni simili. Ma sarebbero molte e prolisse: e poi se non v'andassero a genio? se vi facessero arricciare il naso? Sicché sarà meglio che riprendiamo il filo della storia, e che, in vece di cicalar più a lungo intorno a quest'uomo, andiamo a vederlo in azione, con la guida del nostro autore.

Der »Ungenannte« begibt sich zum Kardinal Federigo Borromeo und wird von diesem sofort empfangen.

5 **riputare:** *reputare qc:* jdn., etwas für etwas halten, erachten. | **insigne** (agg.): berühmt, hervorragend. | 14 **prolisso/a:** langatmig, weitschweifig. | 15 **arricciare il naso:** die Nase rümpfen. | **sicché:** daher, deshalb.

Capitolo XXIV

Lucia s'era risentita da poco tempo; e di quel tempo una parte aveva penato a svegliarsi affatto, a separar le torbide visioni del sonno dalle memorie e dall'immagini di quella realtà troppo somigliante a una funesta visione d'infermo. La vecchia le si era subito avvicinata, e, con quella voce forzatamente umile, le aveva detto: «ah! avete dormito? Avreste potuto dormire in letto: ve l'ho pur detto tante volte ier sera». E non ricevendo risposta, aveva continuato, sempre con un tono di supplicazione stizzosa: «mangiate una volta: abbiate giudizio. Uh come siete brutta! Avete bisogno di mangiare. E poi se, quando torna, la piglia con me?»

«No, no; voglio andar via, voglio andar da mia madre. Il padrone me l'ha promesso, ha detto: domattina. Dov'è il padrone?»

«È uscito; m'ha detto che tornerà presto, e che farà tutto quel che volete.»

«Ha detto così? ha detto così? Ebbene; io voglio andar da mia madre; subito, subito.»

Ed ecco si sente un calpestìo nella stanza vicina; poi un picchio all'uscio. La vecchia accorre, domanda: «chi è?»

«Apri,» risponde sommessamente la nota voce. La vecchia tira il paletto; l'innominato, spingendo leggermente i battenti, fa un po' di spiraglio: ordina alla vecchia di venir fuori, fa entrar subito don Abbondio con la buona donna.

2 **risentirsi:** wieder zu sich kommen. | 3 **penare:** leiden; hier: sich abmühen. | 5 **l'infermo / l'inferma:** der, die (Fieber-)Kranke. | 12 **pigliarla con qu:** jdn. für etwas verantwortlich machen, jdm. etwas übelnehmen. | 24 **lo spiraglio:** Lichtstrahl, Schimmer. | 25 **la buona donna:** Gemeint ist hier ist die Frau des Schneiders aus dem Dorf in der Nähe des Schlosses.

Socchiude poi di nuovo l'uscio, si ferma dietro a quello, e manda la vecchia in una parte lontana del castellaccio; come aveva già mandata via anche l'altra donna che stava fuori, di guardia.

Tutto questo movimento, quel punto d'aspetto, il primo apparire di persone nuove, cagionarono un soprassalto d'agitazione a Lucia, alla quale, se lo stato presente era intollerabile, ogni cambiamento però era motivo di sospetto e di nuovo spavento. Guardò, vide un prete, una donna; si rincorò alquanto: guarda più attenta: è lui, o non è lui? Riconosce don Abbondio, e rimane con gli occhi fissi, come incantata. La donna, andatale vicino, si chinò sopra di lei, e, guardandola pietosamente, prendendole le mani, come per accarezzarla e alzarla a un tempo, le disse: «oh poverina! venite, venite con noi».

«Chi siete?» le domandò Lucia; ma, senza aspettar la risposta, si voltò ancora a don Abbondio, che s'era trattenuto discosto due passi, con un viso, anche lui, tutto compassionevole; lo fissò di nuovo, e esclamò: «lei! è lei? il signor curato? Dove siamo? ... Oh povera me! son fuori di sentimento!»

«No, no,» rispose don Abbondio: «son io davvero: fatevi coraggio. Vedete? siam qui per condurvi via. Son proprio il vostro curato, venuto qui apposta, a cavallo ...»

Lucia, come riacquistate in un tratto tutte le sue forze, si rizzò precipitosamente; poi fissò ancora lo sguardo su que' due visi, e disse: «è dunque la Madonna che vi ha mandati».

«Io credo di sì,» disse la buona donna.

1 **socchiudere:** hier: (Tür) anlehnen. | 6 **il soprassalto:** hier: Anflug. | 9 f. **rincorarsi:** wieder Mut fassen. | 18 **discosto/a:** abseits, entfernt.

«Ma possiamo andar via, possiamo andar via davvero?» riprese Lucia, abbassando la voce, e con uno sguardo timido e sospettoso. «E tutta quella gente …?» continuò, con le labbra contratte e tremanti di spavento e d'orrore: «e quel signore …! quell'uomo …! Già, me l'aveva promesso …»

«È qui anche lui in persona, venuto apposta con noi,» disse don Abbondio: «è qui fuori che aspetta. Andiamo presto; non lo facciamo aspettare, un par suo.»

Allora, quello di cui si parlava, spinse l'uscio, e si fece vedere; Lucia, che poco prima lo desiderava, anzi, non avendo speranza in altra cosa del mondo, non desiderava che lui, ora, dopo aver veduti visi, e sentite voci amiche, non potè reprimere un subitaneo ribrezzo; si riscosse, ritenne il respiro, si strinse alla buona donna, e le nascose il viso in seno. L'innominato, alla vista di quell'aspetto sul quale già la sera avanti non aveva potuto tener fermo lo sguardo, di quell'aspetto reso ora più squallido, sbattuto, affannato dal patire prolungato e dal digiuno, era rimasto lì fermo, quasi sull'uscio; nel veder poi quell'atto di terrore, abbassò gli occhi, stette ancora un momento immobile e muto; indi rispondendo a ciò che la poverina non aveva detto, «è vero,» esclamò: «perdonatemi!»

«Viene a liberarvi; non è più quello; è diventato buono: sentite che vi chiede perdono?» diceva la buona donna all'orecchio di Lucia.

«Si può dir di più? Via, su quella testa; non fate la bambi-

4 **contratto/a:** angespannt, verkrampft. | 8 **un par suo:** jemanden wie ihn, einen solchen Herrn (bezogen auf den Ungenannten). | 13 **reprimere:** verbergen. | **subitaneo/a:** jäh, plötzlich. | 17 **squallido/a:** hier: elend, trostlos. | **sbattuto/a** (fig.): niedergeschlagen. | 18 **il digiuno:** Fasten, Hungern. | 20 **indi** (lett.): sodann.

na; che possiamo andar presto,» le diceva don Abbondio. Lucia alzò la testa, guardò l'innominato, e, vedendo bassa quella fronte, atterrato e confuso quello sguardo, presa da un misto sentimento di conforto, di riconoscenza e di pietà, disse: «oh, il mio signore! Dio le renda merito della sua misericordia!»

«E a voi, cento volte, il bene che mi fanno codeste vostre parole.»

Così detto, si voltò, andò verso l'uscio, e uscì il primo. Lucia, tutta rianimata, con la donna che le dava braccio, gli andò dietro; don Abbondio in coda. Scesero la scala, arrivarono all'uscio che metteva nel cortile. L'innominato lo spalancò, andò alla lettiga, aprì lo sportello, e, con una certa gentilezza quasi timida (due cose nuove in lui) sorreggendo il braccio di Lucia, l'aiutò ad entrarvi, poi la buona donna. Slegò quindi la mula di don Abbondio, e l'aiutò anche lui a montare.

«Oh che degnazione!» disse questo; e montò molto più lesto che non avesse fatto la prima volta. La comitiva si mosse quando l'innominato fu anche lui a cavallo. La sua fronte s'era rialzata; lo sguardo aveva ripreso la solita espressione d'impero. I bravi che incontrava, vedevan bene sul suo viso i segni d'un forte pensiero, d'una preoccupazione straordinaria; ma non capivano, né potevan capire più in là. Al castello, non si sapeva ancor nulla della gran mutazione di quell'uomo; e per congettura, certo, nessun di coloro vi sarebbe arrivato.

La buona donna aveva subito tirate le tendine della letti-

3 **atterrato/a:** gesenkt. | 13 **la lettiga:** Sänfte. | 14 **sorreggere:** stützen. | 16 **slegare:** losbinden. | **il mulo / la mula:** Maulesel(in). | 26 **la mutazione** f.: Veränderung. | 28 **la tendina:** Vorhang.

ga: prese poi affettuosamente le mani di Lucia, s'era messa a confortarla, con parole di pietà, di congratulazione e di tenerezza. E vedendo come, oltre la fatica di tanto travaglio sofferto, la confusione e l'oscurità degli avvenimenti impedivano alla poverina di sentir pienamente la contentezza della sua liberazione, le disse quanto poteva trovar di più atto a distrigare, a ravviare, per dir così, i suoi poveri pensieri. Le nominò il paese dove andavano.

«Sì?» disse Lucia, la qual sapeva ch'era poco discosto dal suo. «Ah Madonna santissima, vi ringrazio! Mia madre! mia madre!»

«La manderemo a cercar subito,» disse la buona donna, la quale non sapeva che la cosa era già fatta.

«Sì, sì; che Dio ve ne renda merito ... E voi, chi siete? Come siete venuta ...»

«M'ha mandata il nostro curato,» disse la buona donna: «perché questo signore, Dio gli ha toccato il cuore (sia benedetto!), ed è venuto al nostro paese, per parlare al signor cardinale arcivescovo (che l'abbiamo là in visita, quel sant'uomo), e s'è pentito de' suoi peccatacci, e vuol mutar vita; e ha detto al cardinale che aveva fatta rubare una povera innocente, che siete voi, d'intesa con un altro senza timor di Dio, che il curato non m'ha detto chi possa essere.»

Lucia alzò gli occhi al cielo.

«Lo saprete forse voi,» continuò la buona donna: «basta; dunque il signor cardinale ha pensato che, trattandosi d'una giovine, ci voleva una donna per venire in compagnia, e ha

5 **la contentezza:** Zufriedenheit. | 7 **distrigare:** *districare:* entwirren. | **ravviare:** leiten. | 20 **il peccataccio** (spreg.): schwere Sünde, Untat.

detto al curato che ne cercasse una; e il curato, per sua bontà, è venuto da me ...»

«Oh! il Signore vi ricompensi della vostra carità!»

«Che dite mai, la mia povera giovine? E m'ha detto il signor curato, che vi facessi coraggio, e cercassi di sollevarvi subito, e farvi intendere come il Signore v'ha salvata miracolosamente ...»

«Ah sì! proprio miracolosamente; per intercession della Madonna.»

«Dunque, che stiate di buon animo, e perdonare a chi v'ha fatto del male, e esser contenta che Dio gli abbia usata misericordia, anzi pregare per lui; ché, oltre all'acquistarne merito, vi sentirete anche allargare il cuore.»

Lucia rispose con uno sguardo che diceva di sì, tanto chiaro come avrebbero potuto far le parole, e con una dolcezza che le parole non avrebbero saputa esprimere.

«Brava giovine!» riprese la donna: «e trovandosi al nostro paese anche il vostro curato (che ce n'è tanti tanti, di tutto il contorno, da mettere insieme quattro ufizi generali), ha pensato il signor cardinale di mandarlo anche lui in compagnia; ma è stato di poco aiuto. Già l'avevo sentito dire ch'era un uomo da poco; ma in quest'occasione, ho dovuto proprio vedere che è più impicciato che un pulcin nella stoppa.»

«E questo ...» domandò Lucia, «questo che è diventato buono ... chi è?»

8 **l'intercessione** f.: Fürbitte, Fürsprache. | 19 **l'uf(f)izio:** hier: Messe, Gottesdienst. | 22 **un uomo da poco:** ein Mann mit wenig Kompetenz. | 23 **impicciato/a:** hier: hilflos. | **il pulcin(o):** Küken. | 24 **la stoppa:** Werg, Wolle.

«Come! non lo sapete?» disse la buona donna, e lo nominò.

«Oh misericordia!» esclamò Lucia. Quel nome, quante volte l'aveva sentito ripetere con orrore in più d'una storia, in cui figurava sempre come in altre storie quello dell'orco! E ora, al pensiero d'essere stata nel suo terribil potere, e d'essere sotto la sua guardia pietosa; al pensiero d'una così orrenda sciagura, e d'una così improvvisa redenzione; a considerare di chi era quel viso che aveva veduto burbero, poi commosso, poi umiliato, rimaneva come estatica, dicendo solo, ogni poco: «oh misericordia!»

«È una gran misericordia davvero!» diceva la buona donna: «dev'essere un gran sollievo per mezzo mondo. A pensare quanta gente teneva sottosopra; e ora, come m'ha detto il nostro curato ... e poi, solo a guardarlo in viso, è diventato un santo! E poi si vedon subito le opere.»

Dire che questa buona donna non provasse molta curiosità di conoscere un po' più distintamente la grand'avventura nella quale si trovava a fare una parte, non sarebbe la verità. Ma bisogna dire a sua gloria che, compresa d'una pietà rispettosa per Lucia, sentendo in certo modo la gravità e la dignità dell'incarico che le era stato affidato, non pensò neppure a farle una domanda indiscreta, né oziosa: tutte le sue parole, in quel tragitto, furono di conforto e di premura per la povera giovine.

«Dio sa quant'è che non avete mangiato!»

«Non me ne ricordo più ... Da un pezzo.»

«Poverina! avrete bisogno di ristorarvi.»

5 **l'orco:** Unterwelt. | 8 **la sciagura:** Unglück. | 23 **ozioso/a:** müßig, nutzlos (*l'ozio:* Müßiggang).

«Sì,» rispose Lucia con voce fioca.

«A casa mia, grazie a Dio, troveremo subito qualcosa. Fatevi coraggio, che ormai c'è poco.»

Lucia si lasciava poi cader languida sul fondo della lettiga, come assopita; e allora la buona donna la lasciava in riposo. [...]

Basta; s'arrivò in fondo alla scesa, e s'uscì finalmente anche dalla valle. La fronte dell'innominato s'andò spianando. Anche don Abbondio prese una faccia più naturale, sprigionò alquanto la testa di tra le spalle, sgranchì le braccia e le gambe, si mise a stare un po' più sulla vita, che faceva un tutt'altro vedere, mandò più larghi respiri, e, con animo più riposato, si mise a considerare altri lontani pericoli. – Cosa dirà quel bestione di don Rodrigo? Rimaner con tanto di naso a questo modo, col danno e con le beffe, figuriamoci se la gli deve parere amara. Ora è quando fa il diavolo davvero. Sta a vedere che se la piglia anche con me, perché mi son trovato dentro in questa cerimonia. Se ha avuto cuore fin d'allora di mandare que' due demòni a farmi una figura di quella sorte sulla strada, ora poi, chi sa cosa farà! Con sua signoria illustrissima non la può prendere, che è un pezzo molto più grosso di lui; lì bisognerà rodere il freno. Intanto il veleno l'avrà in corpo, e sopra qualcheduno lo vorrà sfogare. Come finiscono queste faccende? I colpi cascano sem-

5 **assopito/a:** schlummernd. | 9 f. **sprigionare:** hier: hervorstrecken. | 10 **sgranchire:** lockern, dehnen. | 14 **il bestione:** hier: Muskelprotz, Kraftmeier. | 14 f. **rimanere con tanto di naso:** in die Röhre gucken, leer ausgehen. | 15 **le beffe** (oft pl.): Spott. | 20 f. **sua signoria illustrissima:** seine erlauchte Herrschaft, Herrlichkeit. | 22 **rodere il freno:** sich zügeln, sich Beherrschung auferlegen (*rodere:* nagen [auch fig.]). | 24 f. **i colpi cascano sempre all'ingiù** (loc.): es trifft immer die Kleinen.

pre all'ingiù; i cenci vanno all'aria. Lucia, di ragione, sua signoria illustrissima penserà a metterla in salvo: quell'altro poveraccio mal capitato è fuor del tiro, e ha già avuto la sua: ecco che il cencio son diventato io. La sarebbe barbara, dopo tant'incomodi, dopo tante agitazioni, e senza acquistarne merito, che ne dovessi portar la pena io. Cosa farà ora sua signoria illustrissima per difendermi, dopo avermi messo in ballo? Mi può star mallevadore lui che quel dannato non mi faccia un'azione peggio della prima? E poi, ha tanti affari per la testa! mette mano a tante cose! Come si può badare a tutto? Lascian poi alle volte le cose più imbrogliate di prima. Quelli che fanno il bene, lo fanno all'ingrosso: quand'hanno provata quella soddisfazione, n'hanno abbastanza, e non si voglion seccare a star dietro a tutte le conseguenze; ma coloro che hanno quel gusto di fare il male, ci mettono più diligenza, ci stanno dietro fino alla fine, non prendon mai requie, perché hanno quel canchero che li rode. Devo andar io a dire che son venuto qui per comando espresso di sua signoria illustrissima, e non di mia volontà? Parrebbe che volessi tenere dalla parte dell'iniquità. Oh santo cielo! Dalla parte dell'iniquità io! Per gli spassi che la mi dà! Basta; il meglio sarà raccontare a Perpetua la cosa com'è; e lascia poi fare a Perpetua a mandarla in giro. Pur-

1 **i cenci vanno all'aria** (loc.): Das Unglück trifft immer die Schwachen zuerst (*il cencio / la cencia* [fig.]: hier: Arme[r], Rechtlose[r]). | **andare all'aria:** scheitern. | 2 **quell'altro:** hier ist Renzo gemeint. | 3 **avere la sua:** sein Fett abbekommen. | 4 **la (cosa) sarebbe bạrbara:** die Sache wäre barbarisch. | 7 f. **mẹttersi in ballo:** sich ins Spiel bringen, verwickeln. | 8 **il mallevadore / la mallevadrice:** Bürge, Bürgin. | **il dannato:** Verdammter, Verfluchter. | 12 **fare qc all'ingrosso:** etwas in großem Stil tun. | 17 **prẹndere requie** f.: Ruhe finden. | **il cạnchero:** *il cancro:* Krebs.

ché a monsignore non venga il grillo di far qualche pubblicità, qualche scena inutile, e mettermici dentro anche me. A buon conto, appena siamo arrivati, se è uscito di chiesa, vado a riverirlo in fretta in fretta; se no, lascio le mie scuse, e me ne vo diritto diritto a casa mia. Lucia è bene appoggiata; di me non ce n'è più bisogno; e dopo tant'incomodi, posso pretendere anch'io d'andarmi a riposare. E poi ... che non venisse anche curiosità a monsignore di saper tutta la storia, e mi toccasse a render conto dell'affare del matrimonio! Non ci mancherebbe altro. E se viene in visita anche alla mia parrocchia! ... Oh! sarà quel che sarà; non vo' confondermi prima del tempo: n'ho abbastanza de' guai. Per ora vo a chiudermi in casa. Fin che monsignore si trova da queste parti, don Rodrigo non avrà faccia di far pazzie. E poi ... E poi? Ah! vedo che i miei ultimi anni ho da passarli male! –

La comitiva arrivò che le funzioni di chiesa non erano ancor terminate; passò per mezzo alla folla medesima non meno commossa della prima volta; e poi si divise. I due a cavallo voltarono sur una piazzetta di fianco, in fondo a cui era la casa del parroco; la lettiga andò avanti verso quella della buona donna.

Don Abbondio fece quello che aveva pensato: appena smontato, fece i più sviscerati complimenti all'innominato, e lo pregò di volerlo scusar con monsignore; ché lui doveva

1 **il monsignore:** Anrede eines geistlichen Würdenträgers (Don Abbondio denkt hier an den Kardinal Federigo Borromeo). | 4 **riverire qu:** jdm. Ehre erweisen. | 5 **vo:** *vado.* | 5 f. **appoggiato/a:** hier (fig.): versorgt, untergebracht. | 14 **avere faccia di far qc:** sich trauen, die Stirn haben, etwas zu tun. | 17 **la funzione di chiesa:** Gottesdienst. | 24 **sviscerato/a:** heftig, leidenschaftlich.

tornare alla parrocchia addirittura, per affari urgenti. Andò a cercare quel che chiamava il suo cavallo, cioè il bastone che aveva lasciato in un cantuccio del salotto, e s'incamminò. L'innominato stette a aspettare che il cardinale tornasse di chiesa.

La buona donna, fatta seder Lucia nel miglior luogo della sua cucina, s'affaccendava a preparar qualcosa da ristorarla, ricusando, con una certa rustichezza cordiale, i ringraziamenti e le scuse che questa rinnovava ogni tanto.

Presto presto, rimettendo stipa sotto un calderotto, dove notava un buon cappone, fece alzare il bollore al brodo, e riempitane una scodella già guarnita di fette di pane, potè finalmente presentarla a Lucia. E nel vedere la poverina a riaversi a ogni cucchiaiata, si congratulava ad alta voce con sé stessa che la cosa fosse accaduta in un giorno in cui, com'essa diceva, non c'era il gatto nel fuoco. «Tutti s'ingegnano oggi a far qualcosina,» aggiungeva: «meno que' poveri poveri che stentano a aver pane di vecce e polenta di saggina; però oggi da un signore così caritatevole sperano di buscar tutti qualcosa. Noi, grazie al cielo, non siamo in questo caso: tra il mestiere di mio marito, e qualcosa che abbiamo al sole, si campa. Sicché mangiate senza pensieri intanto; ché

8 **la rustichezza:** Derbheit. | 10 **la stipa:** trockenes Holz, Reisig. | **il calderotto:** Kessel. | 11 **notare:** *nuotare.* | **il cappone:** Kapaun (kastrierter Hahn zum Mästen). | **il bollore:** Hitze. | 11 f. **riempịtane:** nachdem sie Suppenbrühe ins Schüsselchen gefüllt hatte. | 12 **la scodella:** Schüsselchen. | 13 f. **riaversi:** sich erholen. | 16 **non c'è il gatto nel fuoco** (loc.): die Küche bleibt nicht kalt (bildlich: setzt sich die Katze auf den Herd, wird nicht gekocht, und es gibt nichts zu essen). | 17 f. **pọvero pọvero:** bettelarm. | 18 **il pane di vecce:** Wickenbrot. | **la polenta di saggina:** Hirsebrei. | 21 f. **qualcosa che abbiamo al sole:** Hier ist ein kleines Stück Landbesitz gemeint.

presto il cappone sarà a tiro, e potrete ristorarvi un po' meglio.» Così detto, ritornò ad accudire al desinare, e ad apparecchiare.

Lucia, tornatele alquanto le forze, e acquietandosele sempre più l'animo, andava intanto assettandosi, per un'abitudine, per un istinto di pulizia e di verecondia: rimetteva e fermava le trecce allentate e arruffate, raccomodava il fazzoletto sul seno, e intorno al collo. In far questo, le sue dita s'intralciarono nella corona che ci aveva messa, la notte avanti; lo sguardo vi corse; si fece nella mente un tumulto istantaneo; la memoria del voto, oppressa fino allora e soffogata da tante sensazioni presenti, vi si suscitò d'improvviso, e vi comparve chiara e distinta. Allora tutte le potenze del suo animo, appena riavute, furon sopraffatte di nuovo, a un tratto: e se quell'animo non fosse stato così preparato da una vita d'innocenza, di rassegnazione e di fiducia, la costernazione che provò in quel momento, sarebbe stata disperazione. Dopo un ribollimento di que' pensieri che non vengono con parole, le prime che si formarono nella sua mente furono: – oh povera me, cos'ho fatto! –

Ma non appena l'ebbe pensate, ne risentì come uno spavento. Le tornarono in mente tutte le circostanze del voto, l'angoscia intollerabile, il non avere una speranza di soccor-

1 **essere a tiro:** hier: fertiggekocht, gar sein. | 4 **alquanto:** hier: ein wenig. | **acquietarsi:** sich beruhigen. | 5 **assettarsi:** sich zurechtmachen. | 6 **la verecondia:** Sittsamkeit. | 7 **la treccia:** Zopf. | **allentato/a:** locker, lose. | **arruffato/a:** zerzaust. | 8 **il fazzoletto sul seno:** Brusttuch (dreieckiges Halstuch, dessen Enden ins Mieder gesteckt werden). | 9 **intralciarsi:** sich verfangen. | **la corona:** hier: Rosenkranz. | 11 **il voto:** hier: Gelübde. | 14 **essere sopraffatto/a:** überwältigt werden. | 16 f. **la costernazione:** Niedergeschlagenheit. | 18 **il ribollimento:** Aufwallung.

so, il fervore della preghiera, la pienezza del sentimento con cui la promessa era stata fatta. E dopo avere ottenuta la grazia, pentirsi della promessa, le parve un'ingratitudine sacrilega, una perfidia verso Dio e la Madonna; le parve che una tale infedeltà le attirerebbe nuove e più terribili sventure, in mezzo alle quali non potrebbe più sperare neppur nella preghiera; e s'affrettò di rinnegare quel pentimento momentaneo. Si levò con divozione la corona dal collo, e tenendola nella mano tremante, confermò, rinnovò il voto, chiedendo nello stesso tempo, con una supplicazione accorata, che le fosse concessa la forza d'adempirlo, che le fossero risparmiati i pensieri e l'occasioni le quali avrebbero potuto, se non ismovere il suo animo, agitarlo troppo. La lontananza di Renzo, senza nessuna probabilità di ritorno, quella lontananza che fin allora le era stata così amara, le parve ora una disposizione della Provvidenza, che avesse fatti andare insieme i due avvenimenti per un fine solo; e si studiava di trovar nell'uno la ragione d'esser contenta dell'altro. E dietro a quel pensiero, s'andava figurando ugualmente che quella Provvidenza medesima, per compir l'opera, saprebbe trovar la maniera di far che Renzo si rassegnasse anche lui, non pensasse più ... Ma una tale idea, appena trovata, mise sottosopra la mente ch'era andata a cercarla. La povera Lucia, sentendo che il cuore era lì lì per pentirsi, ritornò alla preghiera, alle conferme, al combattimento, dal quale s'alzò, se ci si passa quest'espressione, co-

1 **il fervore:** Eifer. | 7 **rinnegare:** leugnen. | 8 **la divozione:** *la devozione:* Hingabe, Frömmigkeit. | 13 **ismọvere:** *smuọvere:* hier: auf Abwege bringen. | 16 **la Provvidenza:** göttliche Vorsehung. | 21 f. **rassegnarsi:** sich abfinden.

me il vincitore stanco e ferito, di sopra il nemico abbattuto: non dico ucciso.

Tutt'a un tratto, si sente uno scalpiccìo, e un chiasso di voci allegre. Era la famigliola che tornava di chiesa. Due bambinette e un fanciullo entran saltando; si fermano un momento a dare un'occhiata curiosa a Lucia, poi corrono alla mamma, e le s'aggruppano intorno: chi domanda il nome dell'ospite sconosciuta, e il come e il perché; chi vuol raccontare le maraviglie vedute: la buona donna risponde a tutto e a tutti con un «zitti, zitti». Entra poi, con un passo più quieto, ma con una premura cordiale dipinta in viso, il padrone di casa. Era, se non l'abbiamo ancor detto, il sarto del villaggio, e de' contorni; un uomo che sapeva leggere, che aveva letto in fatti più d'una volta il Leggendario de' Santi, il Guerrin meschino e i Reali di Francia, e passava, in quelle parti, per un uomo di talento e di scienza: lode però che rifiutava modestamente, dicendo soltanto che aveva sbagliato la vocazione; e che se fosse andato agli studi, in vece di tant'altri ...! Con questo, la miglior pasta del mondo. Essendosi trovato presente quando sua moglie era stata pregata dal curato d'intraprendere quel viaggio caritatevole, non solo ci aveva data la sua approvazione, ma le avrebbe fatto coraggio, se ce ne fosse stato bisogno. E ora che la fun-

3 **lo scalpiccio:** Getrampel, Getrappel. | 7 **aggrupparsi:** sich gruppieren. | 11 **la premura:** Zuvorkommenheit. | 12 **il sarto / la sarta:** Schneider(in). | 14 **il Leggendario:** hier: Buch der Heiligenlegenden. | 15 **il Guerrin meschino:** achtbändiges Romanwerk des toskanischen Troubadours Andrea da Barbarino (um 1370–1432). | **i Reali di Francia:** Werk über das französische Königtum, ebenfalls von Andrea da Barbarino. | 18 **la vocazione:** Berufung. | 19 f. **la miglior pasta del mondo** (fig.): der beste Mensch der Welt.

zione, la pompa, il concorso, e soprattutto la predica del cardinale avevano, come si dice, esaltati tutti i suoi buoni sentimenti, tornava a casa con un'aspettativa, con un desiderio ansioso di sapere come la cosa fosse riuscita, e di trovare la povera innocente salvata.

«Guardate un poco,» gli disse, al suo entrare, la buona donna, accennando Lucia; la quale fece il viso rosso, s'alzò, e cominciava a balbettar qualche scusa. Ma lui, avvicinatosele, l'interruppe facendole una gran festa, e esclamando: «ben venuta, ben venuta! Siete la benedizione del cielo in questa casa. Come son contento di vedervi qui! Già ero sicuro che sareste arrivata a buon porto; perché non ho mai trovato che il Signore abbia cominciato un miracolo senza finirlo bene; ma son contento di vedervi qui. Povera giovine! Ma è però una gran cosa d'aver ricevuto un miracolo!»

Né si creda che fosse lui il solo a qualificar così quell'avvenimento, perché aveva letto il Leggendario: per tutto il paese e per tutt'i contorni non se ne parlò con altri termini, fin che ce ne rimase la memoria. E, a dir la verità, con le frange che vi s'attaccarono, non gli poteva convenire altro nome.

Accostatosi poi passo passo alla moglie, che staccava il calderotto dalla catena, le disse sottovoce: «è andato bene ogni cosa?»

«Benone: ti racconterò poi tutto.»

«Sì, sì; con comodo.»

1 **la pompa:** Pomp, Gepränge. | 2 **esaltare:** hier: in Hochstimmung versetzen. | 4 **ansioso/a:** hier: ungeduldig. | 8 f. **avvicinatosele:** nachdem er sich ihr genähert hatte. | 9 **fare una grande festa a qu:** hier: jdn. herzlich begrüßen. | 16 **qualificare:** bezeichnen. | 23 **il calderotto:** (gusseiserner) Topf.

Messo poi subito in tavola, la padrona andò a prender Lucia, ve l'accompagnò, la fece sedere; e staccata un'ala di quel cappone, gliela mise davanti; si mise a sedere anche lei e il marito, facendo tutt'e due coraggio all'ospite abbattuta e vergognosa, perché mangiasse. Il sarto cominciò, ai primi bocconi, a discorrere con grand'enfasi, in mezzo all'interruzioni de' ragazzi, che mangiavano ritti intorno alla tavola, e che in verità avevano viste troppe cose straordinarie, per fare alla lunga la sola parte d'ascoltatori. Descriveva le cerimonie solenni, poi saltava a parlare della conversione miracolosa. Ma ciò che gli aveva fatto più impressione, e su cui tornava più spesso, era la predica del cardinale.

«A vederlo lì davanti all'altare,» diceva, «un signore di quella sorte, come un curato ...»

«E quella cosa d'oro che aveva in testa ...» diceva una bambinetta.

«Sta zitta. A pensare, dico, che un signore di quella sorte, e un uomo tanto sapiente, che, a quel che dicono, ha letto tutti i libri che ci sono, cosa a cui non è mai arrivato nessun altro, né anche in Milano; a pensare che sappia adattarsi a dir quelle cose in maniera che tutti intendano ...»

«Ho inteso anch'io,» disse l'altra chiacchierina.

«Sta zitta! cosa vuoi avere inteso, tu?»

«Ho inteso che spiegava il Vangelo in vece del signor curato.»

«Sta zitta. Non dico chi sa qualche cosa; ché allora uno è obbligato a intendere; ma anche i più duri di testa, i più

7 **ritto/a:** hier: nach damaliger Tischsitte wurde im Stehen gegessen. | 18 **sapiente** (agg.): weise. | 22 **la chiacchierina:** Plappermäulchen. | 24 **il Vangelo:** Evangelium.

ignoranti, andavan dietro al filo del discorso. Andate ora a domandar loro se saprebbero ripeter le parole che diceva: sì; non ne ripescherebbero una; ma il sentimento lo hanno qui. E senza mai nominare quel signore, come si capiva che voleva parlar di lui! E poi, per capire, sarebbe bastato osservare quando aveva le lacrime agli occhi. E allora tutta la gente a piangere ...»

«È proprio vero,» scappò fuori il fanciullo: «ma perché piangevan tutti a quel modo, come bambini?»

«Sta zitto. E sì che c'è de' cuori duri in questo paese. E ha fatto proprio vedere che, benché ci sia la carestia, bisogna ringraziare il Signore, ed esser contenti: far quel che si può, industriarsi, aiutarsi, e poi esser contenti. Perché la disgrazia non è il patire, e l'esser poveri; la disgrazia è il far del male. E non son belle parole; perché si sa che anche lui vive da pover'uomo, e si leva il pane di bocca per darlo agli affamati; quando potrebbe far vita scelta, meglio di chi si sia. Ah! allora un uomo dà soddisfazione a sentirlo discorrere; non come tant'altri, fate quello che dico, e non fate quel che fo. E poi ha fatto proprio vedere che anche coloro che non son signori, se hanno più del necessario, sono obbligati di farne parte a chi patisce.»

Qui interruppe il discorso da sé, come sorpreso da un pensiero. Stette un momento; poi mise insieme un piatto delle vivande ch'eran sulla tavola, e aggiuntovi un pane, mise il piatto in un tovagliolo, e preso questo per le quattro

1 **il filo del discorso:** der rote Faden. | 3 **non ... ripescare:** hier: wiederholen. | 13 **industriarsi:** sich bemühen, plagen. | 13 f. **la disgrazia:** Unglück. | 16 **levarsi il pane di bocca:** sich etwas vom Mund absparen. | 16 f. **l'affamato / l'affamata:** der, die Hungernde. | 25 **la vivanda:** Gericht, Speise.

cocche, disse alla sua bambinetta maggiore: «piglia qui». Le diede nell'altra mano un fiaschetto di vino, e soggiunse: «va qui da Maria vedova; lasciale questa roba, e dille che è per stare un po' allegra co' suoi bambini. Ma con buona maniera, ve'; che non paia che tu le faccia l'elemosina. E non dir niente, se incontri qualcheduno; e guarda di non rompere.»

Lucia fece gli occhi rossi, e sentì in cuore una tenerezza ricreatrice; come già da' discorsi di prima aveva ricevuto un sollievo che un discorso fatto apposta non le avrebbe potuto dare. L'animo attirato da quelle descrizioni, da quelle fantasie di pompa, da quelle commozioni di pietà e di maraviglia, preso dall'entusiasmo medesimo del narratore, si staccava da' pensieri dolorosi di sé; e anche ritornandoci sopra, si trovava più forte contro di essi. Il pensiero stesso del gran sacrifizio, non già che avesse perduto il suo amaro, ma insiem con esso aveva un non so che d'una gioia austera e solenne.

Poco dopo, entrò il curato del paese, e disse d'esser mandato dal cardinale a informarsi di Lucia, ad avvertirla che monsignore voleva vederla in quel giorno, e a ringraziare in suo nome il sarto e la moglie. E questi e quella, commossi e confusi, non trovavan parole per corrispondere a tali dimostrazioni d'un tal personaggio.

«E vostra madre non è ancora arrivata?» disse il curato a Lucia.

«Mia madre!» esclamò questa. Dicendole poi il curato, che l'aveva mandata a prendere, d'ordine dell'arcivescovo,

1 **la cocca:** Zipfel. | 5 **fare l'elemọsina a qu:** jdm. ein Almosen geben. | 7 **fare gli occhi rossi:** den Tränen nahe sein. | 8 **ricreatore/ricreatrice:** erholsam. | 9 **il sollievo:** Erleichterung. | 11 **la commozione:** Rührung. | 16 **austero/a:** würdevoll. | 17 **solenne** (agg.): feierlich.

si mise il grembiule agli occhi, e diede in un dirotto pianto, che durò un pezzo dopo che fu andato via il curato. Quando poi gli affetti tumultuosi che le si erano suscitati a quell'annunzio, cominciarono a dar luogo a pensieri più posati, la poverina si ricordò che quella consolazione allora così vicina, di riveder la madre, una consolazione così inaspettata poche ore prima, era stata da lei espressamente implorata in quell'ore terribili, e messa quasi come una condizione al voto. *Fatemi tornar salva con mia madre*, aveva detto; e queste parole le ricomparvero ora distinte nella memoria. Si confermò più che mai nel proposito di mantener la promessa, e si fece di nuovo, e più amaramente, scrupolo di quel *povera me!* che le era scappato detto tra sé, nel primo momento.

Agnese infatti, quando si parlava di lei, era già poco lontana. È facile pensare come la povera donna fosse rimasta, a quell'invito così inaspettato, e a quella notizia, necessariamente tronca e confusa, d'un pericolo, si poteva dir, cessato, ma spaventoso; d'un caso terribile, che il messo non sapeva né circostanziare né spiegare; e lei non aveva a che attaccarsi per ispiegarlo da sé. Dopo essersi cacciate le mani ne' capelli, dopo aver gridato più volte: «ah Signore! ah Madonna!», dopo aver fatte al messo varie domande, alle quali questo non sapeva che rispondere, era entrata in fretta e in furia nel baroccio, continuando per la strada a esclamare e interrogare, senza profitto. Ma, a un certo punto, aveva incontrato don Abbondio che veniva adagio adagio, mettendo avanti, a ogni passo, il suo bastone. Dopo un «oh!» di

1 **dare in qc:** hier: (in Weinen) ausbrechen. | **dirotto/a:** heftig, herzzerreißend. | 18 **tronco/a:** hier: lückenhaft. | 21 f. **cacciarsi le mani ne' capelli:** sich die Haare raufen.

tutt'e due le parti, lui s'era fermato, lei aveva fatto fermare, ed era smontata; e s'eran tirati in disparte in un castagneto che costeggiava la strada. Don Abbondio l'aveva ragguagliata di ciò che aveva potuto sapere e dovuto vedere. La cosa non era chiara; ma almeno Agnese fu assicurata che Lucia era affatto in salvo; e respirò.

Dopo, don Abbondio era voluto entrare in un altro discorso, e darle una lunga istruzione sulla maniera di regolarsi con l'arcivescovo, se questo, com'era probabile, avesse desiderato di parlar con lei e con la figliuola; e soprattutto che non conveniva far parola del matrimonio … Ma Agnese, accorgendosi che il brav'uomo non parlava che per il suo proprio interesse, l'aveva piantato, senza promettergli, anzi senza risolver nulla; ché aveva tutt'altro da pensare. E s'era rimessa in istrada.

Finalmente il baroccio arriva, e si ferma alla casa del sarto. Lucia s'alza precipitosamente; Agnese scende, e dentro di corsa: sono nelle braccia l'una dell'altra. La moglie del sarto, ch'era la sola che si trovava lì presente, fa coraggio a tutt'e due, le acquieta, si rallegra con loro, e poi, sempre discreta, le lascia sole, dicendo che andava a preparare un letto per loro; che aveva il modo, senza incomodarsi; ma che, in ogni caso, tanto lei, come suo marito, avrebbero piuttosto voluto dormire in terra, che lasciarle andare a cercare un ricovero altrove.

Passato quel primo sfogo d'abbracciamenti e di singhiozzi, Agnese volle sapere i casi di Lucia, e questa si mise affan-

2 **il castagneto:** Kastanienwald. | 3 f. **ragguagliare qu:** jdn. informieren, unterrichten (*ragguaglio/a:* berichtet, belegt). | 11 **far parola di qc:** etwas ins Gespräch bringen. | 13 **piantare qu:** hier: jdn. stehenlassen. | 26 f. **il singhiozzo:** Schluchzer.

nosamente a raccontarglieli. Ma, come il lettore sa, era una storia che nessuno la conosceva tutta; e per Lucia stessa c'eran delle parti oscure, inesplicabili affatto. E principalmente quella fatale combinazione d'essersi la terribile carrozza trovata lì sulla strada, per l'appunto quando Lucia vi passava per un caso straordinario: su di che la madre e la figlia facevan cento congetture, senza mai dar nel segno, anzi senza neppure andarci vicino.

In quanto all'autor principale della trama, tanto l'una che l'altra non potevano fare a meno di non pensare che fosse don Rodrigo.

«Ah anima nera! ah tizzone d'inferno!» esclamava Agnese: «ma verrà la sua ora anche per lui. Domeneddio lo pagherà secondo il merito; e allora proverà anche lui ...»

«No, no, mamma; no!» interruppe Lucia: «non gli augurate di patire, non l'augurate a nessuno! Se sapeste cosa sia patire! Se aveste provato! No, no! preghiamo piuttosto Dio e la Madonna per lui: che Dio gli tocchi il cuore, come ha fatto a quest'altro povero signore, ch'era peggio di lui; e ora è un santo.»

Il ribrezzo che Lucia provava nel tornare sopra memorie così recenti e così crudeli, la fece più d'una volta restare a mezzo; più d'una volta disse che non le bastava l'animo di continuare, e dopo molte lacrime, riprese la parola a stento. Ma un sentimento diverso la tenne sospesa, a un certo punto del racconto: quando fu al voto. Il timore che la madre le desse dell'imprudente e della precipitosa; e che, come ave-

12 **il tizzone d'inferno:** Höllenhund. | 13 **Domeneddịo:** der Herrgott. | 25 **tenere sospeso qu:** jdn. zurückhalten. | 26 f. **dare del ... a qu:** hier: jdn. für etwas halten, jdn. etwas schimpfen. | 27 **imprudente** (agg.): leichtfertig, unklug. | **precipitoso/a:** voreilig.

va fatto nell'affare del matrimonio, mettesse in campo qualche sua regola larga di coscienza, e volesse fargliela trovar giusta per forza; o che, povera donna, dicesse la cosa a qualcheduno in confidenza, se non altro per aver lume e consiglio, e la facesse così divenir pubblica, cosa che Lucia, solamente a pensarci, si sentiva venire il viso rosso; anche una certa vergogna della madre stessa, una ripugnanza inesplicabile a entrare in quella materia; tutte queste cose insieme fecero che nascose quella circostanza importante, proponendosi di farne prima la confidenza al padre Cristoforo. Ma come rimase allorché, domandando di lui, si sentì rispondere che non c'era più, ch'era stato mandato in un paese lontano lontano, in un paese che aveva un certo nome!

«E Renzo?» disse Agnese.

«È in salvo, n'è vero?» disse ansiosamente Lucia.

«Questo è sicuro, perché tutti lo dicono; si tien per certo che si sia ricoverato sul bergamasco; ma il luogo proprio nessuno lo sa dire: e lui finora non ha mai fatto saper nulla. Che non abbia ancora trovata la maniera.»

«Ah, se è in salvo, sia ringraziato il Signore!» disse Lucia; e cercava di cambiar discorso; quando il discorso fu interrotto da una novità inaspettata: la comparsa del cardinale arcivescovo.

Questo, tornato di chiesa, dove l'abbiam lasciato, sentito dall'innominato che Lucia era arrivata, sana e salva, era andato a tavola con lui, facendoselo sedere a destra, in mezzo a una corona di preti, che non potevano saziarsi di dare oc-

2 **largo/a di coscienza:** hier: großzügig, liberal. | 4 **per aver lume:** um Erleuchtung, Aufklärung zu finden. | 26 **sano/a e salvo/a:** gesund und munter. | 28 **la corona:** hier: Kreis, Runde.

chiate a quell'aspetto così ammansato senza debolezza, così umiliato senza abbassamento, e di paragonarlo con l'idea che da lungo tempo s'eran fatta del personaggio.

Finito di desinare, loro due s'eran ritirati di nuovo insieme. Dopo un colloquio che durò molto più del primo, l'innominato era partito per il suo castello, su quella stessa mula della mattina; e il cardinale, fatto chiamare il curato, gli aveva detto che desiderava d'esser condotto alla casa dov'era ricoverata Lucia.

«Oh! monsignore,» aveva risposto il curato, «non s'incomodi: manderò io subito ad avvertire che venga qui la giovine, la madre, se è arrivata, anche gli ospiti, se monsignore li vuole, tutti quelli che desidera vossignoria illustrissima.»

«Desidero d'andar io a trovarli,» aveva replicato Federigo.

«Vossignoria illustrissima non deve incomodarsi: manderò io subito a chiamarli: è cosa d'un momento,» aveva insistito il curato guastamestieri (buon uomo del resto), non intendendo che il cardinale voleva con quella visita rendere onore alla sventura, all'innocenza, all'ospitalità e al suo proprio ministero in un tempo. Ma, avendo il superiore espresso di nuovo il medesimo desiderio, l'inferiore s'inchinò e si mosse.

Quando i due personaggi furon veduti spuntar nella strada, tutta la gente che c'era andò verso di loro; e in pochi momenti n'accorse da ogni parte, camminando loro ai fianchi chi poteva, e gli altri dietro, alla rinfusa. Il curato badava a dire: «via, indietro, ritiratevi; ma! ma!» Federigo gli dice-

1 **ammansato/a:** besänftigt, milde. | 2 **l'abbassamento:** Erniedrigung. | 18 **il guastamestieri:** Pfuscher.

va: «lasciateli fare», e andava avanti, ora alzando la mano a benedir la gente, ora abbassandola ad accarezzare i ragazzi che gli venivan tra' piedi. Così arrivarono alla casa, e c'entrarono: la folla rimase ammontata al di fuori. Ma nella folla si trovava anche il sarto, il quale era andato dietro come gli altri, con gli occhi fissi e con la bocca aperta, non sapendo dove si riuscirebbe. Quando vide quel dove inaspettato, si fece far largo, pensate con che strepito, gridando e rigridando: «lasciate passare chi ha da passare»; e entrò.

Agnese e Lucia sentirono un ronzìo crescente nella strada; mentre pensavano cosa potesse essere, videro l'uscio spalancarsi, e comparire il porporato col parroco.

«È quella?» domandò il primo al secondo; e, a un cenno affermativo, andò verso Lucia, ch'era rimasta lì con la madre, tutt'e due immobili e mute dalla sorpresa e dalla vergogna. Ma il tono di quella voce, l'aspetto, il contegno, e soprattutto le parole di Federigo l'ebbero subito rianimate. «Povera giovine,» cominciò: «Dio ha permesso che foste messa a una gran prova; ma v'ha anche fatto vedere che non aveva levato l'occhio da voi, che non v'aveva dimenticata. V'ha rimessa in salvo; e s'è servito di voi per una grand'opera, per fare una gran misericordia a uno, e per sollevar molti nello stesso tempo.

Qui comparve nella stanza la padrona, la quale, al rumore, s'era affacciata anch'essa alla finestra, e avendo veduto chi le entrava in casa, aveva sceso le scale, di corsa, dopo essersi raccomodata alla meglio; e quasi nello stesso tempo,

7 **riuscire:** hier: herausgelangen. | **quel dove:** jenen Ort. | 8 **farsi largo:** sich Platz schaffen. | 12 **il porporato:** der Purpurträger (gemeint ist der Kardinal). | **il parroc(c)o:** Pfarrer. | 27 **raccomandarsi:** hier: sich zurechtmachen.

entrò il sarto da un altr'uscio. Vedendo avviato il discorso, andarono a riunirsi in un canto, dove rimasero con gran rispetto. Il cardinale, salutatili cortesemente, continuò a parlar con le donne, mescolando ai conforti qualche domanda, per veder se nelle risposte potesse trovar qualche congiuntura di far del bene a chi aveva tanto patito.

«Bisognerebbe che tutti i preti fossero come vossignoria, che tenessero un po' dalla parte de' poveri, e non aiutassero a metterli in imbroglio, per cavarsene loro,» disse Agnese, animata dal contegno così famigliare e amorevole di Federigo, e stizzita dal pensare che il signor don Abbondio, dopo aver sempre sacrificati gli altri, pretendesse poi anche d'impedir loro un piccolo sfogo, un lamento con chi era al di sopra di lui, quando, per un caso raro, n'era venuta l'occasione.

«Dite pure tutto quel che pensate,» disse il cardinale: «parlate liberamente.»

«Voglio dire che, se il nostro signor curato avesse fatto il suo dovere, la cosa non sarebbe andata così.»

Ma facendole il cardinale nuove istanze perché si spiegasse meglio, quella cominciò a trovarsi impicciata a dover raccontare una storia nella quale aveva anch'essa una parte che non si curava di far sapere, specialmente a un tal personaggio. Trovò però il verso d'accomodarla con un piccolo stralcio: raccontò del matrimonio concertato, del rifiuto di don Abbondio, non lasciò fuori il pretesto *de' superiori* che lui aveva messo in campo (ah, Agnese!); e saltò all'attentato di don Rodrigo, e come, essendo stati avvertiti, avevano

9 **cavarsene:** sich aus der Affäre ziehen. | 19 **l'istanza:** Drängen, Bitten. | 22 **non curarsi di qc:** etwas übergehen. | 23 **trovare il verso:** Mittel und Wege finden. | **accomodare:** hier: ausgleichen. | 24 **lo stralcio:** Erzählung. | 25 **il pretesto:** Ausrede, Vorwand.

potuto scappare. «Ma sì,» soggiunse e concluse: «scappare per inciamparci di nuovo. Se in vece il signor curato ci avesse detto sinceramente la cosa, e avesse subito maritati i miei poveri giovani, noi ce n'andavamo via subito, tutti insieme, di nascosto, lontano, in luogo che né anche l'aria non lo avrebbe saputo. Così s'è perduto tempo; ed è nato quel che è nato.»

«Il signor curato mi renderà conto di questo fatto,» disse il cardinale.

«No, signore, no, signore,» disse subito Agnese: «non ho parlato per questo: non lo gridi, perché già quel che è stato è stato; e poi non serve a nulla: è un uomo fatto così: tornando il caso, farebbe lo stesso.»

Ma Lucia, non contenta di quella maniera di raccontar la storia, soggiunse: «anche noi abbiamo fatto del male: si vede che non era la volontà del Signore che la cosa dovesse riuscire».

«Che male avete potuto far voi, povera giovine?» disse Federigo.

Lucia, malgrado gli occhiacci che la madre cercava di farle alla sfuggita, raccontò la storia del tentativo fatto in casa di don Abbondio; e concluse dicendo: «abbiam fatto male; e Dio ci ha gastigati».

«Prendete dalla sua mano i patimenti che avete sofferti, e state di buon animo,» disse Federigo: «perché, chi avrà ragione di rallegrarsi e di sperare, se non chi ha patito, e pensa ad accusar sé medesimo?»

2 **inciamparsi:** straucheln, sich verwickeln. | 8 **rendere conto a qu di qc:** Rechenschaft ablegen. | 20 **l'occhiaccio:** böser Blick. | 21 **alla (di) sfuggita:** heimlich. | 23 **gastigare:** *castigare:* züchtigen.

Domandò allora dove fosse il promesso sposo, e sentendo da Agnese (Lucia stava zitta, con la testa e gli occhi bassi) ch'era scappato dal suo paese, ne provò e ne mostrò maraviglia e dispiacere; e volle sapere il perché.

Agnese raccontò alla meglio tutto quel poco che sapeva della storia di Renzo.

«Ho sentito parlare di questo giovine,» disse il cardinale: «ma come mai uno che si trovò involto in affari di quella sorte, poteva essere in trattato di matrimonio con una ragazza così?»

«Era un giovine dabbene,» disse Lucia, facendo il viso rosso, ma con voce sicura.

«Era un giovine quieto, fin troppo,» soggiunse Agnese: «e questo lo può domandare a chi si sia, anche al signor curato. Chi sa che imbroglio avranno fatto laggiù, che cabale? I poveri, ci vuol poco a farli comparir birboni.»

«È vero pur troppo,» disse il cardinale: «m'informerò di lui senza dubbio»: e fattosi dire nome e cognome del giovine, ne prese l'appunto sur un libriccin di memorie. Aggiunse poi che contava di portarsi al loro paese tra pochi giorni, che allora Lucia potrebbe venir là senza timore, e che intanto penserebbe lui a provvederla d'un luogo dove potesse esser al sicuro, fin che ogni cosa fosse accomodata per il meglio.

Si voltò quindi ai padroni di casa, che vennero subito avanti. Rinnovò i ringraziamenti che aveva fatti fare dal curato, e domandò se sarebbero stati contenti di ricoverare, per que' pochi giorni, le ospiti che Dio aveva loro mandate.

11 f. **fare il viso rosso:** erröten. | 13 **fin troppo:** allzu sehr. | 19 **il libriccino:** Büchlein.

«Oh! sì signore,» rispose la donna, con un tono di voce e con un viso ch'esprimeva molto più di quell'asciutta risposta, strozzata dalla vergogna. Ma il marito, messo in orgasmo dalla presenza d'un tale interrogatore, dal desiderio di farsi onore in un'occasione di tanta importanza, studiava ansiosamente qualche bella risposta. Raggrinzò la fronte, torse gli occhi in traverso, strinse le labbra, tese a tutta forza l'arco dell'intelletto, cercò, frugò, sentì di dentro un cozzo d'idee monche e di mezze parole: ma il momento stringeva; il cardinale accennava già d'avere interpretato il silenzio: il pover'uomo aprì la bocca, e disse: «si figuri!» Altro non gli volle venire. Cosa, di cui non solo rimase avvilito sul momento; ma sempre poi quella rimembranza importuna gli guastava la compiacenza del grand'onore ricevuto. E quante volte, tornandoci sopra, e rimettendosi col pensiero in quella circostanza, gli venivano in mente, quasi per dispetto, parole che tutte sarebbero state meglio di quell'insulso *si figuri!* Ma, come dice un antico proverbio, del senno di poi ne son piene le fosse.

Il cardinale partì, dicendo: «la benedizione del Signore sia sopra questa casa».

Domandò poi la sera al curato come si sarebbe potuto in modo convenevole ricompensare quell'uomo, che non do-

3 **strozzato/a:** hier: abgewürgt, erstickt. | 3 f. **mẹttere in orgasmo:** in Aufregung versetzen. | 6 **raggrinzare la fronte:** die Stirn runzeln. | 7 **tọrcere gli occhi in traverso:** die Augen verdrehen. | 7 f. **tese … l'arco dell'intelletto:** er strengte seinen Geist an, versuchte mit allen Mitteln, geistreich zu sein. | 8 **il cozzo:** Zusammenstoß. | 9 **monco/a:** verstümmelt. | 11 **si figuri** (inter.): versteht sich! | 12 **avvilito/a:** entmutigt. | 14 **la compiacenza:** hier: Wohlgefallen. | 17 f. **insulso/a:** abgeschmackt, fade. | 18 **il senno:** Verstand.

veva esser ricco, dell'ospitalità costosa, specialmente in que' tempi. Il curato rispose che, per verità, né i guadagni della professione, né le rendite di certi campicelli, che il buon sarto aveva del suo, non sarebbero bastate, in quell'annata, a metterlo in istato d'esser liberale con gli altri; ma che, avendo fatto degli avanzi negli anni addietro, si trovava de' più agiati del contorno, e poteva far qualche spesa di più, senza dissesto, come certo faceva questa volentieri; e che, del rimanente, non ci sarebbe stato verso di fargli accettare nessuna ricompensa.

«Avrà probabilmente,» disse il cardinale, «crediti con gente che non può pagare.»

«Pensi, monsignore illustrissimo: questa povera gente paga con quel che le avanza della raccolta: l'anno scorso, non avanzò nulla; in questo, tutti rimangono indietro del necessario.»

«Ebbene,» disse Federigo: «prendo io sopra di me tutti que' debiti; e voi mi farete il piacere d'aver da lui la nota delle partite, e di saldarle.»

«Sarà una somma ragionevole.»

«Tanto meglio: e avrete pur troppo di quelli ancor più bisognosi, che non hanno debiti perché non trovan credenza.»

«Eh, pur troppo! Si fa quel che si può; ma come arrivare a tutto, in tempi di questa sorte?»

«Fate che lui li vesta a mio conto, e pagatelo bene. Veramente, in quest'anno, mi par rubato tutto ciò che non va in pane; ma questo è un caso particolare.» [...]

5 **in istato:** *nello stato.* | 6 **l'avanzo:** hier: Überschuss. | 8 **senza dissesto:** ohne Verlust. | 9 **del rimanente:** übrigens. | 22 **la credenza:** Glaube; hier: Kreditwürdigkeit.

Die Neuigkeit von der Befreiung Lucias verbreitet sich im Gebiet um Lecco. Don Rodrigo reist nach Mailand. Der Kardinal Federigo Borromeo begibt sich zu Don Abbondio, um ihn bezüglich seines Verhaltens zur Rede zu stellen. Lucia und Agnese wird angeboten, bei der mailändischen Adligen Donna Prassede Unterschlupf zu finden.

Kardinal Borromeo macht Don Abbondio Vorwürfe in Bezug auf dessen Reaktion gegenüber Renzo und Lucia und beschuldigt ihn, sich unkorrekt und verantwortungslos verhalten zu haben. Der «Ungenannte» lässt Agnese durch den Kardinal 100 Goldscudi übermitteln. Lucia informiert ihre Mutter über ihr Gelübde. Agnese versucht, etwas über Renzos Verbleib in Erfahrung zu bringen, der sich in der Zwischenzeit in einem anderen Ort unter dem Namen Antonio Rivolta niedergelassen hat. Don Gonzalo, der Gouverneur Mailands, fordert von den venezianischen Autoritäten die Herausgabe des in Mailand polizeilich gesuchten Renzo Tramaglio.

Renzo antwortet Agnese in einem Brief; Agnese schickt ihm 50 Scudi und setzt ihn über Lucias Gelübde in Kenntnis. Renzo will dies verständlicherweise nicht akzeptieren. Auch Lucia kann Renzo trotz ihres Schwurs nicht vergessen.

Capitolo XXVIII

Hier wird ausführlich auf den Mantuanischen Erbfolgekrieg (1628–31) Bezug genommen: Da die Hauptlinie der in Mantua herrschenden Familie Gonzaga ausgestorben war, erhob Carlo Gonzaga, Herzog von Nevers als Oberhaupt der ältesten Nebenlinie Ansprüche auf die Herrschaft in Mantua und Montferrat und wurde dabei von Frankreich (unter Ludwig XIII. sowie seinem mächtigen Minister Richelieu) unterstützt. Frankreich unterstützte aber auch Karl I. von Savoyen, der Ansprüche auf das zu Mantua gehörende Herzogtum Montferrat stellte. Die kaiserlichen Truppen eroberten 1630 das pestgeschwächte Mantua und plünderten es. Im Vertrag von Cherrasco 1631 wurde schließlich ein Friedensabkommen zwischen Ludwig XIII. von Frankreich, dem habsburgischen Kaiser Ferdinand II. und Karl Emanuel von Savoyen geschlossen. Die lange spanisch-habsburgische Vorherrschaft in Oberitalien wurde mit diesem Schritt entscheidend geschwächt, Frankreich gewann auch auf norditalienischem Boden an Einfluss.

[…] Così passò l'inverno e la primavera: e già da qualche tempo il tribunale della sanità andava rappresentando a quello della provvisione il pericolo del contagio, che sovrastava alla città, per tanta miseria ammontata in ogni parte

22 **il tribunale della sanità:** Gesundheitsamt. | 23 **la provvisione:** Versorgung; hier: *il tribunale della provvisione:* Proviantho f (im Sinne eines Verwaltungs-, Regierungsamts). | **il contagio:** Ansteckung, Infektion; hier: die Pest. | 23 f. **sovrastare:** bedrohen. | 24 **ammontare:** anhäufen (*l'ammasso:* Anhäufung).

di essa; e proponeva che gli accattoni venissero raccolti in diversi ospizi. Mentre si discute questa proposta, mentre s'approva, mentre si pensa ai mezzi, ai modi, ai luoghi, per mandarla ad effetto, i cadaveri crescono nelle strade ogni giorno più; a proporzion di questo, cresce tutto l'altro ammasso di miserie. Nel tribunale di provvisione vien proposto, come più facile e più speditivo, un altro ripiego, di radunar tutti gli accattoni, sani e infermi, in un sol luogo, nel lazzeretto, dove fosser mantenuti e curati a spese del pubblico; e così vien risoluto, contro il parere della Sanità, la quale opponeva che, in una così gran riunione, sarebbe cresciuto il pericolo a cui si voleva metter riparo.

Il lazzeretto di Milano (se, per caso, questa storia capitasse nelle mani di qualcheduno che non lo conoscesse, né di vista né per descrizione) è un recinto quadrilatero e quasi quadrato, fuori della città, a sinistra della porta detta orientale, distante dalle mura lo spazio della fossa, d'una strada di circonvallazione, e d'una gora che gira il recinto medesimo. I due lati maggiori son lunghi a un di presso cinquecento passi; gli altri due, forse quindici meno; tutti, dalla parte esterna, son divisi in piccole stanze d'un piano solo; di dentro gira intorno a tre di essi un portico continuo a volta, sostenuto da piccole e magre colonne.

Le stanzine eran dugent'ottantotto, o giù di lì: a' nostri giorni, una grande apertura fatta nel mezzo, e una piccola, in un canto della facciata del lato che costeggia la strada ma-

1 **l'accattone:** Bettler. | 7 **speditivo/a:** von *spedito/a:* eilig, schnell. | 9 **il lazzeretto:** *il lazzaretto.* | 15 **il recinto:** Einzäunung; hier: umzäuntes Gebäude. | **quadrilatero/a:** von vier Seiten. | 18 **la strada di circonvallazione** (f.): Umgehungsstraße. | **la gora:** Mühlbach, Sumpfwasser. | 22 **il portico:** Säulen-, Kreuzgang. | 24 **dugent'ottantotto:** 288.

estra, ne hanno portate via non so quante. Al tempo della nostra storia, non c'eran che due entrature; una nel mezzo del lato che guarda le mura della città, l'altra di rimpetto, nell'opposto. Nel centro dello spazio interno, c'era, e c'è tutt'ora, una piccola chiesa ottangolare.

La prima destinazione di tutto l'edifizio, cominciato nell'anno 1489, co' danari d'un lascito privato, continuato poi con quelli del pubblico e d'altri testatori e donatori, fu, come l'accenna il nome stesso, di ricoverarvi, all'occorrenza, gli ammalati di peste; la quale, già molto prima di quell'epoca, era solita, e lo fu per molto tempo dopo, a comparire quelle due, quattro, sei, otto volte per secolo, ora in questo, ora in quel paese d'Europa, prendendone talvolta una gran parte, o anche scorrendola tutta, per il lungo e per il largo. Nel momento di cui parliamo, il lazzeretto non serviva che per deposito delle mercanzie soggette a contumacia.

Ora, per metterlo in libertà, non si stette al rigor delle leggi sanitarie, e fatte in fretta in fretta le purghe e gli esperimenti prescritti, si rilasciaron tutte le mercanzie a un tratto. Si fece stender della paglia in tutte le stanze, si fecero provvisioni di viveri, della qualità e nella quantità che si potè; e s'invitarono, con pubblico editto, tutti gli accattoni a ricoverarsi lì.

2 **l'entratura** (raro): *l'entrata.* | 3 **di rimpetto:** *dirimpetto* (avv.): gegenüberliegend. | 5 **ottangolare** (agg.): *ottagonale* (agg.): achteckig. | 7 **il lạscito:** Nachlass. | 8 **il testatore / la testatrice:** Erblasser(in). | 9 **accennare:** andeuten. | 16 **la mercanzịa:** Ware. | **soggetto/a a qc:** einer Sache unterworfen. | 16 f. **la contumacia:** hier: Quarantäne. | 18 f. **al rigọr delle leggi:** gesetzestreu. | 19 **la purga:** hier: Reinigung. | 21 **stẹnder(e) (del)la paglia:** Stroh ausbreiten. | 22 **il vịvere:** hier: Lebensmittel.

Molti vi concorsero volontariamente; tutti quelli che giacevano infermi per le strade e per le piazze, ci vennero trasportati; in pochi giorni, ce ne fu, tra gli uni e gli altri, più di tre mila. Ma molti più furon quelli che restaron fuori. O che ognun di loro aspettasse di veder gli altri andarsene, e di rimanere in pochi a goder l'elemosine della città, o fosse quella natural ripugnanza alla clausura, o quella diffidenza de' poveri per tutto ciò che vien loro proposto da chi possiede le ricchezze e il potere (diffidenza sempre proporzionata all'ignoranza comune di chi la sente e di chi l'ispira, al numero de' poveri, e al poco giudizio delle leggi), o il saper di fatto quale fosse in realtà il benefizio offerto, o fosse tutto questo insieme, o che altro, il fatto sta che la più parte, non facendo conto dell'invito, continuavano a strascicarsi stentando per le strade. Visto ciò, si credè bene di passar dall'invito alla forza. Si mandarono in ronda birri che cacciassero gli accattoni al lazzeretto, e vi menassero legati quelli che resistevano; per ognun de' quali fu assegnato a coloro il premio di dieci soldi: ecco se, anche nelle maggiori strettezze, i danari del pubblico si trovan sempre, per impiegarli a sproposito. E quantunque, com'era stata congettura, anzi intento espresso della Provvisione, un certo numero d'accattoni sfrattasse dalla città, per andare a vivere o a morire altrove, in libertà almeno; pure la caccia fu tale che, in poco tempo, il numero de' ricoverati, tra ospiti e prigionieri, s'accostò a dieci mila.

Le donne e i bambini, si vuol supporre che saranno stati

2 **giacere:** lagern. | 7 **la ripugnanza:** Abscheu. | 7 f. **la diffidenza:** Argwohn. | 9 f. **proporzionato/a:** angemessen. | 12 **il benefizio:** hier: Wohltat, Nutzen. | 20 **la strettezza:** Knappheit. | 21 **a spropọsito:** unangebracht. | 23 **sfrattare:** hier: fortziehen, entweichen.

messi in quartieri separati, benché le memorie del tempo non ne dican nulla. Regole poi e provvedimenti per il buon ordine, non ne saranno certamente mancati; ma si figuri ognuno qual ordine potesse essere stabilito e mantenuto, in que' tempi specialmente e in quelle circostanze, in una così vasta e varia riunione, dove coi volontari si trovavano i forzati; con quelli per cui l'accatto era una necessità, un dolore, una vergogna, coloro di cui era il mestiere; con molti cresciuti nell'onesta attività de' campi e dell'officine, molti altri educati nelle piazze, nelle taverne, ne' palazzi de' prepotenti, all'ozio, alla truffa, allo scherno, alla violenza.

Come stessero poi tutti insieme d'alloggio e di vitto, si potrebbe tristamente congetturarlo, quando non n'avessimo notizie positive; ma le abbiamo. Dormivano ammontati a venti a trenta per ognuna di quelle cellette, o accovacciati sotto i portici, sur un po' di paglia putrida e fetente, o sulla nuda terra: perché, s'era bensì ordinato che la paglia fosse fresca e a sufficienza, e cambiata spesso; ma in effetto era stata cattiva, scarsa, e non si cambiava. S'era ugualmente ordinato che il pane fosse di buona qualità: giacché, quale amministratore ha mai detto che si faccia e si dispensi roba cattiva? ma ciò che non si sarebbe ottenuto nelle circostanze solite, anche per un più ristretto servizio, come ottenerlo in quel caso, e per quella moltitudine? Si disse allora, come troviamo nelle memorie, che il pane del lazzeretto fosse alterato con sostanze pesanti e non nutrienti: ed è pur troppo credibile che non fosse uno di que' lamenti in aria.

11 **la truffa:** Betrug. | 12 **il vitto:** Verpflegung. | 15 **la celletta:** Zelle. | 15 f. **accovacciato/a:** gekauert, geduckt. | 16 **pụtrido/a:** faulig. | **fetente** (agg.): stinkend. | 21 **dispensare:** hier: austeilen.

D'acqua perfino c'era scarsità; d'acqua, voglio dire, viva e salubre: il pozzo comune, doveva esser la gora che gira le mura del recinto, bassa, lenta, dove anche motosa, e divenuta poi quale poteva renderla l'uso e la vicinanza d'una tanta e tal moltitudine.

A tutte queste cagioni di mortalità, tanto più attive, che operavano sopra corpi ammalati o ammalazzati, s'aggiunga una gran perversità della stagione: piogge ostinate, seguite da una siccità ancor più ostinata, e con essa un caldo anticipato e violento. Ai mali s'aggiunga il sentimento de' mali, la noia e la smania della prigionia, la rimembranza dell'antiche abitudini, il dolore di cari perduti, la memoria inquieta di cari assenti, il tormento e il ribrezzo vicendevole, tant'altre passioni d'abbattimento o di rabbia, portate o nate là dentro; l'apprensione poi e lo spettacolo continuo della morte resa frequente da tante cagioni, e divenuta essa medesima una nuova e potente cagione. E non farà stupore che la mortalità crescesse e regnasse in quel recinto a segno di prendere aspetto e, presso molti, nome di pestilenza: sia che la riunione e l'aumento di tutte quelle cause non facesse che aumentare l'attività d'un'influenza puramente epidemica; sia (come par che avvenga nelle carestie anche men gravi e men prolungate di quella) che vi avesse luogo un certo contagio, il quale ne' corpi affetti e preparati dal disagio e dalla cattiva qualità degli alimenti, dall'intemperie, dal sudiciume, dal

2 **salubre** (agg.): heilsam, bekömmlich. | **il pozzo commune:** Gemeindebrunnen. | 3 **motoso/a:** schlammig. | 7 **ammalazzato/a:** angeschlagen, kränklich. | 9 **la siccità:** Trockenheit. | **ostinato/a:** hartnäckig. | 11 **la smania:** hier: Raserei. | 12 **i cari:** hier: geliebte Personen. | 13 **vicendẹvole** (agg.): gegenseitig. | 18 f. **prẹndere aspetto:** das Aussehen annehmen. | 24 **il disagio:** Mühsal. | 25 **le intemperịe** (nur pl.): Witterung.

travaglio e dall'avvilimento trovi la tempera, per dir così, e la stagione sua propria, le condizioni necessarie in somma per nascere, nutrirsi e moltiplicare (se a un ignorante è lecito buttar là queste parole, dietro l'ipotesi proposta da alcuni fisici e riproposta da ultimo, con molte ragioni e con molta riserva, da uno, diligente quanto ingegnoso): sia poi che il contagio scoppiasse da principio nel lazzeretto medesimo, come, da un'oscura e inesatta relazione, par che pensassero i medici della Sanità; sia che vivesse e andasse covando prima d'allora (ciò che par forse più verisimile, chi pensi come il disagio era già antico e generale, e la mortalità già frequente), e che portato in quella folla permanente, vi si propagasse con nuova e terribile rapidità. Qualunque di queste congetture sia la vera, il numero giornaliero de' morti nel lazzeretto oltrepassò in poco tempo il centinaio.

Mentre in quel luogo tutto il resto era languore, angoscia, spavento, rammarichìo, fremito, nella Provvisione era vergogna, stordimento, incertezza. Si discusse, si sentì il parere della Sanità; non si trovò altro che di disfare ciò che s'era fatto con tanto apparato, con tanta spesa, con tante vessazioni. S'aprì il lazzeretto, si licenziaron tutti i poveri non ammalati che ci rimanevano, e che scapparon fuori con una gioia furibonda. La città tornò a risonare dell'antico la-

1 **l'avvilimento:** Demütigung. | **la tẹmpera:** hier: Nährboden. | 4 **buttare là qc:** etwas in den Raum stellen, ansprechen. | 5 **il fịsico / la fịsica:** hier: Arzt, Ärztin. | 6 **ingegnoso/a:** einfallsreich, erfinderisch. | 9 **covare:** hier (fig.): ausbrüten. | 10 **verisịmile** (agg.): *verosịmile* (agg.): wahrscheinlich. | 12 f. **propagarsi:** sich ausbreiten. | 16 **il languore:** Erschöpfung, Schwachheit. | 18 **lo stordimento:** Bestürzung. | 21 **la vessazione:** hier: Quälerei, Schinderei. | 23 **furibondo/a:** wild, rasend. | **antico/a:** hier: früher, althergebracht.

mento, ma più debole e interrotto; rivide quella turba più rada e più compassionevole, dice il Ripamonti, per il pensiero del come fosse di tanto scemata. Gl'infermi furon trasportati a Santa Maria della Stella, allora ospizio di poveri; dove la più parte perirono.

Intanto però cominciavano que' benedetti campi a imbiondire. Gli accattoni venuti dal contado se n'andarono, ognuno dalla sua parte, a quella tanto sospirata segatura. Il buon Federigo gli accomiatò con un ultimo sforzo, e con un nuovo ritrovato di carità: a ogni contadino che si presentasse all'arcivescovado, fece dare un giulio, e una falce da mietere.

Con la messe finalmente cessò la carestia: la mortalità, epidemica o contagiosa, scemando di giorno in giorno, si prolungò però fin nell'autunno. Era sul finire, quand'ecco un nuovo flagello.

Molte cose importanti, di quelle a cui più specialmente si dà titolo di storiche, erano accadute in questo frattempo. Il cardinal di Richelieu, presa, come s'è detto, la Roccella, abborracciata alla meglio una pace col re d'Inghilterra,

1 **la turba:** Verwirrung. | 2 **Ripamonti:** s. S. 186. | 5 **perire:** umkommen. | 6 f. **imbiondire:** hier: vertrocknen. | 7 **il contado:** Umland. | 8 **la segatura** (reg.): hier: Ernte(zeit). | 9 **accomiatare:** verabschieden. | 10 **il ritrovato di carità:** die wiedergefundene, neu entdeckte Barmherzigkeit. | 11 **l'arcivescovado:** Erzbistum. | **il giulio:** Groschen (des Kirchenstaates). | **la falce:** Sense. | 16 **il flagello:** Geißel, Not. | 19 f. **la Roccella:** *La Rochelle:* Die französische Hafenstadt war ein Zentrum der Hugenotten, was zu Konflikten mit dem katholischen Königshaus führte; 1627–28 erfolgte unter Ludwig XIII. und seinem Minister Kardinal Richelieu eine erneute Belagerung der Festung, schließlich mussten die Hugenotten aufgrund einer Hungersnot kapitulieren. | 20 **abborracciare:** hinbiegen, pfuschen. | **il re d'Inghilterra:** Karl (Charles) I., König von England 1625–49.

aveva proposto e persuaso con la sua potente parola, nel Consiglio di quello di Francia, che si soccorresse efficacemente il duca di Nevers; e aveva insieme determinato il re medesimo a condurre in persona la spedizione. Mentre si facevan gli apparecchi, il conte di Nassau, commissario imperiale, intimava in Mantova al nuovo duca, che desse gli stati in mano a Ferdinando, o questo manderebbe un esercito ad occuparli. Il duca che, in più disperate circostanze, s'era schermito d'accettare una condizione così dura e così sospetta, incoraggito ora dal vicino soccorso di Francia, tanto più se ne schermiva; però con termini in cui il no fosse rigirato e allungato, quanto si poteva, e con proposte di sommissione, anche più apparente, ma meno costosa. Il commissario se n'era andato, protestandogli che si verrebbe alla forza. In marzo, il cardinal di Richelieu era poi calato infatti col re, alla testa d'un esercito: aveva chiesto il passo al duca di Savoia; s'era trattato; non s'era concluso; dopo uno scontro, col vantaggio de' Francesi, s'era trattato di nuovo, e concluso un accordo, nel quale il duca, tra l'altre cose, aveva stipulato che il Cordova leverebbe l'assedio da Casale; obbligandosi, se

3 **il duca di Nevers:** Carlo I. Gonzaga (1580–1637), Herzog von Nevers. | 5 f. **il commissario imperiale:** kaiserlicher Beauftragter. | 7 **Ferdinando:** Ferdinand II. (1578–1637), Kaiser des Heiligen Römischen Reiches. | 9 **schermirsi di qc:** hier: sich vor etwas schützen. | 16 **calare:** hinabsteigen. | 17 **il duca di Savoia:** Karl I., Herzog von Savoyen (1562–1630). | 19 **l'accordo:** Gemeint ist der Frieden von Susa (Susa: piemontesische Kleinstadt, strategisch wichtiger Ort für die transalpinen Routen). | 20 **stipulare:** vertraglich abschließen. | 21 **il Cọrdova:** Gonzalo Fernández de Córdoba (1585–1635), spanischer Feldherr und Gouverneur von Mailand. | **l'assedio da Casale:** Belagerung von Casale, eine von den Franzosen besetzte Festung.

questo ricusasse, a unirsi co' Francesi, per invadere il ducato di Milano. Don Gonzalo, parendogli anche d'uscirne con poco, aveva levato l'assedio da Casale, dov'era subito entrato un corpo di Francesi, a rinforzar la guarnigione.

Fu in questa occasione che l'Achillini scrisse al re Luigi quel suo famoso sonetto:

Sudate, o fochi, a preparar metalli:

e un altro, con cui l'esortava a portarsi subito alla liberazione di Terra santa. Ma è un destino che i pareri de' poeti non siano ascoltati: e se nella storia trovate de' fatti conformi a qualche loro suggerimento, dite pur francamente ch'eran cose risolute prima. Il cardinal di Richelieu aveva in vece stabilito di ritornare in Francia, per affari che a lui parevano più urgenti. Girolamo Soranzo, inviato de' Veneziani, potè bene addurre ragioni per combattere quella risoluzione; che il re e il cardinale, dando retta alla sua prosa come ai versi dell'Achillini, se ne ritornarono col grosso dell'esercito, lasciando soltanto sei mila uomini in Susa, per mantenere il passo, e per caparra del trattato.

Mentre quell'esercito se n'andava da una parte, quello di

4 f. **la guarnigione:** Garnison. | 6 **l'Achillini:** Claudio Achillini (1574–1640), italienischer Philosoph, Dichter, Jurist und Mathematiker. | **Luigi:** Ludwig XIII. (1601–43), König von Frankreich. | 8 **Sudate, o fochi, a preparar metalli:** erste Zeile des Sonetts Achillinis »A Luigi XIII dopo la presa della Roccella e la liberazione di Casale«. | 15 **l'inviato / l'inviata:** Gesandte(r). | **i Veneziani:** Die Venezianer unterstützten den Herzog von Navarra. | 16 **addurre:** anführen, vorbringen. | 20 **la caparra:** Pfand, Sicherheit.

Ferdinando s'avvicinava dall'altra; aveva invaso il paese de' Grigioni e la Valtellina; si disponeva a calar nel milanese. Oltre tutti i danni che si potevan temere da un tal passaggio, eran venuti espressi avvisi al tribunale della sanità, che in quell'esercito covasse la peste, della quale allora nelle truppe alemanne c'era sempre qualche sprazzo, come dice il Varchi, parlando di quella che, un secolo avanti, avevan portata in Firenze. Alessandro Tadino, uno de' conservatori della sanità (eran sei, oltre il presidente: quattro magistrati e due medici), fu incaricato dal tribunale, come racconta lui stesso, in quel suo ragguaglio già citato, di rappresentare al governatore lo spaventoso pericolo che sovrastava al paese, se quella gente ci passava, per andare all'assedio di Mantova, come s'era sparsa la voce. Da tutti i portamenti di don Gonzalo, pare che avesse una gran smania d'acquistarsi un posto nella storia, la quale infatti non potè non occuparsi di lui; ma (come spesso le accade) non conobbe, o non si curò di registrare l'atto di lui più degno di memoria, la risposta che diede al Tadino in quella circostanza. Rispose che non sapeva cosa farci; che i motivi d'interesse e di riputazione, per i quali s'era mosso quell'esercito, pesavan più che il pericolo rappresentato; che con tutto ciò si cercasse di riparare alla meglio, e si sperasse nella Provvidenza.

Per riparar dunque alla meglio, i due medici della Sanità (il Tadino suddetto e Senatore Settala, figlio del celebre Lo-

5 **covare:** ausbrüten, schwelen. | 6 **alemanno/a:** hier: deutsch. | **lo sprazzo:** Anwandlung; hier: Spur (gemeint sind Krankheiten, die von den Truppen eingeschleppt werden). | 7 **il Varchi:** Benedetto Varchi (1502–65), Florentiner Dichter und Historiker. | 11 **il ragguaglio:** Erzählung.

dovico) proposero in quel tribunale che si proibisse sotto severissime pene di comprar roba di nessuna sorte da' soldati ch'eran per passare; ma non fu possibile far intendere la necessità d'un tal ordine al presidente, «uomo», dice il Tadino, «di molta bontà, che non poteva credere dovesse succedere incontri di morte di tante migliaia di persone, per il comercio di questa gente, et loro robbe». Citiamo questo tratto per uno de' singolari di quel tempo: ché di certo, da che ci son tribunali di sanità, non accadde mai a un altro presidente d'un tal corpo, di fare un ragionamento simile; se ragionamento si può chiamare.

In quanto a don Gonzalo, poco dopo quella risposta, se n'andò da Milano; e la partenza fu trista per lui, come lo era la cagione. Veniva rimosso per i cattivi successi della guerra, della quale era stato il promotore e il capitano; e il popolo lo incolpava della fame sofferta sotto il suo governo. (Quello che aveva fatto per la peste, o non si sapeva, o certo nessuno se n'inquietava, come vedremo più avanti, fuorché il tribunale della sanità, e i due medici specialmente.) All'uscir dunque, in carrozza da viaggio, dal palazzo di corte, in mezzo a una guardia d'alabardieri, con due trombetti a cavallo davanti, e con altre carrozze di nobili che gli facevan seguito, fu accolto con gran fischiate da ragazzi ch'eran radunati sulla piazza del duomo, e che gli andaron dietro alla rinfusa. Entrata la comitiva nella strada che conduce a porta ticinese, di dove si doveva uscire, cominciò a trovarsi in mezzo a una folla di gente che, parte era lì ad aspettare, par-

7 **robbe:** hier: (pl.) *le robe.* | 15 **il promotore / la promotrice:** Befürworter(in), Förderer, Förderin. | 16 **incolpare qu:** jdn. beschuldigen. | 21 **il trombetto:** *il trombettista:* Trompeter. | 22 f. **fare sẹguito a qu:** jds. Gefolge bilden. | 23 **la fischiata:** Pfiff.

te accorreva; tanto più che i trombetti, uomini di formalità, non cessaron di sonare, dal palazzo di corte, fino alla porta. E nel processo che si fece poi su quel tumulto, uno di costoro, ripreso che, con quel suo trombettare, fosse stato cagione di farlo crescere, risponde: «caro signore, questa è la nostra professione; et se S. E. non hauesse hauuto a caro che noi hauessimo sonato, doveva comandarne che tacessimo.» Ma don Gonzalo, o per ripugnanza a far cosa che mostrasse timore, o per timore di render con questo più ardita la moltitudine, o perché fosse in effetto un po' sbalordito, non dava nessun ordine. La moltitudine, che le guardie avevan tentato in vano di respingere, precedeva, circondava, seguiva le carrozze, gridando: «la va via la carestia, va via il sangue de' poveri», e peggio. Quando furon vicini alla porta, cominciarono anche a tirar sassi, mattoni, torsoli, bucce d'ogni sorte, la munizione solita in somma di quelle spedizioni; una parte corse sulle mura, e di là fecero un'ultima scarica sulle carrozze che uscivano. Subito dopo si sbandarono.

In luogo di don Gonzalo, fu mandato il marchese Ambrogio Spinola, il cui nome aveva già acquistata, nelle guerre di Fiandra, quella celebrità militare che ancor gli rimane.

Intanto l'esercito alemanno, sotto il comando supremo

4 **riprẹndere:** hier: zurechtweisen. | 6 **S. E.:** *Sua Eccellenza:* (Ehrenanrede) Eure Exzellenz. | 6 f. **hauesse hauuto / hauessimo sonato** (tosc.): *avesse avuto / avessimo suonato.* | 15 **il tọrsolo:** Apfel-, Kohlstrunk. | 16 f. **la spedizione:** hier: Vorhaben. | 20 f. **Ambrogio Spinola:** A. Spinola Doria (1569–1630), spanischer Heerführer. | 21 f. **le guerre di Fiandra:** spanisch-niederländischer oder Achtzigjähriger Krieg (1568–1648), in welchem die Niederlande ihre Unabhängigkeit von der spanischen Krone erkämpften.

del conte Rambaldo di Collalto, altro condottiere italiano, di minore, ma non d'ultima fama, aveva ricevuto l'ordine definitivo di portarsi all'impresa di Mantova; e nel mese di settembre, entrò nel ducato di Milano.

La milizia, a que' tempi, era ancor composta in gran parte di soldati di ventura arrolati da condottieri di mestiere, per commissione di questo o di quel principe, qualche volta anche per loro proprio conto, e per vendersi poi insieme con essi. Più che dalle paghe, erano gli uomini attirati a quel mestiere dalle speranze del saccheggio e da tutti gli allettamenti della licenza. Disciplina stabile e generale non ce n'era; né avrebbe potuto accordarsi così facilmente con l'autorità in parte indipendente de' vari condottieri. Questi poi in particolare, né erano molto raffinatori in fatto di disciplina, né, anche volendo, si vede come avrebbero potuto riuscire a stabilirla e a mantenerla; ché soldati di quella razza, o si sarebbero rivoltati conto un condottiere novatore che si fosse messo in testa d'abolire il saccheggio; o per lo meno, l'avrebbero lasciato solo a guardar le bandiere. Oltre di ciò, siccome i principi, nel prendere, per dir così, ad affitto quelle bande, guardavan più ad aver gente in quantità, per assicurar l'imprese, che a proporzionare il numero alla loro facoltà di pagare, per il solito molto scarsa; cosi le pa-

1 **Rambaldo di Collalto:** Rambold XIII., Graf von Collalto, Mantuaner (1575–1630), kaiserlicher Präsident des Hofkriegsrats und Feldmarschall. | **il condottiere:** Feldherr, Heerführer. | 6 **i soldati di ventura:** Söldner. | **arrolare qu:** jdn. anwerben. | 6 f. **per commissione di qu:** im Auftrag von jdm. | 10 f. **l'allettamento:** Verlockung, Reiz. | 11 **la licenza:** hier: Freiheit. | 14 **raffinatorio/a:** *raffinato/a:* ausgesucht, wählerisch. | 16 **ché:** weil, da. | 17 **rivoltarsi contro qu:** sich gegen jdn. auflehnen. | **il novatore / la novatrice:** Neuerer, Neuerin.

ghe venivano per lo più tarde, a conto, a spizzico; e le spoglie de' paesi a cui la toccava, ne divenivano come un supplimento tacitamente convenuto. È celebre, poco meno del nome di Wallenstein, quella sua sentenza: esser più facile mantenere un esercito di cento mila uomini, che uno di dodici mila. E questo di cui parliamo era in gran parte composto della gente che, sotto il suo comando, aveva desolata la Germania, in quella guerra celebre tra le guerre, e per sé e per i suoi effetti, che ricevette poi il nome da' trent'anni della sua durata: e allora ne correva l'undecimo. C'era anzi, condotto da un suo luogotenente, il suo proprio reggimento; degli altri condottieri, la più parte avevan comandato sotto di lui, e ci si trovava più d'uno di quelli che, quattr'anni dopo, dovevano aiutare a fargli far quella cattiva fine che ognun sa.

Eran vent'otto mila fanti, e sette mila cavalli; e, scendendo dalla Valtellina per portarsi nel mantovano, dovevan seguire tutto il corso che fa l'Adda per due rami di lago, e poi di nuovo come fiume fino al suo sbocco in Po, e dopo ave-

1 **a conto:** auf Rechnung; hier: im nachhinein. | **a spizzico:** stückchenweise. | 1 f. **la spoglia:** hier: Haut. (Gemeint ist, dass sich die Söldnerheere mehr oder weniger durch Plünderungen mit Proviant versorgten.) | 2 f. **il supplimento:** *il supplemento:* Zugabe. | 3 **tacitamente** (avv.): stillschweigend. | 4 **Wallenstein:** Albrecht Wenzel Eusebius von Waldstein (1583–1634), berühmter kaiserlicher Heerführer im Dreißigjährigen Krieg von 1618 bis 1648, kämpfte gegen die protestantischen Mächte Deutschlands sowie gegen Dänemark und Schweden. | 10 **undecimo/a:** *undicesimo/a.* | 11 **il luogotenente:** Statthalter. | 14 **quella cattiva fine:** Hier wird auf den gewaltsamen Tod Wallensteins angespielt, der – nachdem er bei Kaiser Ferdinand in Ungnade gefallen war – 1634 von kaisertreuen Offizieren in Eger ermordet wurde. | 16 **il fante:** Infanterist.

vano un buon tratto di questo da costeggiare: in tutto otto giornate nel ducato di Milano.

Una gran parte degli abitanti si rifugiavano su per i monti, portandovi quel che avevan di meglio, e cacciandosi innanzi le bestie; altri rimanevano, o per non abbandonar qualche ammalato, o per preservar la casa dall'incendio, o per tener d'occhio cose preziose nascoste, sotterrate; altri perché non avevan nulla da perdere, o anche facevan conto d'acquistare. Quando la prima squadra arrivava al paese della fermata, si spandeva subito per quello e per i circonvicini, e li metteva a sacco addirittura: ciò che c'era da godere o da portar via, spariva; il rimanente, lo distruggevano o lo rovinavano; i mobili diventavan legna, le case, stalle: senza parlar delle busse, delle ferite, degli stupri. Tutti i ritrovati, tutte l'astuzie per salvar la roba, riuscivano per lo più inutili, qualche volta portavano danni maggiori. I soldati, gente ben più pratica degli stratagemmi anche di questa guerra, frugavano per tutti i buchi delle case, smuravano, diroccavano; conoscevan facilmente negli orti la terra smossa di fresco; andarono fino su per i monti a rubare il bestiame; andarono nelle grotte, guidati da qualche birbante del paese, in cerca di qualche ricco che vi si fosse rimpiattato; lo strascinavano alla sua casa, e con tortura di minacce e di percosse, lo costringevano a indicare il tesoro nascosto.

Finalmente se n'andavano; erano andati; si sentiva da

4 f. **cacciarsi innanzi le bestie:** das Vieh vor sich hertreiben. | 10 **spạndersi:** sich ausbreiten. | 10 f. **il circonvicino:** hier: Nachbardorf. | 13 **la legna:** Feuerholz. | 14 **lo stupro:** Vergewaltigung, Schändung. | 17 **lo stratagemma:** Trick, List. | 18 **smurare:** Mauern einreißen. | 18 f. **diroccare:** niederreißen, zerstören. | 20 **il bestiame:** Vieh. | 22 **rimpiattarsi:** sich verbergen.

lontano morire il suono de' tamburi o delle trombe; succedevano alcune ore d'una quiete spaventata; e poi un nuovo maledetto batter di cassa, un nuovo maledetto suon di trombe, annunziava un'altra squadra. Questi, non trovando più da far preda, con tanto più furore facevano sperpero del resto, bruciavan le botti votate da quelli, gli usci delle stanze dove non c'era più nulla, davan fuoco anche alle case; e con tanta più rabbia, s'intende, maltrattavan le persone; e così di peggio in peggio, per venti giorni: ché in tante squadre era diviso l'esercito.

Colico fu la prima terra del ducato, che invasero que' demòni; si gettarono poi sopra Bellano; di là entrarono e si sparsero nella Valsassina, da dove sboccarono nel territorio di Lecco.

Don Abbondio, Perpetua und Agnese begeben sich zum Schloss des »Ungenannten«, um – wie viele andere – vor den plündernden Soldatenhorden Schutz zu finden. Die völlige Wandlung, die der »Ungenannte« durchgemacht hat – vom skrupellosen Mörder und Tyrannen zum gütigen Menschenfreund – ist unglaublich. In seinem Schloss gewährt er vielen Flüchtlingen Schutz. Der Mut und die Energie des Schlossherrn, gepaart mit seiner jetzigen Güte, Sanftheit und Demut, machen ihn zu einem wertvollen Helfer. Bei der Rückkehr finden Don Abbondio und Perpetua sowie Agnese ihre Häuser ausgeplündert vor; die Spuren der »Lanzennecchi« (Landsknechte) sind unübersehbar. Don Abbondio verharrt in Selbstmitleid,

3 **il batter di cassa:** Trommelwirbel. | 5 **far(e) preda:** Beute machen. | **lo spęrpero:** Verschwendung; hier: Verwüstung.

während die tatkräftige Perpetua sich überlegt, wo und wie man den Schaden anzeigen könnte. Don Abbondios Jammern veranlasst sie schließlich zu der äußerst treffenden Bemerkung: »Rubare agli altri è peccato, ma a lei [gemeint ist Don Abbondio] è peccato non rubare«.

Capitolo XXXI

La peste che il tribunale della sanità aveva temuto che potesse entrar con le bande alemanne nel milanese, c'era entrata davvero, come è noto; ed è noto parimente che non si fermò qui, ma invase e spopolò una buona parte d'Italia. Condotti dal filo della nostra storia, noi passiamo a raccontar gli avvenimenti principali di quella calamità; nel milanese, s'intende, anzi in Milano quasi esclusivamente: ché della città quasi esclusivamente trattano le memorie del tempo, come a un di presso accade sempre e per tutto, per buone e per cattive ragioni. E in questo racconto, il nostro fine non è, per dir la verità, soltanto di rappresentar lo stato delle cose nel quale verranno a trovarsi i nostri personaggi; ma di far conoscere insieme, per quanto si può in ristretto, e per quanto si può da noi, un tratto di storia patria più famoso che conosciuto.

Delle molte relazioni contemporanee, non ce n'è alcuna che basti da sé a darne un'idea un po' distinta e ordinata; come non ce n'è alcuna che non possa aiutare a formarla. In ognuna di queste relazioni, senza eccettuarne quella del

8 **la banda:** hier: Horde. | 10 **spopolare:** entvölkern. | 12 **la calamità:** Unheil, Schaden. | 22 **la relazione:** hier: Bericht.

Ripamonti, la quale le supera tutte, per la quantità e per la scelta de' fatti, e ancor più per il modo d'osservarli, in ognuna sono omessi fatti essenziali, che son registrati in altre; in ognuna ci sono errori materiali, che si posson riconoscere e rettificare con l'aiuto di qualche altra, o di que' pochi atti della pubblica autorità, editi e inediti, che rimangono; spesso in una si vengono a trovar le cagioni di cui nell'altra s'eran visti, come in aria, gli effetti. In tutte poi regna una strana confusione di tempi e di cose; è un continuo andare e venire, come alla ventura, senza disegno generale, senza disegno ne' particolari: carattere, del resto, de' più comuni e de' più appraenti ne' libri di quel tempo, principalmente in quelli scritti in lingua volgare, almeno in Italia; se anche nel resto d'Europa, i dotti lo sapranno, noi lo sospettiamo. Nessuno scrittore d'epoca posteriore s'è proposto d'esaminare e di confrontare quelle memorie, per ritrarne una serie concatenata degli avvenimenti, una storia di quella peste; sicché l'idea che se ne ha generalmente, dev'essere, di necessità, molto incerta, e un po' confusa: un'idea indeterminata di gran mali e di grand'errori (e per verità ci fu dell'uno e dell'altro, al di là di quel che si possa immaginare), un'idea composta più di giudizi che di fatti, alcuni fatti dispersi, non di rado scompagnati dalle circostanze più caratteristiche, senza distinzion di tempo, cioè senza intelligenza di causa e d'effetto, di corso, di progressione. [...]

Per tutta adunque la striscia di territorio percorsa dall'esercito, s'era trovato qualche cadavere nelle case, qualche-

5 **rettificare:** richtigstellen, korrigieren. | 14 **il dotto / la dotta:** Gelehrte(r). | 17 **concatenare:** verketten. | 23 **scompagnato/a:** unbegleitet. | 27 **la striscia di territorio:** Landstrich.

duno sulla strada. Poco dopo, in questo e in quel paese, cominciarono ad ammalarsi, a morire, persone, famiglie, di mali violenti, strani, con segni sconosciuti alla più parte de' viventi. C'era soltanto alcuni a cui non riuscissero nuovi: que' pochi che potessero ricordarsi della peste che, cinquantatrè anni avanti, aveva desolata pure una buona parte d'Italia, e in ispecie il milanese, dove fu chiamata, ed è tuttora, la peste di san Carlo. Tanto è forte la carità! Tra le memorie così varie e così solenni d'un infortunio generale, può essa far primeggiare quella d'un uomo, perché a quest'uomo ha ispirato sentimenti e azioni più memorabili ancora de' mali; stamparlo nelle menti, come un sunto di tutti que' guai, perché in tutti l'ha spinto e intromesso, guida, soccorso, esempio, vittima volontaria; d'una calamità per tutti, far per quest'uomo come un'impresa; nominarla da lui, come una conquista, o una scoperta.

Il protofisico Lodovico Settala, che, non solo aveva veduta quella peste, ma n'era stato uno de' più attivi e intrepidi, e, quantunque allor giovinissimo, de' più riputati curatori; e che ora, in gran sospetto di questa, stava all'erta e sull'informazioni, riferì, il 20 d'ottobre, nel tribunale della sanità, come, nella terra di Chiuso (l'ultima del territorio di Lecco, e confinante col bergamasco), era scoppiato indubitabilmente il contagio. Non fu per questo presa veruna risoluzione, come si ha dal Ragguaglio del Tadino.

4 **riuscire a qu:** hier: jdm. so vorkommen, scheinen. | 9 **l'infortunio:** Unglück. | 10 **primeggiare:** an erster Stelle kommen. | 12 **il sunto:** Zusammenfassung. | 17 **il protofisico:** Beamter der öffentlichen Gesundheitsfürsorge, ›Amtsarzt‹. | **Lodovico Settala:** italienischer Arzt und Pestkundiger (1552–1633). | 18 **intrepido/a:** furchtlos, mutig. | 20 **stare all'erta:** auf der Hut sein. | 24 **veruno/a:** keiner, keine.

Ed ecco sopraggiungere avvisi somiglianti da Lecco e da Bellano. Il tribunale allora si risolvette e si contentò di spedire un commissario che, strada facendo, prendesse un medico a Como, e si portasse con lui a visitare i luoghi indicati. Tutt'e due, «o per ignoranza o per altro, si lasciorno persuadere da un vecchio et ignorante barbiero di Bellano, che quella sorte de mali non era Peste»; ma, in alcuni luoghi, effetto consueto dell'emanazioni autunnali delle paludi, e negli altri, effetto de' disagi e degli strapazzi sofferti, nel passaggio degli alemanni. Una tale assicurazione fu riportata al tribunale, il quale pare che ne mettesse il cuore in pace.

Ma arrivando senza posa altre e altre notizie di morte da diverse parti, furono spediti due delegati a vedere e a provvedere: il Tadino suddetto, e un auditore del tribunale. Quando questi giunsero, il male s'era già tanto dilatato, che le prove si offrivano, senza che bisognasse andarne in cerca. Scorsero il territorio di Lecco, la Valsassina, le coste del lago di Como, i distretti denominati il Monte di Brianza, e la Gera d'Adda; e per tutto trovarono paesi chiusi da cancelli all'entrature, altri quasi deserti, e gli abitanti scappati e attendati alla campagna, o dispersi; «et ci parevano», dice il Tadino, «tante creature seluatiche, portando in mano chi l'herba menta, chi la ruta, chi il rosmarino et chi una ampolla d'aceto». S'informarono del numero de' morti: era spa-

2 **risọlversi:** hier: sich entschließen. | 3 **strada facendo:** unterwegs. | 8 **l'emanazione** f.: Ausdünstung, Ausströmung. | **la palude:** Sumpf. | 12 **senza posa:** unaufhörlich. | 15 **dilatarsi:** sich ver-, ausbreiten. | 22 **seluạtico/a:** *selvạtico/a:* hier: verwildert. | 23 **l'herba menta:** Minze. | **la ruta:** Raute (Gewürzpflanze). | 23 f. **l'ampolla:** Flasche, Ampulle. (Durch Heilkräuter oder Essig, die man mit sich herumtrug, glaubte man, dem »Pesthauch«, der Ansteckung zu entgehen.)

ventevole; visitarono infermi e cadaveri, e per tutto trovarono le brutte e terribili marche della pestilenza. Diedero subito, per lettere, quelle sinistre nuove al tribunale della sanità il quale, al riceverle, che fu il 30 d'ottobre, «si dispose», dice il medesimo Tadino, a prescriver le bullette, per chiuder fuori dalla Città le persone provenienti da' paesi dove il contagio s'era manifestato; «et mentre si compilaua la grida», ne diede anticipatamente qualche ordine sommario a' gabellieri.

Intanto i delegati presero in fretta e in furia quelle misure che parver loro migliori; e se ne tornarono, con la trista persuasione che non sarebbero bastate a rimediare e a fermare un male già tanto avanzato e diffuso.

Arrivati il 14 di novembre, dato ragguaglio, a voce e di nuovo in iscritto, al tribunale, ebbero da questo commissione di presentarsi al governatore, e d'esporgli lo stato delle cose. V'andarono, e riportarono: aver lui di tali nuove provato molto dispiacere, mostratone un gran sentimento; ma i pensieri della guerra esser più pressanti: *sed belli graviores esse curas.* Così il Ripamonti, il quale aveva spogliati i registri della Sanità, e conferito col Tadino, incaricato specialmente della missione: era la seconda, se il lettore se ne ricorda, per quella causa, e con quell'esito. Due o tre giorni dopo, il 18 di novembre, emanò il governatore una grida, in cui ordinava pubbliche feste, per la nascita del principe Carlo, primogenito del re Filippo IV, senza sospettare o senza curare il pericolo d'un gran concorso, in tali circo-

5 **la bulletta:** *la bolletta:* Erlass. | 20 **spogliare:** hier: durchsehen. | 24 **emanare qc:** (Gesetz, Verordnung) erlassen. | **la grida:** Aufruf, Dekret. | 26 **il primogẹnito / la primogẹnita:** Erstgeborene(r).

stanze: tutto come in tempi ordinari, come se non gli fosse stato parlato di nulla. [...]

Ma ciò che, lasciando intero il biasimo, scema la maraviglia di quella sua condotta, ciò che fa nascere un'altra e più forte maraviglia, è la condotta della popolazione medesima, di quella, voglio dire, che, non tocca ancora dal contagio, aveva tanta ragion di temerlo. All'arrivo di quelle nuove de' paesi che n'erano così malamente imbrattati, di paesi che formano intorno alla città quasi un semicircolo, in alcuni punti distante da essa non più di diciotto o venti miglia; chi non crederebbe che vi si suscitasse un movimento generale, un desiderio di precauzioni bene o male intese, almeno una sterile inquietudine? Eppure, se in qualche cosa le memorie di quel tempo vanno d'accordo, è nell'attestare che non ne fu nulla. La penuria dell'anno antecedente, le angherie della soldatesca, le afflizioni d'animo, parvero più che bastanti a render ragione della mortalità: sulle piazze, nelle botteghe, nelle case, chi buttasse là una parola del pericolo, chi motivasse peste, veniva accolto con beffe incredule, con disprezzo iracondo. La medesima miscredenza, la medesima, per dir meglio, cecità e fissazione prevaleva nel senato, nel Consiglio de' decurioni, in ogni magistrato.

Trovo che il cardinal Federigo, appena si riseppero i primi casi di mal contagioso, prescrisse, con lettera pastorale a'

3 **il biạsimo:** Tadel, Verweis (*biasimẹvole* [agg.]: tadelnswert). | 4 **la condotta:** Haltung, Betragen (hier die Haltung Ambrogio Spinolas, des spanischen Heerführers, der auch am Mantuanischen Erbfolgekrieg beteiligt war). | 8 **imbrattare:** beschmieren, besudeln; hier: kontaminieren, anstecken. | 9 **il semicịrcolo:** Halbkreis. | 15 f. **l'angherịa:** Schikane, Gewalttat. | 20 **la miscredenza:** Unglaube. | 21 **la cecità:** Verblendung. | 22 **il Consiglio de' decurioni:** der Rat der Zehn.

parrochi, tra le altre cose, che ammonissero più e più volte i popoli dell'importanza e dell'obbligo stretto di rivelare ogni simile accidente, e di consegnar le robe infette o sospette: e anche questa può essere contata tra le sue lodevoli singolarità.

Il tribunale della sanità chiedeva, implorava cooperazione, ma otteneva poco o niente. E nel tribunale stesso, la premura era ben lontana da uguagliare l'urgenza: erano, come afferma più volte il Tadino, e come appare ancor meglio da tutto il contesto della sua relazione, i due fisici che, persuasi della gravità e dell'imminenza del pericolo, stimolavan quel corpo, il quale aveva poi a stimolare gli altri.

Abbiam già veduto come, al primo annunzio della peste, andasse freddo nell'operare, anzi nell'informarsi: ecco ora un altro fatto di lentezza non men portentosa, se però non era forzata, per ostacoli frapposti da magistrati superiori. Quella grida per le bullette, risoluta il 30 d'ottobre, non fu stesa che il dì 23 del mese seguente, non fu pubblicata che il 29. La peste era già entrata in Milano.

Il Tadino e il Ripamonti vollero notare il nome di chi ce la portò il primo, e altre circostanze della persona e del caso: e infatti, nell'osservare i princìpi d'una vasta mortalità, in cui le vittime, non che esser distinte per nome, appena si potranno indicare all'incirca, per il numero delle migliaia, nasce una non so quale curiosità di conoscere que' primi e pochi nomi che poterono essere notati e conservati: questa specie di distinzione, la precedenza nell'esterminio, par

1 **ammonire qu:** jdn. ermahnen, warnen. | 8 **la premura:** Sorgfalt, Bemühung. | **uguagliare:** gleichen. | 11 f. **stimolare quel corpo:** hier: das Gesundheitsamt aufrütteln. | 15 **portentoso/a:** außergewöhnlich, verwunderlich. | 27 **l'esterminio:** Auslöschung, Vernichtung.

che faccian trovare in essi, e nelle particolarità, per altro più indifferenti, qualche cosa di fatale e di memorabile.

L'uno e l'altro storico dicono che fu un soldato italiano al servizio di Spagna; nel resto non sono ben d'accordo, neppur sul nome. Fu, secondo il Tadino, un Pietro Antonio Lovato, di quartiere nel territorio di Lecco; secondo il Ripamonti, un Pier Paolo Locati, di quartiere a Chiavenna. Differiscono anche nel giorno della sua entrata in Milano: il primo la mette al 22 d'ottobre, il secondo ad altrettanti del mese seguente: e non si può stare né all'uno né all'altro. Tutt'e due l'epoche sono in contraddizione con altre ben più verificate. Eppure il Ripamonti, scrivendo per ordine del Consiglio generale de' decurioni, doveva avere al suo comando molti mezzi di prender l'informazioni necessarie; e il Tadino, per ragione del suo impiego, poteva, meglio d'ogn'altro, essere informato d'un fatto di questo genere. Del resto, dal riscontro d'altre date che ci paiono, come abbiam detto, più esatte, risulta che fu, prima della pubblicazione della grida sulle bullette; e, se ne mettesse conto, si potrebbe anche provare o quasi provare, che dovette essere ai primi di quel mese; ma certo, il lettore ce ne dispensa.

Sia come si sia, entrò questo fante sventurato e portator di sventura, con un gran fagotto di vesti comprate o rubate a soldati alemanni; andò a fermarsi in una casa di suoi parenti, nel borgo di porta orientale, vicino ai cappuccini; appena arrivato, s'ammalò; fu portato allo spedale; dove un bubbone che gli si scoprì sotto un'ascella, mise chi lo curava in sospetto di ciò ch'era infatti; il quarto giorno morì.

6 **di quartiere:** wohnhaft. | 23 **il fagotto:** Bündel | 27 **il bubbone:** (Pest-) Beule. | **l'ascella:** Achselhöhle.

Il tribunale della sanità fece segregare e sequestrare in casa la di lui famiglia; i suoi vestiti e il letto in cui era stato allo spedale, furon bruciati. Due serventi che l'avevano avuto in cura, e un buon frate che l'aveva assistito, caddero anch'essi ammalati in pochi giorni, tutt'e tre di peste. Il dubbio che in quel luogo s'era avuto, fin da principio, della natura del male, e le cautele usate in conseguenza, fecero sì che il contagio non vi si propagasse di più.

Ma il soldato ne aveva lasciato di fuori un seminìo che non tardò a germogliare. Il primo a cui s'attaccò, fu il padrone della casa dove quello aveva alloggiato, un Carlo Colonna sonator di liuto. Allora tutti i pigionali di quella casa furono, d'ordine della Sanità, condotti al lazzeretto, dove la più parte s'ammalarono; alcuni morirono, dopo poco tempo, di manifesto contagio.

Nella città, quello che già c'era stato disseminato da costoro, da' loro panni, da' loro mobili trafugati da parenti, da pigionali, da persone di servizio, alle ricerche e al fuoco prescritto dal tribunale, e di più quello che c'entrava di nuovo, per l'imperfezion degli editti, per la trascuranza nell'eseguirli, e per la destrezza nell'eluderli, andò covando e serpendo lentamente, tutto il restante dell'anno, e ne' primi mesi del susseguente 1630. Di quando in quando, ora in questo, ora in quel quartiere, a qualcheduno s'attaccava, qualcheduno ne moriva: e la radezza stessa de' casi allonta-

1 **segregare:** absondern, isolieren. | **sequestrare:** hier: festnehmen. | 2 **la di lui famiglia:** *la sua famiglia.* | 9 **il seminịo** (ant.): Saat. | 10 **germogliare:** keimen, aufgehen. | 12 **il s(u)onatọr di liuto:** Lautenspieler. | **il pigionale** (raro): Mieter. | 20 **la trascuranza:** Nachlässigkeit. | 21 **elụdere:** umgehen, ausweichen. | 22 **sẹrpere:** sich schleichend fortbewegen, schlängeln.

nava il sospetto della verità, confermava sempre più il pubblico in quella stupida e micidiale fiducia che non ci fosse peste, ne ci fosse stata neppure un momento. Molti medici ancora, facendo eco alla voce del popolo (era, anche in questo caso, voce di Dio?), deridevan gli augùri sinistri, gli avvertimenti minacciosi de' pochi; e avevan pronti nomi di malattie comuni, per qualificare ogni caso di peste che fossero chiamati a curare; con qualunque sintomo, con qualunque segno fosse comparso.

Gli avvisi di questi accidenti, quando pur pervenivano alla Sanità, ci pervenivano tardi per lo più e incerti. Il terrore della contumacia e del lazzeretto aguzzava tutti gl'ingegni: non si denunziavan gli ammalati, si corrompevano i becchini e i loro soprintendenti; da subalterni del tribunale stesso, deputati da esso a visitare i cadaveri, s'ebbero, con danari, falsi attestati.

Siccome però, a ogni scoperta che gli riuscisse fare, il tribunale ordinava di bruciar robe, metteva in sequestro case, mandava famiglie al lazzeretto, così è facile argomentare quanta dovesse essere contro di esso l'ira e la mormorazione del pubblico, «della Nobiltà, delli Mercanti et della plebe», dice il Tadino; persuasi, com'eran tutti, che fossero vessazioni senza motivo, e senza costrutto. L'odio principale cadeva sui due medici; il suddetto Tadino, e Senatore Settala, figlio del protofisico: a tal segno, che ormai non potevano attraversar le piazze senza essere assaliti da parolac-

2 **micidiale** (agg.): mörderisch. | 4 **l'eco:** Nachhall. | 5 **deridere:** auslachen. | **l'augurio:** Prophezeiung. | **sinistro/a:** finster, düster. | 10 **pervenire:** hier: zu Ohren kommen. | 12 **aguzzare:** anregen. | 14 **il becchino:** Totengräber. | 18 **mettere in sequestro:** beschlagnahmen. | 26 **assalire qu:** jdn. angreifen.

ce, quando non eran sassi. E certo fu singolare, e merita che ne sia fatta memoria, la condizione in cui, per qualche mese, si trovaron quegli uomini, di veder venire avanti un orribile flagello, d'affaticarsi in ogni maniera a stornarlo, d'incontrare ostacoli dove cercavano aiuti, e d'essere insieme bersaglio delle grida, avere il nome di nemici della patria: *pro patriae hostibus,* dice il Ripamonti.

Di quell'odio ne toccava una parte anche agli altri medici che, convinti come loro, della realtà del contagio, suggerivano precauzioni, cercavano di comunicare a tutti la loro dolorosa certezza. I più discreti li tacciavano di credulità e d'ostinazione: per tutti gli altri, era manifesta impostura, cabala ordita per far bottega sul pubblico spavento.

Il protofisico Lodovico Settala, allora poco men che ottuagenario, stato professore di medicina all'università di Pavia, poi di filosofia morale a Milano, autore di molte opere riputatissime allora, chiaro per inviti a cattedre d'altre università, Ingolstadt, Pisa, Bologna, Padova, e per il rifiuto di tutti questi inviti, era certamente uno degli uomini più autorevoli del suo tempo. Alla riputazione della scienza s'aggiungeva quella della vita, e all'ammirazione la benevolenza, per la sua gran carità nel curare e nel beneficare i poveri. E, una cosa che in noi turba e contrista il sentimento di stima ispirato da questi meriti, ma che allora doveva renderlo più generale e più forte, il pover'uomo partecipava de' pregiudizi più comuni e più funesti de' suoi contempora-

4 **stornare:** abwenden. | 6 **il bersaglio:** Zielscheibe. | 13 **far bottega di qc:** mit etwas schachern. | 14 f. **ottuagenario/a:** achtzigjährig. | 17 **riputatịssimo/a:** sehr namhaft, berühmt. | **la cạttedra:** (Universitäts-)Lehrstuhl. | 22 **beneficare:** wohltätig sein. | 23 **contristare:** betrüben.

nei: era più avanti di loro, ma senza allontanarsi dalla schiera, che è quello che attira i guai, e fa molte volte perdere l'autorità acquistata in altre maniere. Eppure quella grandissima che godeva, non solo non bastò a vincere, in questo caso, l'opinion di quello che i poeti chiamavan volgo profano, e i capocomici, rispettabile pubblico; ma non potè salvarlo dall'animosità e dagl'insulti di quella parte di esso che corre più facilmente da' giudizi alle dimostrazioni e ai fatti.

Un giorno che andava in bussola a visitare i suoi ammalati, principiò a radunarglisi intorno gente, gridando esser lui il capo di coloro che volevano per forza che ci fosse la peste; lui che metteva in ispavento la città, con quel suo cipiglio, con quella sua barbaccia: tutto per dar da fare ai medici. La folla e il furore andavan crescendo: i portantini, vedendo la mala parata, ricoverarono il padrone in una casa d'amici, che per sorte era vicina. Questo gli toccò per aver veduto chiaro, detto ciò che era, e voluto salvar dalla peste molte migliaia di persone: quando, con un suo deplorabile consulto, cooperò a far torturare, tanagliare e bruciare, come strega, una povera infelice sventurata, perché il suo padrone pativa dolori strani di stomaco, e un altro padrone di prima era stato fortemente innamorato di lei, allora ne avrà avuta presso il pubblico nuova lode di sapiente e, ciò che è intollerabile a pensare, nuovo titolo di benemerito.

Ma sul finire del mese di marzo, cominciarono, prima

4 **vịncere:** hier: sich durchsetzen. | 5 f. **il volgo profano:** Volksmund. | 10 **radunarsi intorno a qu:** sich um jdn. scharen. | 12 **l'ispavento:** *lo spavento.* | 14 **il portantino:** Sänftenträger. | 15 **la parata:** Parade. | 16 **per sorte:** glücklicherweise. | 18 **deplorạbile** (agg.): bedauernswert. | 18 f. **il consulto:** Gutachten. | 19 **(at)tanagliare:** peinigen, mit glühenden Zangen foltern. | 24 **il benemẹrito / la benemẹrita:** Wohltäter(in).

nel borgo di porta orientale, poi in ogni quartiere della città, a farsi frequenti le malattie, le morti, con accidenti strani di spasimi, di palpitazioni, di letargo, di delirio, con quelle insegne funeste di lividi e di bubboni; morti per lo più celeri, violente, non di rado repentine, senza alcun indizio antecedente di malattia. I medici opposti alla opinion del contagio, non volendo ora confessare ciò che avevan deriso, e dovendo pur dare un nome generico alla nuova malattia, divenuta troppo comune e troppo palese per andarne senza, trovarono quello di febbri maligne, di febbri pestilenti: miserabile transazione, anzi trufferia di parole, e che pur faceva gran danno; perché, figurando di riconoscere la verità, riusciva ancora a non lasciar credere ciò che più importava di credere, di vedere, che il male s'attaccava per mezzo del contatto. I magistrati, come chi si risente da un profondo sonno, principiarono a dare un po' più orecchio agli avvisi, alle proposte della Sanità, a far eseguire i suoi editti, i sequestri ordinati, le quarantene prescritte da quel tribunale. Chiedeva esso di continuo anche danari per supplire alle spese giornaliere, crescenti, del lazzeretto, di tanti altri servizi; e li chiedeva ai decurioni, intanto che fosse deciso (che non fu, credo, mai, se non col fatto) se tali spese toccassero alla città, o all'erario regio. Ai decurioni faceva pure istanza il gran cancelliere, per ordine anche del governatore, ch'era andato di nuovo a metter l'assedio a quel povero Casale; fa-

2 **l'accidente** m.: hier: Anfall. | 3 **lo spạsimo:** Krampf. | **la palpitazione:** Herzrasen. | 4 **il lịvido:** blauer Fleck. | 8 **genẹrico/a:** allgemein, unbestimmt. | 9 **palese** (agg.): offensichtlich. | 10 **la febbre maligna:** bösartiges Fieber. | 11 **la trufferịa:** Schwindel. | 15 **risentirsi:** hier: erwachen. | 23 **l'erario:** Staatskasse. | **regio/a:** königlich. | **fare istanza a qu:** jdn. bedrängen.

ceva istanza il senato, perché pensassero alla maniera di vettovagliar la città, prima che dilatandovisi per isventura il contagio, le venisse negato pratica dagli altri paesi; perché trovassero il mezzo di mantenere una gran parte della popolazione, a cui eran mancati i lavori. I decurioni cercavano di far danari per via d'imprestiti, d'imposte; e di quel che ne raccoglievano, ne davano un po' alla Sanità, un po' a' poveri; un po' di grano compravano: supplivano a una parte del bisogno. E le grandi angosce non erano ancor venute.

Nel lazzeretto, dove la popolazione, quantunque decimata ogni giorno, andava ogni giorno crescendo, era un'altra ardua impresa quella d'assicurare il servizio e la subordinazione, di conservar le separazioni prescritte, di mantenervi in somma o, per dir meglio, di stabilirvi il governo ordinato dal tribunale della sanità: ché, fin da' primi momenti, c'era stata ogni cosa in confusione, per la sfrenatezza di molti rinchiusi, per la trascuratezza e per la connivenza de' serventi. Il tribunale e i decurioni, non sapendo dove battere il capo, pensaron di rivolgersi ai cappuccini, e supplicarono il padre commissario della provincia, il quale faceva le veci del provinciale, morto poco prima, acciò volesse dar loro de' soggetti abili a governare quel regno desolato. Il commisario propose loro, per principale, un padre Felice Casati, uomo d'età matura, il quale godeva una gran fama di carità, d'attività, di mansuetudine insieme e di for-

2 **vettovagliare:** verpflegen. | 3 **negare pratica:** den Verkehr, Kontakt unterbrechen. | 6 **l'imprestito:** Anleihe. | **l'imposta:** Steuer. | 12 **arduo/a:** beschwerlich. | 16 **la sfrenatezza:** Maßlosigkeit. | 17 **il rinchiuso / la rinchiusa:** Insasse, Insassin. | 18 f. **non sapere dove battere il capo** (fig.): nicht mehr aus noch ein wissen. | 20 f. **fare le veci di qu:** jdn. vertreten. | 21 **acciò:** so dass.

tezza d'animo, a quel che il seguito fece vedere, ben meritata; e per compagno e come ministro di lui, un padre Michele Pozzobonelli, ancor giovine, ma grave e severo, di pensieri come d'aspetto. Furono accettati con gran piacere; e il 30 di marzo, entrarono nel lazzeretto. Il presidente della Sanità li condusse in giro, come per prenderne il possesso; e, convocati i serventi e gl'impiegati d'ogni grado, dichiarò, davanti a loro, presidente di quel luogo il padre Felice, con primaria e piena autorità. Di mano in mano poi che la miserabile radunanza andò crescendo, v'accorsero altri cappuccini; e furono in quel luogo soprintendenti, confessori, amministratori, infermieri, cucinieri, guardarobi, lavandai, tutto ciò che occorresse. Il padre Felice, sempre affaticato e sempre sollecito, girava di giorno, girava di notte, per i portici, per le stanze, per quel vasto spazio interno, talvolta portando un'asta, talvolta non armato che di cilizio; animava e regolava ogni cosa; sedava i tumulti, faceva ragione alle querele, minacciava, puniva, riprendeva, confortava, asciugava e spargeva lacrime. Prese, sul principio, la peste; ne guarì, e si rimise, con nuova lena, alle cure di prima. I suoi confratelli ci lasciarono la più parte la vita, e tutti con allegrezza.

Certo, una tale dittatura era uno strano ripiego; strano come la calamità, come i tempi; e quando non ne sapessimo altro, basterebbe per argomento, anzi per saggio d'una società molto rozza e mal regolata, il veder che quelli a cui toccava un così importante governo, non sapesser più farne

7 **dichiarare qu:** jdn. ernennen. | 9 **di mano in mano:** nach und nach. | 12 **il cuciniere / la cuciniera:** Koch, Köchin. | 14 **sollẹcito/a:** fleißig, eilfertig. | 16 **il cilizio:** Bußgewand. | 17 **sedare:** beruhigen, mildern. | 20 **la lena:** Ausdauer, Kraft. | 26 **rozzo/a:** hier: rauh, derb.

altro che cederlo, né trovassero a chi cederlo, che uomini, per istituto, il più alieni da ciò. Ma è insieme un saggio non ignobile della forza e dell'abilità che la carità può dare in ogni tempo, e in qualunque ordin di cose, il veder quest'uomini sostenere un tal carico così bravamente. E fu bello lo stesso averlo accettato, senz'altra ragione che il non esserci chi lo volesse, senz'altro fine che di servire, senz'altra speranza in questo mondo, che d'una morte molto più invidiabile che invidiata; fu bello lo stesso esser loro offerto, solo perché era difficile e pericoloso, e si supponeva che il vigore e il sangue freddo, così necessario e raro in que' momenti, essi lo dovevano avere. E perciò l'opera e il cuore di que' frati meritano che se ne faccia memoria, con ammirazione, con tenerezza, con quella specie di gratitudine che è dovuta, come in solido, per i gran servizi resi da uomini a uomini, e più dovuta a quelli che non se la propongono per ricompensa. «Che se questi Padri iui non si ritrouauano,» dice il Tadino, «al sicuro tutta la Città annichilata si trouaua; puoiché fu cosa miracolosa l'hauer questi Padri fatto in così puoco spatio di tempo tante cose per benefitio publico, che non hauendo hauuto agiutto, o almeno puoco dalla Città, con la sua industria et prudenza haueuano mantenuto nel Lazeretto tante migliaia de poueri.» Le persone ricoverate in quel luogo, durante i sette mesi che il padre Felice n'ebbe il governo, furono circa cinquantamila, secondo il Ripamonti; il quale dice con ragione, che d'un uomo tale avrebbe dovuto ugualmente parlare, se in vece di descriver le mi-

1 **cẹdere qc:** hier: überlassen. | 2 **alieno/a:** fremd, unerfahren. | 4 **l'ordin:** *l'ọrdine.* | 8 f. **invidiạbile** (agg.): beneidenswert. | 10 **il vigore:** Kraft. | 17 **si ritrouauano** (tosc.): *si ritrovavano.* | 18 **annichilato/a:** gebeugt, geknechtet. | 20 **spatio:** *lo spazio.* | 23 **i poueri** (tosc.): *i poveri.*

serie d'una città, avesse dovuto raccontar le cose che posson farle onore.

Anche nel pubblico, quella caparbietà di negar la peste andava naturalmente cedendo e perdendosi, di mano in mano che il morbo si diffondeva, e si diffondeva per via del contatto e della pratica; e tanto più quando, dopo esser qualche tempo rimasto solamente tra' poveri, cominciò a toccar persone più conosciute. E tra queste, come allora fu il più notato, così merita anche adesso un'espressa menzione il protofisico Settala. Avranno almen confessato che il povero vecchio aveva ragione? Chi lo sa? Caddero infermi di peste, lui, la moglie, due figliuoli, sette persone di servizio. Lui e uno de' figliuoli n'usciron salvi; il resto morì. «Questi casi», dice il Tadino, «occorsi nella Città in case Nobili, disposero la Nobiltà, et la plebe a pensare, et gli increduli Medici, et la plebe ignorante et temeraria cominciò stringere le labra, chiudere li denti, et inarcare le ciglia.»

Ma l'uscite, i ripieghi, le vendette, per dir così, della caparbietà convinta, sono alle volte tali da far desiderare che fosse rimasta ferma e invitta, fino all'ultimo, contro la ragione e l'evidenza: e questa fu bene una di quelle volte. Coloro i quali avevano impugnato così risolutamente, e così a lungo, che ci fosse vicino a loro, tra loro, un germe di male, che poteva, per mezzi naturali, propagarsi e fare una strage; non potendo ormai negare il propagamento di esso, e non volendo attribuirlo a que' mezzi (che sarebbe stato confessare a un tempo un grand'inganno e una gran colpa), erano tanto più disposti a trovarci qualche altra causa, a menar

3 **la carpabietà:** Trotz, Eigensinn. | 5 **il morbo:** Übel, Krankheit. | 17 **inarcare:** krümmen. | 20 **invitto/a:** unbesiegbar. | 22 **impugnare:** bestreiten. | 24 **la strage:** Verheerung.

buona qualunque ne venisse messa in campo. Per disgrazia, ce n'era una in pronto nelle idee e nelle tradizioni comuni allọra, non qui soltanto, ma in ogni parte d'Europa: arti venefiche, operazioni diaboliche, gente congiurata a sparger la peste, per mezzo di veleni contagiosi, di malìe. Già cose tali, o somiglianti, erano state supposte e credute in molte altre pestilenze, e qui segnatamente, in quella di mezzo secolo innanzi. S'aggiunga che, fin dall'anno antecedente, era venuto un dispaccio, sottoscritto dal re Filippo IV, al governatore, per avvertirlo ch'erano scappati da Madrid quattro francesi, ricercati come sospetti di spargere unguenti velenosi, pestiferi: stesse all'erta, se mai coloro fossero capitati a Milano. Il governatore aveva comunicato il dispaccio al senato e al tribunale della sanità; né, per allora, pare che ci si badasse più che tanto. Però, scoppiata e riconosciuta la peste, il tornar nelle menti quell'avviso potè servir di conferma al sospetto indeterminato d'una frode scellerata; potè anche essere la prima occasione di farlo nascere.

Ma due fatti, l'uno di cieca e indisciplinata paura, l'altro di non so quale cattività, furon quelli che convertirono quel sospetto indeterminato d'un attentato possibile, in sospetto, e per molti in certezza, d'un attentato positivo, e d'una trama reale. Alcuni, ai quali era parso di vedere, la sera del 17 di maggio, persone in duomo andare ungendo un assito che serviva a dividere gli spazi assegnati a' due sessi, fecero,

3 f. **l'arte venefica:** Giftmischerei. | 4 **congiurato/a:** verschworen. | 5 **la malìa:** Schwarzkunst, Zauberei. | 7 **segnatamente** (avv.): hauptsächlich. | 9 **il dispaccio:** Depesche, Brief. | 11 **l'unguento:** Salbe (*ụngere:* fetten, schmieren; *l'unzione* f.: Salbung, Einfettung; *l'untore:* der Salber). | 12 **pestịfero/a:** pestbringend. | 17 **la frode scellerata:** ruchlose Tat (*la frode:* Betrug). | 24 **l'assito:** Wand, Verschlag.

nella notte, portar fuori della chiesa l'assito e una quantità di panche rinchiuse in quello; quantunque il presidente della Sanità, accorso a far la visita, con quattro persone dell'ufizio, avendo visitato l'assito, le panche, le pile dell'acqua benedetta, senza trovar nulla che potesse confermare l'ignorante sospetto d'un attentato venefico, avesse, per compiacere all'immaginazioni altrui, e *più tosto per abbondare in cautela, che per bisogno*, avesse, dico, deciso che bastava dar una lavata all'assito. Quel volume di roba accatastata produsse una grand'impressione di spavento nella moltitudine, per cui un oggetto diventa così facilmente un argomento. Si disse e si credette generalmente che fossero state unte in duomo tutte le panche, le pareti, e fin le corde delle campane. Né si disse soltanto allora: tutte le memorie de' contemporanei che parlano di quel fatto (alcune scritte molt'anni dopo), ne parlano con ugual sicurezza: e la storia sincera di esso, bisognerebbe indovinarla, se non si trovasse in una lettera del tribunale della sanità al governatore, che si conserva nell'archivio detto di san Fedele; dalla quale l'abbiamo cavata, e della quale sono le parole che abbiam messe in corsivo.

La mattina seguente, un nuovo e più strano, più significante spettacolo colpì gli occhi e le menti de' cittadini. In ogni parte della città, si videro le porte delle case e le muraglie, per lunghissimi tratti, intrise di non so che sudicerìa, giallognola, biancastra, sparsavi come con delle spugne. O sia stato un gusto sciocco di far nascere uno spavento più

2 **la panca:** hier: Kirchenbank. | 4 f. **la pila d(ell)'acqua benedetta:** Weihwasserbecken. | 9 f. **accatastare:** aufstapeln. | 24 f. **la muraglia:** Gemäuer. | 25 **intriso/a:** getränkt, durchnässt. | 26 **giallọgnolo/a:** gelblich. | **biancastro/a:** weißlich. | **la spugna:** Schwamm.

rumoroso e più generale, o sia stato un più reo disegno d'accrescer la pubblica confusione, o non saprei che altro; la cosa è attestata di maniera, che ci parrebbe men ragionevole l'attribuirla a un sogno di molti, che al fatto d'alcuni: fatto, del resto, che non sarebbe stato, né il primo né l'ultimo di tal genere. Il Ripamonti, che spesso, su questo particolare dell'unzioni, deride, e più spesso deplora la credulità popolare, qui afferma d'aver veduto quell'impiastramento, e lo descrive. Nella lettera sopraccitata, i signori della Sanità raccontan la cosa ne' medesimi termini; parlan di visite, d'esperimenti fatti con quella materia sopra de' cani, e senza cattivo effetto; aggiungono, esser loro opinione, *che cotale temerità sia più tosto proceduta da insolenza, che da fine scelerato*: pensiero che indica in loro, fino a quel tempo, pacatezza d'animo bastante per non vedere ciò che non ci fosse stato. L'altre memorie contemporanee, raccontando la cosa, accennano anche, essere stata, sulle prime, opinion di molti, che fosse fatta per burla, per bizzarria; nessuna parla di nessuno che la negasse; e n'avrebbero parlato certamente, se ce ne fosse stati; se non altro, per chiamarli stravaganti. Ho creduto che non fosse fuor di proposito il riferire e il mettere insieme questi particolari, in parte poco noti, in parte affatto ignorati, d'un celebre delirio; perché, negli errori e massime negli errori di molti, ciò che è più interessante e più utile a osservarsi, mi pare che sia appunto la strada che hanno fatta, l'apparenze, i modi con cui hanno potuto entrar nelle menti, e dominarle.

La città già agitata ne fu sottosopra: i padroni delle case,

1 **reo/a:** schuldig. | 13 **la temerità:** Tollkühnheit. | 14 f. **la pacatezza d'animo:** Gemütsruhe. | 18 **la bizzarịa:** Posse, schlechter Scherz. | 20 f. **stravagante** (agg.): verschroben. | 28 **sottosopra:** durcheinander.

con paglia accesa, abbruciacchiavano gli spazi unti; i passeggieri si fermavano, guardavano, inorridivano, fremevano. I forestieri, sospetti per questo solo, e che allora si conoscevan facilmente al vestiario, venivano arrestati nelle strade dal popolo, e condotti alla giustizia. Si fecero interrogatòri, esami d'arrestati, d'arrestatori, di testimoni; non si trovò reo nessuno: le menti erano ancor capaci di dubitare, d'esaminare, d'intendere. Il tribunale della sanità pubblicò una grida, con la quale prometteva premio e impunità a chi mettesse in chiaro l'autore o gli autori del fatto. *Ad ogni modo non parendoci conueniente*, dicono que' signori nella citata lettera, che porta la data del 21 di maggio, ma che fu evidentemente scritta il 19, giorno segnato nella grida stampata, *che questo delitto in qualsiuoglia modo resti impunito, massime in tempo tanto pericoloso e sospettoso, per consolatione e quiete di questo Popolo, e per cauare indicio del fatto, habbiamo oggi publicata grida, etc.* Nella grida stessa però, nessun cenno, almen chiaro, di quella ragionevole e acquietante congettura, che partecipavano al governatore: silenzio che accusa a un tempo una preoccupazione furiosa nel popolo, e in loro una condiscendenza, tanto più biasimevole, quanto più poteva esser perniciosa.

Mentre il tribunale cercava, molti nel pubblico, come accade, avevan già trovato. Coloro che credevano esser quella un'unzione velenosa, chi voleva che la fosse una vendetta di don Gonzalo Fernandez de Cordova, per gl'insulti ricevuti nella sua partenza, chi un ritrovato del cardinal di Ri-

1 **abbruciacchiare:** versengen. | 3 f. **conọscersi:** hier: erkannt werden. | 4 **il vestiario:** Kleidung. | 10 **mẹttere in chiaro:** anzeigen, namhaft machen, sich stellen. | 14 **qualsiuoglia:** *qualsiasi.* | 22 **pernicioso/a:** schädlich, unheilvoll.

chelieu, per spopolar Milano, e impadronirsene senza fatica; altri, e non si sa per quali ragioni, ne volevano autore il conte di Collalto, Wallenstein, questo, quell'altro gentiluomo milanese. Non mancavan, come abbiam detto, di quelli che non vedevano in quel fatto altro che uno sciocco scherzo, e l'attribuivano a scolari, a signori, a ufiziali che s'annoiassero all'assedio di Casale. Il non veder poi, come si sarà temuto, che ne seguisse addirittura un infettamento, un eccidio universale, fu probabilmente cagione che quel primo spavento s'andasse per allora acquietando, e la cosa fosse o paresse messa in oblìo. […]

In principio dunque, non peste, assolutamente no, per nessun conto: proibito anche di proferire il vocabolo. Poi, febbri pestilenziali: l'idea s'ammette per isbieco in un aggettivo. Poi, non vera peste; vale a dire peste sì, ma in un certo senso; non peste proprio, ma una cosa alla quale non si sa trovare un altro nome. Finalmente, peste senza dubbio, e senza contrasto: ma già ci s'è attaccata un'altra idea, l'idea del venefizio e del malefizio, la quale altera e confonde l'idea espressa dalla parola che non si può più mandare indietro.

Non è, credo, necessario d'esser molto versato nella storia dell'idee e delle parole, per vedere che molte hanno fatto un simil corso. Per grazia del cielo, che non sono molte quelle d'una tal sorte, e d'una tale importanza, e che conquistino la loro evidenza a un tal prezzo, e alle quali si pos-

3 f. **questo, quell'altro gentiluomo:** bald diesen, bald jenen Edelmann. | 9 **l'eccidio:** Massenmord. | 14 **per (i)sbieco:** verschoben, verwandelt. | 19 **il venefizio:** Vergiftung. | **il malefizio:** Hexerei. | 22 **ẹssere versato/a:** bewandert, versiert sein.

sano attaccare accessòri d'un tal genere. Si potrebbe però, tanto nelle cose piccole, come nelle grandi, evitare, in gran parte, quel corso così lungo e così storto, prendendo il metodo proposto da tanto tempo, d'osservare, ascoltare, paragonare, pensare, prima di parlare.

Ma parlare, questa cosa così sola, è talmente più facile di tutte quell'altre insieme, che anche noi, dico noi uomini in generale, siamo un po' da compatire.

In Mailand glaubt man weiter daran, dass die ominösen Salbenspuren, mit denen einige Häusermauern beschmiert wurden, der Grund für den Ausbruch der Pest seien. Aberglauben und Panik greifen um sich. So wird zum Beispiel ein Greis, der im Dom mit einer Handbewegung eine Sitzbank abstaubt, um sich setzen zu können, für einen der »Salber« gehalten und nahezu gelyncht. Drei junge Franzosen, die sich auf einer Bildungsreise befinden und den Dom zu Mailand lange bewundernd anschauen, erregen Verdacht, werden ebenfalls verprügelt und zum Richter gebracht, jedoch wieder freigelassen. Um die Gemüter zu beruhigen, wird eine Prozession zu Ehren des als Heiligen verehrten Mailänder Erzbischofs Carlo Borromeo (1538–84) geplant, an der ganz Mailand teilnimmt.

Die Zahl der Pesttoten steigt nach diesem Menschenauflauf rasant an, aber man schreibt auch dieses Phänomen den ominösen »Salbern« zu, die sich angeblich unter die Prozessionsteilnehmer gemischt und ihnen unbemerkt giftige Substanzen aufgebracht hätten.

Capitolo XXXIII

Auch Don Rodrigo, der sich nach Mailand begeben hatte und nun zurückgekehrt ist, erkrankt an der Pest, ebenso wie Attilio, der sie nicht überlebt. Il Griso, sein Handlanger, verspricht, ihn zu einem Arzt zu bringen, lässt ihn aber stattdessen in ein Pestlazarett schaffen und bestiehlt ihn. Auch er infiziert sich dabei mit der Pest und stirbt.

[...] Lasciando ora questo nel soggiorno de' guai, dobbiamo andare in cerca d'un altro, la cui storia non sarebbe mai stata intralciata con la sua, se lui non l'avesse voluto per forza; anzi si può dir di certo che non avrebbero avuto storia né l'uno né l'altro: Renzo, voglio dire, che abbiam lasciato al nuovo filatoio, sotto il nome d'Antonio Rivolta.

C'era stato cinque o sei mesi, salvo il vero; dopo i quali, dichiarata l'inimicizia tra la repubblica e il re di Spagna, e cessato quindi ogni timore di ricerche e d'impegni dalla parte di qui, Bortolo s'era dato premura d'andarlo a prendere, e di tenerlo ancora con sé, e perché gli voleva bene, e perché Renzo, come giovine di talento, e abile nel mestiere, era, in una fabbrica, di grande aiuto al *factotum*, senza poter mai aspirare a divenirlo lui, per quella benedetta disgrazia di non saper tener la penna in mano. Siccome anche questa ragione c'era entrata per qualche cosa, così abbiam dovuto accennarla. Forse voi vorreste un Bortolo più ideale: non so che dire: fabbricatevelo. Quello era così.

10 **intralciare:** hier: behindern, hemmen. | 20 **il factotum:** Hilfskraft, ›Mädchen für alles‹; hier: der Leiter (Bortolo selbst). | 22 **non saper tener la penna in mano:** des Schreibens unkundig sein.

Renzo era poi sempre rimasto a lavorare presso di lui. Più d'una volta, e specialmente dopo aver ricevuta qualcheduna di quelle benedette lettere da parte d'Agnese, gli era saltato il grillo di farsi soldato, e finirla: e l'occasioni non mancavano; ché, appunto in quell'intervallo di tempo, la repubblica aveva avuto bisogno di far gente. La tentazione era qualche volta stata per Renzo tanto più forte, che s'era anche parlato d'invadere il milanese; e naturalmente a lui pareva che sarebbe stata una bella cosa, tornare in figura di vincitore a casa sua, riveder Lucia, e spiegarsi una volta con lei. Ma Bortolo, con buona maniera, aveva sempre saputo smontarlo da quella risoluzione.

«Se ci hanno da andare,» gli diceva, «ci anderanno anche senza di te, e tu potrai andarci dopo, con tuo comodo; se tornano col capo rotto, non sarà meglio essere stato a casa tua? Disperati che vadano a far la strada, non ne mancherà. E, prima che ci possan mettere i piedi ...! Per me, sono eretico: costoro abbaiano; ma sì; lo stato di Milano non è un boccone da ingoiarsi così facilmente. Si tratta della Spagna, figliuolo mio: sai che affare è la Spagna? San Marco è forte a casa sua; ma ci vuol altro. Abbi pazienza: non istai bene qui? ... Vedo cosa vuoi dire; ma, se è destinato lassù che la cosa riesca, sta sicuro che, a non far pazzie, riuscirà anche meglio. Qualche santo t'aiuterà. Credi pure che non è mestiere per te. Ti par che convenga lasciare d'incannar seta, per andare a ammazzare? Cosa vuoi fare con quella razza di gente? Ci vuol degli uomini fatti apposta.»

4 **saltare il grillo a qu:** eine Schnapsidee haben. | 10 **spiegarsi con qu:** hier: sich aussprechen. | 17 f. **ẹretico/a:** ketzerisch, ungläubig. | 21 **istai:** *stai.* | 25 **incannare:** aufspulen.

Altre volte Renzo si risolveva d'andar di nascosto, travestito, e con un nome finto. Ma anche da questo, Bortolo seppe svolgerlo ogni volta, con ragioni troppo facili a indovinarsi.

Scoppiata poi la peste nel milanese, e appunto, come abbiam detto, sul confine del bergamasco, non tardò molto a passarlo; e ... non vi sgomentate, ch'io non vi voglio raccontar la storia anche di questa: chi la volesse, la c'è, scritta per ordine pubblico da un certo Lorenzo Ghirardelli: libro raro però e sconosciuto, quantunque contenga forse più roba che tutte insieme le descrizioni più celebri di pestilenze: da tante cose dipende la celebrità de' libri! Quel ch'io volevo dire è che Renzo prese anche lui la peste, si curò da sé, cioè non fece nulla; ne fu in fin di morte, ma la sua buona complessione vinse la forza del male: in pochi giorni, si trovò fuor di pericolo. Col tornar della vita, risorsero più che mai rigogliose nell'animo suo le memorie, i desidèri, le speranze, i disegni della vita; val a dire che pensò più che mai a Lucia. Cosa ne sarebbe di lei, in quel tempo, che il vivere era come un'eccezione? E, a così poca distanza, non poterne saper nulla? E rimaner, Dio sa quanto, in una tale incertezza! E quand'anche questa si fosse poi dissipata, quando, cessato ogni pericolo, venisse a risaper che Lucia fosse in vita; c'era sempre quell'altro mistero, quell'imbroglio del voto. – Anderò io, anderò a sincerarmi di tutto in una volta, – disse tra sé, e lo disse prima d'essere ancora in caso di reggersi. – Purché sia viva! – Trovarla, la troverò io; sentirò una volta da lei proprio, cosa sia questa promessa, le farò cono-

1 f. **travestito/a:** verkleidet. | 7 **sgomentarsi:** bestürzt sein. | 14 **ẹssere in fin di morte:** am Rande des Todes sein. | 15 **la complessione:** Körperbau, Konstitution. | 22 **dissiparsi:** sich auflösen, verflüchtigen.

scere che non può stare, e la conduco via con me, lei e quella povera Agnese, se è viva! che m'ha sempre voluto bene, e son sicuro che me ne vuole ancora. La cattura? eh! adesso hanno altro da pensare, quelli che son vivi. Giran sicuri, anche qui, certa gente, che n'hann'addosso ... Ci ha a esser salvocondotto solamente per i birboni? E a Milano, dicono tutti che l'è una confusione peggio. Se lascio scappare una occasion così bella, – (La peste! Vedete un poco come ci fa qualche volta adoprar le parole quel benedetto istinto di riferire e di subordinar tutto a noi medesimi!) – non ne ritorna più una simile! –

Giova sperare, caro il mio Renzo.

Appena potè strascicarsi, andò in cerca di Bortolo, il quale, fino allora, aveva potuto scansar la peste, e stava riguardato. Non gli entrò in casa, ma, datogli una voce dalla strada, lo fece affacciare alla finestra.

«Ah ah!» disse Bortolo: «l'hai scampata, tu. Buon per te!»

«Sto ancora un po' male in gambe, come vedi, ma, in quanto al pericolo, ne son fuori.»

«Eh! vorrei esser io ne' tuoi piedi. A dire: sto bene, le altre volte, pareva di dir tutto; ma ora conta poco. Chi può arrivare a dire: sto meglio; quella sì è una bella parola!»

Renzo, fatto al cugino qualche buon augurio, gli comunicò la sua risoluzione.

«Va, questa volta, che il cielo ti benedica,» rispose quello: «cerca di schivar la giustizia, com'io cercherò di schivare il

3 **la cattura:** Festnahme. | 5 **avere addosso qc:** etwas auf dem Kerbholz haben. | 5f. **essere salvocondotto:** freies Geleit bekommen. | 12 **giova sperare:** wollen wir es hoffen! | 13 **strascicarsi:** hier: sich auf den Beinen halten, erstarken.

contagio; e, se Dio vuole che la ci vada bene a tutt'e due, ci rivedremo.»

«Oh! torno sicuro: e se potessi non tornar solo! Basta; spero.»

«Torna pure accompagnato; che, se Dio vuole, ci sarà da lavorar per tutti, e ci faremo buona compagnia. Purché tu mi ritrovi, e che sia finito questo diavolo d'influsso!»

«Ci rivedremo, ci rivedremo; ci dobbiam rivedere!»

«Torno a dire: Dio voglia!»

Per alquanti giorni, Renzo si tenne in esercizio, per esperimentar le sue forze, e accrescerle; e appena gli parve di poter far la strada, si dispose a partire. Si mise sotto panni una cintura, con dentro que' cinquanta scudi, che non aveva mai intaccati, e de' quali non aveva mai fatto parola, neppur con Bortolo; prese alcuni altri pochi quattrini, che aveva messi da parte giorno per giorno, risparmiando su tutto; prese sotto il braccio un fagottino di panni; si mise in tasca un benservito, che s'era fatto fare a buon conto, dal secondo padrone, sotto il nome d'Antonio Rivolta; in un taschino de' calzoni si mise un coltellaccio, ch'era il meno che un galantuomo potesse portare a que' tempi; e s'avviò, agli ultimi d'agosto, tre giorni dopo che don Rodrigo era stato portato al lazzeretto. Prese verso Lecco, volendo, per non andar così alla cieca a Milano, passar dal suo paese, dove sperava di trovare Agnese viva, e di cominciare a saper da lei qualcheduna delle tante cose che si struggeva di sapere.

I pochi guariti dalla peste erano, in mezzo al resto della popolazione, veramente come una classe privilegiata. Una gran parte dell'altra gente languiva o moriva; e quelli ch'e-

17 **il fagottino:** Bündelchen. | 18 **il benservito:** Führungs-, Arbeitszeugnis.

rano stati fin allora illesi dal morbo, ne vivevano in continuo timore; andavan riservati, guardinghi, con passi misurati, con visi sospettosi, con fretta ed esitazione insieme: ché tutto poteva esser contro di loro arme di ferita mortale. Quegli altri all'opposto, sicuri a un di presso del fatto loro (giacché aver due volte la peste era caso piuttosto prodigioso che raro), giravano per mezzo al contagio franchi e risoluti; come i cavalieri d'un'epoca del medio evo, ferrati fin dove ferro ci poteva stare, e sopra palafreni accomodati anch'essi, per quanto era fattibile, in quella maniera, andavano a zonzo donde quella loro gloriosa denominazione d'erranti), a zonzo e alla ventura, in mezzo a una povera marmaglia pedestre di cittadini e di villani, che, per ribattere e ammortire i colpi, non avevano indosso altro che cenci. Bello, savio ed utile mestiere! mestiere, proprio, da far la prima figura in un trattato d'economia politica.

Con una tale sicurezza, temperata però dall'inquietudini che il lettore sa, e contristata dallo spettacolo frequente, dal pensiero incessante della calamità comune, andava Renzo verso casa sua, sotto un bel cielo e per un bel paese, ma non incontrando, dopo lunghi tratti di tristissima solitudine, se non qualche ombra vagante piuttosto che persona viva, o cadaveri portati alla fossa, senza onor d'esequie, senza can-

1 **illeso/a:** unversehrt, verschont. | 2 **guardingo/a:** behutsam, vorsichtig. | 5 **essere sicuro/a a un di presso del fatto suo:** sich seiner Sache sicher sein. | 6 f. **prodigioso/a:** erstaunlich (*il prodigio:* Wunder). | 8 f. **ferrato/a fin dove ferro ci poteva stare:** bis an die Zähne bewaffnet sein. | 9 **il palafreno:** Ross, Reitpferd. | 10 f. **andare a zonzo:** umherreisen, sich herumtreiben. | 12 f. **la marmaglia:** Horde, Gesindel. | 14 **ammortire:** dämpfen. | 15 **savio/a:** weise. | 22 **vagante** (agg.): umherirrend. | 23 **le esequie** (nur pl.): Begräbnis, Beisetzung.

to, senza accompagnamento. A mezzo circa della giornata, si fermò in un boschetto, a mangiare un po' di pane e di companatico che aveva portato con sé. Frutte, n'aveva a sua disposizione, lungo la strada, anche più del bisogno: fichi, pesche, susine, mele, quante n'avesse volute; bastava ch'entrasse ne' campi a coglierne, o a raccattarle sotto gli alberi, dove ce n'era come se fosse grandinato; giacché l'anno era straordinariamente abbondante, di frutte specialmente; e non c'era quasi chi se ne prendesse pensiero: anche l'uve nascondevano, per dir così, i pampani, ed eran lasciate in balìa del primo occupante.

Verso sera, scoprì il suo paese. A quella vista, quantunque ci dovesse esser preparato, si sentì dare come una stretta al cuore: fu assalito in un punto da una folla di rimembranze dolorose, e di dolorosi presentimenti: gli pareva d'aver negli orecchi que' sinistri tocchi a martello che l'avevan come accompagnato, inseguito, quand'era fuggito da que' luoghi; e insieme sentiva, per dir così, un silenzio di morte che ci regnava attualmente. Un turbamento ancor più forte provò allo sboccare sulla piazzetta davanti alla chiesa; e ancora peggio s'aspettava al termine del cammino: ché dove aveva disegnato d'andare a fermarsi, era a quella casa ch'era stato solito altre volte di chiamar la casa di Lucia. Ora non poteva essere, tutt'al più, che quella d'Agnese; e la sola grazia, che sperava dal cielo era di trovarcela in vita e in salute. E in quella casa si proponeva di chiedere alloggio, congetturando bene che la sua non dovesse esser più abitazione che da topi e da faine.

3 **il companạtico:** Brotbelag. | 6 **raccattare:** aufheben, einsammeln. | 9 **prẹndere pensiero di qc:** auf die Idee kommen. | 10 **il pampano** (reg.): *il pampino:* Weinblatt. | 28 **la faina:** Steinmarder.

Non volendo farsi vedere, prese per una viottola di fuori, quella stessa per cui era venuto in buona compagnia, quella notte così fatta, per sorprendere il curato. A mezzo circa, c'era da una parte la vigna, e dall'altra la casetta di Renzo; sicché, passando, potrebbe entrare un momento nell'una e nell'altra a vedere un poco come stesse il fatto suo.

Andando, guardava innanzi, ansioso insieme e timoroso di veder qualcheduno; e, dopo pochi passi, vide infatti un uomo in camicia, seduto in terra, con le spalle appoggiate a una siepe di gelsomini, in un'attitudine d'insensato: e, a questa, e poi anche alla fisonomia, gli parve di raffigurar quel povero mezzo scemo di Gervaso ch'era venuto per secondo testimonio alla sciagurata spedizione. Ma essendosegli avvicinato, dovette accertarsi ch'era in vece quel Tonio così sveglio che ce l'aveva condotto. La peste, togliendogli il vigore del corpo insieme e della mente, gli aveva svolto in faccia e in ogni suo atto un piccolo e velato germe di somiglianza che aveva con l'incantato fratello.

«Oh Tonio!» gli disse Renzo, fermandosegli davanti: «sei tu?»

Tonio alzò gli occhi, senza mover la testa.

«Tonio! non mi riconosci?»

«A chi la tocca, la tocca,» rispose Tonio, rimanendo poi con la bocca aperta.

«L'hai addosso eh? povero Tonio; ma non mi riconosci più?»

«A chi la tocca, la tocca,» replicò quello, con un certo sorriso sciocco. Renzo, vedendo che non ne caverebbe al-

10 **il gelsomino:** Jasmin. | 12 **lo scemo / la scema:** Schwachsinnige(r). | 17 **il germe:** Keim. | 18 **l'incantato / l'incantata:** hier: Verrückte(r), Schwachsinnige(r).

tro, seguitò la sua strada, più contristato. Ed ecco spuntar da una cantonata, e venire avanti una cosa nera, che riconobbe subito per don Abbondio. Camminava adagio adagio, portando il bastone come chi n'è portato a vicenda; e di mano in mano che s'avvicinava, sempre più si poteva conoscere nel suo volto pallido e smunto, e in ogni atto, che anche lui doveva aver passata la sua burrasca. Guardava anche lui; gli pareva e non gli pareva: vedeva qualcosa di forestiero nel vestiario; ma era appunto forestiero di quel di Bergamo.

– È lui senz'altro! – disse tra sé, e alzò le mani al cielo, con un movimento di maraviglia scontenta, restandogli sospeso in aria il bastone che teneva nella destra; e si vedevano quelle povere braccia ballar nelle maniche, dove altre volte stavano appena per l'appunto. Renzo gli andò incontro, allungando il passo, e gli fece una riverenza; ché, sebbene si fossero lasciati come sapete, era però sempre il suo curato.

«Siete qui, voi?» esclamò don Abbondio.

«Son qui, come lei vede. Si sa niente di Lucia?»

«Che volete che se ne sappia? Non se ne sa niente. È a Milano, se pure è ancora in questo mondo. Ma voi ...»

«E Agnese, è viva?»

«Può essere; ma chi volete che lo sappia? non è qui. Ma ...»

«Dov'è?»

«È andata a starsene nella Valsassina, da que' suoi paren-

1 **contristare:** traurig machen, betrüben. | 6 **smunto/a:** abgemagert. | 7 **la burrasca:** Sturm (hier ist die Pestkrankheit gemeint). | 15 **stare per l'appunto:** genau hineinpassen. | 16 **la riverenza:** Verbeugung.

ti, a Pasturo, sapete bene; ché là dicono che la peste non faccia il diavolo come qui. Ma voi, dico …»

«Questa la mi dispiace. E il padre Cristoforo …?»

«È andato via che è un pezzo. Ma …»

«Lo sapevo; me l'hanno fatto scrivere: domandavo se per caso fosse tornato da queste parti.»

«Oh giusto! non se n'è più sentito parlare. Ma voi …»

«La mi dispiace anche questa.»

«Ma voi, dico, cosa venite a far da queste parti, per l'amor del cielo? Non sapete che bagattella di cattura …?»

«Cosa m'importa? Hanno altro da pensare. Ho voluto venire anch'io una volta a vedere i fatti miei. E non si sa proprio …?»

«Cosa volete vedere? che or ora non c'è più nessuno, non c'è più niente. E dico, con quella bagattella di cattura, venir qui, proprio in paese, in bocca al lupo, c'è giudizio? Fate a modo d'un vecchio che è obbligato ad averne più di voi, e che vi parla per l'amore che vi porta; legatevi le scarpe bene, e, prima che nessuno vi veda, tornate di dove siete venuto; e se siete stato visto, tanto più tornatevene di corsa. Vi pare che sia aria per voi, questa? Non sapete che sono venuti a cercarvi, che hanno frugato, frugato, buttato sottosopra …»

«Lo so pur troppo, birboni!»

«Ma dunque …!»

«Ma se le dico che non ci penso. E colui, è vivo ancora? è qui?»

«Vi dico che non c'è nessuno; vi dico che non pensiate alle cose di qui; vi dico che …»

10 **la baga(t)tella:** Kleinigkeit, Lappalie. | 18 **legarsi le scarpe:** sich die Schuhe binden; hier (fig.): sich auf den Weg machen.

«Domando se è qui, colui.»

«Oh santo cielo! Parlate meglio. Possibile che abbiate ancora addosso tutto quel fuoco, dopo tante cose!»

«C'è, o non c'è?»

«Non c'è, via. Ma, e la peste, figliuolo, la peste! Chi è che vada in giro, in questi tempi?»

«Se non ci fosse altro che la peste in questo mondo … dico per me: l'ho avuta, e son franco.»

«Ma dunque! ma dunque! non sono avvisi questi? Quando se n'è scampata una di questa sorte, mi pare che si dovrebbe ringraziare il cielo, e …»

«Lo ringrazio bene.»

«E non andarne a cercar dell'altre, dico. Fate a modo mio …»

«L'ha avuta anche lei, signor curato, se non m'inganno.»

«Se l'ho avuta! Perfida e infame è stata: son qui per miracolo: basta dire che m'ha conciato in questa maniera che vedete. Ora avevo proprio bisogno d'un po' di quiete, per rimettermi in tono: via, cominciavo a stare un po' meglio … In nome del cielo, cosa venite a far qui? Tornate …»

«Sempre l'ha con questo tornare, lei. Per tornare, tanto n'avevo a non movermi. Dice: cosa venite? cosa venite? Oh bella! vengo, anch'io, a casa mia.»

«Casa vostra …»

«Mi dica; ne son morti molti qui? …»

«Eh eh!» esclamò don Abbondio; e, cominciando da Perpetua, nominò una filastrocca di persone e di famiglie intere. Renzo s'aspettava pur troppo qualcosa di simile; ma al

9 **l'avviso:** hier: Warnung. | 28 **la filastrocca:** Litanei, Aufzählung.

sentir tanti nomi di persone che conosceva, d'amici, di parenti, stava addolorato, col capo basso, esclamando ogni momento: «poverino! poverina! poverini!»

«Vedete!» continuò don Abbondio: «e non è finita. Se quelli che restano non metton giudizio questa volta, e scacciar tutti i grilli dalla testa, non c'è più altro che la fine del mondo.»

«Non dubiti; che già non fo conto di fermarmi qui.»

«Ah! sia ringraziato il cielo, che la v'è entrata! E, già s'intende, fate ben conto di ritornar sul bergamasco.»

«Di questo non si prenda pensiero.»

«Che! non vorreste già farmi qualche sproposito peggio di questo?»

«Lei non ci pensi, dico; tocca a me: non son più un bambino: ho l'uso della ragione. Spero che, a buon conto, non dirà a nessuno d'avermi visto. È sacerdote; sono una sua pecora: non mi vorrà tradire.»

«Ho inteso,» disse don Abbondio, sospirando stizzosamente: «ho inteso. Volete rovinarvi voi, e rovinarmi me. Non vi basta di quelle che avete passate voi; non vi basta di quelle che ho passate io. Ho inteso, ho inteso.» E, continuando a borbottar tra i denti quest'ultime parole, riprese per la sua strada.

Renzo rimase lì tristo e scontento, a pensar dove anderebbe a fermarsi. In quella enumerazion di morti fattagli da don Abbondio, c'era una famiglia di contadini portata via tutta dal contagio, salvo un giovinotto, dell'età di Renzo a

2 **addolorato/a:** betrübt, gramerfüllt. | 9 **sia ringraziato … entrata!:** dem Himmel sei Dank, dass Ihr zur Vernunft gekommen seid! | 25 **l'enumerazione:** Aufzählung. | **fattagli:** *fatta a lui.*

un di presso, e suo compagno fin da piccino: la casa era pochi passi fuori del paese. Pensò d'andar lì.

E andando, passò davanti alla sua vigna; e già dal di fuori potè subito argomentare in che stato la fosse. Una vetticciola, una fronda d'albero di quelli che ci aveva lasciati, non si vedeva passare il muro; se qualcosa si vedeva, era tutta roba venuta in sua assenza. S'affacciò all'apertura (del cancello non c'eran più neppure i gangheri); diede un'occhiata in giro: povera vigna! Per due inverni di seguito, la gente del paese era andata a far legna «nel luogo di quel poverino», come dicevano. Viti, gelsi, frutti d'ogni sorte, tutto era stato strappato alla peggio, o tagliato al piede. Si vedevano però ancora i vestigi dell'antica coltura: giovani tralci, in righe spezzate, ma che pure segnavano la traccia de' filari desolati; qua e là, rimessiticci o getti di gelsi, di fichi, di peschi, di ciliegi, di susini; ma anche questo si vedeva sparso, soffogato, in mezzo a una nuova, varia e fitta generazione, nata e cresciuta senza l'aiuto della man dell'uomo. Era una marmaglia d'ortiche, di felci, di logli, di gramigne, di farinelli, d'avene salvatiche, d'amaranti verdi, di radicchielle, d'acetoselle, di panicastrelle e d'altrettali piante; di quelle, voglio dire, di cui il contadino d'ogni paese ha fatto una

1 **fin da piccino/a:** von Kindheit an. | 4 **argomentare:** hier: erkennen, schlussfolgern. | 4 f. **la vetticciola:** Wipfel. | 5 **la fronda:** Zweig, Laub(werk). | 11 **il gelso:** Maulbeerbaum. | 13 **il vestigio** (pl. *i vestigi, le vestigia*): Zeichen, Spur. | **il tralcio:** Schößling, Trieb. | 14 **il filare:** Reihe. | 15 **il rimessiticcio / il getto:** Schößling, Trieb. | 16 **il susino:** Pflaumenbaum. | 19 **l'ortica:** Brennessel. | **la felce:** Farn. | **il loglio:** Lolch (Süßgras). | **la gramigna:** Quecke. | 19 f. **il farinello:** Gänsefuß, Ackermelde. | 20 **l'avena salvạtica:** wilder Hafer. | **l'amaranto:** Amaranth, Fuchsschwanz. | **la radicchiella:** Löwenzahn. | 21 **l'acetosella:** Sauerampfer. | **la panicastrella:** Hühnerhirse.

gran classe a modo suo, denominandole erbacce, o qualcosa di simile. Era un guazzabuglio di steli, che facevano a soverchiarsi l'uno con l'altro nell'aria, o a passarsi avanti, strisciando sul terreno, a rubarsi in somma il posto per ogni verso; una confusione di foglie, di fiori, di frutti, di cento colori, di cento forme, di cento grandezze: spighette, pannocchiette, ciocche, mazzetti, capolini bianchi, rossi, gialli, azzurri. Tra questa marmaglia di piante ce n'era alcune di più rilevate e vistose, non però migliori, almeno la più parte: l'uva turca, più alta di tutte, co' suoi rami allargati, rosseggianti, co' suoi pomposi foglioni verdecupi, alcuni già orlati di porpora, co' suoi grappoli ripiegati, guarniti di bacche paonazze al basso, più su di porporine, poi di verdi, e in cima di fiorellini biancastri; il tasso barbasso, con le sue gran foglie lanose a terra, e lo stelo diritto all'aria, e le lunghe spighe sparse e come stellate di vivi fiori gialli: cardi, ispidi ne' rami, nelle foglie, ne' calici, donde uscivano ciuffetti di fiori bianchi o porporini, ovvero si staccavano, portati via dal vento, pennacchioli argentei e leggieri. Qui una quantità di vilucchioni arrampicati e avvoltati a' nuovi rampolli d'un gelso, gli avevan tutti ricoperti delle lor foglie

1 **l'erbaccia:** Unkraut. | 2 **lo stelo:** Stengel. | 4 f. **per ogni verso:** hier: auf vielerlei Weise. | 6 **la spighetta:** Ähre. | 6 f. **la pannocchietta:** Kolben. | 7 **la ciocca:** Büschel. | **il capolino:** Blütenköpfchen. | 9 **rilevato/a:** erhaben, vorstehend. | **vistoso/a:** auffällig. | 10 **l'uva turca:** Kermesbeere. | 11 **pomposo/a:** pompös, ausladend. | **verdecupo/a:** dunkelgrün. | 12 **il grạppolo:** Traube, Dolde. | **ripiegato/a:** geknickt. | 12 f. **la bacca:** Beere. | 13 **paonazzo/a:** violett. | 14 **il tasso barbasso:** Königskerze. | 15 **lanoso/a:** pelzig, wollig. | 16 **la spiga:** Blütenähre. | **il cardo:** Distel. | 17 **ịspido/a:** borstig, stachelig. | 19 **il pennacchiolo:** Federbusch. | **argentẹo/a:** silbrig. | 20 **il vilucchione:** Ackerwinde. | 20 f. **il rampollo:** Sprössling.

ciondoloni, e spenzolavano dalla cima di quelli le lor campanelle candide e molli: là una zucca salvatica, co' suoi chicchi vermigli, s'era avviticchiata ai nuovi tralci d'una vite; la quale, cercato invano un più saldo sostegno, aveva attaccati a vicenda i suoi viticci a quella; e, mescolando i loro deboli steli e le loro foglie poco diverse, si tiravan giù, pure a vicenda, come accade spesso ai deboli che si prendon l'uno con l'altro per appoggio. Il rovo era per tutto; andava da una pianta all'altra, saliva, scendeva, ripiegava i rami o gli stendeva, secondo gli riuscisse; e, attraversato davanti al limitare stesso, pareva che fosse lì per contrastare il passo, anche al padrone.

Ma questo non si curava d'entrare in una tal vigna; e forse non istette tanto a guardarla, quanto noi a farne questo po' di schizzo. Tirò di lungo: poco lontano c'era la sua casa; attraversò l'orto, camminando fino a mezza gamba tra l'erbacce di cui era popolato, coperto, come la vigna. Mise piede sulla soglia d'una delle due stanze che c'era a terreno: al rumore de' suoi passi, al suo affacciarsi, uno scompiglio, uno scappare incrocicchiato di topacci, un cacciarsi dentro il sudiciume che copriva tutto il pavimento: era ancora il letto de' lanzichenecchi. Diede un'occhiata alle pareti: scrostate, imbrattate, affumicate. Alzò gli occhi al palco: un parato di ragnateli. Non c'era altro. Se n'andò anche di là, met-

1 **ciondolone** (agg.): faul, schlaff. | 1 f. **la campanella:** Blumenkelch. | 2 f. **il chicco:** Beere, Traube. | 3 **vermiglio/a:** blutrot. | **avvitichiarsi:** sich ranken. | 5 **il viticcio:** Weinranke. | 8 **il rovo:** Brombeerstrauch. | 10 **secondo gli riuscisse:** je nach Möglichkeit. | 11 **contrastare:** behindern, entgegentreten. | 20 **incrocicchiato/a:** kreuzweise. | **il topaccio:** Maus. | 22 f. **scrostato/a:** bröckelnd, abgeblättert. | 23 f. **il parato:** Vorhang. | 24 **il ragnatelo:** *la ragnatela:* Spinnwebe.

tendosi le mani ne' capelli; tornò indietro, rifacendo il sentiero che aveva aperto lui, un momento prima; dopo pochi passi, prese un'altra straducola a mancina, che metteva ne' campi; e senza veder né sentire anima vivente, arrivò vicino alla casetta dove aveva pensato di fermarsi. Già principiava a farsi buio. L'amico era sull'uscio, a sedere sur un panchetto di legno, con le braccia incrociate, con gli occhi fissi al cielo, come un uomo sbalordito dalle disgrazie, e insalvatichito dalla solitudine. Sentendo un calpestìo, si voltò a guardar chi fosse, e, a quel che gli parve di vedere così al barlume, tra i rami e le fronde, disse, ad alta voce, rizzandosi e alzando le mani: «non ci son che io? non ne ho fatto abbastanza ieri? Lasciatemi un po' stare, che sarà anche questa un'opera di misericordia.»

Renzo, non sapendo cosa volesse dir questo, gli rispose chiamandolo per nome.

«Renzo ...!» disse quello, esclamando insieme e interrogando.

«Proprio,» disse Renzo; e si corsero incontro.

«Sei proprio tu!» disse l'amico, quando furon vicini: «oh che gusto ho di vederti! Chi l'avrebbe pensato? T'avevo preso per Paolin de' morti, che vien sempre a tormentarmi, perché vada a sotterrare. Sai che son rimasto solo? solo! solo, come un romito!»

«Lo so pur troppo,» disse Renzo. E così, barattando e mescolando in fretta saluti, domande e risposte, entrarono insieme nella casuccia. E lì, senza sospendere i discorsi, l'a-

3 **la stradụcola:** kleiner Weg. | 4 **l'ạnima vivente:** Menschenseele. | 8 f. **insalvatichito/a:** verwildert, verstört. | 11 **il barlume:** Schimmer, fahler Lichtschein. | 22 **Paolịn de' morti:** Paolin, der Totengräber. | 24 **il romito** (lett.): Einsiedler, Klausner.

mico si mise in faccende per fare un po' d'onore a Renzo, come si poteva così all'improvviso e in quel tempo. Mise l'acqua al fuoco, e cominciò a far la polenta; ma cedè poi il matterello a Renzo, perché la dimenasse; e se n'andò dicendo: «son rimasto solo; ma! son rimasto solo!»

Tornò con un piccol secchio di latte, con un po' di carne secca, con un paio di raveggioli, con fichi e pesche; e posato il tutto, scodellata la polenta sulla tafferìa, si misero insieme a tavola, ringraziandosi scambievolmente, l'uno della visita, l'altro del ricevimento. E, dopo un'assenza di forse due anni, si trovarono a un tratto molto più amici di quello che avesser mai saputo d'essere nel tempo che si vedevano quasi ogni giorno; perché all'uno e all'altro, dice qui il manoscritto, eran toccate di quelle cose che fanno conoscere che balsamo sia all'animo la benevolenza; tanto quella che si sente, quanto quella che si trova negli altri.

Certo, nessuno poteva tenere presso di Renzo il luogo d'Agnese, né consolarlo della di lei assenza, non solo per quell'antica e speciale affezione, ma anche perché, tra le cose che a lui premeva di decifrare, ce n'era una di cui essa sola aveva la chiave. Stette un momento tra due, se dovesse continuare il suo viaggio, o andar prima in cerca d'Agnese, giacché n'era così poco lontano; ma, considerato che della salute di Lucia, Agnese non ne saprebbe nulla, restò nel primo proposito d'andare addirittura a levarsi questo dubbio, a aver la sua sentenza, e di portar poi lui le nuove alla madre. Però, anche dall'amico seppe molte cose che ignorava, e di

1 **mettersi in faccende:** sich ans Werk machen. | 4 **il matterello:** hier: Kochlöffel. | **dimenare:** hier: (um)rühren. | 7 **il raveggiolo:** Frischkäse aus Ziegen- oder Kuhmilch. | 8 **scodellare:** auftragen, auftischen. | **la tafferia:** Holzteller. | 18 **della di lei:** *la sua.*

molte venne in chiaro che non sapeva bene, sui casi di Lucia, e sulle persecuzioni che gli avevan fatte a lui, e come don Rodrigo se n'era andato con la coda tra le gambe, e non s'era più veduto da quelle parti; insomma su tutto quell'intreccio di cose. Seppe anche (e non era per Renzo cognizione di poca importanza) come fosse proprio il casato di don Ferrante: ché Agnese gliel aveva bensì fatto scrivere dal suo segretario; ma sa il cielo com'era stato scritto; e l'interprete bergamasco, nel leggergli la lettera, n'aveva fatta una parola tale, che, se Renzo fosse andato con essa a cercar ricapito di quella casa in Milano, probabilmente non avrebbe trovato persona che indovinasse di chi voleva parlare. Eppure quello era l'unico filo che avesse, per andar in cerca di Lucia. In quanto alla giustizia, potè confermarsi sempre più ch'era un pericolo abbastanza lontano, per non darsene gran pensiero: il signor podestà era morto di peste: chi sa quando se ne manderebbe un altro; anche la sbirraglia se n'era andata la più parte; quelli che rimanevano, avevan tutt'altro da pensare che alle cose vecchie.

Raccontò anche lui all'amico le sue vicende, e n'ebbe in contraccambio cento storie, del passaggio dell'esercito, della peste, d'untori, di prodigi. «Son cose brutte,» disse l'amico, accompagnando Renzo in una camera che il contagio aveva resa disabitata; «cose che non si sarebbe mai creduto di vedere; cose da levarvi l'allegria per tutta la vita; ma però, a parlarne tra amici, è un sollievo.»

Allo spuntar del giorno, eran tutt'e due in cucina; Renzo in arnese da viaggio, con la sua cintura nascosta sotto il far-

5 f. **la cognizione:** Erkenntnis. | 17 **la sbirraglia:** die Häscher, Schergen. | 20 f. **in contraccambio:** im Austausch. | 28 **in arnese da viaggio:** reisefertig.

setto, e il coltellaccio nel taschino de' calzoni: il fagottino, per andar più lesto, lo lasciò in deposito presso all'ospite. «Se la mi va bene,» gli disse, «se la trovo in vita, se … basta … ripasso di qui; corro a Pasturo, a dar la buona nuova a quella povera Agnese, e poi, e poi … Ma se, per disgrazia, per disgrazia che Dio non voglia … allora, non so quel che farò, non so dov'anderò: certo, da queste parti non mi vedete più.» E così parlando, ritto sulla soglia dell'uscio, con la testa per aria, guardava con un misto di tenerezza e d'accoramento, l'aurora del suo paese che non aveva più veduta da tanto tempo. L'amico gli disse, come s'usa, di sperar bene; volle che prendesse con sé qualcosa da mangiare; l'accompagnò per un pezzetto di strada, e lo lasciò con nuovi augùri.

Renzo, s'incamminò con la sua pace, bastandogli d'arrivar vicino a Milano in quel giorno, per entrarci il seguente, di buon'ora, e cominciar subito la sua ricerca. Il viaggio fu senza accidenti e senza nulla che potesse distrar Renzo da' suoi pensieri, fuorché le solite miserie e malinconie. Come aveva fatto il giorno avanti, si fermò a suo tempo, in un boschetto a mangiare un boccone, e a riposarsi. Passando per Monza, davanti a una bottega aperta, dove c'era de' pani in mostra, ne chiese due, per non rimanere sprovvisto, in ogni caso. Il fornaio, gl'intimò di non entrare, e gli porse sur una piccola pala una scodelletta, con dentro acqua e aceto, dicendogli che buttasse lì i danari; e fatto questo, con certe molle, gli porse, l'uno dopo l'altro, i due pani, che Renzo si mise uno per tasca.

Verso sera, arriva a Greco, senza però saperne il nome; ma, tra un po' di memoria de' luoghi, che gli era rimasta

22 **sprovvisto/a:** hier: ohne Proviant. | 26 **le molle** (meist pl.): Zange.

dell'altro viaggio, e il calcolo del cammino fatto da Monza in poi, congetturando che doveva esser poco lontano dalla città, uscì dalla strada maestra, per andar ne' campi in cerca di qualche *cascinotto*, e lì passar la notte; ché con osterie non si voleva impicciare. Trovò meglio di quel che cercava: vide un'apertura in una siepe che cingeva il cortile d'una cascina; entrò a buon conto. Non c'era nessuno: vide da un canto un gran portico, con sotto del fieno ammontato, e a quello appoggiata una scala a mano; diede un'occhiata in giro, e poi salì alla ventura; s'accomodò per dormire, e infatti s'addormentò subito, per non destarsi che all'alba. Allora, andò carpon carponi verso l'orlo di quel gran letto; mise la testa fuori, e non vedendo nessuno, scese di dov'era salito, uscì di dov'era entrato, s'incamminò per viottole, prendendo per sua stella polare il duomo; e dopo un brevissimo cammino, venne a sbucar sotto le mura di Milano, tra porta Orientale e porta Nuova, e molto vicino a questa.

Renzo ist nun in Mailand angelangt, wo er einige Passanten nach dem Weg zum Hause Don Ferrantes fragt, dem Haus, in dem Lucia nach seiner Information leben soll. Da man ihn für einen der mysteriösen »Salber« hält, wird er misstrauisch abgewiesen, und einige drohen ihm Prügel an. Das Elend, das die Pest verursacht hat, wird Renzo noch einmal deutlich vor Augen geführt, als er die Leichenkarren sieht und eine junge Frau beobachtet, die ihre verstorbene Tochter den Leichenträgern überlässt, um sich dann in ihr Haus zurückzuziehen und dort mit ihrem jüngsten Kind den Tod zu erwarten.

4 **il cascinotto:** Schuppen, Heuschober. | 8 **il fieno:** Heu.

Renzo befragt einen Priester und gelangt endlich zum Haus Donna Prassedes und Don Ferrantes, wo er von einer Dienerin erfährt, dass auch Lucia ins Lazarett gebracht worden ist. Die Dienerin, die ihm dies mitteilt, hält ihn aufgrund seiner durch diese Mitteilung verursachten Aufregung für einen »Salber«; ihr Geschrei ruft eine Volksmenge herbei, die Renzo durch die Stadt jagt, ohne seiner habhaft werden zu können. Er rettet sich, indem er auf den Wagen mit den Pesttoten springt, wo ihn die Leichenträger vor der wütenden Menge verbergen und diese in die Flucht schlagen. Als die Gefahr vorbei ist, setzt Renzo seinen Weg fort und gelangt zum Lazarett.

Im Lazarett erlebt Renzo das Elend des Leidens und Sterbens noch einmal aus nächster Nähe. Verstört irrt er durch die einzelnen Bereiche, bis er schließlich Padre Cristoforo trifft. Der fromme Mönch, der auf Wirken des inzwischen ebenfalls verstorbenen Onkels Don Rodrigos nach Rimini geschickt wurde, war sofort nach Mailand zurückgekehrt, nachdem er von der schrecklichen Seuche erfahren hatte. Hingebungsvoll pflegt er die Kranken. Nachdem Renzo ihm von seinen Erlebnissen berichtet hat und dabei wieder in Zorn über Don Rodrigo gerät, dem er all die Schrecknisse zu verdanken hat, mahnt Cristoforo ihn zur Vergebung und führt ihn schließlich zu einer kleinen Hütte, in der der todgeweihte Rodrigo geistig umnachtet seinem Ende entgegendämmert. Der Anblick dieses Schauders lässt Renzos Zorn schwinden, gemeinsam mit Cristoforo betet er für den Sterbenden und vergibt ihm. Dann begibt er sich in den Trakt, in dem er Lucia vermutet.

Capitolo XXXVI

Chi avrebbe mai detto a Renzo, qualche ora prima, che, nel forte d'una tal ricerca, al cominciar de' momenti più dubbiosi e più decisivi, il suo cuore sarebbe stato diviso tra Lucia e don Rodrigo? Eppure era così: quella figura veniva a mischiarsi con tutte l'immagini care o terribili che la speranza o il timore gli mettevan davanti a vicenda, in quel tragitto; le parole sentite appiè di quel covile, si cacciavano tra i sì e i no, ond'era combattuta la sua mente; e non poteva terminare una preghiera per l'esito felice del gran cimento, senza attaccarci quella che aveva principiata là, e che lo scocco della campana aveva troncata. [...]

Renzo s'era appena avviato, che vide il padre Felice comparire nel portico della cappella, e affacciarsi sull'arco di mezzo del lato che guarda verso la città; davanti al quale era radunata la comitiva, al piano, nella strada di mezzo; e subito dal suo contegno s'accorse che aveva cominciata la predica.

Girò per quelle viottole, per arrivare alla coda dell'uditorio, come gli era stato suggerito. Arrivatoci, si fermò cheto cheto, lo scorse tutto con lo sguardo; ma non vedeva di là altro che un folto, direi quasi un selciato di teste. Nel mezzo, ce n'era un certo numero coperte di fazzoletti, o di veli: in quella parte ficcò più attentamente gli occhi; ma, non arrivando a scoprirci dentro nulla di più, gli alzò anche lui dove tutti tenevan fissi i loro. Rimase tocco e compunto dalla venerabil figura del predicatore; e, con quel che gli poteva

2 f. **nel forte di qc:** inmitten. | 8 **il covile:** Höhle. | 20 f. **cheto/a cheto/a:** mucksmäuschenstill. | 22 **il selciato:** Pflasterung.

restar d'attenzione in un tal momento d'aspettativa, sentì questa parte del solenne ragionamento.

«Diamo un pensiero ai mille e mille che sono usciti di là;» e, col dito alzato sopra la spalla, accennava dietro sé la porta che mette al cimitero detto di san Gregorio, il quale allora era tutto, si può dire, una gran fossa: «diamo intorno un'occhiata ai mille e mille che rimangon qui, troppo incerti di dove sian per uscire; diamo un'occhiata a noi, così pochi, che n'usciamo a salvamento. Benedetto il Signore! Benedetto nella giustizia, benedetto nella misericordia! benedetto nella morte, benedetto nella salute! benedetto in questa scelta che ha voluto far di noi, Oh! perché l'ha voluto, figliuoli, se non per serbarsi un piccol popolo corretto dall'afflizione, e infervorato dalla gratitudine? se non a fine che, sentendo ora più vivamente, che la vita è un suo dono, ne facciamo quella stima che merita una cosa data da Lui, l'impieghiamo nell'opere che si possono offrire a Lui? se non a fine che la memoria de' nostri patimenti ci renda compassionevoli e soccorrevoli ai nostri prossimi? Questi intanto, in compagnia de' quali abbiamo penato, sperato, temuto; tra i quali lasciamo degli amici, de' congiunti; e che tutti son poi finalmente nostri fratelli; quelli tra questi, che ci vedranno passare in mezzo a loro, mentre forse riceveranno qualche sollievo nel pensare che qualcheduno esce pur salvo di qui, ricevano edificazione dal nostro contegno. Dio non voglia che possano vedere in noi una gioia rumorosa, una gioia mondana d'avere scansata quella morte, con la quale essi stanno ancor dibattendosi. Vedano che partia-

14 **l'afflizione** f.: Plage, Kummer. | **infervorato/a:** angespornt. | 19 **soccorrẹvole** (agg.): hilfreich. | 21 **il congiunto / la congiunta:** Angehörige(r). | 27 **mondano/a:** weltlich.

mo ringraziando per noi, e pregando per loro; e possan dire: anche fuor di qui, questi si ricorderanno di noi, continueranno a pregare per noi meschini. Cominciamo da questo viaggio, da' primi passi che siam per fare, una vita tutta di carità. Quelli che sono tornati nell'antico vigore, diano un braccio fraterno ai fiacchi; giovani, sostenete i vecchi; voi che siete rimasti senza figliuoli, vedete, intorno a voi, quanti figliuoli rimasti senza padre! siatelo per loro! E questa carità, ricoprendo i vostri peccati, raddolcirà anche i vostri dolori.» [...]

Ed ecco arrivare il padre Felice, scalzo, con quella corda al collo, con quella lunga e pesante croce alzata; pallido e scarno il viso, un viso che spirava compunzione insieme e coraggio; a passo lento, ma risoluto, come di chi pensa soltanto a risparmiare l'altrui debolezza; e in tutto come un uomo a cui un di più di fatiche e di disagi desse la forza di sostenere i tanti necessari e inseparabili da quel suo incarico. Subito dopo lui, venivano i fanciulli più grandini, scalzi una gran parte, ben pochi interamente vestiti, chi affatto in camicia. Venivan poi le donne, tenendo quasi tutte per la mano una bambina, e cantando alternativamente il *Miserere*; e il suono fiacco di quelle voci, il pallore e la languidezza di que' visi eran cose da occupar tutto di compassione l'animo di chiunque si fosse trovato lì come semplice spettatore. Ma Renzo guardava, esaminava, di fila in fila, di viso in viso, senza passarne uno; ché la processione andava tanto adagio, da dargliene tutto il comodo. Passa e passa; guarda e guarda; sempre inutilmente: dava qualche occhiata di corsa

12 f. **scarno/a:** hager. | 13 **spirare:** verströmen, verbreiten. | **la compunzione:** Reue, Zerknirschtheit. | 19 **affatto:** hier: sogar. | 27 **dare il comodo a qu:** hier: jdm. die Gelegenheit geben.

alle file che rimanevano ancora indietro: sono ormai poche; siamo all'ultima; son passate tutte; furon tutti visi sconosciuti. Con le braccia ciondoloni, e con la testa piegata sur una spalla, accompagnò con l'occhio quella schiera, mentre gli passava davanti quella degli uomini. Una nuova attenzione, una nuova speranza gli nacque nel veder, dopo questi, comparire alcuni carri, su cui erano i convalescenti che non erano ancora in istato di camminare. Lì le donne venivan l'ultime; e il treno andava così adagio che Renzo potè ugualmente esaminarle tutte, senza che gliene sfuggisse una. Ma che? esamina il primo carro, il secondo, il terzo, e via discorrendo, sempre con la stessa riuscita, fino a uno, dietro al quale non veniva più che un altro cappuccino, con un aspetto serio, e con un bastone in mano, come regolatore della comitiva. Era quel padre Michele che abbiam detto essere stato dato per compagno nel governo al padre Felice.

Così svanì affatto quella cara speranza; e, andandosene, non solo portò via il conforto che aveva recato, ma, come accade le più volte, lasciò l'uomo in peggiore stato di prima. Ormai quel che ci poteva esser di meglio, era di trovar Lucia ammalata. Pure, all'ardore d'una speranza presente sottentrando quello del timore cresciuto, il poverino s'attaccò con tutte le forze dell'animo a quel tristo e debole filo; entrò nella corsia, e s'incamminò da quella parte di dove era venuta la processione. Quando fu appiè della cappella, andò a inginocchiarsi sull'ultimo scalino; e lì fece a Dio una preghiera, o, per dir meglio, una confusione di parole arruffate, di frasi interrotte, d'esclamazioni, d'istanze, di lamenti,

8 **in istato di fare qc:** *nello stato di fare qc.* | 17 **svanire:** schwinden, weichen. | 18 **recare conforto a qu:** jdm. Trost zusprechen. | 24 **la corsịa:** Gang, Bahn. | 27 f. **arruffato/a:** hier: wirr.

di promesse: uno di que' discorsi che non si fanno agli uomini, perché non hanno abbastanza penetrazione per intenderli, né pazienza per ascoltarli; non son grandi abbastanza per sentirne compassione senza disprezzo.

S'alzò alquanto più rincorato; girò intorno alla cappella; si trovò nell'altra corsia che non aveva ancora veduta, e che riusciva all'altra porta; dopo pochi passi, vide lo stecconato di cui gli aveva parlato il frate, ma interrotto qua e là, appunto come questo aveva detto; entrò per una di quelle aperture, e si trovò nel quartiere delle donne. Quasi al primo passo che fece, vide in terra un campanello, di quelli che i monatti portavano a un piede; gli venne in mente che un tale strumento avrebbe potuto servirgli come di passaporto là dentro; lo prese, guardò se nessuno lo guardava, e se lo legò come usavan quelli. E si mise subito alla ricerca, a quella ricerca, che, per la quantità sola degli oggetti sarebbe stata fieramente gravosa, quand'anche gli oggetti fossero stati tutt'altri; cominciò a scorrer con l'occhio, anzi a contemplar nuove miserie, così simili in parte alle già vedute, in parte così diverse: ché, sotto la stessa calamità, era qui un altro patire, per dir così, un altro languire, un altro lamentarsi, un altro sopportare, un altro compatirsi e soccorrersi a vicenda; era, in chi guardasse, un'altra pietà e un altro ribrezzo.

Aveva già fatto non so quanta strada, senza frutto e senza accidenti; quando si sentì dietro le spalle un «oh!» una chiamata, che pareva diretta a lui. Si voltò e vide, a una certa

2 **la penetrazione:** hier: Scharfsinn. | 7 **lo stecconato:** Lattenzaun. | 12 **il monatto:** Leichenträger. | 17 **gravoso/a:** beschwerlich, belastend. | 18 f. **contemplare:** erblicken, betrachten.

distanza, un commissario, che alzò una mano, accennando proprio a lui, e gridando: «là nelle stanze, ché c'è bisogno d'aiuto: qui s'è finito ora di sbrattare».

Renzo s'avvide subito per chi veniva preso, e che il campanello era la cagione dell'equivoco; si diede della bestia d'aver pensato solamente agl'impicci che quell'insegna gli poteva scansare, e non a quelli che gli poteva tirare addosso; ma pensò nello stesso tempo alla maniera di sbrigarsi subito da colui. Gli fece replicatamente e in fretta un cenno col capo, come per dire che aveva inteso, e che ubbidiva; e si levò dalla sua vista, cacciandosi da una parte tra le capanne.

Quando gli parve d'essere abbastanza lontano, pensò anche a liberarsi dalla causa dello scandolo; e, per far quell'operazione senz'essere osservato, andò a mettersi in un piccolo spazio tra due capanne che si voltavan, per dir così, la schiena. Si china per levarsi il campanello, e stando così col capo appoggiato alla parete di paglia d'una delle capanne, gli vien da quella all'orecchio una voce ... Oh cielo! è possibile? Tutta la sua anima è in quell'orecchio: la respirazione è sospesa ... Sì! sì! è quella voce! ... «Paura di che?» diceva quella voce soave: «abbiam passato ben altro che un temporale. Chi ci ha custodite finora, ci custodirà anche adesso.»

Se Renzo non cacciò un urlo, non fu per timore di farsi scorgere, fu perché non n'ebbe il fiato. Gli mancaron le ginocchia, gli s'appannò la vista; ma fu un primo momento; al secondo, era ritto, più desto, più vigoroso di prima; in tre

5 **l'equịvoco:** Missverständnis. | **darsi della bestia:** sich Vorwürfe machen, sich schelten. | 9 **replicatamente** (avv.): wiederholt. | 25 **scọrgere qu:** jdn. wahrnehmen, erblicken.

salti girò la capanna, fu sull'uscio, vide colei che aveva parlato, la vide levata, chinata sopra un lettuccio. Si volta essa al rumore; guarda, crede di travedere, di sognare; guarda più attenta, e grida: «oh Signor benedetto!»

«Lucia! v'ho trovata! vi trovo! siete proprio voi! siete viva!» esclamò Renzo, avanzandosi, tutto tremante.

«Oh Signor benedetto!» replicò, ancor più tremante, Lucia: «voi? che cosa è questa! in che maniera? perché? La peste!»

«L'ho avuta. E voi ...?»

«Ah! ... anch'io. E di mia madre ...?»

«Non l'ho vista, perché è a Pasturo; credo però che stia bene. Ma voi ... come siete ancora pallida! come parete debole! Guarita però, siete guarita?»

«Il Signore m'ha voluto lasciare ancora quaggiù. Ah Renzo! perché siete voi qui?»

«Perché?» disse Renzo avvicinandosele sempre più: «mi domandate perché? Perché ci dovevo venire? Avete bisogno che ve lo dica? Chi ho io a cui pensi? Non mi chiamo più Renzo, io? Non siete più Lucia, voi?»

«Ah cosa dite! cosa dite! Ma non v'ha fatto scrivere mia madre ...?»

«Sì: pur troppo m'ha fatto scrivere. Belle cose da fare scrivere a un povero disgraziato, tribolato, ramingo, a un giovine che, dispetti almeno, non ve n'aveva mai fatti!»

«Ma Renzo! Renzo! giacché sapevate ... perché venire? perché?»

«Perché venire? Oh Lucia! perché venire, mi dite? Dopo

2 **il lettuccio:** Pritsche, einfaches Bett. | 3 **travedere:** nicht richtig sehen, sich täuschen. | 24 **ramingo/a:** umherirrend. | 25 **il dispetto:** Bosheit.

tante promesse! Non siam più noi? Non vi ricordate più? Che cosa ci mancava?»

«Oh Signore!» esclamò dolorosamente Lucia, giungendo le mani, e alzando gli occhi al cielo: «perché non m'avete fatta la grazia di tirarmi a Voi ...! Oh Renzo! cos'avete mai fatto? Ecco; cominciavo a sperare che ... col tempo ... mi sarei dimenticata ...»

«Bella speranza! belle cose da dirmele proprio sul viso!»

«Ah, cos'avete fatto! E in questo luogo! tra queste miserie! tra questi spettacoli! qui dove non si fa altro che morire, avete potuto ...!»

«Quelli che moiono, bisogna pregare Iddio per loro, e sperare che anderanno in un buon luogo; ma non è giusto, né anche per questo, che quelli che vivono abbiano a viver disperati ...»

«Ma, Renzo! Renzo! voi non pensate a quel che dite. Una promessa alla Madonna! ... Un voto!»

«E io vi dico che son promesse che non contan nulla.»

«Oh Signore! Cosa dite? Dove siete stato in questo tempo? Con chi avete trattato? Come parlate?»

«Parlo da buon cristiano; e della Madonna penso meglio io che voi; perché credo che non vuol promesse in danno del prossimo. Se la Madonna avesse parlato, oh, allora! Ma cos'è stato? una vostra idea. Sapete cosa dovete promettere alla Madonna? Promettetele che la prima figlia che avremo, le metteremo nome Maria: ché questo son qui anch'io a prometterlo: queste son cose che fanno ben più onore alla Madonna: queste son divozioni che hanno più costrutto, e non portan danno a nessuno.»

22 **in danno di qu:** zu jds. Nachteil, Schaden. | 28 **il costrutto:** Sinn.

«No no; non dite così: non sapete quello che vi dite: non lo sapete voi cosa sia fare un voto: non ci siete stato voi in quel caso: non avete provato. Andate, andate, per amor del cielo!»

E si scostò impetuosamente da lui, tornando verso il lettuccio.

«Lucia!» disse Renzo, senza moversi: «ditemi almeno, ditemi: se non fosse questa ragione ... sareste la stessa per me?»

«Uomo senza cuore!» rispose Lucia, voltandosi, e rattenendo a stento le lacrime: «quando m'aveste fatte dir delle parole inutili, delle parole che mi farebbero male, delle parole che sarebbero forse peccati, sareste contento? Andate, oh andate! dimenticatevi di me: si vede che non eravamo destinati! Ci rivedremo lassù: già non ci si deve star molto in questo mondo. Andate; cercate di far sapere a mia madre che son guarita, che anche qui Dio m'ha sempre assistita, che ho trovato un'anima buona, questa brava donna, che mi fa da madre; ditele che spero che lei sarà preservata da questo male, e che ci rivedremo quando Dio vorrà, e come vorrà ... Andate, per amor del cielo, e non pensate a me ... se non quando pregherete il Signore.»

E, come chi non ha più altro da dire, né vuol sentir altro, come chi vuol sottrarsi a un pericolo, si ritirò ancor più vicino al lettuccio, dov'era la donna di cui aveva parlato.

«Sentite, Lucia, sentite!» disse Renzo, senza però accostarsele di più.

«No, no; andate per carità!»

5 **scostarsi da qu:** sich von jdm. entfernen.

«Sentite: il padre Cristoforo ...»

«Che?»

«È qui.»

«Qui? dove? Come lo sapete?»

«Gli ho parlato poco fa; sono stato un pezzo con lui: e un religioso della sua qualità, mi pare ...»

«È qui! per assistere i poveri appestati, sicuro. Ma lui? l'ha avuta la peste?»

«Ah Lucia! ho paura, ho paura pur troppo ...» e mentre Renzo esitava così a proferir la parola dolorosa per lui, e che doveva esserlo tanto a Lucia, questa s'era staccata di nuovo dal lettuccio, e si ravvicinava a lui: «ho paura che l'abbia adesso!»

«Oh povero sant'uomo! Ma cosa dico, pover'uomo? Poveri noi! Com'è? è a letto? è assistito?»

«È levato, gira, assiste gli altri; ma se lo vedeste, che colore che ha, come si regge! Se n'è visti tanti e tanti, che pur troppo ... non si sbaglia!»

«Oh poveri noi! E è proprio qui!»

«Qui, e poco lontano: poco più che da casa vostra a casa mia ... se vi ricordate ...!»

«Oh Vergine Santissima!»

«Bene, poco più. E pensate se abbiam parlato di voi! M'ha detto delle cose ... E se sapeste cosa m'ha fatto vedere! Sentirete; ma ora voglio cominciare a dirvi quel che m'ha detto prima, lui, con la sua propria bocca. M'ha detto che facevo bene a venirvi a cercare, e che al Signore gli piace che un giovine tratti così, e m'avrebbe aiutato a far che vi

7 **l'appestato / l'appestata:** Pestkranke(r). | 12 **ravvicinarsi a qu:** sich wieder jdm. nähern.

trovassi; come è proprio stato la verità: ma già è un santo. Sicché, vedete!»

«Ma, se ha parlato così, è perché lui non sa ...»

«Che volete che sappia lui delle cose che avete fatte voi di vostra testa, senza regola e senza il parere di nessuno? Un brav'uomo, un uomo di giudizio, come è lui, non va a pensar cose di questa sorte. Ma quel che m'ha fatto vedere!» E qui raccontò la visita fatta a quella capanna: Lucia, quantunque i suoi sensi e il suo animo, avessero, in quel soggiorno, dovuto avvezzarsi alle più forti impressioni, stava tutta compresa d'orrore e di compassione.

«E anche lì,» proseguì Renzo, «ha parlato da santo: ha detto che il Signore forse ha destinato di far la grazia a quel meschino ... (ora non potrei proprio dargli un altro nome) ... che aspetta di prenderlo in un buon punto; ma vuole che noi preghiamo insieme per lui ... Insieme! avete inteso?»

«Sì, sì; lo pregheremo, ognuno dove il Signore ci terrà: le orazioni le sa mettere insieme Lui.»

«Ma se vi dico le sue parole ...!»

«Ma Renzo, lui non sa ...»

«Ma non capite che, quando è un santo che parla, è il Signore che lo fa parlare? e che non avrebbe parlato così, se non dovesse esser proprio così? ... E l'anima di quel poverino? Io ho bensì pregato, e pregherò per lui: di cuore ho pregato, proprio come se fosse stato per un mio fratello. Ma come volete che stia nel mondo di là, il poverino, se di qua non s'accomoda questa cosa, se non è disfatto il male che ha fatto lui? Che se voi intendete la ragione, allora tutto è co-

29 **intẹndere la ragione:** Vernunft annehmen.

me prima: quel che è stato è stato: lui ha fatto la sua penitenza di qua ...»

«No, Renzo, no: il Signore non vuole che facciamo del male, per far Lui misericordia. Lasciate fare a Lui, per questo: noi, il nostro dovere è di pregarlo. S'io fossi morta quella notte, non gli avrebbe dunque potuto perdonare? E se non son morta, se sono stata liberata ...»

«E vostra madre, quella povera Agnese, che m'ha sempre voluto tanto bene, e che si struggeva tanto di vederci marito e moglie, non ve l'ha detto anche lei che l'è un'idea storta? Lei, che v'ha fatto intender la ragione anche dell'altre volte, perché, in certe cose, pensa più giusto di voi ...»

«Mia madre! volete che mia madre mi desse il parere di mancare a un voto! Ma, Renzo! non siete in voi.»

«Oh! volete che ve la dica? Voi altre donne, queste cose non le potete sapere. Il padre Cristoforo m'ha detto che tornassi da lui a raccontargli se v'avevo trovata. Vo: lo sentiremo: quel che dirà lui ...»

«Sì, sì; andate da quel sant'uomo; ditegli che prego per lui, e che preghi per me, che n'ho bisogno tanto tanto! Ma, per amor del cielo, per l'anima vostra, per l'anima mia, non venite più qui, a farmi del male, a ... tentarmi. Il padre Cristoforo, lui saprà spiegarvi le cose, e farvi tornare in voi; lui vi farà mettere il cuore in pace.»

«Il cuore in pace! Oh! questo, levatevelo dalla testa. Già me l'avete fatta scrivere questa parolaccia; e so io quel che m'ha fatto patire; e ora avete anche il cuore di dirmela. E io in vece vi dico chiaro e tondo che il cuore in pace non lo

14 **non siete in voi:** Ihr seid von Sinnen. | 25 **levarsi qc dalla testa:** sich etwas aus dem Kopf schlagen. | 28 **chiaro e tondo** (avv.): klipp und klar.

metterò mai. Voi volete dimenticarvi di me; e io non voglio dimenticarmi di voi. E vi prometto, vedete, che, se mi fate perdere il giudizio, non lo racquisto più. Al diavolo il mestiere, al diavolo la buona condotta! Volete condannarmi a essere arrabbiato per tutta la vita; e da arrabbiato viverò … E quel disgraziato! Lo sa il Signore se gli ho perdonato di cuore; ma voi … Volete dunque farmi pensare per tutta la vita che se non era lui …? Lucia! avete detto ch'io vi dimentichi: ch'io vi dimentichi! Come devo fare? A chi credete ch'io pensassi in tutto questo tempo? … E dopo tante cose! dopo tante promesse! Cosa v'ho fatto io, dopo che ci siamo lasciati? Perché ho patito, mi trattate così? perché ho avuto delle disgrazie? perché la gente del mondo m'ha perseguitato? perché ho passato tanto tempo fuori di casa, tristo, lontano da voi? perché, al primo momento che ho potuto, son venuto a cercarvi?»

Lucia, quando il pianto le permise di formar parole, esclamò, giungendo di nuovo le mani, e alzando al cielo gli occhi pregni di lacrime: «o Vergine santissima, aiutatemi voi! Voi sapete che, dopo quella notte, un momento come questo non l'ho mai passato. M'avete soccorsa allora; soccorretemi anche adesso!»

«Sì, Lucia; fate bene d'invocar la Madonna; ma perché volete credere che Lei che è tanto buona, la madre delle misericordie, possa aver piacere di farci patire … me almeno … per una parola scappata in un momento che non sapevate quello che vi dicevate? Volete credere che v'abbia

3 **perdere il giudizio:** hier: den Verstand verlieren. | **racquistare:** wiedergewinnen. | 4 **la buona condotta:** gute Führung, gutes Benehmen. | 18 **giungere le mani:** die Hände falten. | 19 **pregno/a:** voll. | 23 **invocare:** anrufen, anflehen.

aiutata allora, per lasciarci imbrogliati dopo? ... Se poi questa fosse una scusa; se è ch'io vi sia venuto in odio ... ditemelo ... parlate chiaro.»

«Per carità, Renzo, per carità, per i vostri poveri morti, finitela, finitela; non mi fate morire ... Non sarebbe un buon momento. Andate dal padre Cristoforo, raccomandatemi a lui, non tornate più qui, non tornate più qui.»

«Vo; ma pensate se non voglio tornare! Tornerei se fosse in capo al mondo, tornerei.» E disparve.

Lucia andò a sedere, o piuttosto si lasciò cadere in terra, accanto al lettuccio; e, appoggiata a quello la testa, continuò a piangere dirottamente. La donna, che fin allora era stata a occhi e orecchi aperti, senza fiatare, domandò cosa fosse quell'apparizione, quella contesa, questo pianto. Ma forse il lettore domanda dal canto suo chi fosse costei; e, per soddisfarlo, non ci vorranno, né anche qui, troppe parole.

Era un'agiata mercantessa, di forse trent'anni. Nello spazio di pochi giorni, s'era visto morire in casa il marito e tutti i figliuoli: di lì a poco, venutale la peste anche a lei, era stata trasportata al lazzeretto, e messa in quella capannuccia, nel tempo che Lucia, dopo aver superata, senza avvedersene, la furia del male, e cambiate, ugualmente senza avvedersene, più compagne, cominciava a riaversi, e a tornare in sé; ché, fin dal principio della malattia, trovandosi ancora in casa di don Ferrante, era rimasta come insensata. La capanna non poteva contenere che due persone: e tra queste due, afflitte, derelitte, sbigottite, sole in tanta moltitudine, era presto nata un'intrinsichezza, un'affezione, che appena sarebbe

19 **venụtale:** *venuta a lei.* | 26 **afflitto/a:** leidend, gequält. | 27 **derelitto/a:** verlassen, vereinsamt. | **sbigottito/a:** bestürzt. | 28 **l'intrinsichezza:** Vertrautheit.

potuta venire da un lungo vivere insieme. In poco tempo, Lucia era stata in grado di potere aiutar l'altra, che s'era trovata aggravatissima. Ora che questa pure era fuori di pericolo, si facevano compagnia e coraggio e guardia a vicenda; s'eran promesse di non uscir dal lazzeretto, se non insieme; e avevan presi altri concerti per non separarsi neppur dopo. La mercantessa che, avendo lasciata in custodia d'un suo fratello commissario della Sanità, la casa e il fondaco e la cassa, tutto ben fornito, era per trovarsi sola e trista padrona di molto più di quel che le bisognasse per viver comodamente, voleva tener Lucia con sé, come una figliuola o una sorella. Lucia aveva aderito, pensate con che gratitudine per lei, e per la Provvidenza; ma soltanto fin che potesse aver nuove di sua madre, e sapere, come sperava, la volontà di essa. Del resto, riservata com'era, né della promessa dello sposalizio, né dell'altre sue avventure straordinarie, non aveva mai detta una parola. Ma ora, in un così gran ribollimento d'affetti, aveva almen tanto bisogno di sfogarsi, quanto l'altra desiderio di sentire. E, stretta con tutt'e due le mani la destra di lei, si mise subito a soddisfare alla domanda, senz'altro ritegno, che quello che le facevano i singhiozzi.

Renzo intanto trottava verso il quartiere del buon frate. Con un po' di studio, e non senza dover rifare qualche pezzetto di strada, gli riuscì finalmente d'arrivarci. Trovò la capanna; lui non ce lo trovò; ma, ronzando e cercando nel contorno, lo vide in una baracca, che, piegato a terra, e quasi

12 **aderire:** hier: einwilligen. | 14 **la volontà:** hier: Zustimmung. | 16 **lo sposalizio:** Heirat. | 21 **il ritegno:** Verzögerung. | 23 **trottare:** trotten, traben. | 26 **ronzare:** herumschwirren, suchen.

bocconi, stava confortando un moribondo. Si fermò lì, aspettando in silenzio. Poco dopo, lo vide chiuder gli occhi a quel poverino, poi mettersi in ginocchio, far orazione un momento, e alzarsi. Allora si mosse, e gli andò incontro.

«Oh!» disse il frate, vistolo venire; «ebbene?»

«La c'è: l'ho trovata!»

«In che stato?»

«Guarita, o almeno levata.»

«Sia ringraziato il Signore!»

«Ma ...» disse Renzo, quando gli fu vicino da poter parlar sottovoce: «c'è un altro imbroglio.»

«Cosa c'è?»

«Voglio dire che ... Già lei lo sa come è buona quella povera giovine; ma alle volte è un po' fissa nelle sue idee. Dopo tante promesse, dopo tutto quello che sa anche lei, ora dice che non mi può sposare, perché dice, che so io? che, quella notte della paura, s'è scaldata la testa, e s'è, come a dire, votata alla Madonna. Cose senza costrutto, n'è vero? Cose buone, chi ha la scienza e il fondamento da farle, ma per noi gente ordinaria, che non sappiamo bene come si devon fare ... n'è vero che son cose che non valgono?»

«Dimmi: è molto lontana di qui?»

«Oh no: pochi passi di là dalla chiesa.»

«Aspettami qui un momento,» disse il frate: «e poi ci anderemo insieme.»

«Vuol dire che lei le farà intendere ...»

1 **bocconi** (avv. inv.): bäuchlings. | 3 **l'orazione** f.: Gebet. | 18 **scaldarsi:** sich aufregen, sich erhitzen.

«Non so nulla, figliuolo; bisogna ch'io senta lei.»

«Capisco,» disse Renzo, e stette con gli occhi fissi a terra, e con le braccia incrociate sul petto, a masticarsi la sua incertezza, rimasta intera. Il frate andò di nuovo in cerca di quel padre Vittore, lo pregò di supplire ancora per lui, entrò nella sua capanna, n'uscì con la sporta in braccio, tornò da Renzo, gli disse: «andiamo», e andò innanzi, avviandosi a quella tal capanna, dove, qualche tempo prima, erano entrati insieme. Questa volta, entrò solo, e dopo un momento ricomparve, e disse: «niente! Preghiamo; preghiamo». Poi riprese: «ora, conducimi tu».

E senza dir altro, s'avviarono.

Il tempo s'era andato sempre più rabbuiando, e annunziava ormai certa e poco lontana la burrasca. De' lampi fitti rompevano l'oscurità cresciuta, e lumeggiavano d'un chiarore istantaneo i lunghissimi tetti e gli archi de' portici, la cupola della cappella, i bassi comignoli delle capanne; e i tuoni scoppiati con istrepito repentino, scorrevano rumoreggiando dall'una all'altra regione del cielo. Andava innanzi il giovine, attento alla strada, con una grand'impazienza d'arrivare, e rallentando però il passo, per misurarlo alle forze del compagno; il quale, stanco dalle fatiche, aggravato dal male, oppresso dall'afa, camminava stentatamente, alzando ogni tanto al cielo la faccia smunta, come per cercare un respiro più libero.

Renzo, quando vide la capanna, si fermò, si voltò indietro, disse con voce tremante: «è qui».

3 **masticarsi qc:** hier: mit etwas ringen, kämpfen. | 6 **la sporta:** hier: Korb. | 13 **rabbuiarsi:** sich verdunkeln. | 14 **il lampo:** Blitz. | 15 **lumeggiare:** aufhellen. | 17 **il comịgnolo:** Dachfirst. | 18 **l'istrẹpito:** *lo strẹpito* (Lärm, Getöse). | 23 **l'afa:** Schwüle.

Entrano … «Eccoli!» grida la donna del lettuccio. Lucia si volta, s'alza precipitosamente, va incontro al vecchio, gridando: «oh chi vedo! O padre Cristoforo!»

«Ebbene, Lucia! da quante angustie v'ha liberata il Signore! Dovete esser ben contenta d'aver sempre sperato in Lui.»

«Oh sì! Ma lei, padre? Povera me, come è cambiato! Come sta? dica: come sta?»

«Come Dio vuole, e come, per sua grazia, voglio anch'io,» rispose, con volto sereno, il frate. E, tiratala in un canto, soggiunse: «sentite: io non posso rimaner qui che pochi momenti. Siete voi disposta a confidarvi in me, come altre volte?»

«Oh! non è lei sempre il mio padre?»

«Figliuola, dunque; cos'è codesto voto che m'ha detto Renzo?»

«È un voto che ho fatto alla Madonna … oh! in una gran tribolazione! … di non maritarmi.»

«Poverina! Ma avete pensato allora, ch'eravate legata da una promessa?»

«Trattandosi del Signore e della Madonna! … non ci ho pensato.»

«Il Signore, figliuola, gradisce i sagrifizi, l'offerte, quando le facciamo del nostro. È il cuore che vuole, è la volontà: ma voi non potevate offrirgli la volontà d'un altro, al quale v'eravate già obbligata.»

«Ho fatto male?»

«No, poverina, non pensate a questo: io credo anzi che la Vergine santa avrà gradita l'intenzione del vostro cuore af-

4 **l'angustia:** Not, Bedrängnis.

flitto, e l'avrà offerta a Dio per voi. Ma ditemi; non vi siete mai consigliata con nessuno su questa cosa?»

«Io non pensavo che fosse male, da dovermene confessare: e quel poco bene che si può fare, si sa che non bisogna raccontarlo.»

«Non avete nessun altro motivo che vi trattenga dal mantener la promessa che avete fatta a Renzo?»

«In quanto a questo ... per me ... che motivo ...? Non potrei proprio dire ...». rispose Lucia, con un'esitazione che indicava tutt'altro che un'incertezza del pensiero; e il suo viso ancora scolorito dalla malattia, fiorì tutt'a un tratto del più vivo rossore.

«Credete voi,» riprese il vecchio, abbassando gli occhi, «che Dio ha data alla sua Chiesa l'autorità di rimettere e di ritenere, secondo che torni in maggior bene, i debiti e gli obblighi che gli uomini possono aver contratti con Lui?»

«Sì, che lo credo.»

«Ora sappiate che noi, deputati alla cura dell'anime in questo luogo, abbiamo, per tutti quelli che ricorrono a noi, le più ampie facoltà della Chiesa; e che per conseguenza, io posso, quando voi lo chiediate, sciogliervi dall'obbligo, qualunque sia, che possiate aver contratto a cagion di codesto voto.»

«Ma non è peccato tornare indietro, pentirsi d'una promessa fatta alla Madonna? Io allora l'ho fatta proprio di cuore ...» disse Lucia, violentemente agitata dall'assalto d'una tale inaspettata, bisogna pur dire speranza, e dall'in-

11 **scolorito/a:** entfärbt, bleich. | 14 **rimettere:** hier: vergeben. | 15 **tornare in maggior bene:** sich zum Guten wenden. | 27 f. **insorgere:** aufleben, sich erheben.

sorgere opposto d'un terrore fortificato da tutti i pensieri che, da tanto tempo, eran la principale occupazione dell'animo suo.

«Peccato, figliuola?» disse il padre: «peccato il ricorrere alla Chiesa, e chiedere al suo ministro che faccia uso dell'autorità che ha ricevuto da essa, e che essa ha ricevuta da Dio? Io ho veduto in che maniera voi due siete stati condotti ad unirvi; e, certo, se mai m'è parso che due fossero uniti da Dio, voi altri eravate quelli: ora non vedo perché Dio v'abbia a voler separati. E lo benedico che m'abbia dato, indegno come sono, il potere di parlare in suo nome, e di rendervi la vostra parola. E se voi mi chiedete ch'io vi dichiari sciolta da codesto voto, io non esiterò a farlo; e desidero anzi che me lo chiediate.»

«Allora ...! allora ...! lo chiedo»; disse Lucia, con un volto non turbato più che di pudore.

Il frate chiamò con un cenno il giovine, il quale se ne stava nel cantuccio il più lontano, guardando (giacché non poteva far altro) fisso fisso al dialogo in cui era tanto interessato; e, quando quello fu lì, disse, a voce più alta, a Lucia: «con l'autorità che ho dalla Chiesa, vi dichiaro sciolta dal voto di verginità, annullando ciò che ci potè essere d'inconsiderato, e liberandovi da ogni obbligazione che poteste averne contratta».

Pensi il lettore che suono facessero all'orecchio di Renzo tali parole. Ringraziò vivamente con gli occhi colui che le aveva proferite; e cercò subito, ma invano, quelli di Lucia.

«Tornate, con sicurezza e con pace, ai pensieri d'una volta,» seguì a dirle il cappuccino: «chiedete di nuovo al Signore le grazie che Gli chiedevate, per essere una moglie santa; e confidate che ve le concederà più abbondanti, dopo tanti guai. E tu,» disse, voltandosi a Renzo, «ricordati, figliuolo, che se la Chiesa ti rende questa compagna, non lo fa per procurarti una consolazione temporale e mondana, la quale, se anche potesse essere intera, e senza mistura d'alcun dispiacere, dovrebbe finire in un gran dolore, al momento di lasciarvi; ma lo fa per avviarvi tutt'e due sulla strada della consolazione che non avrà fine. Amatevi come compagni di viaggio, con questo pensiero d'avere a lasciarvi, e con la speranza di ritrovarvi per sempre. Ringraziate il cielo che v'ha condotti a questo stato, non per mezzo dell'allegrezze turbolente e passeggiere, ma co' travagli e tra le miserie, per disporvi a una allegrezza raccolta e tranquilla. Se Dio vi concede figliuoli, abbiate in mira d'allevarli per Lui, d'istillar loro l'amore di Lui e di tutti gli uomini; e allora li guiderete bene in tutto il resto. Lucia! v'ha detto,» e accennava Renzo, «chi ha visto qui?»

«Oh padre, me l'ha detto!»

«Voi pregherete per lui! Non ve ne stancate. E anche per me pregherete! … Figliuoli! voglio che abbiate un ricordo del povero frate.» E qui levò dalla sporta una scatola d'un legno ordinario, ma tornita e lustrata con una certa finitezza cappuccinesca; e proseguì: «qui dentro c'è il resto di quel pane … il primo che ho chiesto per carità; quel pane, di cui avete sentito parlare! Lo lascio a voi altri: serbatelo; fatelo vedere ai vostri figliuoli. Verranno in un tristo mondo, e in tristi tempi, in mezzo a' superbi e a' provocatori: dite loro che perdonino sempre, sempre! tutto, tutto! e che preghino, anche loro, per il povero frate!»

11 **il travaglio:** hier: Leiden, Sorge, Qual. | 13 **avere in mira:** sich zum Ziel setzen. | 13 f. **istillare:** *instillare:* einflößen. | 21 **tornito/a:** gedrechselt. | **lustrato/a:** poliert. | 21 f. **la finitezza:** Geschicklichkeit.

E porse la scatola a Lucia, che la prese con rispetto, come si farebbe d'una reliquia. Poi, con voce più tranquilla, riprese: «ora ditemi; che appoggi avete qui in Milano? Dove pensate d'andare a alloggiare, appena uscita di qui? E chi vi condurrà da vostra madre, che Dio voglia aver conservata in salute?»

«Questa buona signora mi fa lei intanto da madre: noi due usciremo di qui insieme, e poi essa penserà a tutto.»

«Dio la benedica,» disse il frate, accostandosi al lettuccio.

«La ringrazio anch'io,» disse la vedova, «della consolazione che ha data a queste povere creature; sebbene io avessi fatto conto di tenerla sempre con me, questa cara Lucia. Ma la terrò intanto; l'accompagnerò io al suo paese, la consegnerò a sua madre; e», soggiunse poi sottovoce, «voglio farle io il corredo. N'ho troppa della roba; e di quelli che dovevan goderla con me, non ho più nessuno!»

«Così,» rispose il frate, «lei può fare un gran sacrifizio al Signore, e del bene al prossimo. Non le raccomando questa giovine: già vedo che è come sua: non c'è che da lodare il Signore, il quale sa mostrarsi padre anche ne' flagelli, e che, col farle trovare insieme, ha dato un così chiaro segno d'amore all'una e all'altra. Orsù,» riprese poi, voltandosi a Renzo, e prendendolo per una mano: «noi due non abbiam più nulla da far qui: e ci siamo stati anche troppo. Andiamo.»

«Oh padre!» disse Lucia: «la vedrò ancora? Io sono guarita, io che non fo nulla di bene a questo mondo; e lei ...!»

«È già molto tempo,» rispose con tono serio e dolce il vecchio, «che chiedo al Signore una grazia, e ben grande: di finire i miei giorni in servizio del prossimo. Se me la volesse

3 **l'appoggio:** Rückhalt, Beistand. | 15 **il corredo:** Aussteuer.

ora concedere, ho bisogno che tutti quelli che hanno carità per me, m'aiutino a ringraziarlo. Via; date a Renzo le vostre commissioni per vostra madre.»

«Raccontatele quel che avete veduto,» disse Lucia al promesso sposo: «che ho trovata qui un'altra madre, che verrò con questa più presto che potrò, e che spero, spero di trovarla sana.»

«Se avete bisogno di danari,» disse Renzo, «ho qui tutti quelli che m'avete mandati, e ...»

«No, no,» interruppe la vedova: «ne ho io anche troppi.»

«Andiamo,» replicò il frate.

«A rivederci, Lucia ...! e anche lei, dunque, quella buona signora,» disse Renzo, non trovando parole che significassero quello che sentiva.

«Chi sa che il Signore ci faccia la grazia di rivederci ancora tutti!» esclamò Lucia.

«Sia Egli sempre con voi, e vi benedica,» disse alle due compagne fra Cristoforo; e uscì con Renzo dalla capanna.

Mancava poco alla sera, e il tempo pareva sempre più vicino a risolversi. Il cappuccino esibì di nuovo al giovine di ricoverarlo per quella notte nella sua baracca. «Compagnia, non te ne potrò fare,» soggiunse: «ma avrai da stare al coperto.»

Renzo però si sentiva una smania d'andare; e non si curava di rimaner più a lungo in un luogo simile, quando non poteva profittarne per veder Lucia, e non avrebbe neppur potuto starsene un po' col buon frate. In quanto all'ora e al tempo, si può dire che notte e giorno, sole e pioggia, zeffiro

20 **esibire:** hier: vorschlagen, anbieten. | 28 **lo zef(f)iro:** Zephyr (Westwind).

e tramontano, eran tutt'uno per lui in quel momento. Ringraziò dunque il frate, dicendo che voleva andar più presto che fosse possibile in cerca d'Agnese.

Quando furono nella strada di mezzo, il frate gli strinse la mano, e disse: «se la trovi, che Dio voglia! quella buona Agnese, salutala anche in mio nome; e a lei, e a tutti quelli che rimangono, e si ricordano di fra Cristoforo, dì che preghin per lui. Dio t'accompagni, e ti benedica per sempre.»

«Oh caro padre ...! ci rivedremo? ci rivedremo?»

«Lassù, spero.» E con queste parole, si staccò da Renzo; il quale, stato lì a guardarlo fin che non l'ebbe perso di vista, prese in fretta verso la porta, dando a destra e a sinistra l'ultime occhiate di compassione a quel luogo di dolori. C'era un movimento straordinario, un correr di monatti, un trasportar di roba, un accomodar le tende delle baracche, uno strascicarsi di convalescenti a queste e ai portici, per ripararsi dalla burrasca imminente.

Lucia bleibt zunächst im Lazarett, kehrt jedoch dann mit ihrer Freundin in deren Haus zurück, wo sie die Quarantäne abwartet. Sie erfährt, dass Gertrude, die Nonne von Monza, auf Veranlassung des Kardinals Federigo Borromeo in ein Mailänder Kloster gebracht worden ist, wo sie ihr Fehlverhalten bereut. Padre Cristoforo ist nach einem entbehrungsreichen und der tätigen Nächstenliebe gewidmenten Leben schließlich auch an der Pest gestorben; dasselbe gilt für Donna Prassede und Don Ferrante. Letzterer

1 **il tramontano:** Bergwind. | 18 **imminente** (agg.): kurz bevorstehend, drohend.

hatte die Pest bis zuletzt geleugnet und jede Vorsichtsmaßnahme für Unfug erklärt.

Renzo begibt sich zurück in sein Heimatdorf, wo er seinen Freund, bei dem er vor seiner Reise nach Mailand genächtigt hatte, aufsucht und ihn bittet, sein Trauzeuge zu sein. Am nächsten Tag besucht er Agnese und berichtet ihr von Lucia; gemeinsam beschließen sie, ein neues Leben im Dorf seines Cousins Bortolo zu beginnen, sobald Lucia heimgekehrt ist. Renzo begibt sich dann zu Bortolo, wo er mit dem Geld, das ihm noch verblieben war, ein Haus kauft und einrichtet, in welchem er später mit Lucia und ihrer Mutter leben wird.

Capitolo XXXVIII

Nachdem Lucia mit ihrer Freundin aus Mailand zurückgekommen ist, wollen die Verlobten nun endlich heiraten und bitten Don Abbondio noch einmal, sie zu trauen. Abbondio zögert immer noch, bis er erfährt, dass die Nachricht vom Tod Don Rodrigos wirklich wahr ist. Ein neuer Herr ist als Nachfolger Rodrigos in dessen Schloss eingezogen; er will das Unrecht, das sein Verwandter den beiden Liebenden zugefügt hat, wiedergutmachen. Dass dies nicht nur leere Worte sind, beweist er, indem er Don Abbondio selbst aufsucht, seine ausdrückliche Zustimmung zu der Hochzeit gibt, ferner die Häuser Lucias und Renzos zu einem guten Preis aufkauft und sich auch dafür einsetzt, dass der immer noch gültige Haftbefehl gegen Renzo aufgehoben wird.

[…] Venne la dispensa, venne l'assolutoria, venne quel benedetto giorno: i due promessi andarono, con sicurezza trionfale, proprio a quella chiesa, dove, proprio per bocca di don Abbondio, furono sposi. Un altro trionfo, e ben più singolare, fu l'andare a quel palazzotto; e vi lascio pensare che cose dovessero passar loro per la mente, in far quella salita, all'entrare in quella porta; e che discorsi dovessero fare, ognuno secondo il suo naturale. Accennerò soltanto che, in mezzo all'allegria, ora l'uno, ora l'altro motivò più d'una volta, che, per compir la festa, ci mancava il povero padre Cristoforo. «Ma per lui,» dicevan poi, «sta meglio di noi sicuramente.»

Il marchese fece loro una gran festa, li condusse in un bel tinello, mise a tavola gli sposi, con Agnese e con la mercantessa; e prima di ritirarsi a pranzare altrove con don Abbondio, volle star lì un poco a far compagnia agl'invitati, e aiutò anzi a servirli. A nessuno verrà, spero, in testa di dire che sarebbe stata cosa più semplice fare addirittura una tavola sola. Ve l'ho dato per un brav'uomo, ma non per un originale, come si direbbe ora; v'ho detto ch'era umile, non già che fosse un portento d'umiltà. N'aveva quanta ne bisognava per mettersi al di sotto di quella buona gente, ma non per istar loro in pari.

Dopo i due pranzi, fu steso il contratto per mano d'un dottore, il quale non fu l'Azzecca-garbugli. Questo, voglio dire la sua spoglia, era ed è tuttavia a Canterelli. E per chi non è di quelle parti, capisco anch'io che qui ci vuole una spiegazione.

1 **la dispensa:** Dispens, Erlass. | **l'assolutoria:** Freispruch, Begnadigung. | 14 **il tinello:** Esszimmer. | 21 **il portento d'umiltà:** ein Ausbund an Demut. | 26 **la spoglia:** hier: Leichnam, sterbliche Überreste.

Sopra Lecco forse un mezzo miglio, e quasi sul fianco dell'altro paese chiamato Castello, c'è un luogo detto Canterelli, dove s'incrocian due strade; e da una parte del crocicchio, si vede un rialto, come un poggetto artificiale, con una croce in cima; il quale non è altro che un gran mucchio di morti in quel contagio. La tradizione, per dir la verità, dice semplicemente i morti del contagio, ma dev'esser quello senz'altro, che fu l'ultimo, e il più micidiale di cui rimanga memoria. E sapete che le tradizioni, chi non le aiuta, da sé dicon sempre troppo poco.

Nel ritorno non ci fu altro inconveniente, se non che Renzo era un po' incomodato dal peso de' quattrini che portava via. Ma l'uomo, come sapete, aveva fatto ben altre vite. Non parlo del lavoro della mente, che non era piccolo, a pensare alla miglior maniera di farli fruttare. A vedere i progetti che passavan per quella mente, le riflessioni, l'immaginazioni; a sentire i pro e i contro, per l'agricoltura e per l'industria, era come se ci si fossero incontrate due accademie del secolo passato. E per lui l'impiccio era ben più reale; perché, essendo un uomo solo, non gli si poteva dire: che bisogno c'è di scegliere? l'uno e l'altro, alla buon'ora; ché i mezzi, in sostanza, sono i medesimi; e son due cose come le gambe, che due vanno meglio d'una sola.

Non si pensò più che a fare i fagotti, e a mettersi in viaggio: casa Tramaglino per la nuova patria, e la vedova per Milano. Le lacrime, i ringraziamenti, le promesse d'andarsi a trovare furon molte. Non meno tenera, eccettuate le lacrime, fu la separazione di Renzo e della famiglia dall'ospite

1 **il miglio:** Meile. | 3 f. **il crocicchio:** Kreuzung. | 4 **il rialto:** Erhebung, Anhöhe. | **il poggetto:** Hügel. | 12 **il quattrino:** Heller. | 15 **fruttare:** Gewinn bringen. | 18 f. **l'accadẹmia:** hier: Wissenschaft.

amico: e non crediate che con don Abbondio le cose passassero freddamente. Quelle buone creature avevan sempre conservato un certo attaccamento rispettoso per il loro curato; e questo, in fondo, aveva sempre voluto bene a loro. Son que' benedetti affari, che imbroglian gli affetti.

Chi domandasse se non ci fu anche del dolore in distaccarsi dal paese nativo, da quelle montagne; ce ne fu sicuro: ché del dolore, ce n'è, sto per dire, un po' per tutto. Bisogna però che non fosse molto forte, giacché avrebbero potuto risparmiarselo, stando a casa loro, ora che i due grand'inciampi, don Rodrigo e il bando, eran levati. Ma, già da qualche tempo, erano avvezzi tutt'e tre a riguardar come loro il paese dove andavano. Renzo l'aveva fatto entrare in grazia alle donne, raccontando l'agevolezze che ci trovavano gli operai, e cento cose della bella vita che si faceva là. Del resto, avevan tutti passato de' momenti ben amari in quello a cui voltavan le spalle; e le memorie triste, alla lunga guastan sempre nella mente i luoghi che le richiamano. E se que' luoghi son quelli dove siam nati, c'è forse in tali memorie qualcosa di più aspro e pungente. Anche il bambino, dice il manoscritto, riposa volentieri sul seno della balia, cerca con avidità e con fiducia la poppa che l'ha dolcemente alimentato fino allora; ma se la balia, per divezzarlo, la bagna d'assenzio, il bambino ritira la bocca, poi torna a provare, ma finalmente se ne stacca; piangendo sì, ma se ne stacca.

Cosa direte ora, sentendo che, appena arrivati e accomodati nel nuovo paese, Renzo ci trovò de' disgusti bell'e pre-

21 f. **la balịa:** Amme. | 22 **la poppa:** Brust. | 23 **divezzare:** entwöhnen. | 24 **l'assenzio:** Wermut, Bitterstoff.

parati? Miserie; ma ci vuol così poco a disturbare uno stato felice! Ecco, in poche parole, la cosa.

Il parlare che, in quel paese, s'era fatto di Lucia, molto tempo prima che la ci arrivasse; il saper che Renzo aveva avuto a patir tanto per lei, e sempre fermo, sempre fedele; forse qualche parola di qualche amico parziale per lui e per tutte le cose sue, avevan fatto nascere una certa curiosità di veder la giovine, e una certa aspettativa della sua bellezza. Ora sapete come è l'aspettativa: immaginosa, credula, sicura; alla prova poi, difficile, schizzinosa: non trova mai tanto che le basti, perché, in sostanza, non sapeva quello che si volesse; e fa scontare senza pietà il dolce che aveva dato senza ragione. Quando comparve questa Lucia, molti i quali credevan forse che dovesse avere i capelli proprio d'oro, e le gote proprio di rosa, e due occhi l'uno più bello dell'altro, e che so io? cominciarono a alzar le spalle, ad arricciar il naso, e a dire: «eh! l'è questa? Dopo tanto tempo, dopo tanti discorsi, s'aspettava qualcosa di meglio. Cos'è poi? Una contadina come tant'altre. Eh! di queste e delle meglio, ce n'è per tutto.» Venendo poi a esaminarla in particolare, notavan chi un difetto, chi un altro: e ci furon fin di quelli che la trovavan brutta affatto.

Siccome però nessuno le andava a dir sul viso a Renzo, queste cose; così non c'era gran male fin lì. Chi lo fece il male, furon certi tali che gliele rapportarono: e Renzo, che volete? ne fu tocco sul vivo. Cominciò a ruminarci sopra, a farne di gran lamenti, e con chi gliene parlava, e più a lungo

6 **parziale** (agg.): parteiisch. | 10 **schizzinoso/a:** wählerisch. | 15 **la gota** (lett.): Wange. | 19 f. **di queste e delle meglio, ce n'è per tutto:** die und bessere kann man überall finden. | 26 **ẹssere tocco sul vivo:** getroffen sein, jdn. wurmen. | **ruminare sopra qc:** grübeln, nachsinnen.

tra sé. – E cosa v'importa a voi altri? E chi v'ha detto d'aspettare? Son mai venuto io a parlarvene? a dirvi che la fosse bella? E quando me lo dicevate voi altri, v'ho mai risposto altro, se non che era una buona giovine? È una contadina! V'ho detto mai che v'avrei menato qui una principessa? Non vi piace? Non la guardate. N'avete delle belle donne: guardate quelle. –

E vedete un poco come alle volte una corbelleria basta a decidere dello stato d'un uomo per tutta la vita. Se Renzo avesse dovuto passar la sua in quel paese, secondo il suo primo disegno, sarebbe stata una vita poco allegra. A forza d'esser disgustato, era ormai diventato disgustoso. Era sgarbato con tutti, perché ognuno poteva essere uno de' critici di Lucia. Non già che trattasse proprio contro il galateo; ma sapete quante belle cose si posson fare senza offender le regole della buona creanza: fino sbudellarsi. Aveva un non so che di sardonico in ogni sua parola; in tutto trovava anche lui da criticare, a segno che, se faceva cattivo tempo due giorni di seguito, subito diceva: «eh già, in questo paese!» Vi dico che non eran pochi quelli che l'avevan già preso a noia, e anche persone che prima gli volevan bene; e col tempo, d'una cosa nell'altra, si sarebbe trovato, per dir così, in guerra con quasi tutta la popolazione, senza poter forse né anche lui conoscer la prima cagione d'un così gran male.

Ma si direbbe che la peste avesse preso l'impegno di raccomodar tutte le malefatte di costui. Aveva essa portato via

8 **la corbellerịa:** Unsinn, Dummheit. | 12 **disgustoso/a:** widerwärtig. | 14 f. **il galatẹo:** Anstand, Knigge. | 16 **la buona creanza:** gutes Benehmen, Anstand. | **sbudellarsi:** töten, den Bauch aufschlitzen (hier fig. gemeint). | 17 **sardọnico/a:** sardonisch, bösartig. | 25 f. **raccomodare:** hier: erträglich machen. | 26 **la malefatta:** *la malafatta:* Ungemach.

il padrone d'un altro filatoio, situato quasi sulle porte di Bergamo; e l'erede, giovine scapestrato, che in tutto quell'edifizio non trovava che ci fosse nulla di divertente, era deliberato, anzi smanioso di vendere, anche a mezzo prezzo; ma voleva i danari l'uno sopra l'altro, per poterli impiegar subito in consumazioni improduttive. Venuta la cosa agli orecchi di Bortolo, corse a vedere; trattò: patti più grassi non si sarebbero potuti sperare; ma quella condizione de' pronti contanti guastava tutto, perché quelli che aveva messi da parte, a poco a poco, a forza di risparmi, erano ancor lontani da arrivare alla somma. Tenne l'amico in mezza parola, tornò indietro in fretta, comunicò l'affare al cugino, e gli propose di farlo a mezzo. Una così bella proposta troncò i dubbi economici di Renzo, che si risolvette subito per l'industria, e disse di sì. Andarono insieme, e si strinse il contratto. Quando poi i nuovi padroni vennero a stare sul loro, Lucia, che lì non era aspettata per nulla, non solo non andò soggetta a critiche, ma si può dire che non dispiacque; e Renzo venne a risapere che s'era detto da più d'uno: «avete veduto quella bella baggiana che c'è venuta?» L'epiteto faceva passare il sostantivo.

E anche del dispiacere che aveva provato nell'altro paese, gli restò un utile ammaestramento. Prima d'allora era stato un po' lesto nel sentenziare, e si lasciava andar volentieri a

4 **smanioso/a:** entschlossen, begierig. | 5 **i danari l'uno sopra l'altro:** das Geld in einem Betrag. | 7f. **il patto grasso:** hier: ein Schnäppchen, guter Kauf. | 9 **guastare:** verderben. | 11f. **tenere qu in (a) mezza parola:** jdn. hinhalten. | 13 **fare qc a mezzo:** teilen; hier: Teilhaber werden. | 15 **l'industria:** hier: Handel, Geschäft. | 20 **la baggiana:** Landpomeranze, Bauerntrampel. | 21 **l'epiteto:** Beiwort, Adjektiv. | 23 **l'ammaestramento:** Lehre. | 24 **sentenziare:** hier: große Töne spucken.

criticar la donna d'altri, e ogni cosa. Allora s'accorse che le parole fanno un effetto in bocca, e un altro negli orecchi; e prese un po' più d'abitudine d'ascoltar di dentro le sue, prima di proferirle.

Non crediate però che non ci fosse qualche fastidiuccio anche lì. L'uomo (dice il nostro anonimo: e già sapete per prova che aveva un gusto un po' strano in fatto di similitudini; ma passategli anche questa, che avrebbe a esser l'ultima), l'uomo, fin che sta in questo mondo, è un infermo che si trova sur un letto scomodo più o meno, e vede intorno a sé altri letti, ben rifatti al di fuori, piani, a livello: e si figura che ci si deve star benone. Ma se gli riesce di cambiare, appena s'è accomodato nel nuovo, comincia, pigiando, a sentire, qui una lisca che lo punge, lì un bernoccolo che lo preme: siamo in somma, a un di presso, alla storia di prima. E per questo, soggiunge l'anonimo, si dovrebbe pensare più a far bene, che a star bene: e così si finirebbe anche a star meglio. È tirata un po' con gli argani, e proprio da secentista; ma in fondo ha ragione. Per altro, prosegue, dolori e imbrogli della qualità e della forza di quelli che abbiam raccontati, non ce ne furon più per la nostra buona gente: fu, da quel punto in poi, una vita delle più tranquille, delle più felici, delle più invidiabili; di maniera che, se ve l'avessi a raccontare, vi seccherebbe a morte.

Gli affari andavan d'incanto: sul principio ci fu un po' d'incaglio per la scarsezza de' lavoranti e per lo sviamento e

5 **il fastiduccio:** Verdrießlichkeit. | 14 **la lisca:** Gräte. | **il bernoccolo:** Vorsprung, Beule. | 18 **tirare con gli argani** (fig.): umständlich ausdrücken. | 24 **seccare a morte qu:** jdn. zu Tode langweilen. | 25 **andare d'incanto:** vortrefflich klappen, erfolgreich sein. | 26 **l'incaglio:** Knappheit. | **lo sviamento:** Verirrung, Fehlleitung.

le pretensioni de' pochi ch'eran rimasti. Furon pubblicati editti che limitavano le paghe degli operai; malgrado quest'aiuto, le cose si rincamminarono, perché alla fine bisogna che si rincamminino. Arrivò da Venezia un altro editto, un po' più ragionevole: esenzione, per dieci anni, da ogni carico reale e personale ai forestieri che venissero a abitare in quello stato. Per i nostri fu una nuova cuccagna.

Prima che finisse l'anno del matrimonio, venne alla luce una bella creatura; e, come se fosse fatto apposta per dar subito opportunità a Renzo d'adempire quella sua magnanima promessa, fu una bambina; e potete credere che le fu messo nome Maria. Ne vennero poi col tempo non so quant'altri, dell'uno e dell'altro sesso: e Agnese affaccendata a portarli in qua e in là, l'uno dopo l'altro, chiamandoli cattivacci, e stampando loro in viso de' bacioni, che ci lasciavano il bianco per qualche tempo. E furon tutti ben inclinati; e Renzo volle che imparassero tutti a leggere e scrivere, dicendo che, giacché la c'era questa birberia, dovevano almeno profittarne anche loro.

Il bello era a sentirlo raccontare le sue avventure: e finiva sempre col dire le gran cose che ci aveva imparate, per governarsi meglio in avvenire. «Ho imparato,» diceva, «a non mettermi ne' tumulti: ho imparato a non predicare in piazza: ho imparato a guardare con chi parlo: ho imparato a non alzar troppo il gomito: ho imparato a non tenere in mano il

1 **la pretensione:** Anspruch, Hochmut. | 3 **rincamminarsi:** wieder in geordneten Bahnen laufen. | 5 **l'esenzione** f.: Befreiung. | 6 **il cạrico reale:** Steuerschuld. | 10 f. **magnạnimo/a:** vollmundig, großzügig. | 15 **il cattivaccio:** Taugenichts. | 16 f. **inclinato/a:** hier: gut geraten. | 25 **alzare il gọmito** (pop.): zu tief ins Glas schauen, über den Durst trinken.

martello delle porte, quando c'è lì d'intorno gente che ha la testa calda: ho imparato a non attaccarmi un campanello al piede, prima d'aver pensato quel che possa nascere.» E cent'altre cose.

Lucia però, non che trovasse la dottrina falsa in sé, ma non n'era soddisfatta; le pareva, così in confuso, che ci mancasse qualcosa. A forza di sentir ripetere la stessa canzone, e di pensarci sopra ogni volta, «e io,» disse un giorno al suo moralista, «cosa volete che abbia imparato? Io non sono andata a cercare i guai: son loro che sono venuti a cercar me. Quando non voleste dire,» aggiunse, soavemente sorridendo, «che il mio sproposito sia stato quello di volervi bene, e di promettermi a voi.»

Renzo, alla prima, rimase impicciato. Dopo un lungo dibattere e cercare insieme, conclusero che i guai vengono bensì spesso, perché ci si è dato cagione; ma che la condotta più cauta e più innocente non basta a tenerli lontani; e che quando vengono, o per colpa o senza colpa, la fiducia in Dio li raddolcisce, e li rende utili per una vita migliore. Questa conclusione, benché trovata da povera gente, c'è parsa così giusta, che abbiam pensato di metterla qui, come il sugo di tutta la storia.

La quale, se non v'è dispiaciuta affatto, vogliatene bene a chi l'ha scritta, e anche un pochino a chi l'ha raccomodata. Ma se in vece fossimo riusciti ad annoiarvi, credete che non s'è fatto apposta.

5 **la dottrina:** Lehre. | 6 **in confuso:** kunterbunt, durcheinander. | 14 **impicciato/a:** hier: verstört. | 16 **dare cagione:** Anlass geben. | 21 **il sugo** (fig.): hier: Moral, Quintessenz. | 24 **raccomodare:** hier: nacherzählen.

Editorische Notiz

Die vorliegende Ausgabe folgt Manzonis endgültiger Fassung des Romans von 1840:

Alessandro Manzoni: Tutte le opere. A cura di Alberto Chiari e Fausto Ghisalberti. Bd. 2,1: I promessi sposi. Storia milanese del secolo XVII. Scoperta e rifatta (edizione riveduta del 1840). Verona: Mondadori, 1954.

Sprachliche Besonderheiten und insbesondere die Interpunktion der Textquelle wurden beibehalten. Lediglich die Akzentsetzung findet sich behutsam modernisiert (u. a. *perché, poiché, affinché, sé, ché, né*).

Das Glossar erläutert schwierige Wörter. Die Kenntnis von Grund- und Aufbauwortschatz wird in der Regel vorausgesetzt. Sofern bei Wörtern die Betonung nicht wie im Italienischen üblich auf der vorletzten Silbe liegt, wird sie im Glossar durch einen Punkt unter dem entsprechenden Vokal gekennzeichnet (*prẹncipe, amplịssimo*). Ist von zwei Endvokalen einer betont, so wird dies ebenfalls hervorgehoben (*costụi, giudẹo, ingenuità*). Dagegen erhalten Wörter mit zwei unbetonten Endvokalen keine besondere Kennzeichnung (*poggio, superbia*). Angaben zum Genus eines Substantivs erfolgen nur, wenn weder der Artikel noch die Wortendung Klarheit schaffen.

Im Glossar verwendete italienische Abkürzungen

accr.	accrescitivo
agg.	aggettivo
ant.	antico
avv.	avverbio
cong.	congiuntivo
dim.	diminutivo
f.	femminile
fam.	familiare

fig.	figurato (übertragen)
fr.	francese
inter.	interiezione
inv.	invariabile
lat.	latino
lett.	lettarario
loc.	locuzione (Redewendung)
m.	maschile
pl.	plurale
pop.	popolare
qc	qualcosa
qu	qualcuno
reg.	regionale
spreg.	spregiativo
tosc.	toscano

Bedeutungsvarianten durch Suffixe

diminutivo: *-ino, -ina*; *-etto, -etta*; *-ello, -ella*; *-otto, -otta*
accrescitivo: *-one, -ona*
spregiativo: *-accio, -accia*

Literaturhinweise

1. Werke (Auswahl)

Gedichte

Autoritratto (1801). Autobiographisches Sonett.

A Francesco Lomonaco (1802). Gewidmet dem italienischen Patrioten und Schriftsteller Francesco Lomonaco.

Alla Musa (1802). Sonett, in welchem Manzoni Klio, die Muse der Geschichte, bittet, ihm den Weg zum unvergänglichen Ruhm aufzuzeigen.

Alla sua donna (1802). Sonett, welches Luigina Visconti gewidmet ist, mit der Manzoni eine intensive Liebesbeziehung hatte.

I sermoni (1802–04). Vier Werke in elffüßigen Versen. Manzoni setzt sich hier polemisch mit moralischen Themen auseinander.

In morte di Carlo Imbonati (1805–06). Untertitel: »Versi di Alessandro Manzoni a Giulia Beccaria«. In diesem ernsten Gesang beschreibt Manzoni den Grafen Carlo Imbonati (einen Lebensgefährten seiner Mutter), der Manzoni im Traum erscheint und ihn ermahnt, niemandes Knecht zu sein und moralischen und literarischen Adel zu seinem Lebensziel zu machen. Das Zitat »Il santo Vero mai non tradir« stammt aus diesem Gedicht.

A Parteneide (1811). Eine Ode als Antwort Manzonis auf eine Ode, die ihm von dem dänischen Poeten Jens Baggensen zugeschickt worden war.

Kurzgedichte

Del trionfo della libertà (1801). Allegorisches Kurzgedicht in Terzinen, in welchem die Ideale der Französischen Revolution gepriesen werden. Gleichzeitig wird kritisch betrachtet, dass Napoleon diese Ideale nicht verwirklicht hat.

Adda (1803). Epische Idylle in 83 elffüßigen Versen, dem italienischen Schriftsteller Vincenzo Monti gewidmet. Obgleich Monti das Gedicht sehr lobte, wurde es erst 1875 nach dem Tod Manzonis veröffentlicht.

Urania (1809). Kurzgedicht, welches der Muse Urania (Muse der Astronomie) gewidmet ist und ein typisch neoklassisches Thema behandelt, nämlich den Übergang des Menschen aus der Barbarei in die Zivilisation.

Nach der Konversion (1810)

Inni Sacri (1812–22). Nach Manzonis Konversion und verstärkter Hinwendung zum Katholizismus entstandene Hymnen, die sich mit den Hauptfeiertagen des liturgischen Jahres (Auferstehung, Weihnachten, Passionszeit, Pfingsten etc.) auseinandersetzen.

Weltliche Oden

Aprile 1814 (1814). Unvollendeter Gesang, entstanden nach dem Fall Napoleons und der Völkerschlacht bei Leipzig sowie der Vertreibung der Österreicher aus Italien.

Il proclama di Rimini (1815). Unvollendeter Gesang, der unter Bezugnahme auf Joachim Murat zum Kampf für eine italienische Unabhängigkeit aufruft.

Marzo 1821 (1821). Ode, die den patriotischen Enthusiasmus zum Thema hat. Sie wurde erst 1848 veröffentlicht und enthält eine berühmte Definition des Nationenkonzepts: »una d'arme, di lingua, d'altare, / di memorie, di sangue, di cor« (V. 31–32).

Il cinque maggio (1821). Ode, in der Manzoni das Leben Napoleons thematisiert.

Epigramme und Scherze

L'ira di Apollo (1816). Eine Ode scherzhaften Charakters, in der Manzoni auf einen Artikel Madame De Staëls Bezug nimmt, in dem diese sich kritisch mit der italienischen Literatur auseinandersetzt.

Tragödien

Il Conte di Carmagnola (begonnen 1816 – veröffentlicht 1820). Tragödie über das Leben des italienischen Condottiere Francesco Bussone (um 1385–1432).

Adelchi (1820–22). Manzoni erzählt die Geschichte des Fürsten Adelchi (oder Adalgiso, gest. um 788) und die Ereignisse, die dem Fall des Langobardenreiches vorangingen. Das Hauptthema ist der Gegensatz zwischen Unterdrückern und Unterdrückten und das unlösbare Dilemma des Protagonisten: »Far torto o patirlo« (Unrecht tun oder es erleiden).

Spartaco (1823). Unvollendete Tragödie über den römischen Sklaven und Gladiator Spartakus (gest. 71 n. Chr.), der als Führer und Initiator eines bedeutenden Sklavenaufstands während der Römischen Republik in die Geschichte einging.

Erzählende Werke

Fermo e Lucia (1823). Erste Fassung der *Promessi sposi*.

La monaca di Monza (1823). Teilstück aus *Fermo e Lucia*, Erzählung der Lebensgeschichte der Marianna de Levya y Marino, posthum 1954 veröffentlicht.

I promessi sposi (1840–42). Erstdruck in 3 Bänden bei Guglielmini und Redaelli, Mailand, mit Illustrationen von Francesco Gonin.

Essays, Traktate und Briefe

La storia della colonna infame (1842). Zunächst als Teil der Erzählung *Fermo e Lucia* gedacht, in dem Manzoni von dem gegen zwei vermeintliche »Pestsalber« in Mailand angestrengten Prozess erzählt.

Osservazioni sulla morale cattolica (1819). Manzonis Auseinandersetzung mit der katholischen Kirche.

Sul romanticismo (1823). Brief an Marchese Cesare D'Azeglio.

Del romanzo storico, e, in genere de' componimenti misti di storia e di Invenzione (1830).

Sentir messa (1835–36). Kurzes Traktat zum lebendigen Gebrauch der italienischen Sprache.

Sulla lingua italiana (1846). Brief an Giacinto Carena anlässlich der Veröffentlichung des von Carena zusammengestellten »Prontuario di vocaboli attenenti a parecchie arti, ad alcuni mestieri, a cose domestiche ed altre in uso comune« (erschienen in drei Bänden von 1846–60).

Saggio sul vocabolario italiano secondo l'uso di Firenze (1856). Essay in Zusammenarbeit mit dem Florentiner Literaten Gino Capponi; beide Autoren sind sich darin einig, dass das gesprochene Toskanisch die allgemeine Sprache der Italiener werden muss.

Dell'unità della lingua e dei mezzi di diffonderla (1868). Bericht an den italienischen Bildungsminister Broglio über die Beziehung zwischen Sprache und Nation.

Intorno al libro »De vulgari eloquentia« di Dante (1868). Brief an den Philologen und Politiker Ruggero Bonghi, in dem sich Manzoni mit Dantes oben genanntem Werk auseinandersetzt.

Intorno al vocabolario (1868). Brief an Ruggero Bonghi.

Lettera al Marchese Alfonso della Valle di Casanova (1871).

2. Übersetzungen

Inni sacri (1815).

Dt. *Heilige Hymnen.* Aus dem Ital. von Paul Heyse. Berlin 1889.

Osservazioni sulla morale cattolica (1819).

Dt. *Bemerkungen über die katholische Moral.* Aus dem Ital. von Joseph von Orsbach. Köln 1835.

Il cinque Maggio (1821).

Dt. *Der fünfte Mai. Ode auf Napoleons Tod.* Aus dem Ital. erstmals von Johann Wolfgang von Goethe (1822), Erstdruck 1827 in Goethes Werkausgabe letzter Hand. – Neuübers. u. a. von Paul

Heyse (1871), Erstdruck 1872 in Heyses Gesammelten Werken, Bd. 1: Gedichte.

Adelchi (1822).
Dt. *Adelgis*. Aus dem Ital. von Karl Streckfuss. Berlin 1827.

La Monaca di Monza (Teilstück aus *Fermo e Lucia*, 1823). Postum veröffentlicht 1954.
Dt. *Die Nonne von Monza*. Aus dem Ital. von Heinz Riedt. München 1964. Taschenbuchausg. (dtv) München 1988.

I Promessi Sposi (1827; rev. Ausg. 1840–42).
Zahlreiche deutsche Übersetzungen unter dem Titel *Die Verlobten*: u. a. von Daniel Leßmann, Berlin 1827, rev. Ausg. 1832; von Eduard von Bülow, Leipzig 1828, rev. Ausg. 1837; von Johanna Schuchter, München 1923, von Ernst Wiegand Junker, München 1960.
Bisher letzte Neuübers. unter dem Titel *Die Brautleute*. Aus dem Ital. von Burkhart Kroeber. München 2001. Taschenbuchausg. München 2003 (dtv).

Storia della Colonna Infame (1842).
Dt. *Die Schandsäule*. Nach einer anonymen Übersetzung von 1843 hrsg. und aus dem Ital. übers. von Wolfgang Boerner. Berlin 1988. Taschenbuchausg. München 1990 (dtv).
Neuübers. unter dem Titel *Geschichte der Schandsäule*. Aus dem Ital. von Burkhart Kroeber. Mit einem Vorw. von Umberto Eco und einem Nachw. von Michael Stolleis. Mainz 2012.

3. Forschungsliteratur

Blank, Hugo (Hrsg.): Weimar und Mailand: Briefe und Dokumente zu einem Austausch um Goethe und Manzoni. Heidelberg 1992.

Ginzburg, Natalia: La famiglia Manzoni. Turin 1983. – Dt.: Die Familie Manzoni. Aus dem Ital. von Maja Pflug und Andrea Spingler. Düsseldorf 1988. Neuausg. Berlin 2001.

Nachwort

Am 24. Mai 1867 schrieb Giuseppe Verdi an die Gräfin Clarina Maffei:

»Meine liebe Clarina!

[…] Wie ich meine Frau beneide, die diesen Großen gesehen hat! Aber ich weiß auch nicht, ob ich den Mut haben werde, mich ihm vorzustellen, selbst wenn ich nach Mailand komme. Ihr wisst sehr gut, wie groß meine Verehrung für diesen Mann ist, der meiner Ansicht nach nicht nur das großartigste Buch dieser unserer Epoche geschrieben hat, sondern auch eines der großartigsten Bücher, die jemals dem menschlichen Hirn entsprungen sind. Und es ist nicht nur ein Buch, sondern ein Trost für die Menschheit. Ich war 16, als ich es zum ersten Mal las. Seit jener Zeit habe ich viele andere gelesen und erneut gelesen, auch jene Bücher, die den ›größten Ruf‹ genießen, und die Urteile, die ich in jungen Jahren über sie fällte, haben sich im Laufe der Jahre geändert oder sind gar ganz verworfen worden; aber meine Begeisterung für dieses Buch ist ungebrochen, mehr noch, sie ist sogar gewachsen, da ich die Menschen jetzt besser kenne. Dies ist ein wirklich *wahres* Buch, so wahr wie die *Wahrheit* selbst. Ach, wenn die Künstler dieses Wahre nur einmal verstünden, dann gäbe es keine Musiker der Zukunft und der Vergangenheit mehr, weder puristische Maler, noch realistische oder idealistische; weder klassische noch romantische Poeten; sondern nur noch wahre Poeten, wahre Maler und wahre Musiker.

Ich übersende Euch für ihn eine Fotografie von mir.

Mir war die Idee gekommen, sie mit zwei Zeilen zu versehen, aber der Mut fehlte mir, und überdies erschien es mir eine Anmaßung, die ich mir nicht herausnehmen kann. Wenn Ihr ihn seht, dankt ihm für sein kleines Portrait, das, mit seinem Namen versehen, für mich immer das kostbarste Besitztum sein wird. Sagt ihm, wie groß meine Liebe und mein Respekt für ihn sind, dass ich ihn schätze und verehre, wie es einem Menschen in diesem Erdkreis nur möglich ist, jemanden zu schätzen und zu verehren – und zwar als höchste und wahre Ehre für dieses unser immer gequältes Vaterland. […]«[1]

Verdis überschwängliche Worte, seine Begeisterung und Wertschätzung sowohl Manzonis als auch seines Werkes stehen beispielhaft für das, was der Autor mit seinem Roman *I promessi sposi* bewirkt hat.

Zu Autor und Werk

Manzoni wird am 7. März 1785 als Sohn von Giulia Beccaria und Pietro Manzoni geboren. Die Vernunftehe, welche aufgrund der prekären finanziellen Situation der Familie Giulias mit dem reichen, aber erheblich älteren Pietro Manzoni geschlossen worden war, ist nicht von langer Dauer. Schon 1793 trennen sich die Ehepartner, und Giulia lebt fortan mit dem reichen und gebildeten italienischen Adeligen Carlo Imbonati zusammen. Alessandro wird in kirchlichen Internaten erzogen, unter deren strengem

1 Zit. nach: Aldo Oberdorfer, *Giuseppe Verdi: Autobiografia dalle lettere*, Mailand 1951, erw. Ausg. 1981 (hier eigene Übersetzung).

Alessandro Manzoni
Porträtbild von Francesco Hayez (1841)

Reglement der sensible Junge zunächst erheblich leidet und als »Versager« abgestempelt wird, wo er jedoch auch von der umfassenden klassischen Ausbildung profitiert und eine starke Vorliebe für die Literatur entwickelt. 1799 schreibt er erste Sonette. Sein Großvater mütterlicherseits, der Aufklärer, Philosoph und Literat Cesare Bonesana, Marchese di Beccaria, bestärkt ihn in seinen literarischen Ambitionen und ermuntert ihn, aus der Beobachtung der realen Welt Schlussfolgerungen von allgemeiner Gültigkeit zu ziehen. Der junge Manzoni lebt zwischen 1801 und 1805 bei seinem Vater Don Pietro, wo er in Kontakt mit den aufklärerischen Kreisen der Aristokratie und des Mailänder Großbürgertums kommt. Die Auseinandersetzung mit den Idealen und Ideen des »Illuminismo« sowie der Französischen Revolution wird fortan auch sein literarisches Schaffen bestimmen. *Il trionfo della libertà* (1801) ist Manzonis erste literarische Reflexion jakobinischer Ideen.

1805 geht Manzoni nach Paris, um bei seiner Mutter und deren Lebensgefährten Carlo Imbonati zu leben. Hier lernt er den französischen Literaturhistoriker Claude Fauriel kennen, der auf Manzonis Bildung einen starken Eindruck ausübt. Er ermuntert den jungen Literaten, sich mit der Geschichte zu befassen und über diese lebendig und packend zu schreiben – eine Disziplin, die der Autor später in seinen *Promessi sposi* mustergültig verwirklicht. Manzoni eignet sich in dieser Zeit nicht nur hervorragende französische Sprachkenntnisse an, sondern vertieft sich auch in die Ideen Voltaires und anderer wichtiger Aufklärer. Der neoklassische Stil, dessen Gegner Manzoni in späteren Jahren werden sollte, prägt ihn hier noch stark; seine Gedichte *Urania* sowie *In morte di Carlo Imbonati* sind exemplarisch für diese Schaffensperiode. Von Imbonati, der 1805 stirbt, erbt Manzoni ein beträchtliches Vermögen sowie eine Villa in dem kleinen lombardischen Ort Brusuglio, den er zu seinem Hauptwohnsitz macht.

1809 beginnt Manzoni, sich kritisch mit seinen bisherigen poetischen Werken auseinanderzusetzen. Die Poesie dürfe seiner Meinung nach nicht nur einer gebildeten Elite zugänglich, sondern müsse von allgemeinem Interesse sein und die Sehnsüchte und Vorstellungen der Leser aufgreifen und interpretieren. Seit 1811 beschäftigt sich Manzoni, der bisher jeglichen religiösen Belangen eher gleichgültig gegenübergestanden hatte, wieder intensiv mit Glaubensfragen. Er war seit 1808 mit der Schweizer Calvinistin Enrichetta Blondel (1791–1833) verheiratet; aus der glücklichen Ehe gingen zehn Kinder hervor. Doch die Begegnung mit dem jansenistischen Priester Eustachio Degola bringt beide Eheleute dazu, ihre Überzeugungen kritisch zu hinterfragen. Enrichetta schwört dem Calvinismus ab und konvertiert zum Katholizismus. Auch Manzoni nähert sich der katholischen Kirche wieder an, seine »Versöhnung« mit dem katholischen Glauben ist das Resultat langer gedanklicher Auseinandersetzungen mit dem Jansenismus, benannt nach dem niederländischen Theologen Cornelius Jansen. Dieser lehrt, dass der Mensch in seiner Erlösung völlig der Gnade Gottes ausgeliefert sei und dass es auch – im Gegensatz zum protestantischen Ansatz – keine Rechtfertigung durch den Glauben geben könne. Obwohl gläubiger Katholik, entwickelt Manzoni in der Folge seine eigene, durchaus kritische Sicht auf die katholische Kirche, was nicht nur in den *Promessi sposi* anklingt. Die *Inni sacri* sind sein erstes geistliches Werk, und in den *Osservazioni sulla morale cattolica* beschreibt er noch einmal seine Gedanken zum katholischen Glauben, verzichtet dabei jedoch nicht auf kritische Betrachtungen zur Glaubenspraxis innerhalb der Kirche. Intoleranz, Hass und Fanatismus haben nichts mit einer Religion der Liebe zu tun, wie es Manzoni in einem Brief an seinen Schwager Henri Blondel 1823 ausdrückt:

»[...] Glaubt mir, dass alle Katholiken, die sich nicht verpflichtet fühlen, den Nächsten zu lieben, und zwar unter dem Vorwand, dass dieser nicht zur ihrer Kirche gehöre, nicht nur den göttlichen Lehren zuwiderhandeln, sondern auch den ewigen Lehren ihrer eigenen Kirche. Aber Ihr seid zu gerecht, um nicht zu erkennen, dass der Wunsch, den sie im Grunde ihres Herzens hegen – nämlich, dass alle ein Teil dieser Kirche sein mögen – schon die Liebe beweist, die sie für ihre Nächsten haben; denn wie könnte man wirklich seinen Nächsten lieben, wenn man ihm nicht wünschte, was man selbst für sich möchte, was man selbst als gut und richtig für sich erkannt hat? Hat man deswegen das Recht, all denjenigen zu predigen, die nicht an das glauben, an das man selbst glaubt? Ihr wisst, dass wohl niemand weiter als ich davon entfernt ist, dieses Recht auch nur irgendjemandem zuzubilligen. Diesen Wunsch aber nicht zu hegen – das wäre die Gleichgültigkeit gegenüber seinen Brüdern, ihn zu leugnen wäre nichts als feige Scheinheiligkeit. Ebenso wie Ihr wünsche ich mir, dass aller Menschen Herzen in J. C. vereint wären, und sich in seiner Religion, die eine Religion der Liebe ist, nicht Motive und Vorwände des Hasses fänden.«[2]

2 *Lettere di Alessandro Manzoni*, Mailand 1881 (hier eigene Übersetzung des Briefausschnitts aus dem Französischen).

»Fermo e Lucia«, wie der ursprüngliche Titel des Romans lautet, wird 1822/23 vollendet, allerdings nach eingehender Prüfung durch Freunde und Bekannte von Manzoni umgearbeitet und erst 1827 mit dem endgültigen Titel *I promessi sposi* veröffentlicht. Dieser Roman besiegelt Manzonis Ruhm endgültig. Der Erfolg liegt einerseits in der Bezugnahme auf eine historische Epoche der italienischen Geschichte. Historische Romane waren spätestens seit Sir Walter Scott (1771–1832) sehr beliebt; nicht von ungefähr bildeten Scotts Themen auch die Grundlagen einiger erfolgsgekrönter Opern, wie etwa Gaetano Donizettis *Lucia di Lammermoor* (Uraufführung 1835, Libretto nach Scotts *The Bride of Lammermoor*). Zum anderen ist es ein Stück italienische Geschichte, ein Stück nationaler Identität also, welches Manzoni hier als patriotischer Autor verarbeitet. Darüberhinaus erweist Manzoni der italienischen Sprache einen unschätzbaren Dienst. Er erwählt die toskanische Hochsprache zur Sprache seines Romans, und um dies so perfekt und authentisch wie möglich verwirklichen zu können, begibt sich der gebürtige Lombarde 1827 nach Florenz, um seinen Roman einer »Spülung im Arno« (*una risciacquatura in Arno*) unterziehen zu können. 1840 erscheint dann sein nochmals überarbeitetes Werk in der endgültigen Fassung, welches einen so wertvollen Beitrag zur sprachlichen und späteren politischen Einheit Italiens bilden sollte.

Der schriftstellerische Erfolg Manzonis findet leider kein Pendant im Privatleben; schon 1833 stirbt Enrichetta, und von seinen zehn Kindern überleben den Vater nur zwei. 1837 heiratet Manzoni in zweiter Ehe, Teresa Borri (1799–1861). 1860 erfolgt die Ernennung zum italienischen

Senator, in dieser Position stimmt er dafür, dass Florenz anstelle von Turin zur Hauptstadt des italienischen Staates wird. (Rom gehörte zu diesem Zeitpunkt noch zum Kirchenstaat.) In seiner Eigenschaft als Präsident der parlamentarischen Sprachkommission schreibt er 1868 das für die Förderung der allgemeinen italienischen Sprache sehr wichtige Traktat *Dell'unità della lingua e dei mezzi per diffonderla*. Am 22. Mai 1873 stirbt Manzoni an einer Meningitis als Folgeerkrankung eines Schädeltraumas, das er sich bei einem Sturz zugezogen hatte. Sein Begräbnis auf dem Cimitero Monumentale in Mailand kommt einem Staatsakt gleich. 1874, ein Jahr nach Manzonis Tod, dirigiert Verdi sein im Gedenken an den verehrten Autor komponiertes *Requiem* in der Mailänder San Marco-Kirche.

Für die Epoche der italienischen Romantik war Manzoni als einer der Begründer der italienischen Einigungsbewegung, des Risorgimento, sehr bedeutend, da er patriotische Gefühle mit einem tief gelebten und angewandten Glauben zu verknüpfen wusste. In Bezug auf die Literatur hat Manzoni mit seinem Roman, einer bis dahin in Italien unbekannten literarischen Form, nicht nur einen Meilenstein geschaffen, sondern auch – anknüpfend an die Tradition Dantes, Boccaccios und Petrarcas – die Grundlagen für das moderne Italienisch unter Bezugnahme auf den toskanischen Dialekt bereitgestellt.

Zu Inhalt und Zeitgeschichte der *Promessi sposi*

Renzo und Lucia, die beiden Protagonisten des Romans, geraten völlig unschuldig in Verwicklungen, die mit der Willkür Don Rodrigos beginnen. Ein Bauernmädchen, eine »contadinotta« wie Lucia darf getrost als Freiwild für die Begehrlichkeiten des Junkers betrachtet werden, und die Einschüchterung des ängstlichen Pfarrers Don Abbondio, der die beiden Liebenden trauen soll, erzielt die erhoffte Wirkung: Don Abbondio weigert sich, die Trauung zu vollziehen. Schon in der Beschreibung dieser Ausgangssituation betrachtet Manzoni die Auswegslosigkeit der »kleinen Leute« – Hilfe können sie sich nirgends erhoffen; Anwälte sind nur die Anwälte der Mächtigen, und der Pfarrer, der seinen Schäfchen eigentlich beistehen sollte, entpuppt sich als Hasenfuß, der die Drohung der Bravi, der skrupellosen Handlanger Don Rodrigos, schlotternd zur Kenntnis nimmt. Manzoni weist allerdings zugunsten Don Abbondios darauf hin, dass auch er in einem quasi rechtsfreien Raum der Willkür seines Herrn ausgeliefert ist: »Don Abbondio (il lettore se n'è già avveduto) non era nato con un cuor di leone. Ma, fin da' primi suoi anni, aveva dovuto comprendere che la peggior condizione, a que' tempi, era quella d'un animale senza artigli e senza zanne, e che pure non si sentisse inclinazione d'esser divorato. La forza legale non proteggeva in alcun conto l'uomo tranquillo, inoffensivo, e che non avesse altri mezzi di far paura altrui. Non già che mancassero leggi e pene contro le violenze private« (S. 22).

Dass es große Unterschiede innerhalb der Geistlichkeit gibt und dass Charakterstärke, Mut und ein fester Glauben keinesfalls von der Zugehörigkeit zum Klerus, sondern nur von ihrer jeweiligen persönlichen Ausprägung abhängig sind, zeigt Manzoni in der Figur des Paters Cristoforo. Der fromme Mönch, den Lucia und Renzo um Hilfe bitten, geht auf eigene Faust zu Don Rodrigo, um diesen –

leider vergebens – zur Vernunft zu bringen. Seine mutigen Worte »Voi avete creduto che Dio abbia fatta una creatura a sua immagine, per darvi il piacere di tormentarla! Voi avete creduto che Dio non saprebbe difenderla! Voi avete disprezzato il suo avviso! Vi siete giudicato. Il cuore di Faraone era indurito quanto il vostro; e Dio ha saputo spezzarlo. Lucia è sicura da voi: ve lo dico io povero frate; e in quanto a voi, sentite bene quel ch'io vi prometto. Verrà un giorno ...« (S. 60) erregen nur den Zorn des stolzen Junkers, der Lucia nun mehr denn je in seine Gewalt bringen will.

Renzo und Lucia müssen fliehen, sie haben keine Wahl und scheinen zum Spielball der Mächte zu werden, die sich gegen sie verschworen haben. Cristoforo ermutigt sie dennoch: »È una prova, figliuoli: sopportatela con pazienza, con fiducia, senza odio, e siate sicuri che verrà un tempo in cui vi troverete contenti di ciò che ora accade. Io ho pensato a trovarvi un rifugio, per questi primi momenti. Presto, io spero, potrete ritornar sicuri a casa vostra; a ogni modo, Dio vi provvederà, per il vostro meglio; e io certo mi studierò di non mancare alla grazia che mi fa, scegliendomi per suo ministro, nel servizio di voi suoi poveri cari tribolati« (S. 86 f.).

Gegen ihren Willen müssen die beiden ihr Heimatdorf verlassen; was Heimat, was das Gefühl der Zugehörigkeit zu einem Land, einem Landstrich oder einem Dorf bedeutet, wird in der Schilderung der Überfahrt auf dem Comer See sehr beeindruckend beschrieben: »Addio, monti sorgenti dall'acque, ed elevati al cielo; cime inuguali, note a chi è cresciuto tra voi, e impresse nella sua mente, non meno che lo sia l'aspetto de' suoi più familiari; torrenti, de' quali distingue lo scroscio, come il suono delle voci domestiche; ville sparse e biancheggianti sul pendìo, come branchi di pecore pascenti; addio! Quanto è tristo il passo di chi, cresciuto tra voi, se ne allontana!« (S. 90). In Reimform kleidet es Temistocle Solera, Verdis Librettist in der Oper *Nabucco* (uraufgeführt 1842) im Freiheitschor, der aufgrund seiner inhaltlichen Aktualität und musikalischen Schönheit bald zur heimlichen Hymne der entstehenden italienischen Nation wird:

»Va', pensiero, sull'ale dorate;
va', ti posa sui clivi, sui colli,
ove olezzano tepide e molli
l'aure dolci del suolo natal!« (*Nabucco*, Dritter Akt.)

Johann Wolfgang Goethe, der ein Bewunderer Manzonis war und sich dafür einsetzte, dass die *Promessi sposi* sehr schnell ins Deutsche übersetzt wurden, bemerkte über den italienischen Schriftsteller: »Manzoni ist ein geborener Poet, so wie Schiller einer war. Doch unsere Zeit ist so schlecht, daß dem Dichter im umgebenden Leben keine brauchbare Natur mehr begegnet. Um sich nun aufzuerbauen, griff Schiller zu zwei großen Dingen: zur Philosophie und Geschichte; Manzoni zur Geschichte allein»[3].Der geschichtliche Hintergrund der Lombardei im 17. Jahrhundert ist in der Tat nicht nur die Bühne, auf der sich die spannende Geschichte um Renzo und Lucia abspielt, er ist vielmehr

3 Goethes Gespräch mit Eckermann, 23. Juli 1827; zit. nach: Johann Peter Eckermann, *Gespräche mit Goethe in den letzten Jahren seines Lebens, 1823–1832*, Frankfurt a. M. 1999, S. 261.

auch der Bezug zur italienischen Vergangenheit, der Bezug zum eigenen, politisch zerrütteten Land. Verdis Risorgimento-Opern, also die Werke, deren Handlung sich vor dem Hintergrund einer realen geschichtlichen Epoche Italiens vollzieht und in denen zum Kampf gegen jegliche Fremdherrschaft aufgerufen wurde, gerieten nicht von ungefähr fast alle zu großen Erfolgen. So war etwa das Publikum von der Uraufführung der Oper *La battaglia di Legnano* am römischen Teatro Apollo derart begeistert, dass der gesamte dritte Akt wiederholt werden musste und es im Anschluss zu Tumulten kam, die von den österreichischen Behörden mit drakonischen Maßnahmen beendet wurden.

Ein zentrales Handlungselement des Romans ist die Pest in Mailand, die um 1630 ausbrach. Unbestechlich schildert Manzoni hier die Unfähigkeit der Behörden, mit der sie der Seuche begegneten. »Anche nel pubblico, quella caparbietà di negar la peste andava naturalmente cedendo e perdendosi, di mano in mano che il morbo si diffondeva, e si diffondeva per via del contatto e della pratica; e tanto più quando, dopo esser qualche tempo rimasto solamente tra' poveri, cominciò a toccar persone più conosciute« (S. 279). Zunächst wurde die Epidemie geleugnet, dann umbenannt und erst zuletzt, als sich die Seuche schon rasant ausgebreitet hatte, wurden Gegenmaßnahmen ergriffen. Immer wieder zitiert der Autor aus zeitgenössischen Quellen, in denen die Pest beschrieben wird und macht so aus seinem Roman auch ein geschichtliches Dokument, das mit Fakten untermauert wird.

Scharf kritisiert Manzoni den Aberglauben, der den Umgang mit der Seuche charakterisiert. Die Suche nach Sündenböcken, hier in Form von mysteriösen »Salbern« (*untori*), also angeblichen Giftmischern, die die ahnungslosen Mailänder durch das Aufbringen pestverseuchter Tinkturen auf Kleidungsstücke oder Mobiliar in öffentlichen Einrichtungen, Häusermauern u. ä. mit der Seuche infizieren, treibt kuriose Blüten, und fast ungläubig schildert uns der Autor den Wahn, der – genau wie die Seuche – in der Bevölkerung um sich greift: »[...] la frenesia s'era propagata come il contagio. Il viandante che fosse incontrato da de' contadini, fuor della strada maestra, o che in quella si dondolasse a guardar in qua e in là, o si buttasse giù per riposarsi; lo sconosciuto a cui si trovasse qualcosa di strano, di sospetto nel volto, nel vestito, erano untori: al primo avviso di chi si fosse, al grido d'un ragazzo, si sonava a martello, s'accorreva; gl'infelici eran tempestati di pietre, o, presi, venivan menati, a furia di popolo, in prigione« (Kap. 32, vgl. den Zwischentext S. 285). Kopfschüttelnd beschreibt er die abergläubische Frömmigkeit, mit der die Obrigkeit der Seuche Herr werden will, indem eine Prozession veranstaltet wird – was aufgrund des Menschenauflaufs der Verbreitung der Seuche nur allzu zuträglich ist, aber ganz offensichtlich nicht erkannt wird: »Ed ecco che, il giorno seguente, mentre appunto regnava quella presontuosa fiducia, anzi in molti una fanatica sicurezza che la processione dovesse aver troncata la peste, le morti crebbero, in ogni classe, in ogni parte della città, a un tal eccesso, con un salto così subitaneo, che non ci fu chi non ne vedesse la causa, o l'occasione, nella processione medesima. Ma, oh forze mirabili e dolorose d'un pregiudizio generale! non già al trovarsi insieme tante persone, e per tanto tempo, non all'infinita moltiplicazione de' contatti fortuiti, attribuivano i più quell'effetto; l'attribuivano alla facilità che gli untori ci avessero trovata d'eseguire in grande il loro empio disegno« (ebd.).

Dass die Pest ihren eigenen Gesetzen folgt und vor Rang und Namen nicht halt macht, hat uns schon Giovanni Boccaccio in der Einleitung seines *Decameron* (um 1349–53) sehr anschaulich geschildert; mittelalterliche Totentänze widmeten sich ebenfalls diesem Umstand, und Manzoni greift diese Gesetzmäßigkeit der Seuche in den *Promessi sposi* noch einmal auf: Don Rodrigo und sein intriganter Cousin Don Attilio sterben, der verschlagene Anwalt Azzecca-garbugli kann sich dem Tod genauso wenig entziehen, und auch die Bravi, die für Don Rodrigo rauben, bedrohen, einschüchtern und morden, rafft es dahin. Unter den mächtigen Mitgliedern der Mailänder Regierung wütet die Pest ebenso unerbittlich wie unter der einfachen Landbevölkerung um Lecco, Mailand und Bergamo. Natürlich werden auch die Protagonisten Renzo und Lucia nicht verschont, aber es gelingt ihnen, die Krankheit zu besiegen.

Don Abbondio, dessen Situation zumindest zu Beginn des Romans ein wenig Verständnis seitens des Lesers aufkommen ließ, wird gegen Ende noch einmal als ein von Selbstmitleid durchdrungener Defätist geschildert. Auch er wurde von der Pest infiziert, doch er hat überlebt, und anstatt sein Leben als zweite Chance, als eine Art Wiedergeburt zu begreifen, ergeht er sich in neuerlichen Tiraden gegen Renzo, der sich nach seiner Genesung auf den Weg zurück nach Mailand macht, um Lucia endlich wiederzufinden: »Ho inteso, – disse don Abbondio, sospirando stizzosamente: – ho inteso. Volete rovinarvi voi, e rovinarmi me. Non vi basta di quelle che avete passate voi; non vi basta di quelle che ho passate io. Ho inteso, ho inteso –. E, continuando a borbottar tra i denti quest'ultime parole, riprese per la sua strada« (S. 297). Renzo soll aufgeben, sich dreinschicken, keine ›Ansprüche‹ mehr stellen, ein Leben in ängstlicher Zurückgezogenheit leben. Als lebensbejahender Mensch der Tat, der sich seinem Schicksal nicht einfach kampflos übergibt, hat Renzo für derlei Reden keinen Sinn. Dennoch ist er traurig, dass gerade Don Abbondio ihn nicht versteht, und es stimmt nachdenklich, dass der feige Pfarrer selbst dann noch mit der Trauung zögert, als Renzo mit Lucia, ihrer Mutter und einer neu gewonnenen Freundin Lucias glücklich aus Mailand zurückgekehrt ist. Erst als er die Bestätigung über Don Rodrigos Tod in den Händen hält, lässt er sich überzeugen, die beiden ewigen Verlobten nun endlich zu verheiraten.

Doch nicht nur die Pest, auch die Kriegsgräuel haben Mailand und seine Umgebung erschüttert. Infolge des Mantuanischen Erbfolgekrieges (vgl. dazu den Zwischentext zu Kap. 28 auf S. 246) überfluten plündernde Soldatenhorden das einst so friedliche Land. Sie schleppen nicht nur die Pest ein, sondern verwüsten weite Teile Oberitaliens. Auch Renzos und Lucias Dorf bleibt nicht verschont. Die ausführliche Beschreibung des verwilderten Gartens, den Renzo einst gewissenhaft gepflegt hatte, steht beispielhaft für die Verwilderung der Menschlichkeit, für die es nach einem brutalen Krieg und einer erschreckenden Seuche offenbar keinen Platz mehr gibt:

»[...] là una zucca salvatica, co' suoi chicchi vermigli, s'era avviticchiata ai nuovi tralci d'una vite; la quale, cercato invano un più saldo sostegno, aveva attaccati a vicenda i suoi viticci a quella; e, mescolando i loro deboli steli e le loro foglie poco diverse, si tiravan giù, pure a vicenda, come accade spesso ai deboli che si prendon l'uno con l'altro per appoggio« (S. 300).

Das Unkraut der Unmenschlichkeit überwuchert alles; für Mitleid, Freundschaft und Zusammengehörigkeit scheint kein Platz mehr zu sein. Aber gerade an dieser Stelle beschreibt Manzoni kein ausweglose Ende, im Gegenteil, in der scheinbar hoffnungslosen Situation begegnet Renzo einem früheren Nachbarn, der sich jetzt als Freund erweist:

»Raccontò anche lui all'amico le sue vicende, e n'ebbe in contraccambio cento storie, del passaggio dell'esercito, della peste, d'untori, di prodigi. ›Son cose brutte,‹ disse l'amico, accompagnando Renzo in una camera che il contagio aveva resa disabitata; ›cose che non si sarebbe mai creduto di vedere; cose da levarvi l'allegria per tutta la vita; ma però, a parlarne tra amici, è un sollievo‹« (S. 303).

Bei ihm, dessen Namen uns Manzoni nicht verrät, kann Renzo zu Abend essen und übernachten, und beide finden Trost in der Freundschaft, die sie in dieser Situation der Verzweiflung viel stärker erleben, als sie es in guten Zeiten je getan hatten:

»E, dopo un'assenza di forse due anni, si trovarono a un tratto molto più amici di quello che avesser mai saputo d'essere nel tempo che si vedevano quasi ogni giorno; perché all'uno e all'altro, dice qui il manoscritto, eran toccate di quelle cose che fanno conoscere che balsamo sia all'animo la benevolenza; tanto quella che si sente, quanto quella che si trova negli altri« (S. 302).

Lucia hingegen verkörpert Zurückhaltung, Demut und teilweise auch Passivität; wo Renzo kämpft, hofft, plant und handelt, ist Lucia eher diejenige, mit der gehandelt wird: »Io non sono andata a cercare i guai: son loro che sono venuti a cercar me. Quando non voleste dire, – aggiunse, soavemente sorridendo, – che il mio sproposito sia stato quello di volervi bene, e di promettermi a voi«, so erklärt sie sich am Ende des Romans (S. 340). Ihre »Schuld« bestand darin, Renzo zu lieben und vor Don Rodrigo zu fliehen. Lucias Art, mit dem Schicksal umzugehen, wird von Manzoni keinesfalls negativ betrachtet; im Gegenteil, gerade im 21. Kapitel schlägt sie ihre glänzendste Schlacht, indem sie allein durch ihre Anwesenheit, Sanftheit und Gottergebenheit einen ruchlosen Banditen wie den »Innominato«, den ›Ungenannten‹, in eine tiefe Krise stürzt, aus der dieser geläutert und als vollkommen neuer Mensch hervorgeht, der sich fortan darum bemüht, Gutes zu tun und als überzeugter Christ zu leben. Lucias Worte »Oh Signore! pretendere! Cosa posso pretendere io meschina, se non che lei mi usi misericordia? Dio perdona tante cose, per un'opera di misericordia! Mi lasci andare; per carità mi lasci andare! Non torna conto a uno che un giorno deve morire di far patir tanto una povera creatura!« (S. 200) hinterlassen einen so bleibenden Eindruck bei dem gefürchteten Tyrannen, dass dieser sein altes Leben völlig überdenkt: »Tutto gli appariva cambiato: ciò che altre volte stimolava più fortemente i suoi desidèri, ora non aveva più nulla di desiderabile: la passione, come un cavallo divenuto tutt'a un tratto restìo per un'ombra, non voleva più andare avanti« (S. 208).

Als geschichtliche Persönlichkeit, die sich hinter diesem mysteriösen ›Ungenannten‹ verbirgt, wird im Allgemeinen Francesco Bernardino Visconti vermutet, der in der Gegend um Mailand im 17. Jahrhundert genau den Schrecken verbreitete, den Manzoni in seiner Beschreibung des Innominato anklingen lässt: »Tutti i tiranni, per un bel tratto di paese all'intorno, avevan dovuto, chi in un'occasione e chi in un'altra, scegliere tra l'amicizia e l'inimicizia di quel tiranno straordinario. Ma ai primi che avevano voluto provar di resistergli, la gli era andata così male, che nessuno si sentiva più di mettersi a quella prova« (S. 189 f.). Neueren Studien des Italianisten Ezio Raimondi zufolge könnte der Innominato allerdings auch eine Personifikation Manzonis sein, der seine »Bekehrung« vom freidenkerischen Anhänger der französischen Aufklärer zum gläubigen Katholiken sicherlich nicht weniger intensiv erlebte als er es seinen literarischen Helden in der Nacht seines Umdenkens erleben lässt – wenngleich natürlich die ›Sünden‹ Manzonis wohl kaum mit den Verbrechen des Banditen vergleichbar sind.

Über die Aussage der *Promessi sposi* ist viel diskutiert worden, aber es besteht sicherlich Einigkeit darüber, dass der Roman von einer bloßen Liebesgeschichte weit entfernt ist. In Lucia und Renzo, den Liebenden, die erst nach so vielen Irrungen und Wirrungen heiraten und ein glückliches, kinderreiches Leben führen können, sahen nicht nur die Zeitgenossen Manzonis eine Metapher für den schwierigen Prozess der italienischen Einigung, der erst nach jahrzehntelangen, sowohl kriegerischen wie auch diplomatischen Bemühungen zum Erfolg führte. Manzoni verknüpft darin die Ideale der Aufklärung mit christlichem Gedankengut; er zeigt seinen Zeitgenossen anhand eines bewegenden Stücks ihrer Geschichte, dass es schwierigere Zeiten zu bewältigen gab, dass es auch in der gegenwärtigen politischen Situation – egal, wie verworren sie sein mag – Grund zur Hoffnung gibt, und schließlich, dass es sich lohnt, für die eigenen Ideale einzustehen und sich den Anforderungen des Lebens zu stellen. Es nimmt daher nicht wunder, dass die Botschaft des Werkes auch heutige Leser anspricht und begeistert, so wie es Goethe sah, der Eckermanns Bericht zufolge meinte, »daß Manzonis Roman alles überflügelte, was wir in dieser Art kennen. [...] Manzonis innere Bildung erscheint hier auf einer solchen Höhe, daß ihm schwerlich etwas gleich kommen kann; sie beglückt uns als eine durchaus reife Frucht. Und eine Klarheit in der Behandlung und Darstellung des Einzelnen wie der italienische Himmel selber«.[4]

Kerstin Marfordt

Literaturhinweise

Bonora, Ettore: Manzoni e la via italiana al realismo. Neapel 1989.

Eckermann, Johann Peter: Gespräche mit Goethe in den letzten Jahren seines Lebens, 1823–1832. Frankfurt a. M. 1999.

Lettere di Alessandro Manzoni. Mailand 1881. Nachdr. Whitefish (Montana) 2009.

Oberdorfer, Aldo: Giuseppe Verdi: Autobiografia dalle lettere. Mailand 1951. Erw. Ausg. 1981.

Ross, Werner (Hrsg.): Goethe und Manzoni. Deutsch-italienische Beziehungen um 1800. Tübingen 1989.

Website: http://promessisposi.weebly.com/

4 Goethes Gespräch mit Eckermann, 18. Juli 1827; zit. nach: Eckermann (s. Anm. 3), S. 257 f.

Inhalt